잃어버린 초록

잃어버린 초록

The Lost Abstract

정혜선 소설집

| 작가의말 |

롤랑 바르트는 "사진의 운명을 그것은 실질적으로 광기에 접근하며 광적인 진실과 합류한다"고 말하며 빛의 작용과 정신적 짙은 목마름의 격정을 광기로 표현했다
  또한 단테는 "천사가, 복된 지식에서, 하느님께 당부한다. 하느님께서 손수 지으신 세상에서, 기적적인 일이 일어나고 있습니다. 그 광채가 이곳까지 번져 오고 있는 영혼 때문에, 천국은 그녀 외에 아무것도 원하는 것 없기에, 그녀를 갖고자 주님께 기도합니다. 천국의 성자들이 큰 소리로 끊임없이 울면서. 그러나 연민은 지상의 우리 몫을 여전히 간직하고 있다."라고 사랑을 노래하며 격정의 감정을 격조있게 드러내기도 하였다.
  우리나라의 경복궁의 '광화문' '빛의 문'의 뜻은 '임금의 큰 덕이 온 나라를 비춘다'는 의미로 '빛으로 교화를 펼친다'는 뜻으로서 빛과 임금을 대비시키기도 하였다. 광화문이라 왠지 격정과 열정이 넘쳐나는 광기의 한글적 어감을 중의적으로 느끼게 되기도 한다.

이렇듯 빛, 사랑, 열정 등은 왠지 같은 카테고리로 읽히기도 한다. Kingship, 왕위란 어쩌면 강한 정신적 파토스(일시적인 격정이나 열정. 또는 예술에 있어서의 주관적·감정적 요소)로써 읽힌다는 의미이기도 하겠다.

나의 소설은 이런 유비 불가한 세상을 밝히는 존재들의 정신적 지존과 혹은 그들의 패착을 가상으로 드러낸 팩션물 이야기라고 할 수 있다. 초단편의 인물들은 각각의 이야기들 속을 누비며 때로는 개별로 알고 보면 재등장하기도 하겠지만 각 이야기들은 모두 독립되어 있다. 나와 너, 그와 그녀, a와 b가 혼동될 수 있는 여지가 있겠으나 인간 군상들 특히 세상을 이끌어가며 어느 중요한 자리 한편을 차지하고 있는 어떤 인물군들의 이야기라고 보면 되겠다. 세상에 이런 일도 일어나고 있구나 라며 독자들은 믿거나 말거나의 팩션의 세계로 초대 받는 것이다. 또한 개인적 경험을 작품 전반에 녹여내어 권력체의 폭압성과 가부장제의 모순성, 그리고 인간 욕망에 기인한 부조리나 현대 인간관계의 모순성들을 적나라하게 드러내려 하였다. 때론 유머가 곳곳에 배어 나오지만 살벌하고 욕망을 쫓는 인물들의 민낯이 드러나기도 한다. 그러나 2부로 이어지는 각 인물들을 통해서는 현재 한국의 따습거나 냉혹한 신랄한 일상의 모습들이 판타지한 언어들로 드러난다. 필자는 한국의 보통사람들의 모습을 통해서 우리네 삶이 무언가 꽉 차지 않고 일정 부분 유보되거나 미끄러져 나가는 안타까운 차연의 인간사라는 것을 보이려 했다. 1부의 이야기가 다소 신화적이고 은유성이 전반에 깔렸다면 2부에서는 부족하고 모자라 늘 굶주리고 이상향으로의 도피만이 생존의 희망분으로 남아나는 우리네 인생사를 짧고 여운어린 이야기들을 통해 돌아보기를 제안하고 있다.

  우리 자신 모두는 아직도 미성숙하며 아직 어리고 철이 없음을 스스로 잘 안다. 다만 저마다는 어른으로 옮음으로 절치부심으로 나아가고 있을 뿐이다. 길이 멀고 험해도 저마다 자신의 인생을 충실히 살아가고 있음도 우리 모두는 알고 있다. 여기 '잃어버린 초록'에서 이런 작은 이야기 한 편 한 편이 그 거친 인생길을 한 번 더 반추하게 하고 재미난 경험들을 간접으로 제공할 수 있었다면 작가는 그것으로 족하겠다.

  이야기 속의 여러 인물군들에게는 빛이 되고자 하고 애정과 열정이 되고자 하며 광기의 새로운 혁신과 부활의 형상이 될 수도 있는 그대들이라는 것을 전하며 과거의 오류를 딛고 모든 공존하는 것으로 변주될 수 있는 그리하여 지금은 바르게 서는 주체, 주관, 감정, 감성 이 모두가 발동하는 것이 가능한 따라서 빛이 되고 시대의 정신이 되는 kingship의 장착과 같은 무한한 행운을 지니게 될 것을 여기 지면을 통해 전해 보고자 한다.

사랑하는 가족들과 문협과 시협,
문학의 선후배님들과 동지들에게
크나큰 감사를 전하며

방 한켠 구석에서 2025년 8월의 어느날

정혜선 씀

차례

제1부

1장_ 도박의 전제는 실력 013

2장_ 지식대 문학의 난투극 087

3장_ 남편 버전의 강탈_ 칙투칙 131

4장_ 한 여왕, 두 왕자의 다른 지원 181

5장_ 욕망의 궤적 253

제2부

6장_ 침범의 댓가, 부상당한 신체들   287

7장_ 지연과 차연의 이중창   333

신화적 역사의 부정

신화의 배경에는 눈물 방울들의 산패가 움찔거린다. 그것의 민낯과 허구성은 세대를 가로질러 지금까지도 잔류한다. 은폐하거나 폐기되는 역사는 부당의 자기 실증일 뿐. 그들을 보았을 때까지 장대할것만 같은 역사는 안타깝게도 대패의 제2 서사로 대체 된다. 인류의 절반을 들락거리던 폐류의 잔재는 누구를 위한 읊조림이며 그로 인해 스러진 역사의 후면은 누구를 위해 도대체 누가 위로할 수 있단 말인가? 또또또또 또…

1장

도박의 전제는 실력

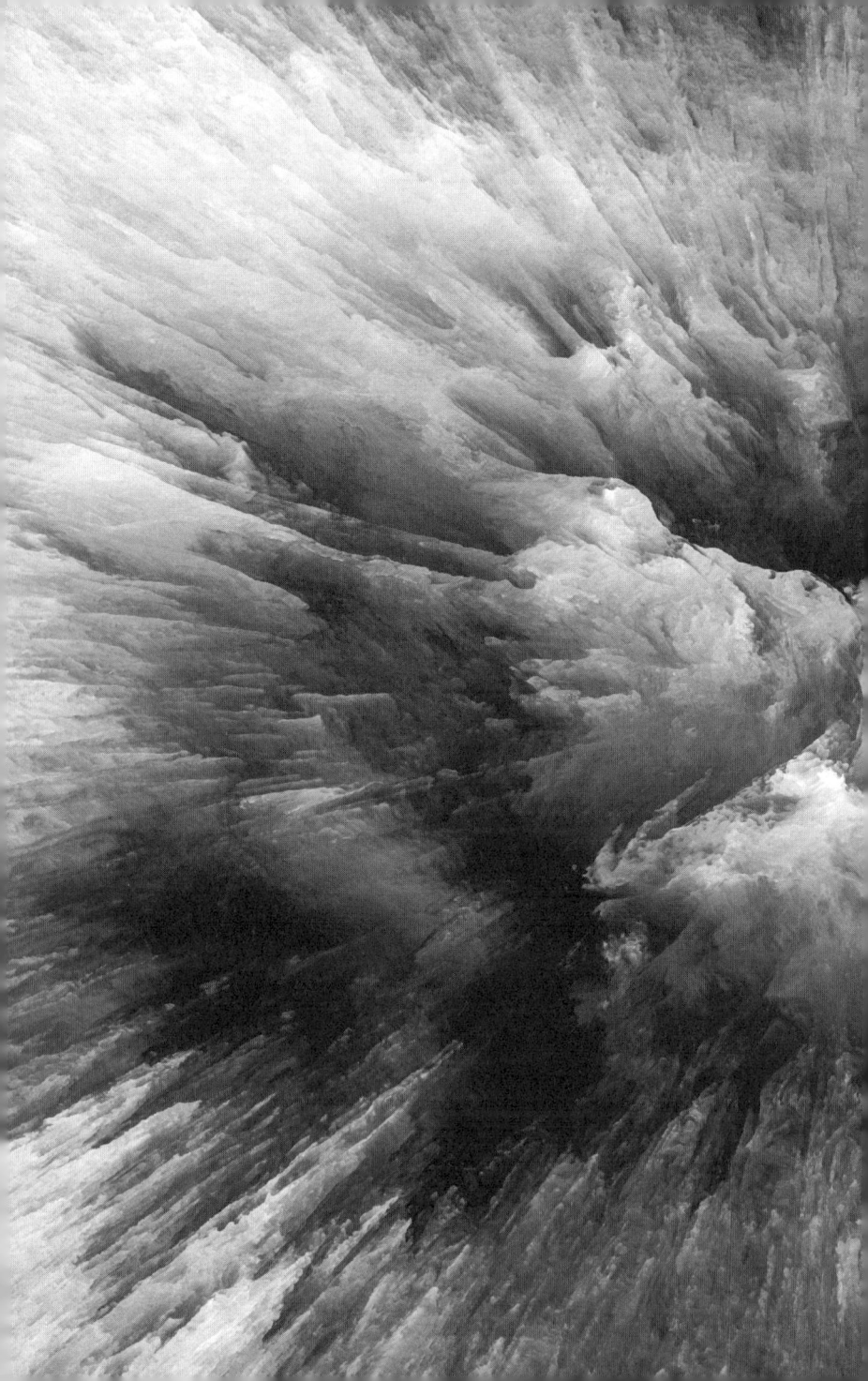

1. 도박과 절단의 경위

　호킹 박사는 장애인임에도 훌륭한 우주 과학자였고, 〈레미제라블〉의 앤 해서웨이는 영화에서 고난의 어머니의 대명사였다.

　리우에서 그리고 부에노스아이레스에서는 장애인이건 유부녀이건 성역 없는 도박장이 열리곤 하였다. 자고로 도박판의 판돈 경쟁이 시작된 거였다. 여기에 참가한 자들은 걸린 판돈 모두를 갖게 되거나 아니면 자신의 신체기관을 모두 절단해야 하는 절명을 걸고 이 자리에 참여한 자들이었다.

　사실 시작 초기부터 신체기관을 판돈으로 건다는 규정을 내건 적은 없으나 그들 모두는 기필코 판돈의 끝장을 본다는 신성한 의식까지 지닌 터였으므로 결국 팔다리를 절단한다는 사실에 그리 개의치 않아 보였다. 그들에게 더욱 중요한 것은 도박판에 끝까지 참여하여 누가 이기고 지는지를 알고야 말리라는 결단과 그럼에도 승리는 반드시 자신의 것이 되고 그것을 쟁취하고야 말리라는 결사항전의 정신만이 있었을 뿐이었다.

처음에는 자신들이 가지고 있는 현금에서부터 금부치 땅문서나 집문서 등을 내어놓으며 도박을 진행하였다. 그러나 도박의 열기는 점점 고조되어서 참여자들이 몇십 명으로 불어나게 되자 이들의 경쟁은 더욱 더 치열해졌다. 그러다가 도박의 말미에 가서는 모두가 단 하나의 희망만을 걸고 자신의 모든 것을 거는 신세들이 되고 말았다. 그것은 이번 한 번만 이번 한 판만 뒤집는다면 저기 쌓인 모든 돈은 자신의 것이 되리라는 희망이었다. 이렇게 되다 보니 그러한 희망이 오히려 그들의 신체 기관까지 판돈으로 걸며 판돈을 늘리는 천덕꾸러기로 전락하게 될 뿐이었다.

도박판은 희망이라는 천덕꾸러기로 인하여 결코 멈출 줄을 몰랐다. 병신 만들기의 온상일 뿐인 도박판인 것이었다. 그들 자신도 이 마지막 희망이 이루어질 수 없는 터무니없는 마지막 잎새일 뿐이라는 사실을 무의식적으로 모두 알고는 있었으나 지금까지 걸어온 모든 돈이 아까워서라도 도박판을 이어가는 수밖에 없었다. 그리고 모순적이게도 이 마지막 희망이라는 것이 그들의 모든 것을 잃게 만드는 시발점이 되기도 하였다.

참여자들은 빼도 박도 못한 채로 자신의 팔을 걸고 다리를 걸고 눈알을 걸고 자신의 생식기관까지 걸었으며 나중에는 그도 모자라 자신의 자식들의 신체기관까지 걸고 판돈을 이어갔다. 일이 그 지경이 되었음에도 어느 누구 하나 타인의 승리를 인정할 줄은 몰랐다. 모순적이게도 그 인정하지 못하고 일말의 희망에 의지하는 절박한 심정이 그들의 모든 신체기관을 갈기갈기 절단내어 이제는 부모, 자식 할 것 없이 모두 몸통만이 남는 신세들로 전락하게 되었다.

"내 다리 내놔"는 달걀귀신의 모토였던가? 그렇다. 그들은 달걀귀신에 다름 아니었다. 수없이 많은 머리 같은 몸통만 퉁퉁 떠다니는 달걀귀신 말이다. 결코 하나가 될 수 없으며 타인의 것을 넘봐 갈취하여 소유할 때에야 비로서 만족을 아는 모순적인 희망으로 천금을 희롱하길 원했던 몸통만 남은 우리들의 회장실의 그 주인공이 될 뻔한 장본인들인 것이다.

。

2. 올빼미

빌라는 4층 네 집으로 구성되어 있었다. 비교적 외딴 지역에 위치했던 이 빌라에는 이 지역의 연장자였던 할아버지 가족을 포함하여 네 가구가 살고 있었고, 맨 아래층에는 중학생 소녀가 어머니와 단둘이 살고 있었다. 이 소녀는 공부도 잘 하고 수려한 외모에 인사성도 밝았다. 주변에 모범이 되기도 하였으며 오가는 마을 사람들에게 언제나 칭찬과 사랑을 받았다.

4층 할아버지 역시 아래층에 살고 있었던 이 소녀를 매우 귀여워하였다. 소녀가 시험기간이면 엿도 사다 주고 발렌타인데이는 초콜릿도 사다 주면서 한마디라도 더 나누려 주변을 얼쩡거리며 말을 걸려고 애쓰기도 하였다. 급기야 이 할아버지는 이 소녀와 마주치기 위하여 일층 빌라 입구에 툇마루를 만들어 놓고는 죽치고 앉아 소녀가 지나가기만을 기다리기도 하였다.

그런데 그의 소녀 사랑은 도가 지나쳐서 마치 스토킹을 하는 스토커처럼 소녀의 일거수 일투족을 감시하는 듯하는 때도 있었다. 소녀가 누구를 만나고 어떤 친구를 데려오며 부모님과는 어떤 이야기를 나누었는지에 대해서도 언제나 궁금해하고 꼬치꼬치 물어보기도 하였다.

그런데 이 할아버지들에게는 아들과 손자들이 있었다. 그들도 역시 이 빌라에 모두 함께 살고 있었는데 그 아들과 손자 역시 비교적 준수하고 모범생들임에 틀림없어 보였다. 그러다가 할아버지는 극한 생각에 이르게 되는데 혹여 이 소녀가 자라 자신의 아들이나 손자와 결혼이라도 하게 된다면 자신이 그토록 애지중지하던 이 소녀를 아들이나 손자에게 뺏기고 말리라는 피해망상까지 들게 된 것이다.

따라서 이 할아버지는 무슨 일이 있어도 이 소녀가 자신의 자식과 손자와는 알게 하지도 친하게 하지도 말게 해야 된다고 생각했다. 그래서 생각한 것이 이 소녀를 장학금을 주어 외국으로 유학을 보내게 한다는 구상을 하였던 것이다. 그래서 그 외국에서 꼭 외국인 짝이라도 만난다면 적어도 자신의 아들이나 손자들과 절대 이루어지지 않으리라고 확신하였던 것이다.

그러나 공교롭게도 이 소녀는 홀어머니를 모시고 있었던 차인지라 외국으로 혼자 떠나 살 의향은 전혀 없어 보였다. 절치부심하던 이 할아버지는 급기야는 소녀와 자신이 사랑하고 결혼하게 될 것이라는 소문을 온 동네방네 내고야 말았다. 사람들은 지나다니면서 이 소녀를 힐끗힐끗 보면서 이상한 여자애 취급을 하기 시작하였고 손녀를 사랑하는 마음처럼 한 여자아이를 아끼는 이 할아버지의 애닯은 사랑에는 오히려 동정을 표하기도 하였다.

이 소문을 들은 소녀의 어머니는 화들짝 놀라 그 다음 달로 다른 동네로 멀리멀리 이사하고야 말았다. 사랑에 국경이 있던가? 사랑에 나이가 있던가? 사랑에 도리가 어디 있었던 적이 있던가?

o

3. 지휘자

앞으로 단 하루가 문제이다. 내가 그를 세상으로부터 나로부터 음악계로부터 영원히 몰아낼 수 있는 시간이 다가온 것이다. 내가 지하노동당에 입당한 것은 얼마 전 한 노동당원으로부터 긴밀히 엿듣게 된 그의 지휘로 진행될 베토벤 〈전원 교향곡〉 전곡 연주회를 겨냥한 폭탄 테러 정보를 입수한 바로 직후였다. 지하노동당원이 됨으로서 나는 그 테러에 관한 모든 정보를 얻을 수 있었으며 내 오랜 숙적이던 지휘자인 그를 제거할 절호의 기회를 맞이한 것이다.

더불어 그녀의 그와의 해후에 대한, 아니 정확히 말해 나의 10년간의 구애를 무시한 채 그와의 동거를 택한 그녀에 대한 아주 시기적절하고 안성맞춤의 복수의 기회가 될 것이었으므로 난 당연하게도 그리고 아주 기꺼이 로얄아트리움의 콘서트 테러에 동참한 것이다.

작업은 아주 간단하고 즐거웠다. 노동당의 정책과 언제나 대립하며 저지로 일관했던 본 콘서트의 한 후원자를 겨냥한 거사 계획이었으나 사실 나로서는 그의 거사나 다름없는 이번 테러에 동참하게 된 것이 오히려 큰 행운이었다. 안타깝게도 그는 나의 삼십년지기 고향 친구이자 작곡과 동기, 그리고 졸업 후에는 나와의 경쟁에서 번번이 지휘자의 자리를 차지하고마는 영예의 경쟁자, 또 근래에는 나의 첫사랑의 강탈자이기도 하다. 그는 이곳을 그리고 그녀와 나를 영원히 떠날 수 없을 듯이 보였고 나를 그저 무능한 친구로, 한 명의 들러리 정도로 여길 것이었으나 그가 나를 떠날 수 없다면 내가 그를 떠나 보내면 될 일이었다. 바로 이번 테러의 거사 리스트를 작성하는 것과 같이 아주 평화롭게 그리고 아주 조용히 나는 그를 그 명단에 올린 것이다.

나는 마지막으로 그의 동태와 이모저모를 탐색하고자 우연히인 듯하며 그가 자주 들르는 강변 카페를 찾았다. 밤은 적막으로 막 들어서고 있었고 구름은 달을 가리어 하늘은 온통 검은 빛이었다. 카페 안에는 자정을 기다리는 몇 안 되는 점잖은 애주가들이 음악을 즐기며 여인들과의 마지막 수다를 흥청거리며 즐기고 있었고 카페 가득한 뿌연 담배 연기만이 늦은 자정의 시각을 말해 주고 있었다.

그는 모퉁이 타원형 탁자 앞에 홀로 앉아 고개를 숙인 채 손가락을 허공에 대고 휘휘 저어대고 있었다. 콘서트 전이면 어디에서나 그렇게 주위에 대한 인식 없이 연습에 몰두하곤 했다. 그것이 나의 비위를 언제나 건드렸지만 나는 이를 악무는 심정으로 그의 곁을 배회하곤 했다. 그의 습성이나 취향을 알기 위해서 그리고 그와의 친분으로 맺게 되는 음악계의 거장들과의 만남을 기대하기 때문이었다.

그러나 나의 인내에도 한계가 있었다. 그들의 연인 선언과 동거 시작을 발단으로 나는 작금의 마지막 결단을 내린 것이었다. 그를 제거하기로 결심한 것이다. 노동당원으로서 공적이면서도 정치적으로서 명분이 자명한 이번 기회를 나는 놓칠 수 없었다. 이인자에서 일인자로 더 나아가 사랑까지도 거머쥘 수 있는 이번 기회는 그야말로 그와의 관계에 대한 내 오랜 인내의 소산이다.

그는 한참을 숙인 고개를 서서히 들어 반쯤 감긴 눈으로 나를 보고는 금세 웃음을 띠며 한껏 나를 반긴다. 그의 미소는 같은 남자인 내가 봐도 달콤하며 부드럽고 동시에 강한 힘을 내뿜는다. 그것이 그의 능력과 재능 그리고 행운으로부터의 소산임을 나는 잘 알고 있다. 그것이 내가 그를 주시하는 이유이며 동시에 그를 거사하는 이유의 모든 것이다.

나는 아무 말 없이 그의 손을 잡고 내 마지막 동정과 연민을 전했다. 이렇게라도 나의 마지막 죄책감을 스스로 위로하기 위해서였다. 나는 잠시 그에게 그곳의 지휘를 멈추라고 말할 뻔하였다.

"있잖아 말이지…."

그리곤 혼잣말로는 그에게 '그 콘서트는 너를 거사할 거야. 제발 가지 마라. 내가 그것을 주도했지만 너만은 살리고 싶다, 친구야' 했지만 나는 그 말을 전하지 않았다. 아무 갈등 없이 그의 죽음을 나는 흔쾌히 맞이하고 있었지만 마음 한켠에서는 그와 나눈 삶의 부분들이 나의 심장을 담금질하며 나의 손가락이 자꾸 나의 가슴을 쿡쿡 찔러대고 있었다. 그러나 그의 부재로 인한 나의 모든 이익들과 지난 삼십 년의 굴욕에 대한 감정적 복수까지 이번 거사의 완벽한 빌미를 나는 결코 놓칠 수 없었다.

4월의 하늘과 5월의 하늘은 23시 59분과 0시 정각의 일분 상간으로 그 운명을 달리한다. 더 정확하게는 59분 59초에서부터 일초를 더함으로 우리는 4월의 밤과 5월의 밤을 가로지른다. 그것은 1999년과 2000년의 하늘의 사이의 간극도 마찬가지이고 B.C.1년과 A.D.1년의 일년 상간도 마찬가지이다. 이러한 일초와 일분의 간극을 나는 지금 지나고 있다. 그를 만류하거나 만류하지 않거나의 문제인 것이다.

그는 잠시 후 만취가 되어 탁자 위로 엎어져 버렸다. 매니저가 들어와 그를 부축한다. 나는 그와 어깨동무를 하며 불빛으로 환한 카페 문쪽으로 한 발 한 발 그와의 마지막 행보를 서서히 내디뎠다. 그는 미끄러지듯이 벤츠 안으로 그의 몸을 밀어 넣었다. 나는 차 문을 닫고 한숨을 내쉬었다. 안 되었다. 그는. 다행이다. 나는. 집으로 돌아오는 발걸음은 무겁지도 가볍지도 않았다. 내일의 태양이 뜨고 질 때쯤이면 나는 승리자가 된다. 음악의 승리자. 연인의 승리자. 게임의 승리자. 인생의 승리자.

다음날 늦은 오전이 되어서야 나는 신문의 머리기사들을 훑은 후 오늘 밤의 거사에 대한 지하노동당원들의 암호 메시지를 체크할 생각이다. 나는 언제나 처럼 주말섹션의 가드닝란을 먼저 읽어 제꼈다. 그리곤 일면으로 시선을 옮기는 순간 기사는 말하고 있다. '노동지하당원들 수배령', '콘서트 테러 전면 드러남', '경찰 배후인물 리스트 입수', '일주일 전 한 정보원에게 발각', '국가 첩보기술 대승', '경찰, 국제 정책회의 개최 이유로 오늘까지 함구함' 등등이 주요 기사였다.

  나는 이렇게 그와의 관계를 접어 간다. 나와의 관계에서 그는 한 번도 존재한 적이 없다. 지금과 같이 언제나 나만의 문제였을 뿐이다. 첩보 활동 죄목 외에도 나는 친구를 교사하려 한 폐륜이라는 죄목까지 가슴으로부터 짊어져야 할 것이다. 그것은 형으로 집행되지는 않을, 그러나 마음속에서 평생 각인된 채 그렇게 우리 셋을 우주의 끝과 끝으로 가를 것이다. 일초 일분의 간극의 차이로 갈라진 천지의 차이를 말하면서 말이다. 싸움의 승리자는 불의 화염성을 아는 자가 아니라 그것의 따스함을 아는 자의 것일 뿐이었다.

○

4. 다 방송인이 될 필요는 없는데요

  그녀는 뚱뚱하고 내성적이며 돋보기 안경 차림에다가 내신 15등급 중에 14등급인 아무도 예쁘다고 생각하지 않는 한 여자아이다. 엄밀히 말해 자신부터가 예쁘다거나 다가가 친해지고 싶을 정도로 매력적인 인물이 전혀 아니라고 생각하는 여자아이이다. 반에서 사귀는 친구란 얼마 전 전학 온 학생이 다였고, 그나마 언제 다른 애들과 더 친해져 가 버릴지 몰랐다.

뚱뚱하게 자리를 많이 차지한다며 옆에 앉은 친구들의 투덜거림을 다 받아내야 했고, 팀 프로젝트에서는 오늘은 뭘 해 왔느냐며 구박의 대상이 되기 일쑤 였다. 거기에 아무 대꾸도 못하는 그 숫기란.

그런데 이 여자아이의 가장 심각한 문제는 책을 읽을 때나 발표할 때 너무 떤다는 사실이었다. 사진을 찍을 때나 국어시간의 낭독시간, 혹은 발표 순번인 날은 아이에게 공포의 시간 그 자체였다. 어떻게 하면 발표를 잘 할까가 아니라 어떻게 하면 그 자리를 모면할 것인가만 생각했다.

특히 방송반에 다니고 있던 아무개는 그런 모양과 실력으로 방송반에 얼씬거린다면 망신을 주겠다고 엄포를 내리며 텃새를 부렸다. 학생부원들도 우리 학생부에 들어올 생각은 아예 말라며 넌지시 압박하였고, 미화부에서도 옷 좀 잘 입고 다니라고 비아냥거렸다. 아이는 갈 곳이 없어진 자신을 낙망했다.

그때 국어선생님이 다가와 시집 한 권을 내미셨다. 학교 문집 활동에 참가해 보라고 말씀하시면서. 시집의 첫 장에는 다음과 같은 시구들이 적혀 있었다.

다 장미는 아니에요.
다 다이아도 아니지요.
우리는 우리일 뿐인 작은 패랭이꽃일 수도 있어요.
순도 백의 백금, 작은 실반지일 수도 있죠.
우리는 우리인 것이 소중하고 감사할 뿐인
내가 가는 길을 선택하고 사랑할 뿐인
하나하나에 열심인 하나하나로 귀한 우리들 중의 나이지요.
    o

5. Three Job

 나는 세 가지의 직업을 가지고 있는 쓰리잡러이다. 나는 낮에는 암병동에서 호스피스로 활동하고 있으며, 밤에는 교도소에서 간수로 일한다. 그리고 집에 돌아와 자는 4시간을 제외하고는 법을 공부하며 주말에도 법공부를 이어간다. 장차 법관이 되려 하는 법학도인 거다. 사실 호스피스와 간수라는 투잡을 할 때만 해도 내가 쓰리잡을 뛰리라고는 상상도 하지 못했다. 그러나 호스피스 병동의 동료 세 명과 간수로 일하고 있는 교도소의 세 명의 동료들이 공교롭게도 동시에 같은 학교의 법학도가 되었다는 소식을 접하고 나는 일면 충격을 받았다. 이러한 전문적인 정규직에서 일하는 이들도 자신의 발전을 위하여 끝없는 도전을 시도하는구나 깨달은 나는 나도 변호사나 판사가 되리라는 야심찬 계획을 세우게 된 것이다. 나에게 결코 쓰리잡을 할 수는 없을 거라며 악담을 퍼부었던 나의 여섯 명의 동료들에게 썩소를 날리며 가멸차게 나는 오늘도 법관이 되기 위하여 매진 중이다. 변호사 시험 합격 후에는 물론 나는 저 푸른 초원 위에 그림 같은 집을 짓고 살 요량이다. 큰 꿈은 원래 시작부터가 장대하며 남다른 것이다.

6. 교수와 작법

결론부터 말하자면 나는 우리 교수님의 남편과 애모하는 사이다. 처음부터 내가 교수님의 남편을 취하려 한 것은 아니었지만 어떻게 하다보니 그렇게 되었다.

나는 우리 교수님의 석사과정 제자였다. 우리 교수님은 지방에서도 강의를 하셔서 일주일의 절반은 지방에 가 계셨기 때문에 내가 교수님께 자료를 전달해 드리지 못할 시에는 교수님 남편이 대신하여 교수님 심부름을 해주시기도 하였다. 교수님과 나는 주로 메일로 소통하였는데 교수님이 시험 문제다 강의다 집필활동이다 바쁘실 때에는 교수님 남편께서 나에게 이메일을 대신 보내기도 하셨다. 그러다가 우리는 이메일을 직접 트게 되었고 급기야는 전화번호도 교환하기에 이르렀다.

그러던 어느 날 내가 작성을 마친 원고를 교수님께 제출하기 위하여 지방에 계신 교수님 대신 교수님 남편을 만나게 된 적이 있었다. 그러다 우리는 차도 한잔 마시고 근처 공원에도 놀러 가게 되곤 하였다. 우리는 급기야 애모관계가 된 거였다. 나는 당신의 여자, 사랑하기에 침묵할 수밖에 없는 그런 관계 말이다.

교수님과 나의 얘기로 다시 돌아가 보자면 교수님께서는 나에게 시 작법을 가르쳐주곤 하셨는데 처음에는 이렇게 써봐 저렇게 써봐 지도하시다가 내가 통 그 수준에 이르지 못하자 자 이런 식으로 써보라면서 자신이 직접 시작한 것을 나에게 보내오곤 하셨는데 나는 그 표현법을 도저히 흉내조차 낼 수 없었던지라 나중에는 교수님이 모든 시를 다 쓰게 되는 지경에 이르르고야 말았다. 그렇게 쓴 시가 몇십 개, 몇백 개에 이르자 나의 모든 논문은 그냥 교수님이 처음부터 끝까지 다 써주는 결과를 초래하였다. 처음부터 끝까지 나의 시작법 논문은 교수님이 써준 거가 되고 말았다.

내가 교수님 남편과 애모하는 사이가 되긴 하였지만 처음부터 끝까지 교수님이 쓴 논문을 나의 이름을 걸고 출판할 정도로 내가 인간 말종은 아니었다. 따라서 나는 시작법 논문 전문을 학교에 반납하고 학교를 파계한 심정으로 스스로 당당히 걸어 나왔다. 그러나 불행히도 교수님 남편과는 아직도 연락 중이다.

о

7. 조교

  그는 일본의 캐릭터들에 심취해 있었다. 유달리 유방이 크고 머리가 지나칠 정도로 긴 소녀 캐릭터와 인형이라고 하기에는 기괴하거나 혹은 귀염상한 것들, 거기다가 미소년의 벗은 몸체를 그린 모에적 그림들이 그의 컬렉션에 들어 있었다. 과하다 싶을 정도로 일본의 그것들을 탐닉하고는 있지만 자칭 한국의 대표 젊은이다.

  아직은 무직에다 소 논문을 몇 편 끄적인 적 있고, 판타지 소설도 구상해 보는 중이었다. 주위의 여자들은 학자적 외모였던 그의 그런 사치성 취미를 오히려 좋아했다. 강남의 아파트를 가득 채운 캐릭터 인형들과 스포츠카 정도면 분명 왠만한 명함의 직함보다 나을 것이었다. 그는 내심 박사 학위에 모든 걸 걸면서도 학위가 밥 먹여 주진 않는다며 교수에게 심드렁한 태도를 보이기도 했다. 주위의 여자들은 그런 그의 저돌적인 반항성을 여유로워 보인다며 오히려 좋아했다.

  그러나 모에화의 주인공으로 정작 자신이 학교 조교인 그녀에게 찍히기 전까지는 모든 게 완벽했다. 그와는 동기생이자 이 학과의 늦깎이 조교인 그녀는 집요했다. 조교인 그녀를 금전적으로 지원할 능력이 없던 그녀 아버지의 격렬한 반대에도 가난할 게 분명한 학자의 길을 끝내 선택했던 그녀. 로터리 클럽에서 청소 알바를 하다 우연히 눈에 띄어 자선단체 대표인 늙은 영감의 후원을 받고는 있었지만 늙은이의 병원 시중까지 들고 싶지 않았던 그녀는 이번에는 제법 있어 보이는 댄디 보이풍의 연하남에 한번 꽂혀 보기로 작정한 참이었다.

그러나 나이 많은 노처녀, 노총각에게 세상은 가혹하다. 그와 그녀의 주변에는 그들인 듯 그들 아닌 그들 같은 이들로 득시글거렸다. 부산 사투리 영화학도 글쟁이, 디자인 전공 홍대 앞 샵 오너, 잡지사 기자 지망생, 같은 과 대학원생 후배들 등등. 사실 이 후배들의 그런저런 희망사항들을 그와 그녀가 모를 리 없었지만 딱히 조언할 능력도 도와줄 능력도 없는데다 오히려 자신들보다 우월해지는 것을 내심 경계하고 있는 참이었다. 그런 그들의 관계는 2018년 프로그램 〈짝〉 그대로였는데 공적으로나 사적으로 모두 냉정한 승부사의 세계일 뿐이었으므로 사랑과 일, 이 둘은 그들 모두에게 가혹했다.

그러던 어느 날 오후 그런 그와 조교인 그녀가 조교실에서 맞닥들인 것이다. 커피포트, 창, 히터, 작은 소파, 나무 탁자들이 놓여 있는 '삶' 그 자체로써의 조교실이었다.

그녀에게는 로터리 클럽의 그 노땅 외에도 대학 학자금 등등 꽤나 신세를 졌던 대학 시절의 선배 몇 명이 더 있었는데 쉐어 하우스 메이트들이었던 그들은 그녀가 경험한 거창한 연애사를 줄줄이 꿰고 있는 치명적 인맥들이었다. 현명한 철학자인 양 자칭하는 그들이 호시탐탐 그녀의 새 관계를 예의주시하고 있음은 너무도 자명했다.

그녀는 처녀이고 싶었던 적이 한 번도 없다. 웬만하기만 하면 결혼을 간절히 원했던 처녀인 듯 처녀 아닌 처녀 같은 그녀였다. 조교실의 창으로 들어오는 한낮 햇살을 피해갈 수 없듯 생활인으로서의 삶을 피해갈 수 없을 뿐인 그녀는 한국 여자 대표 'her'로 남게 될 바로 그녀였다.

o

8. usb 훔치기

나는 작가이다. 나의 모든 작품들은 나의 USB 안에 들어 있다. 이 내용들을 바탕으로 나는 출판하고 기사화하며 SNS에 올린다. 그런데 나는 출판저작권 문제로 재판이 걸려 있는 상태이다. 분명 나의 창의적인 발상에 의하여 제작된 문학작품들인데 내 작품의 판권을 쥔 출판사에서 인세의 70퍼센트에 할당하는 분량을 요구하고 나선 것이다. 출판 환경이 더욱 어려워지고는 있으나 해도 해도 70퍼센트는 너무 한다는 생각이 들었다.

그러던 차에 출판사 직원에게 출판을 전제로 넘겼던 소설 1부의 USB가 일 년이 넘도록 돌아오지 않고 있었는데 출판사 사장은 이 USB를 원본 삼아 저자를 나에게서 가상의 사람으로 바꿔치기 하여 책을 출판하여 모든 판권의 이익을 갈취하려 한다는 것을 알게 되었다. 뿐만 아니라 이 원본 USB를 미끼로 나의 차후 모든 작업들을 선점하여 작가를 바꾸거나 인세의 지분을 터무니없이 높게 책정하리라는 협박을 하기에 이르렀다.

나는 나의 작품이 들어 있는 몇십 개에 달하는 USB를 꽁꽁 묶어 잘 때는 허리에 감고 자고 외출할 때에도 몸에 감고 다녔으며, 목욕탕에는 아예 가지도 않았으며, 행여나 가족이라도 친구들이라도 볼세라 전전긍긍하며 USB 생각만 하며 살았다. USB를 혹여라도 출판사에 뺏긴다면 나의 작가로서의 명망과 경제적 이권은 모두 빼앗겨 사그러들 것이기 때문이었다.

심지어는 오피스텔 비번을 매일 바꾸는 노이로제 증상까지 생겼으며 이제는 USB를 먹어버려 아예 그들의 손에는 닿지조차 못하게 하려는 궁리까지 하였다. 문학적 모든 사활이 걸린 USB에 노심초사하던 나는 이제는 아예 USB 뭉치를 본드로 몸에 USB를 딱 붙여 버렸다. 나와는 일심동체, 나의 모든 요체, 나의 본체인 USB를 나는 반드시 사수해야만 한다.

○

9.교수 되기 필살기

한 줄의 문자가 날아왔다. 그녀a의 아침 문자는 늘 그에게는 알람 시계 같은 것이었다.

'응. 그래. 알았어.'

변함없는 그의 답은 늘 간단, 무성의, 질의 없음이었다. 아침 알람의 역할에 대해서는 좋은, 그러나 동시에 귀차니즘 자체일 뿐인 하품과 기지개의 어떤 날, 그곳의 풍경이 보인다.

좁지만 창이 커서 밝은 강남의 한 오피스텔. 이곳에서 대학원과 박사 과정까지 벌써 팔 해째를 맞는 새해 아침이다. 그로서는 밥, 반찬에서 더 나아가 옷가지까지 챙겨주는 매일 문자 안부를 전하는 그녀a의 친절을 마다할 리 없었다. 물론 집에는 알리지 않은 채로 그녀가 들락거리는 중이었지만 그녀a 또한 모르는 채로 박사 과정을 밟아가고 있는 것도 공공연한 비밀이었다. 어머니가 들이미는 중매 사진들을 태우다 화재 경보로 난리가 난 것은 또다른 그만의 비밀.

요즘 들어 잦은 문자와 카톡 버디인 옆집의 또다른 그녀b에게도 또한 비밀인 해프닝이다. 그러나 그는 그의 박사 논문 과정을 그녀a에게는 절대 알리지 않을 작정이다. 그녀a가 찾아오거나 같이 밥을 먹거나 함께 외출을 나갈 경우에도 박사 과정의 모든 자료를 그녀a 모르게 써가야 한다는 그의 주의력과 강박은 극치에 다다르고 말았다. 옆집의 또다른 그녀b의 문자 한 통 때문이었다.

'단지 쓰레기 분리장에서 뭔가 뒤지고 있던데 수위 아저씨가 뭐라고 안 해? 혹시 자기가 논문 자료 가져다 썼다고 자백한 건 아니지?'

그렇다. 그는 그녀a의 워드 화일을 훔쳤다. 아무도 모르게. 자영업을 하는 옆집의 또다른 그녀b가 들락거리며 살림을 챙겨주면서부터는 아예 대학원생인 그녀a와 헤어지는 설정을 조심스레 진행하고 있었다. 그렇다 논문 표절 아니 정확히는 논문 전문 갈취이다.

누구도 자신의 행위에 범죄라는 라벨을 붙이고 범죄를 자행하진 않는다. 즉 누구나 인식의 장에서는 나는 끝까지 결백하다이니까. 나의 행동에 아무 법적 윤리적 하자가 없을 거라는 믿음이 바로 범죄자의 심리적 배경이다. 바로 양심 없음.

그저 교수 임용 티오에는 한 사람만이 간택될 뿐이고, 그녀a와 그가 대학원 과정 동기생으로서 같은 레이스의 같은 라인에 서 있다는 팩트만이 자명할 뿐이었다. 담당교수님의 조교 사랑과 이 직함이 교수 임용에 우선 순위로 작용하는 것도 학생들 간에서는 통용되고 있었고, 다음 번 임용 순위는 조교인 그녀a라는 것이 확실시 되고 있었다. 그러던 중 그는 옆집의 또다른 그녀b와 트고 지내게 되었고, 다른 학교로 박사 진학을 하게 되면서 자연스레 대학원 그녀a에게는 이 모든 과정을 비밀로 부치게 된 터였다. 거기다가 그녀a의 컴퓨터에서 읽기 전용으로 다운받은 파일에서 그는 놀라운 자신의 전공과의 연결 부분을 발견하게 되었고, 여기서 훔치기 발상이 발동하고만 것이었다. 단 반 학기라도 빠르게 집필과 발표를 진행하면 전세는 완전 역전될 것이었다. 그녀a의 논문은 교수 간택의 최우선 순위가 될 만큼 고품격의 논문이었으니까 말이다. 그리고 고도의 커닝을 통해서라도 갈취하기만 하면, 즉 그녀의 아이디어들만 손에 넣기만 한다면 교수직은 따논 당상이라는 암묵적 룰이 작동하리라 믿어 의심치 않았기 때문이다. 자고로 가슴 졸이는 커닝의 영광은 심히 창대하리라 또한 믿었기 때문이다.

일 년 전, 그는 순수 학문에 염증을 느껴 비평가로의 전향을 모색했다. 강사 교직으로는 먹고 사는 일이 만만치 않았고 그녀a가 교수직을 맡게 된다면 자신은 문화비평가 같은 현장에서 일해야 한다는 강박도 작용했다. 거의 같이 살다시피하는 그녀a의 모든 자료들은 곧장 그의 컴퓨터에 저장되곤 했지만 옆집의 그녀b의 생각은 좀 달랐다. 다른 학교에서 박사를 이수하여 대학원생인 그녀a로부터 독립하기를 은근히 강요하기에 이른 거였다.

이때 고급 공무원인 그의 아버지의 지휘하에 공무원 특채 공문이 떴다. 그의 비평직 이직을 눈치챈 시립미술관 관장은 자사의 비평직 공모에 비평문 제공을 대가로 관장인 자신의 동생을 공무원 특채로 채용할 것을 제안해 왔다. 그리고 비평문의 내용은 시립미술관 자사와 경제계 인사와의 썩은 연결고리를 비판함으로써 미술관 스폰서 하나를 문화계 밖으로 퇴출시킬 만한 정도의 내용이었다. 개인적으로 한 스폰서의 거들먹거림에 화가 난 시립미술관 관장의 명분 있는 그야말로 날것 그대로의 제안이었다. 자리의 맞교환인 셈이었다. 묻고 따지기도 전에 당연히 그의 이직은 일사천리로 진행되었다. 이제 그는 비평가의 직함을 얻게 되었다. 많은 잡지와 매체들에게 그의 이름 세 글자, 비평가의 직함이 찍힌 정체성 없는 글들을 제공하기에 이른 것이다.

그리고 거기에다가 더하여 일 년 후의 지금, 반 학기만에 논문 통과, 곧 그는 교수직에까지도 임용될지도 모른다. 그녀a로부터의 논문 갈취에 의거하여 비평문은 사방의 매체에 실려 나갈 것이고, 더하여 두 여인 a와 b가 서로 소유하려 했던 이 교수님의 코멘트는 온 학계에 범람하게 될지도 모른다. 그러나 이사 간 새 주상복합 아파트에서는 대학원의 그녀a도 옆집의 그녀b도 아닌 어떤 명문가의 자녀일 어떤 또 또다른 그녀c가 옆자리를 지켜주고 있을런지도 모른다. 물론 대학원 그녀a의 까발기는 학회지 대자보가 아니라면 말이다. 물론 옆집 그녀b의 동회 알림판 대자보가 아니라면 말이다. 더불어 걸리적거리는 계집들을 처리하는 것은 역시 고도의 기술이 필요한 법이다.

운명이란 과연 있는 것일까? 그건 그저 간절한 바람으로 남는 징표들일 뿐인 걸까? 운명이란 개척하는 것이라고도 하는데 왜 모든 것이 꿰어맞춘 듯 나와 그녀a 그리고 옆집의 그녀b라는 삼각의 일상을 지배해버린 것일까? 그의 범죄적 자아, 표절, 절도에 준하는 범법적 행위들. 그리하여 맞게 될 어떤 파국. 그는 그것에 어떻게 주로 혹은 부차적으로 관여하여 왔나? 대중이라고 하는 그들은 혹은 그의 지인들과 학계 관계자들은 그의 실체를 모르는 채로 무마시켜줄 다정다감한 이들이었던가? 그렇다면 이제 그는 운명을 믿지 않아야 하나? 그의 범법의 행위들과 그에 따른 처벌들을 비껴 갈 명분은 과연 무엇이던가? 진실한 사랑이었던가? 욕망일 뿐이었던가? 과감한 단죄였던가? 이도저도 다 이해였던가?

이것이 커닝을 불사하더라도 교수만 되면 의사, 판사, 재벌 회장도 다 될 줄 알았던 그의 교수 되기 필살기의 전말이다. 실패한 지식인의 말로는 처참할 뿐이었다.

。

10. 살인 갈취
나의 숙적 그녀. 어느새 책을 세 권이나 낼 정도로 폭풍성장하였다. 내가 기자생활로 24시간을 통째로 회사에 상납하는 동안에 그녀는 24시간을 읽기와 쓰기에 투자하여 얻은 결과물인 것이다. 사실 처음 그녀가 문인의 세계에 입문하는 것에 대해 그리 큰 염려나 우려를 한 것은 아니었다. 또 할일 없이 한량처럼 시간 땜빵이나 하려니 생각했다. 사실 그도 그럴 것이 아침에 일어나 카페 구석에 하루 종일 앉아 독서란 것을 하고 오후에는 자신의 블로그에 글이나 끄적이는 게 고작인 그녀를 경계할 이는 아무도 없었다.

 나도 그러했다. 단지 그녀가 그림이나 그리지 않으면 된다고 나는 생각했다. 왜냐하면 그녀의 미감은 내가 보기에도 특출했으니까. 그래봤자 동네 화가에 불과했겠지만 말이다. 그래도 불씨는 꺼뜨리는 게 상책이긴 했다. 어쨌든 그녀의 문인 시도 후 그럭저럭 시간은 흘렀고 블로그 양이 쌓여 가면서 나는 내심 불안해지기 시작했다. 저게 나의 아성을 넘어서면 어떻하지라는 염려가 들기 시작했다. 글의 내용과 분량도 그럭저럭 쌓여 갔고 읽어줄 만하다고 생각하는 정도가 되었다.

 그런데 어느날 그녀가 시집을 낸다는 풍문이 돌았다. 아니 왠 시집? 그깟게 무슨 시인이야? 언제 사색을 그렇게 했다고? 건방지군. 나는 그렇게 생각했다. 출판 당일에는 가슴이 두근거리고 얼굴이 화끈거려 견딜 수가 없었다. 나를 추월하다니. 평생 말단 기자직에 만족했던 건 쥐꼬리만한 월급에도 기자라는 직함이 내게 안기는 안정감과 우월감 혹은 직장인으로서의 자부심 같은 것들 때문이었다. 하루 종일을 일하고 야근까지 하고도 입에 풀칠할 정도의 월급이었고 어떤 때는 주말에 외근까지 해야 했다. 출판사라고는 하나 중소기업 사내에 딸린 회사 계간지 부서였다. 보잘것없는 자리였지만 백수의 그녀에 비하면 감사할 따름이었다. 하루 종일을 백수로 글에만 매달리느니 온갖 잡일에도 회사원이 낫다는 신념이었다.

그런데 기성 전업작가에 비견되는 그녀의 출판 소식은 나에게 절망을 안겼다. 그동안의 자부심과 신념은 헌신짝이 되어 멀리감치 달아났다. 부모님의 자산을 파먹지 않으려 거지 꼴로 사는 그녀가 내심 측은하기도 했지만 대박이 나지만 않는다면 나는 그럭저럭 만족할 뻔했다.

첫 페이지를 열었다. 그녀의 첫 시집이었다. 아름다운 단초로운 문장들. 그녀의 상심과 상념들 그리고 사랑어린 관념들이 글로 수놓아져 있었다. 그녀의 추월을 염려하던 내가 무색해질 만큼의 시적 문장들. 나는 KO를 속으로 외쳤다.

그러나 아직 끝은 아니었다. 나도 할 수 있다구. 나는 직장 상사의 소개로 출판사를 찾아갔다. 나의 원고를 들이밀 작정이었다. 나는 출판사의 편집장에게 이런저런 브리핑을 했다. 나의 글들에 대한 저작 의도와 메세지들이었던 것 같다. 그러나 편집장은 내게 난색을 표하는 거였다. 글에 딸린 이미지와 내용이 나의 실제 경험담이 아니라는 거였다. 견문록에 해당하는 나의 글은 직접 체험이 기본인 장르였다. 직접 가보지 않은 곳을 마치 다 가본 것인 양 쓰고 이미지도 실제 가본 양 하고는 따온 이미지들이라는 거였다. 그렇긴 했다. 기자생활로 바빴던 나는 글을 쓸 때마다 퍼가기를 일삼았다. 내용도 내용이지만 그곳의 이미지들을 웹사이트의 어디에선가로부터 다운받았을 뿐이었다. 십 년의 작업이 물거품이 되는 순간이었다.

나의 글은 사라졌다. 나의 책은 이제 없다. 어디로 가야 하지? 무엇을 해야 하지? 도통 가늠이 되지 않았다. 나에게 글쟁이로서 가능성이 있긴 한 걸까? 슬픔과 두려움이 엄습해 왔다.

오 년의 세월이 흘렀다. 코로나로 세상이 요동치고 있었다. 그러나 나의 복수는 멈출 수 없었다. 나는 갖은 구상을 다했다. 그렇게 시련을 겪고도 정신을 차리지 못하는 탕자와 같이 계속 글을 쓰고 있는 그녀가 딱할 따름이었다. 사실 그렇다기보다는 나의 위로가 그럴 뿐인지도 몰랐다.

그러던 어느날 청천벽력의 소식이 날아들었다. 그녀가 세계 명망의 문학상인 퓰리처상을 수상한다는 거였다. 그것도 2연패라는 것이다. 시, 소설 두 분야 모두였다. 기가 막혀 탄성이 흘렀다. 나는 땅에 주저앉아 통곡에 버금가는 신음을 내뱉었다. 일개 백수

한량이 나의 것을 가로채다니. 하늘도 무심하시지. 울화가 나고 기가 막혀 숨이 막혔다. 땅을 치고 울분을 삼켰다. 이럴수가.

　나는 중대결심을 하기에 이르렀다. 그녀를 살해하고 그 타이틀을 갈취하려는 계획이었다. 죽이고 난 뒤 그녀의 것은 실은 내가 썼던 것이라고 나의 블로그에 쓰고 언론사에 유포하면 다 되는 일이었다. 작금의 언론은 진실성이 없었다. 그들은 권력과 야합하여 사리사욕을 채우려 거짓 정보와 사기를 밥먹듯이 했다. 언론은 그래서 유효했다. 나의 스폰 영감이 그것을 대행해 주리라고도 믿었다. 이제 드디어 내가 영감의 손아귀에 들어가기만 하면 되는 거였다. 사실 그동안 영감은 나를 자신의 회사에 입사시켜 내가 얼굴마담을 해주면서 갖은 비리의 바람막이가 되어 주기를 간청해 오고 있던 차였다. 그 회사는 유령회사들을 다수 운영하고 있었는데 그 알리바이를 위하여 정부의 조사를 따돌리는 일환으로 나를 얼굴마담으로 기용하려던 거였다. 따라서 나는 이번 기회에 영감의 슬하에 들어가는 대신 나의 목적인 그녀의 살해와 수상의 찬탈를 감행하려는 거였다. 말단 기자 따위에 걸었던 지식인으로서의 자긍심은 이보 전진을 위한 일보 후퇴의 일이었다. 수상은 급기야 나의 것이 될 터였고 영감 회사에 얼굴만 몇 번 들이밀고는 다시 글쟁이로 복귀할 구상을 나는 가지고 있었다. 그때부터 나는 기라성 같은 문인 거장으로 행세할 수 있을 거였다.

그러던 어느날 아침에 일어나 거울을 바라보았다. 주름이 깊게 파여 주글주글한데 눈이 사팔이 되더니 곧 눈동자가 하얗게 사라지고 없어졌다. 주름의 사이사이엔 진드기 같은 벌레들이 기어다니고 나의 목구멍을 타고 내려가 위 속으로 스멀스멀 기어들어갔다. 나는 이것들을 죽일 요량으로 잔등에 껍질이 있는 더 큰 벌레를 잘근잘근 씹어 주스와 함께 삼켰다. 그들의 알은 나의 위 속으로 들어가 부화되어 진드기만한 벌레들을 잡아먹고 엎치락뒤치락 싸우다가 여왕진드기가 나타났을때는 그 갑옷과 같은 날개를 펼쳐올라 나의 식도를 뚫고 나왔다. 나의 온 내장 속에서는 그들만의 대격전이 벌어졌다. 주름들 사이에서는 그들만의 분투로 인하여 진물이 흘렀고, 그들의 알들이 살을 파고들어가 나의 피부 속을 파먹었다. 피와 진물이 범벅이 되어 나의 외형은 알아볼 수 없을 정도로 짓이겨졌다. 코가 무너지고 입술이 부풀어올랐다. 머리카락이 타들어가 빠져 나뒹굴었다.

나는 급기야 쓰러졌다. 상을 타지 않는 편이 차라리 나았을 거라고 생각하기 시작했다.

'오 제발 다시 돌려주오 나의 일상을. 나는 월급도 타고 일도 하며 보편적인 상식과 평범한 외모의 소유자 입니다. 본래의 나를 돌려 주시오.'

외치면서 일어났다. 절규였다. 나는 그날 아침 일상의 다행인 것들에 감사하며 다시 출근을 준비했다. 예전의 매일과 같이 모든 것을 돌이킬수 있다면 얼마나 좋을까 생각했다. 하지만 지금쯤 그녀는 사망했을 수도 있다. 내가 보낸 자객에 의하여 말이다. 나의 찬탈은 지금도 진행중이었다.

o

11. 조사만 바꿨어요

 차 교수가 내게 메일을 보내왔다. 이번 '고려사'라는 교내 서적 집필진에 나를 포함시켜 주겠다는 내용이었다. 이 분야는 자신의 전공이 아니라서 고려사로 석사 과정 논문을 썼던 내게 러브콜을 한 거였다. 그는 한국사라면 어느 분야에서나 석학 수준이었으나 유독 고려사에서만은 자신없어 했고 때마침 내 스폰서 영감님께서 출판비를 대는 바람에 나도 어중이떠중이 필진에 참여하게 된 터였다. 내 스폰이 차 교수에게 압력을 행사하였는지는 누구도 내게 말한 적은 없지만 우리 학내의 공공연한 비밀 아닌 비밀로 얘기인 즉슨 출판계의 거장인 영감이 내 스폰이라는 점과 그의 입김으로 내게 한 자리가 주어진다는 설은 낭설이 아닌 언제나 기정 사실에 가까웠다. 물론 그 영감이 내게 사적인 감정이 있어서인지는 아무도 알지는 못했다. 그러나 중요한 건 나조차도 그 관계성을 이용하여 매번 필진에 참여해 보리란 생각이 있었다는 것이다.

여기서 한 가지 tmi를 발설하자면 사실 내가 말은 한 적 없지만 그 돈 많은 출판계의 대부인 영감은 내 주위 한 명의 여친에게 관심이 있었다. 나와는 고교와 대학교 동창인 H가 그녀다. H는 내가 석박사를 하는 동안 자신의 학업을 이어가기는 했지만 딱히 학위 따는 일에는 관심이 없어 보였고 어느 재단이나 학교에 소속되지 않은 채로 학자이자 예술가로 살아가고 있었다. 언제고 스폰서가 나타나면 그리로 그녀가 바로 달려가리라는 나의 생각과는 달리 사람들의 통념을 깨기라도 하는 듯 동창은 자유인으로 살고 있는 거였다. 이에 그녀를 마음속에 내심 두고 있는 영감이 가만히 있을 리가 없었다. 나의 논문을 무사 통과시킨 것도 나에게 번번이 필진을 제안하는 것도 모두 그의 그녀에 대한 추파에 다름 아니었다. 그때 그때마다 감행하는 도발들은 모두 그녀에 대한 유혹의 손짓이었던 거다. 이리로 오면 내 재단 안으로 오면 다 해줄 텐데 하는 떡밥이라고나 할까? 여기에 더하여 아닌게 아니라 그녀 H가 학계에서 실패해야 영감과 공적 임무를 H와 함께 수행할 수 있었기 때문에 영감은 열을 올려 나를 직업적으로 전폭 후원하였던 거다. 그의 심중을 눈치챈 이는 몇 명 되지는 않았다. 공공연히 그 애를 데리고 오라는 그의 호통에 나야 당연히 영감의 추파를 알게 된 터였고 차 교수는 영감의 신복이었음에도 나를 떠받들기에 바빴으며 주위의 학교 직원들은 알아서 입장 정리하는 수준이었다. 눈치채는 인간은 나의 선배들 몇몇과 그리고 영감의 비서들 정도였다.

따라서 나는 그의 제안을 거절하지 않는 선에서 거냥거냥 그의 스푼과 빽을 이용해 먹는 수준으로 강사 자리를 지켰고 이도저도 모르는 차 교수는 영감의 신복일을 하는지라 매일을 하루같이 내게 일거리를 들이밀었으며 나는 따박따박 일거리를 챙겨 먹는 어떤 종류의 공생관계를 이어오고 있었다.

그러나 나의 친구 H가 과연 영감에게 화답을 할런지의 문제는 그녀 관할하의 문제라고 나는 생각했다. 내가 그녀에게 언지를 주거나 압박을 가한 적은 없었지만 때가 되면 어련히 알아서 하랴 싶었다. 그러나 나는 내심 그녀가 절대로 영감의 제안을 순순히 받아들이지 않으리란 것은 확실하게 알고 있었다. 왜냐하면 그녀는 영감의 아들과 비서들을 오히려 좋아하고 있다는 것을 알았기 때문이다. 나는 그저 그녀의 주위나 배회하면서 콩고물이나 받아먹으면 된다는 식이었다. 물론 이 사정을 모르는 차 교수는 영감의 지원에 보답해야 한다는 심정으로 내게 온갖 정성을 다하였는데 하루라도 빨리 나의 실력을 학계에서 입증받아야 한다면서 프로젝트들을 시시때때로 물어와서는 내게 온갖 압력을 가하기도 하였다. 곧 교수 공천이 시작된다면서 강사에서 교수로 교수에서 영감의 사모님으로 등극하기를 바랐다. 내가 영감의 사모만 된다면 자신의 총장 자리는 따논 당상이었을 뿐만 아니라 국내외를 불문하고 자신의 자식들도 학력으로는 그야말로 탄탄대로로 보장되었기 때문이었다.

  차 교수에게서 메일이 또 날아왔다. 이번에는 아예 본문 전체를 보내왔다. 1기가가 넘는 파일을 대여섯 개나 보내오면서 이것을 참고로 고려사 부분을 써보라는 요청을 아니 명령을 하였다. 강제성이 다분하였지만 나도 이젠 교수의 리스트에 나의 이름을 올려야겠단 결심이 서서 한 번 잘해봐야겠다 결심한 터였다.

  고려사 부분은 나의 전공 부분은 맞다. 그런데 나는 그리 전문가는 아니었다. 고려사를 나름 안다고는 했으나 저자가 될 만큼은 아니었고 때론 잘못된 정보로 항의성 발언을 들은 적도 있다. 그래서 나는 집필에는 딱히 자신이 없던 차에 차 교수가 본문 메일을 보내온 것이었다. 내심 잘되었다 생각하며 눈 딱 감고 그대로 인용해 먹으리라 결심했다.

  사실 나대로 글을 써보지 않은 건 아니었다. 내용을 추리고 첨감해 보기도 하면서 나름 노력도 했다. 근데 도대체가 앞뒤가 안 맞고 이게 맞는지 틀린지 확신이 들지도 않았으며 자꾸만 그의 글을 그대로 따오게 되기만 했다. 처음에는 한 줄만 두 줄만 하다가 나중에는 에라 모르겠다 통째로 따오자 싶었다. 나도 명색이 저자인데 백퍼센트 따오지는 않았다는 것을 증명해야 된다고 생각했고 조사만 바꾼다면 내 글인 양 되지 않을까 싶었다.

 가령 조사를 현학적으로 바꿔치기하여 나만의 어조로 바꾸는 일이었다. 바꾼 조사가 사람들에게 어떻게 비춰질런지는 생각할 여지가 없었다. 일단 내용을 따오고 조사를 바꾸는 수준이라면 차 교수도 아무말은 못하리라고 생각했다. 그래도 명색이 나도 이 책의 저자인데 나도 뭔가 끄적였다는 흔적을 남겨야 했다. 내가 직접 쓴 부분도 있다는 징표를 남겨야 했다. 따라서 나는 화일의 원본들의 조사들을 바꿔치기하는 방법을 썼는데 가령 '낭만주의 사조의 일환이라고 할 수 있다'라고 그가 썼다면 나는 '낭만주의 사조의 일환인 것을 주지하여야 하는 것이 자명하다'라는 식으로 문장을 한두 번 비틀어 주고 흔하지 않은 조사들을 첨가하여 문장을 아리송하게 만드는 식이었다. 그래야 차 교수도 일반인들도 나를 해박한 지식인으로 이 책의 본 저자로 인지할 것 같았기 때문이다. 글은 꼬이고 꼬여 내용마저 전달이 어려워져 갔다. 난 그 사실을 알아차리지 못했지만 후일 리뷰란에 올라온 글이 그렇게 지적했던 것을 나 역시 기억한다. 얼굴이 화끈거리고 가슴이 벌렁거렸지만 책을 일단 내고 보자는 식이었던 것 또한 기억한다.

 책은 쓰레기가 되어 버렸다. 출판이 된 후 나도 그것을 인정하게 되었다. 아무에게도 말은 안 했지만 나의 치기어린 어리석음이 책을 그렇게 만들어 버렸다. 내가 쓴 글의 내용은 하나도 없는데

다가 조사질로 문장마저 엉망을 만들어 버렸다. 나의 지적 허영이 망쳐버린 그야말로 오물 하나를 탄생시킨 거였다.

○

12. 현실불시착자들

경선의 과정은 지난하고 까다롭고 고되었다. 나뿐만이 아니라 그녀들 혹은 그들 모두에게 그러하였고 우리들 모두가 심혈을 기울여 온 지난한 과정이었다. 그러나 결과에 대한 책임은 우리들 모두의 것이었다. 일등은 단 한 명이어야 했고 그건 나였다. 나는 얼떨떨하기도 하였지만 지난 나의 노력에 대한 결과물이라는 생각에 사뭇 뿌듯하기도 자랑스럽기도 하였다.

내가 일등 수상을 하는 순간 나머지 아이들의 반응은 다양하기도 하였는데 축하를 건네는 예의 바른 아이에서부터 조금은 비아냥거리며 히죽거리는 아이들도 분명 있었다. 나는 그 순간순간들을 그냥 나의 수상에 대한 여유와 아량으로 넘기려 했다. 그래도 결과는 나의 것이었고 그것에 대해 모두 승복하리라는 믿음이 있었기 때문이었다.

경선의 과정은 게임의 과정과도 흡사했다. 단계 단계마다 주어진 TASK가 있고 하나의 주제가 하달되면 모두는 일사분란하게 과제를 해나갔다. 어떤 것은 작문이었고 어떤 것은 PT였으며 또 어떤 것은 퍼즐을 풀듯 자료 조사를 해가야 하는 것도 있었다. 작법도 다양하였는데 소설 작법, 에세이 작법, 혹은 시작법도 있었다. 본 과정이 우리 회사 내에서 주최하는 뉴작가 발굴 프로젝트의 일환이었기 때문에 그러한 커리큘럼이 정해진 거였다. 회사 밖 공모로 작가를 발굴하기 전 먼저 작가단을 이끌 리더를 선별하기 위한 순서로 본 경선이 행해진 거였고, 간부 추천으로 정하려 하는 것을 직원들의 성화로 경선으로 돌린 터였다. 대신 회사 측은 탈락한 멤버들에 대해서는 인사 조치를 취할 거라 경고했고 각자 나름 작가의 역량으로 회사에 입사했던 직원들은 엄청난 권력이 부여되는 작가 팀장 자리를 내놓을 수 없어 경선 후의 인사조치를 받아들이는 한이 있더라도 경선을 치르는 것으로 정했다.

그만큼 경선은 회사원들에게는 나름 다 절박한 것이었다. 회사가 주최하는 온갖 작가 선발에 관여할 수 있을 뿐만 아니라 출판 결정권이라든지 지원 프로젝트 예산까지 정말 작가 팀장 자리는 앞으로의 회사생활에서의 사활이 걸린 중대한 문제였다. 각 직원들은 기를 쓰고 달려들어 프로젝트를 수행하려 했다. 저마다 피튀기는 전략과 노력들이 있었다. 그것을 나도 잘 알고는 있었다.

그러나 경선 이후 내가 감당해야 할 몫은 해도 너무한 것이었다. 탈락자들에게 징계 아닌 징계인 인사처분이 가해지는 것은 정해둔 룰이었다. 그들의 반수 가량은 해고되었거나 다른 회사로 이직 수순이 이어졌고, 성적이 적당했던 나머지 절반 가량은 문학과는 아무 관계가 없는 마케팅 부서나 영업 부서 그도 아니면 회계 부서의 그들이 딱히 할일이 없었던 한직으로의 이직이 이어졌다. 내가 보기에도 딱하다 싶을 정도였지만 나도 경선을 하기 전 추천이 아닌 경선으로 진행하고 결과에 대한 책임을 철저히 우리가 지겠노라고 장담한 처지고 보면 그들의 좌천은 당연히 받아들일 수 밖에는 없는 일이었다.

그런데 좌천된 그들은 결과에 그대로 승복 할 수 없었나 보다. 공모 프로젝트로 선발된 작가들의 작품을 빼돌린다거나 미리 가로채어 먼저 출판을 진행한다거나 회계 부서의 지원금 갈취사건에 이르기까지 실로 가관이었다. 그 중에서도 도저히 용납이 되지 않는 선이란 것도 있었는데 매일 밤 10시 이전에 퇴근할 시에는 회사 기밀 문서를 폭로하겠노라고 협박하며 고문 아닌 고문을 자행하고 회사 비리 건으로 나를 경찰청에 처넣어 버리겠다고 협박한다거나, 나의 지인들을 하나 하나 거론하며 거짓으로 이간하겠다고 갖은 술수를 쓰기도 하고, 출퇴근시 차조심 하라는 경고를 날리는 등 그들의 불복종은 이 지경에 이르렀다. 경선 결과에 대한 낙담을 감당할 수 없게 되자 그에 따른 보복을 감행한 것이다.

일상의 자유의 박탈과 공포 그리고 두려움이 몰려왔다. 나를 아무도 보호하지 않고 있다고도 느꼈고 왜 경선의 정당한 대가를 받아들이지 못하나 하는 원망도 일었다.

그러던 어느날 회사를 비리로 몰아 허위사실을 유포한 그들 중 몇 명이 사장님의 적발로 구속되기에 이르렀다. 그중 한 명은 비리를 조작하는 과정에서 경비원을 살해한 혐의로 종신형에 선고되기도 했다. 결말은 정말로 참담하기 이를 데 없었다.

우리는 왜 경선을 하였던 걸까? 우리는 왜 결과를 받아들이지 못하는 걸까? 우승한 내가 잘못이 있나 이기지 못한 그들이 잘못이 있나? 실력 있는 자가 왜 장당성을 얻지 못하는 세상일까? 정정당당한 경선이 아니었던가? 모두가 합의한 결과 아니던가? 승복하지 못하는 것은 그들이 못났기 때문인가?

현실불시착자들이란 그야말로 현실에 안주하거나 만족하지 못하여 경선을 치를 수밖에 없었던 어떤 눈먼 자들의 지난한 여정을 가리킨다. 그들에게 세상은 자신들의 실력을 보이기 위한 연습장에 불과하였고 그것의 결과는 처참한 아수라장에 지나지 않았으며 세상의 보통 일반 선량한 아무것도 모르는 시민들만이 그 경선에서 희생양이 되었을 뿐이었다.

그리고 지금에 와서는 아니 지금까지도 마치 평생을 국가를 위해 헌신한 경찰견과도 같이 자신들을 설정하면서 남은 생을 책임지고 부양할 대상을 물색하기 시작하였다. 가령 세상의 기득권이라면서 의사협회를 들쑤신다던가, 세계의 돈많은 갑부를 꼬신다던가, 하다하다 감방에 갇힌 비자금 같은 것들을 소유한 돈많은 범죄자에 이르기까지 가능한 성역 없는 물주를 찾는 것으로 자신의 실패를 만회하여 했다.

 거기다가 신화 하나만을 제발 그 하나만을 얻자고 덤벼들었는데 이 의미는 자신들을 위해 장애자 되기를 불사하는 희생을 감내하는 러브스토리를 만들려 했다. 자신들을 위해 불구가 되거나 자신을 위해 감방에 같이 갇히거나 여자에게 모든 재산과 일생을 바치는 살신성인의 남자를 급구하기도 했다.

 거기다가 나의 신체 일부가 파탄이라도 난다면 금상첨화일 것이라면서 그들은 끊임없이 나를 해하려 하였다. 눈알 빼기나 다리 절단 같은 극단적인 방법들도 이끌려 하였다. 지금 난 현실불시착자들의 함성을 잠재울 또다른 실력이 필요하다. 실력만이 그들을 잠재울수 있다는 뜻이며 정의만이 우리를 살릴 것이란 뜻이다. 그것이 세상의 이치이고 진리이다. 현실불시착자들의 솟구치는 또다른 분노를 잠재우고 (재물을 들이대야 얌전해지는 어떤 것들을) 대체할 정정당당이라는 전제들이 필요하다.

 스스로 자행된 소위 게임이라는 것들에 대한 부정들. 그야말로 명줄이 오가는 자칭 평생을 걸쳐 진행될 법한, 그래야 연명하기에 그러기 위하여 안간함의 사안인 중에 계신, 그리하여 무력진압과 폭력을 자행중인, 따라서 이에 대항하는 무력항쟁과 선의의 비폭력 항의 같은 것들. 말로만 듣던 사태, 말로만 오갈 법직한 바의 것들인 전쟁과 독재 같은 유혈 사태를 잠재우고 소거시킬 평화의 연대가 필요하다.

○

13. 받아쓰기 중인

  나의 모든 논문 내용과 강의안의 내용들은 모두 그녀의 블로그에 실려 있는 내용들이다. 그녀는 같은 전공자이자 나의 대학 동창인 하버드 박사과정을 언젠가 이수하리라고 믿는 아니, 그런 망상에 빠진 한량인 나의 친구 b이다. 그러던 그녀가 블로그를 시작하게 된 것은 약 10년 전부터이며 나는 그때부터 그 내용들을 꼼꼼히 읽어 나가기 시작하였다.

  그 내용에는 나의 전공인 아니, 그러니까 그녀의 전공이었던 미술사의 이론들에서부터 시작하여 문학과 비평에 이르기까지 장르를 불문하고 다양한 내용들이 실려 있었다. 처음에는 재미 반 호기심 반으로 탐독하고 시작하였으나 내용의 질이 수준 이상의 것이 되어 감을 나는 느꼈다. 미처 내가 생각하지 못했던 미술사에 관한 비평들이 쏟아져 나오고 있었다. 석사과정을 마치고 박사과정에 입문한 나는 나의 박사 논문의 주제를 심도있게 찾기 시작하였으나 도무지 나의 머리로는 어떤 아이디어도 떠오르지 않았다. 이에 대한 강구책으로 나는 그녀의 블로그 속의 아이디어와 내용들을 훔쳐오기로 결심하였다.

수많은 내용들이 그 안에 있었지만 조회수가 가장 낮았던 한 아이디어를 채택하기에 이르렀다. 아니나 다를까 나는 내심 그녀가 나를 위해서 오직 나만을 위해서 그 블로그를 운용하고 있다고 착각하기에 이르렀다. 필시 그녀는 나에게 창의적인 박사논문에 아이디어를 주기 위하여 처음부터 이 블로그를 개설해 왔음에 틀림없다고 생각하게 되었다. 더 나아가 이 블로그의 주인이 내 친구인 그녀가 아니라 그녀의 아이디를 빌린 나를 도와주는 어떤 키다리 아저씨 같은 존재임이 틀림없다고 착각하기에 이르렀다. 그는 아마도 나의 박사논문에 성공적인 집필에 도움을 주고자 내 친구의 명의로 블로그를 운용하고 있다고 나는 확신하기 시작했다. 따라서 내가 그 블로그의 내용을 표절하거나 짜집기하는 등의 행위는 절대 반도덕적이지 않다. 왜냐하면 그 블로그의 저자는 나를 위해서 그 글들을 그곳 블로그에 쓰고 있기 때문이다. 그는 나만의 키다리 아저씨이며 소설 「소공녀」 속에 나오는 그 옆집 아저씨처럼 나를 아무 말 없이 도와주고 밀어주는 조력자일 것이기 때문이다. 심지어는 그 블로그는 어쩌면 나의 컴퓨터에서만 열리는 비밀 주소의 도메인일지도 모를 일이었다.

오늘도 나는 그녀의 블로그 아니 더 정확히 말해 키다리 아저씨의 블로그를 탐닉하며 학회에 실을 새 논문을 구상하고 있는 중이다. 하늘은 스스로 돕는 자를 돕는다고 하지 않았던가? 과연 천지신명님이 도우심이다. 그녀의 블로그 아니, 키다리 아저씨의 블로그를 발견하게 된 것은 말이다. 그러나 나는 이제나저제나 블로그에 댓글이 달리지는 않을까 전전긍긍하게 되었음은 피할 수 없는 사실이다. 혹시라도 나와 그녀를 동시에 알고 있는 누군가가 있다면 그 블로그를 읽을 것이고 따라서 내가 그녀의 글을 모두 퍼오기 해왔다는 사실도 나의 표절 행위도 모두 들통나게 될 것이기 때문이다. 내가 믿을 구석은 그녀의 블로그 도메인 주소가 내 컴퓨터에서만 열리리리라는 희망뿐이다. 오직 나만이 그녀의 블로그를 읽을 수 있고 나만이 그녀의 글을 표절할 수 있다는 얘기가 된다. 즉 나의 행위는 아무런 하자가 없는 적법행위임에 틀림없다. 왜냐하면 이 블로그의 모든 글들은 키다리 아저씨가 나를 도와주기 위해서 만든 블로그 글들이기 때문이다.

  오늘도 나는 그 키다리 아저씨를 만나리라는 소원 하나로 그녀의 글들을 짜집기하고 있는 중이다. 키다리 아저씨가 나를 도와주는 이유는 내가 나이기 때문이다. 장차 키다리 아저씨의 큰 키를 감당하게 될 미래의 배우자이기 때문이다. 오히려 키다리 아저씨는 나를 알게 된 것을 감사히 하느님께 감사기도를 올리게 될 것이다. 왜냐하면 내가 존재하고 있기 때문이다. 나의 존재란 하늘의 계시, 하늘의 낙점 행위이기 때문이다. 모두가 나를 우러르며 존경과 애정을 나에게 모두 바치게 될 것이다. 나의 존재는 원래 그러한 것이다. 유아독존. 즉 안하무인.

ㅇ

14.감금 대필

  나는 그녀의 글재주에 탐복했다. 정규 교육도 받아본 적 없는 그녀가 어떻게 그렇게 완벽한 문장을 구사할 수 있는지 의문스럽기만 했다. 그녀는 나의 아내의 친구였는데 아내가 그토록 그녀를 견제하는 이유를 알 것도 같았다. 얼마나 그녀의 가능성을 염려하였으면 아내는 나에게 매번 저 애 좀 어떻게 해달라고 졸라댔다. 글을 쓰지 못하도록 빼돌리든지 다른 떡밥을 주어 빼돌리든지 하라는 거였다. 물론 농담으로 넘기곤 했지만 그녀가 최고의 문학상을 타고 세계적 출판사와 계약이 성사되기에 이르자 나는 이건 보통 문제가 아니라고 생각하기에 이르렀다.

  아내가 앓아 누워 병이 나기에 이르자 나의 분노는 절정에 다다랐다. 가만히 앉아서 당하고 있을 수만은 없었다. 패밀리 비지니스를 운영하던 나는 아내를 살려야 돈통을 관리하며 영업을 재개할 수 있었으므로 나는 아내를 살릴 요량으로 그녀를 납치 감금하기로 했다. 가장 적합한 장소는 뭐라 해도 정신병원이었다. 아무도 나의 범죄를 눈치챔 없이 그녀의 병리에만 집중할 것이기 때문이었다. 그녀는 평소 노이로제를 앓아 오던 터였으므로 그것을 빌미로 의사를 매수하여 입원에까지 이르게 하리란 계획이었다. 그녀의 입원생활의 일거수 일투족을 보고 받음은 물론이고 서서히 그녀에게서 작업을 이끌어 내어 빼돌리리란 계획했다. 이번에는 간호사를 매수하여 마치 그녀의 첫사랑이 병문안을 오리라고 거짓을 말하여 그녀로부터 온갖 문학작품들을 쓰게 하려는 계획이었다. 그야말로 명작이 나올 기세였고 이 위기를 기회로 돌리는 것은 철저히 나의 휘하에 있었다. 이제 그녀는 내 손 안에 있을 뿐이었다. 나의 명령 하나면 그녀를 좌지우지할 수 있는 권력이 생성된 거나 진배 없었다. 감금된 이상 꼼짝없이 그녀는 당하기만 할 것이었기 때문이다. 그 모든 기라성의 문학작품들이 내 손 안에 아니 정확히 말해서는 내 아내의 손아귀에 들어선 거나 마찬가지였다. 그녀는 감금되었기 때문이다.

　환자들은 이 사실을 아는지 모르는지 그녀의 주위를 맴돌았다. 그런데 그녀의 컴퓨터에 들어 있는 파일들을 간호사가 갈취하는 것을 한 환자가 목격하게 되었다. 환자는 그녀가 없는 틈에만 컴퓨터를 여는 간호사를 이상하게 생각했고 병원 관계자에게 이 사실을 고하였다. 의사는 같은 편이었고 수간호사의 귀에 이 사실이 들어갔다. 수간호사는 이 사실을 병원측에 다 불어버렸고 나는 급기야 체포되었다. 실형을 선고받고 이번에는 본의 아니게 하루 아침에 내가 감금된 거였다.

  감방에 누워 이 궁리 저 궁리 억울하여 데굴데굴 구르다가 울며불며 다시 거사를 계획하기에 이르렀다. 그녀를 이곳 수감자로 불러들이는 계획이었다. 함께 수감생활을 하면서 그녀로부터 글쓰기의 노하우를 전수받고 틈새를 타서는 그녀의 작품들을 갈취하려는 계획이었다.

  그녀는 그 사이 퇴원을 하여 몸을 추스르고 있다고 하였다. 어떻게 그녀를 범법자로 만든다지? 갖은 궁리 끝에 억울한 지경에 빠트러서 살인죄를 덮어 씌우리라고 계획했다. 그녀는 유달리 정도 많았지만 화도 잘 내는 그녀의 특성을 이용할 거였다. 길에 가던 도중 할머니를 도와 짐을 집까지 나르게 한 뒤 지갑을 빼았고 가둔 후에 이삼일을 굶기고 자연스레 탈출시킨 후 돌아오는 복수를 기다리자는 거였다.

  역시 그녀는 정의감이 강했지만 불끈하는 기질도 있었다. 아니나 다를까 그녀는 칼을 들고 할머니를 해하고 말았다. 그리곤 형무소에 수감되었다. 이제서야 그녀를 전적으로 내 수중에 삼키게 된 거였다. 그녀는 나의 아내와는 비교가 되지 않을 만큼 시각적 조건을 충족시켰다. 그 점이 그녀의 남편을 내가 유일하게 부러워하는 이유이기도 했고 나는 틈을 타서는 그녀의 몸까지도 나의 수

중에 넣고 말리라는 흑심까지 품게 되었다. 잘 된다면 그녀로부터 나의 2세 소식을 들을 수도 있다고 생각하며 내심 미소를 지었다. 아내는 그녀의 작품을 얻어 좋고 나는 잘난 2세를 얻을 수도 있음이었다.

그런데 형무소 안에서도 나에게는 경쟁자가 많았는데 그녀를 노리는 또다른 죄수들이 있다는 사실이었다. 대략 일곱 명 정도 되었는데 대부분은 처자가 없는 이들이어서 나보다 유리한 조건임에 틀림없었다. 4년여의 시간 동안 그렇게 우리들은 그 안에서 나뒹굴었다. 그녀는 작품들을 쌓아 갔는데 어느날 나에게 아내가 책 한 권을 보내왔다. 그녀의 작품이었고 내용은 그동안 나와 그녀와의 모든 원수 같은 애증의 관계들을 샅샅이 밝혀 놓은 픽션 아닌 사실 같은 소설집이었다. 본 글이 모두 허구임을 전제로 한다면서 이번 사면에 자신을 포함시켜준 법 관계자들에게 감사를 표하는 머리말과 함께였다. 참고로 마지막장의 끝에는 자신을 건드렸던 나를 포함한 칠인의 종신형을 알리는 결말을 함께 담고 있었다. 다시 한 번이라도 더 그녀를 빌미로 범죄가 자행된다면 그때는 나와 칠인은 사형에 처해지게 될것을 함께 밝히면서 말이다.

그녀는 곧 출소되었다. 그리곤 소설이 모두 팩트임이 드러났고 국민들로부터 빗발치는 비난과 멸시를 나 아니 나와 칠인은 남은 평생 동안 감내해야 했다. 이를 보다 못한 아내는 자진하여 범죄를 저지르고 나의 곁으로 교도소 안으로 들어왔다. 사랑일까 증오일까 알 수 없었지만 이것은 아내의 선택이었고 나의 죄값의 결과일 뿐이었다. 우리들과 우리들의 일을 충실히 이행했을 뿐인 결과였던 것이다.

  노력 없이 강탈하여 성취할 수 있는 것은 아무것도 없다. 거저 먹자는 자세는 하늘이 돕지 않는다. 오히려 모든 죄에는 대가가 반드시 따라온다. 세상이 그러하고 진리가 그러하며 내가 그러하고 네가 그러하며 모두가 그러하다. 아니 그러하여야만 한다. 그리고 반드시 그럴 것이다.

○

15. 후회

Amour Patti

  너의 운명을 사랑하라. 그 말을 알고 있다. 운명은 딱히 정해져 있지 않다고들 하지만 지나놓고 보면 어차피 받아들였어야 하는 나만의 삶이 있다는 것을 알게 될 뿐이다.

  카이라는 친구는 늘 말하곤 했다. 지나고 나서 후회하는 것은 아무 의미가 없다고 자신의 삶의 모습과 현실을 가능하면 빨리 터득하는 것이 중요하다고 말이다. 그는 어쩜 그렇게 나의 아버지와 같은 말을 하였을까? 카이라는 친구와 나의 아버지가 내 친구를 본 적이 한 번도 없음에도 불구하고 내 삶에 대해서 그리고 내 친구와 관련된 내 삶의 전반적인 사항에 대해서 즉 내 미래의 모습에 대해서 그렇게 단언할 수 있었던 이유는 아마도 그것이 나만의 법칙이 아닌 삶의 전반적인 법칙이기 때문에 그러할 것이다.

   이야기 시작은 나의 친구a가 미술학교에 들어가던 때부터이다. 나의 친구a는 어려서부터 미술에 남다른 재능이 있어서 영재학교에 입학하게 되었다. 그러던 어느날 홀연 한국을 떠나 거처를 알 수 없는 외국으로 이민을 떠나버렸다. 소문에 의하면 건강이 악화되어 요양차 이민길에 오른 것이라고도 했고, 또 어떤이는 객기가 발동하여 지방으로 잠적한 것일 뿐이라고 말하기도 하였다.

   그러나 어쨌거나 내게는 이것이 호재일 수밖에 없었는데 나의 경쟁자나 다름없었던 같은 서클에서 그녀가 사라져 준 것은 나에게 기회의 다름 아니었다. 그녀가 알던 서클의 모든 남자친구와 그녀가 몸담아 왔던 모든 동아리 활동, 다시 말해서 미술에 관련된 모든 분야는 오롯이 내 것이 되고 말았다.

   나는 나의 지금까지 해오던 나의 모든 전공과 알아왔던 모든 사람들 심지어는 가족과 아버지마저도 과거라는 시간 속에 영원히 묻어버리기로 작정하였다. 몸만 그들의 곁에 있을 뿐 나의 모든 꿈과 이상과 포부와 희망은 나도 모르는 사이에 모든 그녀의 삶으로 이입되었다. 내가 사랑하는 사람도 내가 좋아하는 사람도 내가 일하고 공부해야 하는 과목도 이제 모두 그녀가 했던 것을 그대로 내가 하면 되는 것이었다. 나는 그녀의 비워진 라커룸에 그녀의 전공과 관련된 모든 책들을 새로 사서 채워 넣고 한 번씩 돌아가며 탐독하면서 그녀가 없는 나의 삶에 대해서 환호와 쾌재를 불렀다. 나는 앞으로 5년 안에 그녀의 전공 과목을 이수하여 석사 과정까지 아니 박사 과정까지 정복할 것이다. 아니, 어쩌면 십 년이 걸릴지도 20년이 걸릴지도 모르지만 그녀의 부재의 기회를 나는 절대로 놓칠 수가 없다. 그녀의 모든 것이 나의 모든 것이 되는 순간을 어쩌면 사람들은 찬탈, 갈취라고 명명할지 모른다. 그러나 나는 지금의 나의 모습에 만족하고 희열을 느낀다. 내가 그토록 바랬던 첫사랑과의 사랑과 그를 빼앗는다는 것만으로도 말할 수 없는 성취감이 느껴지는 지점이 있었다. 더군다나 그녀는 더 이상 이곳에 없다. 그것만으로도 내 인생 대박의 순간임에 틀림없었다.

25년 후

도대체 어디서부터 잘못된 것일까? 그냥 좋아 보여 빼앗았을 뿐인데 나에게 운명이 너무 가혹하단 생각이 들었다. 지금의 내 삶은 후회로 가득차 지난날을 다시 돌이킬 수 없다는 막막함과 자책으로 헤어나올 길 없는 늪 속을 헤매고 있다. 그녀의 삶이 결코 나의 것이 될 수 없다는 현실을 나는 이제서야 깨달아 가고 있다.

그녀가 알던 아니, 내가 알던 서클의 모든 지인들은 이미 이곳을 떠난 지 오래다. 그녀가 사라지고 나자 자연스럽게 뿔뿔이 흩어진 그들, 진정 내가 사랑하고 갈망하던 이들, 영원히 내 것이 될 수 없었던 그들이다. 그들이 그녀를 사랑하였는지에 관한 것은 나는 알지 못한다. 그러나 적어도 나를 사랑하지 않았던 것은 확실하다. 모두 나의 곁을 떠났기 때문이다. 아니 그녀와 함께 같이 떠났기 때문이다.

그러나 무엇보다도 가장 큰 문제는 내가 그녀의 하던 일을 이어받을 수 없었다는 사실이다. 그림을 그릴 수도 없었고 미술을 분석 비평할 수도 없었으며 무엇이 아름다운지 추한지 아니면 그도 아닌지를 나는 도무지 알아볼 수 없었다. 따라서 나의 모든 글과 논문 비평집들은 표절 아니면 카피로 일관하기 일쑤였다. 학계와 관계자 어느 누구도 더 이상 나를 주목하는 이는 없었다. 나의 모든 저작물이 쓰레기라는 사실은 나조차도 인정하는 사실이었기 때문이다. 더 이상 읽어줄 수 없는 잡문들 그것이 나의 실체요 지난 25년간의 결과물이다.

상황이 이렇다 보니 급기야 나는 후회하기 시작하였다. 그녀를 사장시킨 일에서부터 시작하여 서클의 모든 이들을 매수한 일까지 미술이라는 그녀 고유의 영역을 빼앗아 나에 것으로 가로챈 지난 25년간의 전폭적인 후회인 것이다. 나는 한 번이라도 그녀를 붙잡았어야 했다. 나는 절대로 그 일을 내 것으로 삼아서는 안 됐었다. 그녀에 대한 일말의 양심이 있었어야 했다. 나를 떠났던 그녀의 모든 사람들은 그러한 나의 재능의 가치를 이미 간파한 것인지도 모른다.

  그들은 나에게 말하곤 했다. 그 길은 너의 길이 결코 아니야. 너만의 길을 찾아 봐. 그러면 나도 너의 곁을 지켜줄 수 있을 거야. 그러나 나는 결코 그들의 말을 듣지 않았다. 그녀의 하던 일이 너무 좋아 보이고 쉬워 보였고 나도 당연히 그 일들을 너끈히 할 수 있으리라고 생각했다.

  대학원을 진학하던 날, 나를 극구 만류하던 아버지의 모습이 떠올랐다. 아버지는 회초리를 들어서까지 나를 미술학교에 보낼 수 없다고 하셨다. 사람은 모두 각기 할 수 있는 일과 할 수 없는 일이 어느 정도는 정해져 있다고도 하셨다. 나는 그 말에 도저히 순응할 수 없었다. 내가 그녀와 다른 것이 무엇이란 말인가? 도대체 그녀라고 해서 잘라 봐야 얼마나 더 잘 할 수 있단 말인가? 그러나 25년의 세월이 지난 지금 모든 것은 판명되고야 말았다. 나의 교육학이나 영어 전공으로 유학을 다녀왔었더라면 나는 어떤 종류의 교수직을 맡을 수도 있었을 거라고 그게 아니라면 나의 전공으로 문학상이라도 받았었더라면 그도 아니라면 그녀의 영역을 지키는 선에서 한량질이라도 나만의 전공을 고수하였더라면 그녀의 그들은 결코 떠나지 않았을 거라고 한 지인이 내게 귀띔해 주었다. 어쩌면 당연한 순리에 근거한 말인데도 지금의 내게는 너무도 잔인하게 들리는 말이었다. 그 많은 그녀의 것들을 외면하는 것이 그리 쉽지 않다는 것을 그들은 왜 모른단 말인가.

그러나 현실은 냉혹할 따름이다. 아무도 남의것에는 호의적이지 않다. 따라서 그동안의 모든 과정에 대한 후회와 책임은 오롯이 나의 것일 뿐이다. 지난 시간을 땅을 치며 아무리 후회하고 아쉬워해 봤자 무엇 하겠는가? 해도 후회 안 해도 후회한다면 저지르고 후회하는 편이 훨씬 낫다고 생각했다. 모두가 그렇게 말하고 나 또한 그러하다. 현재 나에게 남아 있는 것이 아무것도 없다. 사람들도 일도 허무한 껍데기뿐이다. 내가 유일하게 후회하지 않는 부분은 재능이라는 것에 복종하지 않았다는 것뿐이다. 단지 아무것도 남아 있지 않은 처절한 현실만이 나를 위로하고 있다.

○

16. 세월에 대한 상상

내가, 아니 우리가 자폭하게 된 데는 몇 가지 이유가 있겠으나 그 중 가장 중요한 요인은 그 중 어떤 일도 다 만만해 보였다는 사실이다. 그곳의 조직은 입성하기 위하여 몇 가지의 포지션을 제공하고 있었는데 이들 중 두 가지 정도의 일을 수행할 수 있다면 조직에 가입할 수 있다고 운영자가 말해주곤 했다. 그 대표 운영자는 이들 중에 두 가지의 일을 넘어서 세네 가지 일를 소화할 수 있다면 자신의 배우자가 되어 자산 가치 몇조 원이 넘는 회사를 운용할 수 있는 특권을 부여하겠다고 했다. 물론 능력자가 한 명도 발견되지 않을 시에는 모든 사항은 취소될 뿐만이 아니라 정계 재계의 모든 인사들 또한 스쳐 지나갈 그저 티비에서나 나오는 먼나라 일로 무마될 사인이었다.

그러나 능력만 구비하게 된다면 모든 것은 일사천리로 발탁되고 진행될 것이었다. 더욱이 그 회사는 일반인이 상상할 수조차 없는 규모의 회사를 운영하고 있는 임직원들이었지만 더 중요한 사실은 대표인 그가 아랍 국가들, 왕자들과 연계되어 정치적 권력마저도 세계적으로 행사하고 있다는 사실이었다. 그 회사에 들어가는 즉시 아무리 못한 능력의 소유자라도 어느 중동 국가의 왕비 자리는 보장되는 것이었다. 따라서 이 회사에 입사할 수 있는 능력을 갖춘 사람은 극소수에 불과할 것이었으며 그럼에도 불구하고 그들이 제시하는 이 엄청난 혜택들을 누리기 위하여 이 바닥에서 알 만한 사람은 다 물불을 가리지 않고 이 회사에 지원하게 된 것이다.

그 능력이란 것들은 몇 가지 것들이 있었는데 소설이나 에세이를 비롯한 문학에서부터 시작하여 디자인이나 패션 능력 혹은 화가와 같은 작가 혹은 대학의 교수, 철학이나 인문학에 통달한 현자적 판단력의 소유자 가운데에서 적어도 두 개 정도의 능력을 함양한다면 자신들의 회사에 입사할 수 있다고 하였다. 아카데미상이나 퓰리처상 노벨상 이런 온갖 세계적 수준의 상을 수상을 한다면 회사로 즉각 스카웃된다고도 하였다.

  그러나 이 조건들을 그리 많은 사람이 갖춘 것은 아니었는데 사회 부유층이나 언론인들, 아니면 예술계에 나 자신을 포함한 몇몇 저명인사들과 관계자였던 몇몇 소수의 처자들만이 입사 조건을 알 수 있었고 또한 입사 시험을 치를 자격이 주어졌다. 따라서 지원자의 수가 그리 많지는 않았으나 상대적으로 질적으로 보장된 대상들이니 만큼 경쟁률은 치열하였다.

  회사 서틀버스의 운전자였던 나의 아버지는 이러한 정보를 나에게 몰래 귀띔해 주었고 나는 망설일 틈 없이 당연하게도 입사원서를 넣기로 하였다. 사실 그들이 요구하는 직종 중 어느 하나도 내가 할 수 있는 것은 없었으나 나는 나대로 자신감이 있었다. 그 직종들이 만만해 보였고 쉬워 보였으며 나도 다 잘 할 수 있을 것 같은 생각이 들었다. 예술가와는 거리가 먼 우리 가족이었지만 나름 사랑으로 성장하였다는 자부심으로 죽기를 각오하고 열심으로 임하여서 반드시 회사에 입사하리라. 그리하여 대표의 배우자가 되고 아랍의 정계로도 진출하리라고 내심 다짐하였다.

그러던 어느 날 소스라치게 놀라는 일이 있었는데 나의 학과 대학 동창이 입사 지원서를 냈다는 소문을 회사 직원으로부터 듣게 되었다. 나는 지 따위가 여기가 어디라고 넘보는가 싶어서 분하고 괘씸하여 기절초풍하였다. 그러나 평소 예술에 일가견과 조예가 깊었던 그녀의 입사는 어쩌면 당연하게 느껴질 정도였는데 각종 대회에서 문예창작상이나 디자인상, 하다못해 사생대회에서마저도 수상을 하는 등 그녀의 예술 능력은 교내 학우들이라면 모두 인정하는 터였다. 나는 불안하고 초조하여 그녀의 입사 시험을 무슨 일이 있어도 막아야 한다고 생각했다. 그런데 설상가상격으로 그녀에게는 추천인이 하나 있었는데 모대학 미술교수인 그녀 어머니의 친구분이 심사위원이 되었다는 정보를 접하게 되었다. 나는 하늘이 무너지는 느낌이었다. 도저히 인정하고 받아들이기 싫은 현실이었다. 내가 그토록 원하는 예술적 능력이 그녀에게 있다는 사실은 나의 노력으로 어느 정도는 극복할 수 있다고 생각하였으나 심사위원이 그녀의 지인이란 사실은 위화감에서 모멸감에 이르기까지 온갖 비관이 들기 시작했다.

나는 궁여지책으로 방송국에 sos를 쳤다. 지성과 미모를 겸비한 아나운서나 배우들, 그도 아니면 작가들이라면 다수를 포섭할 수 있었으며 입사한 후에는 나는 지적 영역을 담당하고 방송인들은 얼굴마담이라는 직종들을 서로 나눠먹기 하는 식으로 여주인

자리 몇 개를 공동으로 소유할 수 있다고 그들을 설득했다. 일명 여주인이 여러명인 격으로 온갖 지시는 내가 하고 각종 행사는 방송인들이 하며 밤에 관련된 일들은 또다른 연예인들 같은 이들이 담당하여 역할을 분담하여 여주인 행세를 하자는 제안이었고 전원 오케이로 성사되기에 이르렀다.

  그러나 심사위원회 측은 한 직종에서 다수의 인원이 단체로 지원하는 상황은 반칙이라며 제재를 가하였다. 경쟁은 공평하게 하되 결과에 대한 벌칙은 강화한다는 것이 위원회의 경고였다. 벌칙이란 방송국에서 송출되는 방송에서 여주인의 자리를 내어준다고 유혹한 후 죽을4자 같은 암호들을 그녀만을 겨냥해 날림으로써 그녀 스스로 죽게 유도한 후에 그래도 그녀가 죽음의 고비를 넘기고 살아 남는다면 여주인의 자리를 당당히 내놓고 예술이나 지식인이라는 직업인으로만 올인하기로 방송국과 그리고 관계자들이 암묵적 합의를 보기에 이르렀다. 예컨대 그녀의 앵커의 단추 네 개 달린 것들을 이용해 죽음의 사인을 보내어 스스로 죽게 하는 유혹 등이었다. 그리고 이런 시도들과 나의 학업의 매진은 동시에 진행되게 되었으며 대신 그 댓가로는 만일 내가 지식인으로 실패할 경우 사지를 내놓기로 그리고 쥐도 새도 모르게 스스로 사회적 매장을 감행하리라고 협약되었다. 일면 공평하게 한다는 생각도 들었다. 교수가 되기 위해 강사자리라도 차지할라 치면 그것에 대한 능력을 입증하지 못한다면 부여된 자리와 권한에 대한 빚을 갚아야 하는, 즉 모든 권한에는 대가를 지불해야 하는 인생의 원리도 사전에 거래된 것이었다.

앵커의 단추 네 개가 무슨 의미가 있다는 건가? 그것은 이미지들을 읽을 수 있느냐 없느냐의 문제임과 동시에 사회 정치 문화적 맥락의 작동을 인지하는 것이며, 또한 수장으로서 안아무인이 아니라는 증명이기도 했다. 그러니까 단추 네 개를 인지하는 자가 큰 우두머리가 된다는 뜻이었다. 그러니까 이 사안은 예술계와 방송계라는 두 거대 체제의 대립 현상이라고도 해석할 수 있으며 이미지에 근거한 논리를 알아보지 못한 이미지로부터 예술계로부터의 누락자들은 자동 탈락된다는 뜻이며, 그들 삶의 모든 존재 이유라 할지라도 오직 남은 하나인 예술분야라 하더라도 그냥 거냥 직장인으로 만족하며 살아야 함을 의미하였다. 최악의 경우 생명을 내놓을수도 있음에 합의하였다.

큰 의자 앉기와 온통 예술뿐인 삶을 맞바꾼 격이었고, 그들이 직종으로 예술을 선택한 이상 예술인 즉 지식인으로서 성공하지 못한다면 인생 공수래 공수거 모든 것이 무너지는 그냥 nothing인 인생만이 남을 것이었다. 그럼에도 각 진영의 기둥서방들, 그러니까 현실을 도저히 받아들이지 못하는 자칭 남편이라는 작자들은 이 사안을 인정하기 힘들었고 혹시나를 연발하며 새로운 경선을 끊임없이 들이대며 자신들의 승리를 위해 다짜고짜 우기기로 일관하며 생존의 연명을 지속하고자 했다.

그러니까 재벌의 배경을 이탈하는 것은 그들의 존재 자체가 무너지는 격이었다. 그리하여 경선은 꼬리의 꼬리를 물고 연장되었으며 급기야는 하다하다 안 되어 청소부나 가정부, 개인 미용사나 요리사 같은 하수인 자리들까지 거론하며 자신들을 회사 내의 스태프로 고용할 것을 종용하기에 이르렀다. 비겁하더라도 간에 쓸개라도 내놓는 격으로 꼬리의 끝채라도 잡아보겠다는 식이었다.

이 과정에서 사실 동창인 그녀의 목숨이 오가는 급박한 상황으로까지 치달았으나 그녀의 목숨값이 값이 고작 나의 학업 정진이라는 사실은 나를 죄책감과 자괴감에 빠지게 하였다. 만일 하나라도 내가 지식을 달성 못할 시 나 또한 결과에 대해 치러야 하는 대가들이 너무도 처참하리라는 위협감도 들어 매번 경선을 통과할 때마다 오히려 안도의 한숨을 내쉴 지경이었다. 경선에서 지면 눈알을 뽑는다던가 두 다리를 절단 내겠다던가 모든 재산을 빼앗겠다던가 하는 식이었으므로 나는 앞뒤 돌아볼 겨를이 도저히 없었다.

그러나 나는 나 자신을 철석같이 믿었고 하다못해 말단 문화부 기자 자리 하나라도 얻어먹을 수 있으리라고 생각했다. 또한 나는 방송국 직원들 능력을 신뢰하고 있었고 누가 봐도 지성과 미모에서 밀리지 않는 그들이라면 나의 동창을 쓰러뜨리고 또한 따라잡으리라고 짐작하였다. 일면 글쓰기가 됐건 그림 그리기가 됐건 간에 나의 동창이 그리 특출한 능력을 가진 것은 아니라고도 생각했다. 방송국의 그녀들이라면 어느 정도의 능력만 있다면 나의 동창의 재능은 쉽게 뛰어넘을 수 있으리라고 나는 생각했다. 따라서 경쟁에서 패배할 시 낙오자들 전원이 비구니가 되고 작품의 질에 따라서는 사지를 절단할 수도 있다는 조건과 생명을 내놓을수도 있음에 합의하였다.

  그러나 불행하게도 나의 판단은 착오였다. 방송국 직원 어느 누구도 그녀의 능력을 능가하지 못하였다. 모든 경선은 우리들의 참패였다. 시나 소설에서 이기지 못하면 디자인이나 그림 그리기로 전환해 가면서 우리들은 대회를 하나씩 첨가하였는데 따라서 그때마다 감당해야 하는 벌칙도 늘어났다. 가령 경선을 하나씩 추가 연장하여 경선을 진행하고 그러나 질 때마다 신체를 한 부분씩 절단하여 가거나 그도 아니라면 장기를 하나씩 기증하리라고 서약하기에 이르렀다. 나 자신이 생각하기에도 끔찍한 서약이었다. 하다 하다 안 되어 갈수록 늘어난 실패한 결과들은 그 수가 쌓여 장기와 신체를 모두 바쳐도 모자랄 만큼으로 치달았고 결국에는 우리가 사망해야만 감당하는 수준에까지 이르렀다.

  이러다 다 죽는다며 주위에서는 극구 말렸지만 나는 꾸역꾸역이 죽음을 불사한 경선을 이어나갔다. 방송국 직원들을 재물 삼아 나의 예술가로서의 삶을 연장시켜 나가던 것도 이제 그 생명력이 다하기에 이르른 것이다. 일이 이 지경에까지 이르게 되었다는 것은 우리가 아니 정확히는 내가 파산선고와 같이 자폭 수준에 이르게 되었다는 것을 의미했다. 선장과 선원들의 멈출 줄 모르는 욕망으로 인한 처참한 종말을 즉 자멸을 의미했다. 그리도 만만해 보였던 그리도 쉬워 보였던 나도 다 할 것 같았던 어떤 일들은 애시당초부터 내 것이 아니었던 것이다. 세상에는 해도 해도 안 되는 것이 있기도 하다는 것을 나는 이제서야 어렴풋이 깨달아 가고 있었다. 비록 그 깨달음에 대한 대가가 막대하기는 하였어도 우리들의 자폭에 대한 설명으로는 충분하리라고 생각된다. 그리고 아마도 우리들 모두가 영원히 불구가 되더라도 하지 않아서 남을 후회는 적어도 한 점도 남기지 않았다는 것에 나와 우리는 충분히 만족한다. 말로만 듣던 비싸디 비싼 대가는 세상 어딘가에는 분명 있는 것 같다.

。

17. 신, 조상, 귀신

내가 이 일을 해도 되는지 하지 말아야 하는지를 하나님께 여쭈어 보면 하나님은 어떤 식으로 나에게 답을 할까? 내가 만약 화가가 되고 싶은데 진짜로 화가가 돼도 될까요? 하고 하나님께 질문하면 하나님은 어떤 방식으로 나에게 해도 되는지 하면 안 되는지를 응답하여 주실까? 화가라면 전시장의 그림들을 보러 다닐 것이다. 전시장에 걸려 있는 피카소의 그림이 붉은색을 띠고 있었고 내가 마침 그날 붉은 색의 옷을 입고 갔다면? 그것이 과연 하나님의 응답이 될 수 있을까? 이 옷의 색이 빨강으로 같은 색이라는 것이 내가 만일 그림을 그리게 된다면 피카소 만큼이나 유명하고 훌륭한 작가가 될 수 있다라는 신의 계시가 될 수 있을까? 만약 내가 파란색 옷을 입고 피카소의 전시를 보러 갔다면 하나님은 내가 그림을 그리는 것에 대해 반대한다는 것을 그런 식으로 대답한 것이었을까? 정말 잘 모르겠다.

그렇다면 우리들 조상님과 귀신들은 나에게 어떤 식으로 화답할까? 만약 내가 소설을 쓰고 시를 쓰는 문학인이 되고 싶은데, 정말 내가 문학인이 될 수 있을까 혹은 되어도 되냐라고 우리 조상님들과 귀신들에게 물어본다면 그들은 나에게 어떤 방식으로 그에 대한 화답을 건넬까? 무슨 글을 쓰면 좋을까? 라고 생각하며 길을 걸어가고 있는데 거기에 책에서 찢겨진 종이 쪼가리가 나뒹굴고 있으면 그것은 과연 우리 조상님들이 나에게 그래, 너는 글을 써도 된다라고 허락하는 의미가 담긴 것일까? 우리 조상님들은 나에게 그런 식으로 화답한다고 할 수 있을까? 그 종이를 떨어뜨린 사람이 바로 귀신이 아니면 우리 조상님들의 소행이 정말 맞는 것일까? 그것의 찢어진 종이 쪼가리의 징표를 내가 문학인이 되어도 된다는 그러한 허락의 증표로 받아들여도 되는 것일까? 과거, 화가 미켈란젤로가 나의 머리 스타일과 똑같은 여자를 그렸다면? 그리고 그것을 내가 전시장에서 보았다면 이것은 진정 예술가들의 혼들이 내게 그림을 그려도 좋다고 허락하는 의미를 담은 것일까? 그림 속의 그려진 사람의 옷의 모양과 색깔이 내가 그 그림을 보러 갔을 때 옷의 모양과 색깔과 같다면? 우리 예술가의 혼들이 내가 예술가가 되는 것을 허락한다는 그런 뜻이 될 수 있을까?

내가 이런 질문을 끊임없이 던지는 이유는 혹여라도 그렇게 생각하는 분들이 계실까? 하는 기우에서이다. 자신이 진정코 그렇게 생각한다면 위에서 말한 것과 같은 방식으로 얼마든지 신과 조상님에게 그러한 질문을 던지고 답변을 들을 수 있다. 그러나 그렇게 결코 생각하지 않는 나에게까지 그런 생각을 강요할 수는 없다고 본다. 나는 내가 그림을 그리고 싶으면 언제든지 그림을 그릴 수 있고, 문학인이 되고 싶다면 글쓰기를 언제든지 시도해 볼 수도 있으며 전시장에 갔을 때 혹여라도 내가 검정색 옷을 입고 같다고 하여 하나님의 하얀 형상과 반대되는 것으로서 불길하게 받아들이지는 결코 않는다는 것을 밝혀두고 싶다. 나는 그냥 나이고 나의 의지와 주관에 의하여 내 삶을 이끌어가는 현대 여성일 뿐이다. 하나님의 허락 조상님의 허락은 내가 알아서 구한다. 그러니 괜한 참견은 마시라. 괜한 참견은 자제하시라. 그런 방식으로 생각하는 것의 저열안 추태를 드러내지 마시라는 얘기다. 약해 보인다. 무식해 보인다. 질투로 보인다. 미신으로 보인다. 원시적으로 보인다. 없어 보인다.

ㅇ

18. 무슨 뜻인지를

  그녀는 글을 매번 그녀의 계정에 올린다. 정확히는 한 달에 한 번인 꼴이다. 그녀는 글을 쓴다. 분명 글을 쓰는 게 틀림 없다. 근데 뭘 말하려는 걸까? 알 것도 같다. 근데 뜬금없거나 요점이 흐려진다. 말이 안 되진 않지만 말이 되지도 않다. 무슨 글이 그럴까 싶다. 요점은 있는데 횡설수설하다 다시 요점을 말하고 그래서 혼들린다. 말하려고 하는 것을 알 것도 같다. 근데 정확히는 모르겠다. 표절을 하면 무슨 말인지는 아는 경우가 있기는 하다. 그대로 베끼다 보면 내용 전달은 된다. 근데 창작물의 한계란 창작이다 보니 논점이 흐려지는 경우가 있다는 거다. 문학을 하려는데 전달도 문학도 되지 않는 경우가 허다하다. 이런 경우에는 표절이나 그게 그거다. 안 되는 걸 되게 하려고 애쓰는 모습을 지켜 보는 것은 안타까움에서 더 나아가 고통을 안긴다.

내가 벌벌 떨며 아나운싱하던 시절이 떠오른다. 왜 떨리는데 아나운서를 하지? 생각할 것이다. 나도 그녀가 글을 못 쓰는데 왜 글쟁이가 되려 하지 싶다. 솔직히 나도 나의 글을 잘 아는 건 아니다. 그러나 그녀의 글이 글이 되지 않는 것만큼은 잘 안다. 불행히도 그렇다. 지식의 정보를 제대로 전달하지 못하는 것만큼이나 표현에서 어긋나는 것 역시 용서가 되지 않는다.

발전의 가능성 있냐고? 키 135에 미스코리아 진이 될 수 있던가? 그렇다. 그녀는 글로는 별로다. 솔직한 평가다. 시간 낭비하느니 딴일 하는 게 낫다. 불행히도 그렇다. 시간을 떼울 수는 있다. 소일거리로 취미로 글 쓰는 사람 많다. 안 말린다. 근데 글쟁이는 다르다. 일기 쓴다고 해서 작가가 되는 것은 아니다. 여자에게 얼굴도 스타일도 몸매도 중요하지만 글에서 망하면 끝장이다. 글쟁이의 견지에서 그렇다. 괜한 것 건드리니까 그렇다.

그녀의 글은 진짜 별로다. 그냥 하던 일 하라고 하고 싶다. 솔직한 평이다. 괜한 꿈 꾸니까 하는 말이다. 글 쓰는 거 무시하지 말라고 경고하고 싶다. 아무나 하는 게 아니라구. 타이틀을 따기 위한 수단으로서나 지적 허영을 위해서 글을 쓰는 건 절대 곤란하다. 재능이 발현되지 않음에도 지속하는 건 타이틀이나 지적 허영 때문인 것이 틀림없다. 심지어는 글은 글인데 글이 아닌 그녀의 글을 보는 것은 인내가 요구된다. 즐거움이나 탐구가 아닌 인내라니. 내가 왜 그녀의 글을 애써 읽으며 인내를 해야 하는가? 그렇잖아도 참아야 할 일이 산적해 있다. 피곤하다. 거기다가 돈까지 내라고 하면 곤란하다. 자신의 글을 읽는 대가로 비용까지 지불하라니. 강도도 날강도다. 관심 없다. 그녀의 글에 정말 관심 없다. 잘 될 것 같지 않아서다. 가능성은 이미 다 알고 있지 않던가? 글쓰기라는 나의 그룹에 들이고 싶지 않다. 별로니까 그렇다. 얼굴이 잘났으면 얼굴 팔고 먹고 살면 된다. 글 팔고 살진 말란 얘기다. 글에 모욕적이니까 그렇다. 사람들이 우리가 다 그런 줄 안다. 도매급으로 취급되는 건 곤란하다.

  나는 다르다. 생색 낸다고 지탄받아도 할 수 없다. 아닌 건 아니니까 하는 말이다. 그녀의 글은 살짝 아니다. 아주 아닌 것보다 더 나쁘다. 아주 아니면 포기라도 되지. 살짝 아닌 경우는 평생 되지도 않으면서 평생 울궈먹기만 한다. 시간과 노력의 낭비다. 관심에도 낭비가 소모된다. 알아서 접어라. 글은 아니다. 너는 그렇다. 너는 글 아니다. 제발 아니다.

◦

19.지식인의 직업

  미술 분야가 됐건 문학 분야가 됐건 학자의 길이 됐건 지식인으로 살기 위해서는 많은 전제조건이 있다. 아닌 게 아니라 바로 재정 상황이다. 금전적인 문제를 해결하는 방법은 사람마다 다를 것인데 아마도 예술인의 대부분은 투잡을 뛰는 게 관례인 것 같다. 그래서 몇 가지 참고사항이 될 만한 지식인의 직업을 추천하고자 한다.

  가장 전문적인 분야로 사법고시를 패스해 변호사가 되는 일이다. 물론 사법시험을 준비하기 위해서 다년간의 학습과 공부가 필요하겠지만 천재적인 암기 능력과 이해 능력만 있다면 삼사 년 안에 사시를 통과할 것이고 그렇게만 된다면 더할 나위 없는 지식인의 사이드 잡이 될 것이다. 이 직업의 가장 큰 이점은 지식인이라는 메인 잡 외에도 정치계의 입문이라든가 방송계로의 진출 등 여러 방면으로 가능성이 열린다는 데 있다. 물론 글 쓰는 것이 주가 될 것인지 변호사의 일이 주가 될 것인지는 차후 결정할 수 있을 것이다.

  다음으로 추천하고자 하는 직업군은 배우나 가수를 하는 일이다. 물론 배우나 가수들이 10대 때부터 엄청난 훈련을 하면서 연예계로 입문하는 것이 사실이나 노래를 잘 한다거나 연기를 하는 등의 천부적인 재능만 있다면 얼마든지 투잡으로 삼을 수 있다. 그러나 무한한 재능으로 단번에 모든 예능적 기술을 단번에 소화하는 내가 카메라 앞에서 떠들어 주는 일이 뭐 그리 대수라고? 무대 공포증 따위는 저능아들이나 있는 거라는 우월감은 내게만 있는 것은 아닐 것이다. 더더군다나 노래라는 것이 노래방이라든가 일상에서도 늘상 흥얼거리면서 무예를 해오던 것들이 아니던가? 그저 평상시처럼 읊조리던 노랫말들을 무대에서 마이크 잡고 몇 마디 불러주기만 하면 보수는 그야말로 지식인으로서는 최고의 대우를 받을 수 있다.

다음으로 추천하고자 하는 직업군은 바리스타나 차 전문가가 되는 것이다. 나만의 카페를 차리고 찾아오는 손님들에게 커피나 각종 차를 접대하는 일이 얼마나 쉬워 보이는가? 정부 지원 각종 대출을 이용하여 카페를 차린 다음 손님을 기다리면서 짬을 내어 지적 활동을 한다면 더할나위없이 훌륭한 사이드 직업군이 될 것이다. 물론 하루 종일 기다려야 서너 명의 손님밖에 없을 수 있겠으나 나만의 자유 공간과 시간을 벌 수 있다는 것은 가장 큰 이점이다. 단지 다달이 갚아야 할 대출금과 점포비, 인건비, 재료비 등은 별개의 몫이 될 수도 있다.

다음으로 생각할 수 있는 직업군은 간호조무사인데 보통 병원에서 근무하기 위해서는 엑셀을 다루는 능력이나 주사를 놓는 능력은 필수이다. 따라서 정보처리사 자격증이나 간호사 시험을 통과해야만 하는 전제가 붙는다. 물론 예술 종사자 지식인이라면 이 두 가지 정도의 시험쯤이야 누워서 떡 먹기일 것이고 이러한 종류의 시험조차 통과하지 못하는 지식인은 결코 없을 것으로 사려된다. 환자가 찾아왔을 때 주사바늘을 잘 놓는다던가 정보처리에서 누락이라든가 에러가 난 일 따위는 지식인으로서는 도저히 상상할 수 없는 일이다. 따라서 이 직업군은 지식인으로서는 가장 손쉬운 방책이 될 것이다.

또 어떤 이들은 주역, 사주를 공부하여 점술가에 직업을 구하는 이들도 있다고 하는데 그리 나쁜 생각은 아닌 것 같다. 다만 해박한 정보와 지식 없이 사람의 운수를 점쳐주는 양심 없는 점쟁이가 되어서는 안 된다는 전제가 붙는다. 잘 알지도 못하면서 사주팔자 운운하는 것은 천지 신명의 의를 거역하는 일이기 때문이다.

그러나 하다하다 이도저도 막막할 시에는 머리카락을 팔아 그 경비로 지적 활동을 할 수도 있다. 남은 평생을 의탁하기에 그보다 좋은 장소는 없을 것이다. 평생 부모님이 지불해주는 돈으로 학비며 책이며 감당해 오다가 그도 모자라게 되어 알바로 전전긍긍 이어오다가 이도저도 안 되면 마지막으로 취할 수 있는 방법이 이것이다. 모든 숙식과 남은 노후가 절대 보장되는 직업. 바로 최후의 보루인 승려의 길이다. 그야말로 절과 스님의 길은 동지가 되고 둥지가 되어 주기에 안성맞춤의 길이다.

레인(lane)에서 이탈된 삶이란 내쳐지는 일만이 남았다는 것을 의미하고 더더우기 그 레인의 주인이 내가 아니라면 레인의 주인이 나를 바로 쳐낸다는 진리가 있다. 내 길을 유지하면서도 남의 길을 엿보지 않는 삶은 그만큼 어렵고 따라서 귀하다. 투잡의 길은 역시 멀고 험난하며 미천하다.

°

20. 동명이인

그녀의 책이 발간되었다. 책머리에는 어엿하게 그녀의 세 글자 이름과 간략한 프로필이 적혀 있었다. 분명 나와 같은 학교와 같은 학과를 졸업한 내 친구 그녀가 필시 맞다. 그런데 나는 이 사실을 도저히 믿을 수가 없다. 분명 이 작가는 나의 친구와 동명이인임에 틀림없다. 세상에는 같은 학교와 같은 과를 나온 수많은 동명이인들이 존재한다. 세 글자의 같은 이름을 가진 이가 수백 수십 수만 명 존재한다. 따라서 나는 이 작가를 나의 친구가 아닌 어떤 그녀와 같은 이름을 가진 동명이인으로 간주할 것이다. 이 책의 작가가 이 책을 쓸 당시 동명이인이었던 나의 친구는 어디에선가에서 희희낙락거리며 유흥의 한때를 보냈을 것이 틀림없다. 나의 친구는 절대로 이런 종류의 글을 쓸 만큼의 위인이 결코 아니다. 이토록 수많은 정보와 문체, 창의력을 지닐 리가 만무하다.

따라서 이 책의 머리글에 소개되어 있는 이 작가의 이름은 내 친구인 즉 그녀의 이름 세 글자와 이름 모양만이 같은 그 수많은 동명이인 이름 가온데 하나일 뿐임을 우리 모두는 이제 인정해야 할 것이다. 그리고 결국 아무도 이 책을 나의 친구인 그녀가 썼다고 생각하지 않게 될 것이다. 책의 저자는 그녀와 이름만이 같은 어딘가의 동명이인 임이 틀림없다.

○

21. 살리에리가 왜 살리에리이고 모차르트는 왜 모차르트인가에 대한 연구

결론부터 말하자면 살리에리는 살리에로 태어났기 때문에 살리에리로 살았던 것이고 모차르트는 모차르트로 태어났기 때문에 그냥 모차르트로 산 것이다. 살리에리는 평범하고 성실한 성향의 소유자였고 모차르트는 음악적 재능이 뛰어난 천재였다. 그들이 만약 음악 분야가 아닌 곳에서 만났더라면 또다른 종류의 삶을 살았을 것이다. 그러나 그들은 음악의 영역에서 만났고 음악의 재능에 합당한 결과의 인생을 살게 된 것뿐이다.

특히 모차르트가 그의 음악을 작곡할 시 어떤 영감에 의하여 작곡하였는지 철저히 계획된 악성에 의하여 작곡하였는지는 본인만이 알 것이다. 따라서 본 연구는 천재자의 작업이 어떠한 요인에 의하여 도모되는지에 관하여 결코 명확하지 않다는 결론에 이르게 되었다. 그가 그냥 1756년 1월 27일에 태어나 그의 아버지를 만나 어려서부터 음악 공부를 하게 되었고 천재적 작곡 능력에 의하여 그리고 그만의 남다른 노력에 의해 수많은 작품을 남기게 되었다는 것만이 자명하다는 결론에 이르게 되었다. 일찍부터 연마한 음악 실력과 타고난 음악적 재능 그리고 지치지 않는 음악에 대한 열정이 수많은 작곡을 견인하게 된 연유가 아니었을까 하고 조심스레 짐작하게 될 뿐이다. 모차르트는 모차르트로 태어났기 때문에 그렇게 살게 된 것뿐이다.

○

22. 차세대 화곡동 청년

나는 화곡동 산15번지 22호에 살고 있는 만 26세의 청년이다. 직업은 편의점 알바생이다. 그러나 나는 곧 피카소의 대를 이을 더불어 아인슈타인의 대를 이를 예술가이자 과학자이다. 일명 투잡인 셈이다.

청강하는 수업들 물론 있다. 동회에서 운영하는 '스마트폰 배우기 클래스'와 '동영상 폰으로 찍는 법 클래스'를 다니고 있다. 물론 독서도 한다. 특히 동네 만화방에서 익히는 프랑스 백작들의 삶과 유럽 왕조의 스캔들은 과히 감동적이다.

요리에도 일가견이 있었던 터라 동회에서 주최하는 요리 강습회에 나가게 되었는데 최근에는 떡볶이를 만들어 먹겠다는 일념으로 강습 도중 펜을 까맣게 태워 버린 적도 있다. 뿐 아니라 헤어 스타일을 무스나 스프레이를 사용해 스타일링 하는 데 흥미를 느껴 친구 머리들을 매만져 주기도 했는데 스타일 별로 프랑스식 이름을 지어 주는 것이 너무 재미 있었다. 베르사이유, 샤르팡티에, 페르젠, 오스칼, 앙드레 등등이 주로 사용하는 스타일의 애칭들이었다.

역시 스페인이 낳고 프랑스가 키운 화가 피카소를 그의 로망으로 뺄 수는 없다. 피카소 그림에 나오는 인물들이 왠지 마스크 같고 눈코입이 일그러져 있는 것을 보고 화장술을 배우란 뜻인가 생각하기도 해서 미용학원 등록을 시도해 보기도 했다. 아인슈타인의 상대성 이론은 도저히 이해가 안 가지만 상대적으로 내가 잘난 인간이라는 자부심은 변함 없다. 여전히 내가 그들의 대를 이을 제목이라는 것은 자명하다. 왜냐하면 나는 화곡동 산15번지 22호에 살고 있기 때문이다. 15번지 22호.

2장

지식대 문학의 난투극

1. 할 줄 아는 게 하나도 없는 통영 아줌마

경선의 경선은 이어지고 있었다. 그리고 끝날 줄을 몰랐다. 그럼에도 원로원은 우리 통영 아줌마를 당대표로 선출하는 일을 계속 밀어붙였다. 통영 출신 가운데에서 그것도 여성으로 당대표를 선출한다면 본당이 정치적으로 많은 수혜를 입을 것이 분명했기 때문이었다.

우리 통영 아줌마는 당연히 흙수저 출신으로서 나이 55세가 될 때까지 각종 커리어를 쌓아 가긴 했으나 단순히 흙수저라는 이유만으로 주전에서 배제되었으며 금수저였던 명문가의 자제인 그녀의 고교 동창과는 자연히 대조되어 이것을 역으로 잘 이용만 한다면 대중의 지지와 후원을 받을 것이 분명했기 때문에 당 관계자들은 우리 통영 아줌마를 무슨 일이 있어도 당대표로 선출하여 대선까지 이어지는 행로를 기획하게 된 것이었다.

우리 통영 아줌마의 커리어란 것들은 삼류 대학의 석사나 박사 과정을 이수한 이후 시간강사로 전전한 것이 고작이었지만 스카이대를 졸업하고 전폭적으로 명문가에 스카우트된 통영 아줌마의 고교 동창과는 대조되었으며 이러한 차별과 불공정에 대항하는 여론을 조작하여 희대의 경쟁과 싸움을 일으켜 대중의 지지를 얻어내어 대선까지 이어갈 공산이었던 것이다.

그러나 불행하게도 우리 통영 아줌마가 지난 30년간 쌓아온 커리어란 것이 시간강사로 전전하던 것에 불과한 것으로서 실질적인 실무능력이나 정치, 경제적 사안에 대해서는 문외한이었던 것이 큰 문제였다. 당대표로 선출된다면 방송국에 나가서 경제적 소견이나 정치적인 입지 등에 대해서 논리적이고 일목요연하게 의견을 피력해야 하는 것인데 그러한 정치, 경제, 사회학적, 역사, 철학적 소견이 전무하다 보니 딱히 대중에게 이렇다 하게 보이지는 못하는 지경이었다.

그럼에도 흙수저로서 갖은 고난과 차별, 그리고 부당한 대우를 겪었던 그녀의 행적을 이용한다면 당의 이념과도 부합하다고 판단하였으므로 당측은 우리 통영 아줌마를 대표로 끌어들이는데 심혈을 기울였다. 따라서 당이 내린 결론은 우리 통영 아줌마의 이름과 존재 자체를 끌어들인 채 그녀를 대변하거나 주위에서 보필할 수 있는 몇몇의 후보 여성 위원들을 동시 선출하기로 하였다. 때마침 통영 아줌마의 고교 동창이 출입하던 방송국에서는 그녀의 고교 동창이 연예인이라든가 가수, 배우, 방송국 종사자들을 비하하며 딴따라라고 폄하는 사건이 발생하자 이에 발끈하여 몇몇 처자들이 우리 통영 아줌마의 수하 되기를 자처하고 나서기에 이르렀다.

사실 통영 아줌마의 고교 동창은 재벌가들의 후원을 한 몸에 받고 있었는데 따라서 수많은 광고와 수많은 미디어적 PR이 이루어지고 있었을 뿐만 아니라 재벌가들의 자손들과도 수많은 애정 스캔들까지 일으키자 이에 격분한 방송국 종사자들은 이러한 금수저들의 특권적인 특혜와 수혜를 들먹이며 통영 아줌마를 지지하고 나서기에 이른 것이다.

이 당은 방송국 종사자 중에서 유독 외모가 빼어나고 언변이 좋은 몇몇 국원들을 통영 아줌마의 서포터로 구성하기에 이르렀다. 객관적인 뉴스나 정보들을 일반 시민들에게 전달해야 하는 언론의 본분이 어쩌면 오히려 방송국 요원으로서는 비애로 작동하였는데 전달하는 내용은 "내가 전혀 원하는 내용이 아니며 오히려 내가 발벗고 나서서 반대해야 하는 지점인데도 불구하고 전달자라는 이유 하나만으로 미소를 띠며 피에로가 되어야 하는 것"이었다. 까놓고 말하자면 "화려한 타워팰리스에서 살며 매일 밤을 파티로 지새우고 수많은 정계 재계 인물들과 관계를 맺으며 경제적으로나 사회적으로 명망과 권력과 재력을 얻는 것이 왜 나는 안 되는 것일까? 그것을 전달한다는 것으로 나는 만족해야만 하는 것인가? 그 자리에 내가 앉을 수도 있는 것 아닐까? 그 파티 주인공이 내가 되어 뉴스를 전달하는 자가 아닌 뉴스 속에 나오는 저 부유한 대상자로 보도되면 안 된단 말인가?" 이 지점이 바로 방송국원들이 할 줄 아는 게 아무것도 없었으면서도 흙수저라는 이유 하나만으로 당대표로 선출되야만 했던 우리 통영 아줌마와의 연맹이 이루어지게 된 배경이며 경위이다.

그러나 엎친 데 덮친 격으로 우리 통영 아줌마의 정체성이란 그야말로 흙수저로서 사회의 밑바닥을 전전하면서 갖은 불평등과 고초를 겪던 인물이었으므로 이와 관련된 조력자들 역시 그와 같은 선상에 놓여야 하는 당으로서는 절체절명의 사안이 남아 있었다. 자고로 하향 평준화를 이루어야 하는 시점이었다.

따라서 우리 방송국원들 역시 우리 통영 아줌마처럼 생활비 수급자 혹은 갖은 허드렛일을 하고 말단 직업을 전전하며 생활을 근근이 이어가는 인물로 격하시켜야 했다. 불행인지 다행인지 꽤 많은 숫자의 방송국 종사자들이 이러한 최상위층이 되고자 잠시나마 신분의 격하를 경험하면서까지 통영 아줌마의 대표 경선에 동참을 표명했다. 특히 이 집단의 구성원들을 먹여 살리는 돈줄도 과연 있었는데 그녀의 역할은 단연 통영 아줌마에게는 정치성을 유발하는 삐끼로서 서태지라는 예명을 지닌 보험왕 큰언니가 있었다. 모든 경제적 사안은 그녀를 거쳐 실행되었으며 또한 국원들에게 제공되었다. 보험왕이라는 명칭답게 수많은 인맥과 경제적 능력은 탁월하였는데 더 나아가 그녀의 용도는 우리 통영 아줌마를 커리어적인 면에서 자극하는 그리하여 그녀가 당대표로서 보다 굳건히 설 수 있게 하는 토대가 되도록 주어진 삐끼라는 역할이었다. 과연 통영 아줌마를 마지막까지 이모저모로 구원해 줄 그야말로 경제적, 정치적, 사회적, 구원투수였던 거다.

물론 이러한 절체절명의 기회를 당에서 이용하지 않을 리가 없었다. 다재다능한 서태지를 통영 아줌마를 견인하고 그를 위한 게임의 잣대로 이용한다면 금상첨화의 사태가 될 거였다. 따라서 진행되는 온갖 경선과 선출의 와중에는 서태지 보험왕의 행동과 사관이 기준이 되어 절차가 진행되었다. 그런데 이를 알 리 없는 서태지 아줌마는 잘 해도 너무 잘 해. 못하는 게 없이 만사 무사 통과. 모든 과정을 이해. 맨날 1등으로 선출되는 게 아닌가.

이를 보다 못한 당 수뇌부는 부글부글한 내심을 감추지 못하고 이제 경선의 과정을 통해 서태지 보험왕의 사지 중 하나만이라도 절단하기만을 학수고대하는 것으로 사태를 전환하기에 이르렀다. 부디 하나만이라도 잘라내게 해다오. 억울하고 분한 이 무능에 대한 대가를 받잡구나. 당 수뇌부는 절침부심 잣대로 이용하고 물주로 이용하려던 서태지 아줌마를 급기야 절단의 제물로 바치게 되기를 요망하게 된 거였다. 터닝 포인트, 크고 둥근 마음의 큰 그림을 그리던 자들의 몰락을 의미하였다. 하나만 얻자던 마음의 궤는 하나만 자르자로 이양되어 패망의 길로 접어든 거였다.

   그럼에도 경선은 이어지리라. 우리 당은 크든작든 무궁토록 통영 아줌마를 지지하고 만들 것이며 우리 통영 아줌마는 머지않아 흙수저로서는 최초로 당대표로 선출될 것이고 승승장구하여 대선까지도 거머쥐게 될 것이 분명하다. 아무것도 할 줄 모르나 꺾이지 않는 마음만 있다면 아무것도 이루지 못할 것이 없으리라. 과연 꺾이지 않는 마음만 있다면 이루지 못할 것은 결코 없으리라.

                                                               ○

2. 도둑질과 도박

   그녀의 일생은 도둑으로 점철된 삶이었다. 어려서 대학에 진학할 때에는 자신의 실력이 기준에 미치지 못하자 그녀의 한 친구와 같은 대학을 보내준다면 대신에 자신의 배우자는 가난한 남자와 결혼하겠다는 공약을 내세웠다. 그러니까 자신의 실력으로는 꿈도 꿀 수 없는 학교를 고른 것이었으며 그녀의 친구 입장에서는 턱도 없이 낮은 대학으로써 그녀는 그 친구와 같은 대학에 함께 입학할 수 있도록 선처해 달라고 호소하였다.

때는 자고로 88올림픽이 열리던 때였다. 국가 중대사가 코앞에 있었던 만큼 어떤 노동자 계층의 사람들이라도 파업이나 노조를 결성하면 국가 중대사인 올림픽 경기를 연기하거나 취소해야 할지도 모른다는 두려움에 떨던 때라 국가 고위직 인사들은 노동자 아버지를 두었던 그녀를 결코 무시할 수 없었다.

어쨌거나저쨌거나 노동자 자녀인 그녀와 올림픽위원회의 이사 중 한 명인 아버지를 두었던 그녀의 친구는 서울의 한 이류 대학에 입학하게 된다. 드디어 세기의 경쟁이 시작된 것이었으며, 자고로 그녀의 도둑질 인생이 펼쳐지기 시작한 순간이었다. 시간은 흘러 흘러 그들도 졸업을 앞두고 있었다. 각자 진로를 결정해야 할 즈음에서 그녀의 친구는 그림 그리기에 매진하여 화가가 되기 위하여 프랑스로 유학을 떠날 계획을 가지고 있었는데 공교롭게도 그녀 친구가 폐병을 얻는 바람에 미술학도로서의 꿈이 연기되었다. 이에 때를 놓칠세라 그녀는 자신이 미술을 공부해야 한다며 친구가 입학하려던 학교에 입학 원서를 내고 미술 공부를 하기 시작한 것이다. 그런대로 시간은 흘러 폐병에 걸렸던 친구는 완쾌돼어 자신의 전공을 살려 교사가 되었다. 이에 그녀는 발끈해서 교직이 세상에서 제일 좋은 직업이라면서 떠들어대며 교직으로 진출해야 하겠다고 공표를 해버렸다. 이번에도 또 노동자들의 파업이 두려웠던 기업 관계자들은 그녀를 자신들의 회사 산하에 있는 학교에 추천으로 강사로 임명하여 학교의 교원으로 받아들이기에 이르렀다.

그렇게 각자의 사회생활을 시작하였던 그녀들이 이제는 과년하여 배우자를 만나야 하는 시기가 되었다. 평소 그녀의 친구는 몇몇의 남자친구들이 있었는데 그들 중에서 유달리 빨간 옷을 즐겨 입었던 남자를 선호하였다. 친구가 그 빨간 옷의 남자와 결혼하리라는 소문이 돌자 그녀는 질투심이 들어 빨간 옷의 남자에게 접근하여 갖은 유혹을 퍼부었다. 이 사실에 자존심이 상한 그녀의 친구는 약혼을 파기하고 이번에는 파란 옷의 남자친구와 결혼하려 하였다. 그러자 이번에도 그녀는 빨간 옷의 남자를 단번에 차버리고 파란 옷의 남자친구의 동네를 들락거리기 시작했다.

이 와중에 성실히 교사생활을 하던 친구는 친구의 품위와 성실함에 반한 어떤 학부모의 소개로 한 남자를 소개해 받게 되는데 그는 장차 정계로 진출하여 대권에 도전하리라는 꿈을 지닌 전도유망한 정치학도였다. 이에 화들짝 놀란 그녀는 그깟 정치 지망생쯤이야 우습다면서 이번에는 실제 대통령을 꼬시기로 작정하였다. 현 대통령은 한 번의 이혼 경험이 있는 유부남으로 연하의 부인이 이미 있었다. 그러나 이에 질 수 없었던 그녀는 직접 청와대로 입성하여 대통령을 대면할 수 있는 공식적인 자리를 엿보기 시작하였다. 대통령을 대면할 수만 있다면 대통령을 꼬시는 것은 아무 문제될 것이 없다고 그녀는 생각했다. 세번째 부인이면 어떻고 네번째 부인이면 어떤가? 내 것으로 만드는 데는 조금의 시간만 있으면 된다. 고진감래라고 했던가? 그녀는 당장 내일부터 청와대 보좌관으로 출근을 앞두고 있다.

그녀의 인생은 과연 처음부터 지금까지 누군가의 것을 하나씩 갈취하여 자신의 것으로 취하고야 말았던 도적질로 점철된 절도의 삶이었던 것이다. 그러나 천생연분의 삶은 과연 있는 것이었던가? 그녀는 20년 후 도박으로 점철된 삶을 살았던 그녀만의 천생연분을 만나게 될 것이다. 그것을 어떻게 알 수 있냐고? 범죄자는 범죄자를 만나게 되기 마련이기 때문이다.

○

3. 평화상 타기

그들의 공통점은 그들 모두의 지인이었던 H양이 노벨상을 하나도 아닌 몇 개에 걸쳐 거머쥐게 된다는 사실이었다. 지인이라고 한다면 학교 동창들이나 회사 동료, 심지어는 친척들도 이 지인들에 속해 있었다. 이들은 하나같이 그녀가 노벨상을 타게 된다는 것을 인정할 수 없었고 바닥에 데굴데굴 구를 정도로 배아파 하였.

H 그녀는 S그룹에 다니고 있었는데 이 회사는 어메리 국가와 협업 중이었다. 따라서 이 지인들이 손잡아야 할 대상은 단연코

어메리 국가와 대치됐던 어크라이나 국가였다. 이 지인들은 이번 생을 이렇게 끝낼 수만은 없다면서 우리도 어떻게 해서든 노벨상 하나쯤은 타야 한다고 의견을 모았다. 그러나 아무리 해도 노벨상의 어느 하나 탈 것이 그들에게는 없었다. 과학 공부를 한 것도 아니며 경제적 지식이 있는 것도 아니었으며 그렇다고 의학적인 공부를 한 적도 없는 이들이 노벨상을 탈 수 있었던 건 단 하나 노벨평화상뿐이었다. 머리를 맞대어 쥐어짜낸 노벨평화상을 탈 수 있는 방법 하나는 어크라이나 국가를 침범하여 전쟁을 뒤에서 암암리에 일으킨 후 지인들이 나서서 솔선수범하여 각종 캠페인 활동이나 정치 활동 혹은 정치 외교적 활동을 전방위적으로 하여 전쟁을 종식시킨다면 단연 노벨평화상은 자신들에게 돌아가리라고 확신하였다.

그들은 어크라이나 국가를 공격하여 치고 들어가 전쟁을 일으킬 국가를 물색하였다. 그러다가 어크라이나 국가의 인접 국가였던 러사 국가를 점지하여 그 국가에 첩자를 심어 쥐새끼마냥 알박기하여 이 요원을 이용하여 러사 국가를 와해하고 붕괴시켜 자신들이 시키는 대로 하게끔 만들어서 급기야는 어크라이나 국가를 치고 들어가는 전쟁을 일으키게 만들고 말았다. 이 쥐새끼 같은 첩자 요원을 통하여 지인들은 갖은 명령을 하달하였으며 어크라이나 국가와 러사 국가간의 전투 일정을 일거수일투족 관할하고 조정하였다. 이 첩자 요원은 러사 국가의 군사 정보나 정부 조직 체계와 각 정부 요원들, 그리고 세계 각처에서 활동하고 있는 대사들까지 모든 정보를 입수하여 그들을 일사분란하게 움직여 시키는 대로 하게끔 만들었다. 그리하여 각종 세계 언론과 정치인들은 러사 국가 대통령이 어크라이나 국가를 무력 침공하여 전쟁을 일으킨 것으로 보도하게끔 하였다. 러사 국가가 어크라이나 국가의 영토를 되찾는 것을 명목으로 전쟁을 일으켰다고 유포시켰다. 그러나 사실은 이 모든 것은 H양의 지인들이 노벨상을 타기 위하여 전쟁을 일으키고 표면적으로는 이를 종식시키기 위하여 각종 평화 운동을 벌이는 것으로서 결국 노벨평화상을 타기에 이른다는 짜집기된 배후가 있었던 것이다.

그러나 시키는 대로 한다는 것의 명과 암이 과연 있었던가? 모든 공격 형태가 즉 지시된 내용이 적재적소에 맞지 않았으며 그러한 전투 형태가 장소와 전투마다 모두 일관되고 단조로웠으며 1950~60년대식의 전투 방식이었던 것을 이상하게 여긴 러사 국가의 장군이 드디어는 알밖기로 박은 쥐새끼 첩자를 발각하기에 이르렀다. 따라서 모든 시킨대로 했던 전쟁의 온상이 만천하에 여실히 드러났으며 이 지인들의 노벨평화상 타기 음모는 발각되기에 이르렀다.

비밀은 없다. 낮말은 새가 듣고 밤말은 쥐가 듣는다. 쥐새끼 알

밖기 작전 전투는 시키는 대로 하다가 오히려 꼬리가 밟힌 전쟁으로 결국 지금은 모두 종식되었다. 자작극을 통해 노벨평화상을 타려던 지인들은 모두 소환되었다.

○

4. 노동과 민폐

A. 본인을 간략히 소개해 주시겠습니까?

B. 저는 멤바스 방송국 요원 자격으로 급파된 빈민 구제기관 간사인 소인이라고 합니다.

A. 본인이 왜 방송국 요원의 자격으로 본 프로젝트에 급파되었다고 생각하시나요?

B. 이 프로젝트 사안을 아는 사람들은 방송국 요원들만이 아는 사안으로써 따라서 본 프로젝트에 관련하여 방송국 요원만이 급파될 수 있는 것으로 알고 있습니다.

A. 그렇다면 본인이 설립한 빈민 구제 기관의 이름과 하는 역할에 대해서 소개해 주시겠습니까?

B. 본 기관은 작전명 Q에 입각하여 그것에 관련 조직되었던 요원들의 섭생을 책임지고 그들을 구제할 목적으로 설립된 사적 비밀 조직 단체입니다. 그러나 공개적으로는 사적 영리를 취하는 그리하여 상점의 형태를 띠고 있습니다. 따라서 일반인들은 우리

를 비밀 단체로는 전혀 구분할 수 없고 일반 상점으로 인지할 것입니다.

A. 그러나 본인은 방송국의 주 요원이었을 것이고 그곳에서의 역할이 있었을 텐데 주요 기관을 이탈할 시에는 무엇인가 개인적으로 영달할 수 있는 지점이 있을 것 같은데 혹시 밝혀주실 수 있나요?

B. 저는 방송국 지점을 이탈하여 사조직을 세운 관계로 다시는 조직으로 복귀할 수 없습니다. 따라서 그에 합당한 대가를 요구하고 있습니다. 그것은 작전명 Q에 관련한 요원들의 타이틀과 전 판권을 급파된 저에게 전적으로 이양할 것을 요구하고 있습니다. 그것이 저의 사명이며 부여받은 역할임과 동시에 저의 개인적 영달과 직결된다고 생각하고 있습니다. 물론 어떠한 권리도 계약되지 않은 사항을 잠식할 의향은 전혀 없음을 동시에 밝히는 바입니다.

A. 본인은 얼마 전 작전명 Q에 관련된 요원들을 도살 직전의 돼지나 사형 선고받은 불구자로 낙인한 듯한 발언을 하셨는데요. 그것에 대해서 해명해 주실 수 있습니까?

B. 저는 어떠한 경우에도 직접적으로 요원들에 대해서 비하하거나 비판하지 않습니다. 저는 단지 작전명 Q에 관하여 전적으로 그 권리를 이양 받기를 원하고 계속 이어서 작전명 Q프로젝트를 진행하려고 하는 방송국 요원일 따름입니다.

A. 본인이 작전명 Q를 이양 받아 성공시킬 수 있으리라고 자신하십니까? 어떤 근거로 작전명 Q를 성공시킬 수 있다고 생각하시는지 구체적으로 말씀해 주실 수 있겠습니까?

B. 저는 결코 나르시스트가 아닙니다. 저는 그저 하루하루의 할당량을 충족시키면서 작전명 Q에 따른 요원들의 섭생과 안위 그리고 조속한 본부로의 복귀와 그 프로젝트의 지속을 추구할 뿐입니다.

A. 그렇다면 마지막으로 작전명 Q를 이어가는 나름의 고충과 혹여나 본 프로젝트가 미제로 남을지에 대한 솔직한 심정, 그리고 현재 행방이 묘연한 작전명 Q요원들에게 하실 말씀이 있으면 해 주시겠습니까?

B. 저는 궁극적으로 작전명 Q에 관련한 요원들의 섭생을 책임지고 조직을 이탈한 요원일 뿐입니다. 그들에게 요구하는 것은 이제 더 이상 노동조차 하지 않으면서 공짜를 요구하는 민폐와 추태에서 벗어나서 자신의 역할을 마무리하시기를 요청하는 바입니다. 작전명 Q는 국가적 사안의 프로젝트였고 지금도 지속되고 있고 또 계속 지속되어야 할 작전임에는 틀림없어 보입니다. 그러하므로 우리 작전명 Q의 모든 요원들은 투항하시고 그만 본부로 복귀하시기를 바랍니다. 미제에 대한 염려는 절대 하지 않는데 이유는 요원들에 대한 신실한 신념 때문입니다. 그리고 더 이상 본 요

원들에게 할당되는 어떤 종류의 노동 없는 공짜는 존재하지 않는다는 것을 스스로 인지하시기 바랍니다. 저는 작전명 Q프로젝트를 이양 받는 사람으로서 저의 역할을 다하기를 원하며 어떠한 노동 없는 대가는 어디에서도 제공되지 않는다는 것을 명백히 밝히는 바입니다. 요원들은 속히 본부로 복귀하시기를 희망합니다.

○

5. 온라인

  시간이 흐르는 것을 단지 그녀 얼굴의 주름들이 말해주고 있었다. 타인은 모두 침묵한다. 누구나의 이야기일 테지만 시간이 흐름에 따라 자신의 서러움을 가장 힘겹게 경험해 간다. 저마다 자신의 분량이 가장 크기 마련인 삶. 삶의 굴레란 그러하다.

  홀어머니 고향 등지고 사대 독자 이 집으로 시집온 것이 벌써 삼십 년을 훌쩍 넘어가고 있었다. 처음에는 구들장 솥밥으로 열다섯 식구 매 끼니를 해결했고, 장작 패고 불 지피는 일이 제일 고되었다. 한옥의 삶은 온돌. 그때에는 나무 아니면 연탄이 그곳의 연료였다. 무의식으로부터 의식에 이르기까지 아녀자들의 노동치의 삶일 뿐인 것을 뼛속 깊이 받아들이는 것이 곧 평화였고 복락이었다.

그녀의 유일한 낙은 아이들 땅 따먹기 하는 골목 어귀에 있는 복덕방 평상에 앉아 저녁장을 보고 돌아오다 잠시 쉬는 것이었다. 마을 어귀의 이 평상 위로는 은행나무 아름드리 그림자가 연중 내내 시원하게 드리우고 있었다. 그곳에서 장기 두고 있는 할아버지 아니면 할머니와 찬거리 얘기나 아이들 교육 문제 아니면 집값, 전세값 같은 수다를 한참 떨고 돌아오곤 했다. 지금으로 말하면 소확행이었던 셈인데 분명 소박하며 평화로운 감사한 일이었다.

  아들은 어느새 대학을 지나 대학원까지 졸업했다. 학자의 길을 가고 싶다나 어쨌다나. 근데 시간이 흐른 것이 그녀에게는 도통 심드렁했다. 아니 오히려 고되었다. 밥도 이젠 전기밥솥이, 보일러 난방에 모든 집안 대소사가 심지어는 물건 사는 일까지 컴퓨터가 하는 시대가 됐다. 스마트폰의 문자나 앱을 다운받지 않으면 누구 누구의 소식을 모르는 무식쟁이 아니면 왕따가 되기 일쑤였다. 하루는 아들과 같이 전기값을 확인하려 컴퓨터를 켰지만 자신이 더블 클릭이 되지 않는다는 것을 그녀는 그때 처음 알았다. 정확히는 그런 것이 뭔지도 모르고 있었다. 챙피한 일이지만 그녀는 전기밥솥의 메뉴를 선택하지 못할 때가 많아 취사 대신 보온 단추를 눌러 저녁을 거른 적도 몇 번이나 있었다. 물론 문자는 백 퍼센트 씹고 쇼핑으로 온라인 구매는 엄두도 내지 못한다.

  기계치가 있다고는 하나 AI를 구동하지 못하는 것이 곧 기계치가 된 세상이 되었다. 더블 클릭은 고사하고 겁이 나서 말로도 AI 명령이 불가한 그녀만의 시대가 되었다. 그녀는 문자의 사진 첨부 기능을, 밥솥의 잡곡밥 취사 기능을, 세탁기의 삶는 빨래 기능을 익힐 수 있을까? 며느리가 되었던 그때로 돌아가 본다.

。

6.계단 내리기

   그녀는 다음 정거장까지 더 가기로 했다. 이번 정류장에 내려야 했지만 도저히 내릴 수가 없었다. 층계를 오르는 일은 그럭저럭 하겠는데 내려가는 일은 도통 매번 엄두가 나지 않는 일이었다. 차도가 천길 만길 절벽 위인 듯 느껴져서다. 층계는 고작해야 3단 아니면 4단이었는데 한 단을 내려가는 일은 번지점프를 수백 번 하는 용기가 필요했다.

   아예 버스를 타지 않을 궁리도 해봤지만 자가용이 있는 것도 아니었고 먼 거리는 버스 아니면 지하철이었지만 지하도를 내려가는 일은 몇백 개의 계단을 의미했으므로 차라리 버스 편이 용이할 따름이었다. 적어도 3-4번만 눈 찔끔 감으면 된다는 희망 아닌 희망이 있었다. 몇백 개에 달하는 지하철 계단의 수는 그녀에게 죽음을 의미했고 절망 그 자체였기 때문이다. 한 발자국만 떼어 보자. 그녀는 이를 악 물었다. 열까지 세고 백까지 세고 있는데 뒤에서 아우성이 났다. 내리지 뭐하느냐며 큰소리들이어서 하는 수 없이 그는 자리로 돌아와 다음 역을 기약하고 있었다. 이번에는 기필코 두 번째 단까지 내려가고야 말리라.

   벨을 누르고 기다리다 드디어 다음 정거장. 그러나 절벽은 여전하였고 끝이 보이지 않는 협곡에 그녀는 서 있었다. 이번에는 운전사가 난리가 났다.

   "왜 안 내려 아줌마?"

   또 실패. 절박한 그녀의 심정을 알리 없는 이들은 매번 어서 내리라며 큰소리로 호통만 쳐댔다.

   그녀는 내리지도 앉지도 못한 채 종점까지 갔다. 그러다 버스가 다시 출발하자 다시금 벨을 눌러대며 다음 다음 또 다음 하며 살았다. 길 위에서 그녀가 그렇게 살고 있었다. 영원히 다음 역에서만큼은 내리리란 희망과 또한 그렇게 나를 기다려줄 길 위를 그녀는 또 살아 가고 있었다.

   길의 끝은 없을 거 같다.

○

7. 블로그를 하지 않는 이유

   네이버 블로그는 그 화려한 색상의 선택 들과 디자인 요소들 그리고 한눈에 쉽게 볼 수 있는 박스의 디자인 구성안이 비교적 만족스럽다는 특징이 있다. 반면 티스토리는 뭐니뭐니해도 단순성과 접근성에 있어서 용이하다는 점이 장점이다.

그러나 이러한 장점들에도 불구하고 그녀들이 블로그를 하지 않데는 몇 가지 이유가 있는데 10년 넘게 블로그를 운영해 온 나로서는 다소 이해하기 힘든 부분이 있다. 그중에서도 a양은 블로그를 운영한다는 것이 괜히 자랑하는 것 같아 꺼려진다고 한다. 또 어떤 이들은 포스팅을 할 내용들의 질적 측면에서 자신이 없어서 블로그를 기피하게 된다고도 하며 또 어떤 경우는 포스팅을 올릴 시 사람들이 읽을 것을 상상할 때 긴장되고 떨린다고도 한다.

그러나 b양의 경우는 좀 특별한데 자신의 지적 활동이 온라인으로 기반으로 제한될 시 오프라인에서의 계약 요청이 오지 않을 것이 염려되어 블로그를 개설하지 않는다고 했다. 그도 그럴 것이 나의 활동을 언제 어디서든 볼 수 있는 컴퓨터상의 블로그가 있는데 굳이 오프라인에서 만나고 불러들이고 할 이유가 없어질 수도 있는 것이다. 그녀의 말대로 오프라인에 계약 건수가 사라지게 될 수도 있다는 얘기다.

그래서 그녀가 10년 넘게 학교에 강사 자리를 유지하고 있는 건지도 모를 일이다. 이런저런 이유들에도 불구하고 내가 블로그를 애용하는 이유는 지식 정보의 처리와 보관 개발이 용이하게 이루어진다는 사실에 있다. 아이디어들의 발전과 새로운 구상 등 내가 온라인 상에서의 지식활동을 이어오는 이유이다. 단지 기술적으로 해결이 되지 않아 블로그 활동을 기피하는 사람이라면 예술활동 자체를 재고하기를 권고한다. 테크네, 즉 기술이 예술의 기원이기 때문이다.

。

8. blog

그녀가 내게 보내온 메모.

니 블로그 그거 당장 내려라. 그 블로그 니가 쓴거 아니란 거 다 안다. 누구꺼 따와서 니 것인 양 올리는 것 다 안다. 한량인 주제에 니 이름이 왜 거기 붙어 있냐? 니가 쓴 것두 아니면서. 어차피 그거다 껌값이야. 내가 월 백에 사줄께. 광고 업체에 넘겨라. 그런 짓 하다간 좀 끌려갈 수도 있다. 명의 도용죄, 명예 훼손죄, 표절 건으로. 다 됐고 그냥 내려라. 잔말로 할 때 내려라. 큰 코 다치기 전에. 아님 쥐도 새도 모르게 끌려가 비밀번호 따서 내 명의로 바꾼다. 학문은 아무나 하는 줄 아냐?

。

9. 살리에리의 행색

 나는 살리에리이다. 모차르트의 동기동창. 나는 그의 행색을 하고 산다. 그가 입는 옷과 다니는 식당들 읽는 책들도 모두 같다. 특히 그가 쓰는 글들을 내가 쓴 척하는 것은 기본이다. 그가 방송 출연이라도 하는 날에는 나는 당연히 두문불출한다. 내가 다른 장소에 있기라도 한다면 나의 행색하기가 탄로나기 때문이다. 그가 sns에 올리는 사진의 장소를 탐색하고 탐방하고 그 길을 익히고 걸어보고 또 그인 척하며 거리를 활보할 때면 신명나기까지 하다. 그의 명의, 이름이 나의 이름과 다름 아니다. 그러나 괜찮다. 그의 이름을 이제 사용할 수 있는 날이 다가오고 있다. 그는 신앙인. 휴거가 될 것이기 대문이 이다. 신앙인이면 모하나? 휴거 되어 지구상에서 사라질 텐데. 그리곤 나는 그가 되어 그가 몰래 써둔 논문들을 발표하고 학자로서 작가로서 활개를 치고 다닐 계획이다. 그야말로 나의 행색하기는 행색하기로 끝장을 보게 되는 터였다.

。

10. Oaisis

 그 아이는 나의 초등학교 동창이다. 우리는 같은 동네에 산다. 엄밀히 말해 중·고·대학 같은 학교를 다녔다. 동네 어른들은 우리를 단짝이나 아주 친한 우애가 좋은 사이라고 보았다. 보기 좋다며 언제나 우리의 우정을 칭찬 하셨다.

그러나 나는 그 아이를 친하기만 한 존재로 만든 지 오래다. 나는 그녀의 옷 입는 법, 요리하는 법, 글 쓰는 법, 남자친구 사귀는 법, 사진 찍는 법 등등 그녀가 뭐를 할라고 했을 때 바로 가로채기를 감행하고 있었다. 뭐든지 선점하는 것이 중요하다고 선생님은 늘 말씀하셨다. 그녀가 사려던 옷을 먼저 가서 사고 그리려던 그림 구상을 먼저 그려 버리고 쓰려던 글 주제를 내가 먼저 써버리곤 했다. 그것은 모두 그녀와 친했기 때문에 가능한 일이었으므로 나는 가능한 한 그녀의 주위를 유지하며 배회했다.

이제 나는 그 애가 사귀려던 남자아이에게로 가고 있다. 그녀가 사귀기 전에 내가 사귀려고 말이다. 선취. 대대로 배워 온 선인들의 지략일 것이다. 아니, 새치기였던가? 그리고 배신은 새치기의 기본이리라.

○

11. 거절

나의 직속 상사는 나를 영국 지부장으로 보내려고 무던히도 애를 썼다. 나의 능력을 특별히 인정하여 그랬다기보다는 내가 마치 눈엣가시처럼 그의 승진에 방해가 되기 때문이었는데 부하직원 중에서 엑셀을 다룰 줄 아는 사람이 나밖에 없었고 전무님께서 이를 알아 때만 되면 나의 직속 상사 대신에 나를 불러댔기 때문이다. 결국 엑셀을 다룬다는 이유 하나만으로 승진 기회에서 내가 먼저 채택될 수도 있다는 불안감이 있었던 것 같다.

영국 지부장 자리가 그리 나쁜 것만은 아니었다. 해외 유지비에 특별 보조금 등 보수는 두 배에 가까웠고 내가 만약 자녀가 있었다면 자녀에게 외국 교육의 기회가 부여되는 특별한 케이스이기도 했다. 그러나 나는 싱글이었으므로 지부장 자리가 그렇게 나에게 득이 된다는 생각이 들지 않았다. 몇 년 동안 지부장으로 해외 근무를 갔다 오면 사실 본사에서는 설 자리가 무색해질 수도 있었기 때문이다.

나의 직속 상사는 별별 옵션을 제공해 가면서 나를 영국 지부장으로 보내려 했다. 그곳의 이층짜리 집을 사택으로 주겠다는 둥 몇백 퍼센트 이상의 보너스를 제안하기도 하고 비행기표 마일리지 옵션에 매 시즌마다 3주 이상의 휴가를 주겠다며 온갖 꼬임을 다 하였다. 그러나 끝내 나는 상사의 바람과는 반대로 영국 지부장 자리에 가지 않았다. 오히려 직속 상사의 저의가 의심스러워서 전무에게 더 잘 보여 직속으로 부장 자리를 꿰차리라는 야심까지 품게 되었다.

인사 발표가 1주일 앞으로 다가왔다. 나의 상사와 나 가운데 둘 중에 한 명이 부장으로 승진할 것이라는 소문이 돌았다. 만약 내가 부장이 된다면 그동안 갖은 꼬임에 나를 먼 나라로 내치려 했던 나의 상사, 대 궁립식품 마케팅 부서의 과장, '차걸서' 너는 끝이다.

o

12. 곧 죽기를 원해 그러나 죽기 전까지는 우리를 가르쳐 주라

너의 병을 잘 알아. 죽을 정도는 아니라는 것도. 직업병이라는 것도. 치료 약이 있다는 것도 알고. 너의 원수 같은 스토커가 독을 타서 치명적으로 악화되었다는 것도 알아. 그 스토커가 우리측 남편들이라는 것도, 그러나 혹시라도 너가 죽는 경우가 발생할 수도 있다는 것을 인정해야 해. 병이란 게 원래 그런 거잖아.

그래서 말인데 네가 죽는다는 것을 어서 인정하고 그때까지는 우리들을 가르쳐줬음 해. 모든 삶은 그 밥값을 해야잖아. 비록 그 날들이 일찍 찾아온다 하더라도 너가 우리들을 가르쳐줬다는 사실을 우리 모두는 기억할 거야. 그러니까 너의 상심도 그만큼 줄 수 있을 거구.

네가 하는 그림, 글, 컴퓨터, 영어, 요리, 모조리 다 가르쳐주라. 죽을 때까지. 우리가 너를 영원히 기억해줄게. 네가 비록 죽게 된다 하더라도 말이야. 인강 속의 너의 죽어 가는 모습을 지켜보며 우리들이 우월감을 느끼게 된다 하더라도 우리를 잔인하다고 하진 말길. 왜냐하면 이런것을 win win이라고 하기 때문이지.

○

13. 식순이라도

처음부터 식순이를 하려던 것은 결코 아니었다. 나는 본래 이 집안의 정경부인이 되려 했다. 물론 이제서야 말하지만 처음부터 일어나지 않을 일이라는 것은 나 스스로도 내심 잘 알고 있었다. 단지 혹시나 하는 나의 마음과 혹시나 나의 경쟁자인 그녀가 경쟁의 과도한 스트레스로 인해서 일찍 단명하리라는 기대를 가지고 시작하였으므로 그리 어려운 출발은 아니었다.

솔직히 말해 내가 정경부인에 합당하다고 생각하는 것은 아니었지만 그렇다고 해서 모자란 곳이 있다고 생각하지도 않았다. 나 정도라면 외모 면에서나 지적 수준 면에서나 집안의 배경으로 보나 누구에게도 꿀리지 않는다고 생각했다. 물론 객관적인 절대적인 기준은 아니었지만 역시 혹시나 하는 마음으로 세상일은 모른다는 생각으로 일관했다.

그러나 25년의 결산을 해 본다면 안타깝게도 나는 졌다. 지금에사 미스코리아나 교수나 아카데미상 수상자나 퓰리처상 수상자가 아닌 것은 자명한 나의 현실이다. 따라서 정경부인 자리는 처음부터 나의 것이 아니었다. 학벌상으로나 외모상으로나 집안으로 보나 나는 패배를 쿨하게 인정하기로 했다. 그러나 끝날 때까지 결코 끝난 게 아니다. 이제 나는 그 집안의 식순이라도 차지할 요량으로 정경부인인 그녀에게 조아리기로 한 것이다.

나는 집사 양반께서 지시한 대로 설거지를 한다던가 음식 쓰레기를 버리는 일들이 고작이겠으나 집 안의 구석구석을 돌아다니면서 집안 대소사에 참견할 수 있는 기회가 부여될 것이었다. 그 틈틈을 이용하여 나는 그녀의 어디 빈 구석을 전복할 기회를 엿보게 될 것이었다. 그 가운데서 느끼는 온갖 굴욕과 모멸감은 차후 그녀의 자리를 전복한 후에는 다 해결될 일이었으므로 나는 이를 악물고 버티고 또 버틸 것이었다. 간도 쓸개도 다 내놓으며 조아리는 데는 다 합당한 그만한 이유가 있는 것이다. 바로 찬탈이 그것이다.

일단 그 집에 입성하기만 한다면 차후에 벌어질 전복과 찬탈의 역사는 내 능력껏 이루어질 것이다. 그 가운데에서도 한밤중에 안방이고 건넌방이고 이층 방이건 간에 상관없이 식순이 자격으로 언제든지 밤낮 가릴 것 없이 들락거릴 수 있다는 것과 옷장이든 침대건 청소라는 명목하에 늦은 한밤중에도 들락거릴 수 있는 것에 더하여 청소부라는 핑계로 그녀의 컴퓨터나 파일들을 다 뒤져서라도 원하는 원본 자료들을 갈취하기에도 요긴하지 않던가?

어디 이뿐이기만 하겠는가? 식순이나 청소부뿐만이 아니라 유모 자리나 간호 자리에 이르기까지 내가 치르는 댓가에 비하여 뽕을 뽑고도 남을 만큼의 넘쳐나는 자리들이 놓여 있었다. 유모가 되어 자녀를 미끼로 나의 이권을 챙기거나 어르신들의 간호를 빌미로 권리를 챙기는 따위가 대수가 아닐 것이다. 이것들은 나에게 부여된 가장 큰 특권이었으며 이것은 곧 내가 머지않아 이 집안의 정경부인이 되어 하나도 남김없이 싸그리 바꿔치기 하게 되리라는 것을 의미한다.

하녀이면 어떻고 시녀이면 어떻다는 말인가? 언젠가 다 내 것이 될 텐데 말이다. 그러니 그 하나를 그 마지막 끄나풀 하나를 가로채기 위하여 모든 것을 걸 수밖에 없는 절체절명의 순간인 것이다. 이 게임으로 인하여 나의 모든 것들, 정신, 육체, 자산, 가족, 삶 등등의 모든 것을 걸어서라도 그 집에 입성하는 것만이 나의 길인 것이다. 모든 것을 얻기 위해서라면 모든 것을 걸어야 할 것이었다. 역시 게임은 모두 끝나 봐야 안다. 역시 끝날 때까지 끝난 게 결코 아니다.

。

14. 비밀인데 너만 몰랐구나

그녀를 회사에 들이는 일은 만만한 일이 결코 아니다. 우선은 할 줄 아는 것이 아무것도 없어서이고 둘째로는 그녀의 상사가 될 보스가 그녀를 그리 탐탁해 하지 않아서였다. 그녀와 보스는 친구 사이였고 그녀는 집사 자리에 그리고 보스는 며느리 자리에 내정 돼 있는 터였지만 그 관계는 언제든 역전될 수 있는 여지가 있었 다. 왜냐하면 보스는 글로벌 기업의 매니저였기에 일 년의 반 이 상은 해외에 나가 있었고 집에 남아 있는 남편은 집사와 함께 아 이들 키우기에 전념을 다 쏟다시피 했기 때문에 남편과 집사 자리 는 가까워질 수밖에 없는 자리였고 그 자리에 지금 그녀가 지원하 고 있는 거였다.

보스는 내심 불쾌했다. 누구 때문에 이렇게 뼈빠지게 열심히 일 하는데 그것도 몰라주고 보스에게 인사권이 없는듯이 동창생인 그녀를 집사 자리에 내정하나 싶었다. 원망이 되고 분했지만 내심 화를 삼키고 쿨하게 거부권을 행사하고 있던 터였다. 이에 질세라 회사 스태프들은 묘안을 냈는데 보스를 궁지에 몰아넣어 그녀만이 보스를 위로하게 하는 거였다. 위로받고 해결법을 그녀로부터 얻 게 된다면 보스도 그녀를 집사 자리에 허락할 거라고 여긴 거다.

스태프들이 비밀스런 해결법들을 그녀에게만 알려주고 또한 보 스가 그녀에게만 해결책을 듣게 된다는 계획이었다.

예를 들면 스태프 한 명이 물건 하나를 훔쳐 감추고는 여행을 떠난 보스가 쩔쩔매고 있을 때 그녀가 전화를 걸어 여기 이거 두 고 가셨더라구요 하면서 그 물건 때문에 불면의 밤을 지샌 보스에게 전화를 거는 식이었다. 혹은 계좌의 비밀번호를 몰래 바꿔버리고는 당황하는 보스에게 그녀가 말하는 거다. 혹시 보스 생일로 자동 이입 됐을지도 몰라라고 하면서 요즘 은행들이 보안책으로 임의로 비번을 설정한다는 정보성 멘트를 날리는 식이었다. 그러면서 하는 말 "모르셨었군요. 다 아는 건데요" 하는 식이었다.

그러나 눈치가 꽤나 빠른 보스였다. 보스는 이 모든 과정과 사실을 눈치채고는 머리 끝까지 화가 치밀어 올랐으나 본때를 보여줘야겠다 단단히 결심했다. 이들에게 역공세를 펴는 전략이었는데 그녀에게 속삭이면서 말하는 거였다. 비밀인데 남편하고 나하고 2세 계획을 세우고 있는데 피임법 알고 있는 거 있냐며 추천하라고 묻는다든가, 시어머니와 연초 여행 계획을 세우고 있는데 어디가 좋으냐라든가, 첫째가 이번에 전교에서 1등을 했는데 좋은 가정교사 추천하라는 식이었다. 혼자 사는 그녀에게는 행복하기만 해 보이는 자기 자랑뿐인 비밀을 빙자한 야유성 질문들이었다. 여행도 2세 계획도 가정교사도 모두 비밀이었는데 너만 모른 것 같다면 지금이라도 알아서 행동에 옮기라는 막무가내 공법이었다.

이에 그녀는 더 이상 이 집에 남아 있을 이유가 없음을 인정하게 되었다. 보스에게 짐만 되는 관계는 그녀도 원치 않는 관계였다. 보스의 남편과의 어떤 밤을 내심 꿈꾸고 있었던 그녀는 이젠 그만 초라해진 자신을 추스르고 이곳을 떠나기로 하였다. 누군가는 짐만 되는 반겨질 수 없는 인물이 있다. 그리 합당하지 않은 것도 아닌데 그렇게 무리한 요구를 하는 것도 아닌데 왜 환영 받거나 반겨지지 않은 채로 상대에게 짐이 되어 전전하는 사람으로 전락하게 된 걸까?

컴퓨터를 못한다거나 운전을 못한다거나 영어를 못하여서 데리고 다니는 보스가 오히려 자료 입력하여 주고 때마다 통역하여 주며 대신 운전대를 잡는 상황도 아닐진대 맛없는 요리는 다 배달 음식 시키겠다는 것도 아닐진대 다 본인이 할 수 있고 또 하겠다는 건데 왜 그녀를 받아들일 수 없는지 모를 일이었다.

그러나 모두는 알고 있다. 왜 보스가 그녀를 받아들이지 않는지에 관하여 말이다. 그리고 보스는 이제 그녀에게 이렇게 밖에 말할 수가 없을 뿐이다.

"비밀인데, 너만 몰랐구나?"

○

15. 인육

무릎과 엉덩이 주변이 축 늘어진 추리닝을 입은 남자는 운동화를 슬리퍼 삼아 오늘도 정육점으로 출근했다. 바닥 물청소로 시작하여 총체로 먼지까지 털면 개장 준비 끝이었다.

정육점에는 갖은 종류의 모든 고기류를 팔았다. 소고기, 돼지고

기는 물론 닭, 오리, 심지어는 황태, 고등어, 아구, 갈치 등의 생선류도 팔았는데 그곳의 히트 품은 단연 '인육'이었다.

그는 손님이 뜸해지는 오후 세 시경에 도살 작업을 했는데 난도질을 하는 데에는 많은 에너지와 공간이 필요했으므로 뒷 정원의 막사 텐트 안이 제격이었고, 피가 튀거나 사후 신음이 터지는 것을 방지하기 위하여 비닐봉지로 모든 담의 구멍들을 틀어 막은 것은 아주 잘한 일이었다. 가끔 부패한 고깃덩어리들의 사이에선 파리들이 끓고 구데기를 쫓아야 했는데 두 번 세 번 호숫물을 대어 씻겨 주거나 살짝 알코올로 문지른 다음 창가에서 말려주면 해결되었다.

창가의 나란히 놓인 장방향의 정육면체 고깃덩어리들은 중불로 미디엄 구이 해주면 정말 일품 중에 일품인 요리가 되었다. 모두 선임자들의 귀띔으로 얻은 노하우였다. 그는 상품에 대한 뒷소리를 막기 위하여 장방항 가로 5cm, 세로 5cm로 품종을 규격화시켰다. 반응도 좋아서 주로 효과적인 다이어트를 원하는 20~30대 아가씨들이 주 고객층이었다. 그녀들은 때론 신체 장기나 머리카락 같은 이물질도 요구했는데 이들이 저지방 고담백으로 영양 보충에 좋고 혹은 불필요한 지방 흡수를 막는다며 웃돈을 주고라도 사갔다.

그가 이 사업을 시작하게 된 건 나이 마흔이 갓 넘어서였다. 그때까지 정육업에 대해 아는 건 두 동료들이 사업을 제안하며 이곳 가게터를 봐달라고 물어왔던 게 전부였다. 난도질을 겸해야 하는 도살 작업은 고난이도의 기술로 처음에는 대학동기 두 명이 의기투합하여 벌인 사업이었으나 유달리 주름이 많고 검버섯이 얼굴 전체에 폈던 그들을 보고는 손님들이 들지 않자 프렌차이즈 주주와 상의 끝에 그에게 사업을 넘기게 된 것이었다.

처음에는 청소부 일로 시작하며 일을 배워 나갔으나 어느 정도 익숙해졌을 때 인수인계를 끝냈다. 가게를 넘겨받을 때에는 심한 잡음도 있었다. 헐값에 넘기기 싫었던 두 동기들은 계약을 취소하거나 변경 시에는 대가성으로 40~50%의 파리 수출 분량의 판권을 가져가겠다고 으름장을 놓기도 했다.

그렇다. 가공된 인육은 단연 인기가 있었는데 사체 한 구를 통째로 진공 팩에 넣어 직접 배달로 사가는 이들도 있었다. 그 수는 한 달에 오백 구 이상일 때도 있었는데 그야말로 완전 대박이었다. 물론 가끔 시식 후 배가 아픈 경우도 있었는데 이럴 때를 대비해 그는 A4 한 장 분량의 장문의 안내문을 손님들에게 전달하곤 했다. 그 종이에는 이렇게 쓰여 있었다.

'본 제품은 신선도를 유지하기 위하여 항상… (중략)… 언제나 저희 인육을 애용하여 주셔서 무한한 감사를 드립니다. 주인백'

。

16. 마스코트 호돌이

 국회 예산안 회의가 열리기 시작하였다. 국회의 회의장 안에는 속속 국회의원들과 각계의 전문가들이 들어오기 시작하였다. 회의가 시작될 즈음 하며 갑자기 88올림픽의 마스코트 호돌이 인형이 들이닥쳤다. 그는 곧장 위원장석으로 달려가서는 마이크를 부여잡았다. 그리고는 다 자기 덕에 니네 나라가 부강하게 되었다면서 국가의 일정 예산을 자신에게 편성할 것을 요청하였다. 1988년 올림픽이 개최된 이래로 지금까지 자신이 있었기 때문에 수많은 국제적인 경제적 발전과 산업계의 계약들이 이루어졌다면서 국회 예산 일부분이 자신의 몫이라고 주장하였다. 여기에 더하여 자신이 지금까지 홀로 외로이 사느라고 힘들었다면서 자신의 짝을 그러니까 호순이를 찾아줄 것을 요청하였다. 자신이 국가 경제 발전에 이바지했던 것인만큼 호순이도 경제계 안에서 찾아줄 것을 요구하기도 하였다.

 어찌나 그 호소가 간절하고 절박하였던지 회의장의 국회의원들은 눈물을 찔끔거리며 어떤 일이 있어도 호돌이의 짝을 맺어주자고 입을 모았다. 더하여 우리나라가 경제 강국이 된 만큼 당연히 호순이도 똑소리 나고 이재에 밝은 처자를 골라 주자고 합의에 이르렀다. 과연 마스코트 호돌이 때문에 우리나라가 잘살게 된 것 같은 생각이 국회 속기사인 나도 들기 시작했다.

。

17. 오만과 자존감

그녀는 당차고 자신감이 넘친다. 스스로에 대한 직업의식이나 프로정신도 뛰어나다. 비록 상사의 제안이나 명령도 자신이 판단하여 한 번 아니다 생각되면 즉각 거절하기도 하고 아랫사람이 하는 일에 적극적이다 못해 강하게 개입하여 결정을 자의로 유도하거나 유보시키기도 했다. 그러한 성향을 우리는 흔히 자존감 아니면 오만함이라고 일컫는다.

그나 그녀를 좋아한다면 자존감이 높다고 말하고 그나 그녀를 싫어하거나 별로라 생각하다면 오만하다고 말한다. 양날의 검일 수 있는 이러한 성향은 상대에 따라서 상황에 따라서 잘 대응해야 한다. 비록 나에 대한 것이지만 오만하거나 자존감이 높다는 평은 내가 결정해 주는 사안이 아니라 나를 바라보는 그 어떤 사람의 문제일 것이기 때문이다.

멋지거나 촌스럽거나 영특하거나 영악스럽다거나 품격이 있다거나 내숭쟁이라던가 착하다거나 미련하다던가 등등 그런 예들은 비일비재하다. 좋아하는 사람이 언제나 항상 좋아 보이는 이유이기도 하며 반대의 사람을 늘 비난하는 이유이기도 하겠다. 나의 기록을 자존감 높은 여자로 남기는 지혜가 필요하다.

。

18. 엄마 그리고 저작권

 엄마는 이제는 연로하신 할머니이다. 그러나 마음만은 그렇지 않았나 보다. 윗집 아저씨인 그러니까 엄마에게는 20년 연하이고 나로부터는 7년 연상의 고급 공무원인 그 남자와 연이 닿기까지는 우리는 그런대로 평안했다. 그러나 그 남자가 우리 집을 들락거리면서 엄마로부터 나는 뒷전이 되어 갔다. 두 분이 여행도 다니고 쇼핑도 같이 하시고 나로서는 그닥 반대할 일들이 아니었고 연애와 운동, 사회활동으로 쾌활해지신 엄마가 보기 좋다고도 생각했다.

 그런데 어느 날부터인가 우리 집에서 큰소리가 나기 시작했다. 그 남자가 우리 사이를 이간하고 있다고 느낀 것은 얼마 지나지 않아서였다. 나는 그 남자에 대한 의심을 멈출 수가 없었다. 아니나 다를까 그는 나의 동창b의 동거남이었다. 알게 모르게 둘은 함께 살고 있었고 나와 모 기업가의 결혼설이 돌자 우리 집에 접근하여 우리 집안의 관계들, 경제 상황들의 경향들을 파악하여 흔들어 놓아 경찰서나 병원이나 어디로든 나를 끌어내리라는 계획을 내 동창과 짜고 엄마에게 몰래 접근하였던 거였다. 심지어는 어머님과의 동거를 가장하면서 나의 유출을 허락해 달라며 집에 불을 지르겠노라고 협박까지 일삼았다. 과연 그래서 돌아가신 아버지는께서 담배만 피시면 윗집 식구들을 층간 소음 이상으로 예민하게 미워하셨던 거구나 깨닫게 된다.

협박에 이르는 동거 추행들은 당연히 엄마의 환심을 사려는 그의 쇼 행각이었지만 까딱하다가는 나의 모든 글쓰기 자료들을 소실할 수도 있는 절체절명의 위기상황이었다. 남자로서 그리고 국가 대리자인 국가 공무원으로서 집안 대소사와 땅문서들을 법적으로도 관리해주며 엄마의 환심을 산 후 내 저작물들을 빼돌리고 우리들의 관계를 교란시키고 파멸시키리란 계획이었던 거다.

호사다마라고 했던가? 나는 작가였고 나의 글들이 누군가의 세력으로 넘어가는 일만은 없어야 한다고 평소 생각하던 차에 이런 일들이 벌어졌고 나는 미련없이 이 집을 떠난다. 엄마와 나의 모녀지간, 천륜까지는 끊게 하지는 못할 거라 생각하면서.

○

19. 위로가 돼

그녀의 이니셜, 그러니까 혜자 돌림을 가진 누군가의 죽음은 위로가 돼. 혜순, 혜자, 혜미, 혜진 등등이 죽으면 내가 위안이 돼. 그때 나는 살 것 같아. 그녀의 병은 내게 위안이 돼. 위, 폐, 대장, 소장, 피부, 다리 등등이 아프면 그때 나는 살 것 같아.

그녀의 가난은 내게 위안이 돼. 집, 땅, 방, 차 등등이 파산되면 내가 위안이 돼. 그때 나는 살 것 같아. 그녀의 이별은 내게 위안이 돼. 남편, 남자들, 친구, 친구들 등등이 떠나면 그때 나는 살 것 같아. 그녀의 헤어짐은 내게 위안이 돼. 그녀의 눈물은 내게 위안이 돼. 슬픔, 절망, 공포, 두려움 등등의 감정들. 그때 나는 살 것 같아. 그러니 어떻게 해야겠어들?

○

20. 남의 남편이 나를 위해 일해준다는 나르시즘

남의 편이라서 남편이라던데 그렇다면 내 남편이 돌아다니면서 내 친구들을 하나하나 다 챙겨주면 어떨까? 내 여친들이 지원하는 회사마다 다 입사시켜주고 여친들이 공부하는 내용도 쫓아다니면서 다 설명해주고 교통사고라도 나면 다 처리해주고 다닐런지 정말 의문이다.

지금쯤에서 당신은 말도 안 되는 내용이라며 나를 비웃을 것이다. 남편이 왜 여친들을 그렇게 살갑게 챙기겠냐는 거겠지. 앞의 말들을 역으로 바꾸면 내 친구의 남편이 내게 와서 어떤 회사가 발전 가능성이 있으니 얼마에 주식을 투자하여서 언제 되팔기를 하고 어쩌고 저쩌고 하리라고 생각한다거나 아니 내가 병원에 갔을 때 내게 자신의 차를 보내주면서 의사까지 소개시켜 주리란 기대 혹은 내가 운전면허 시험을 보는데 어디서 시험 문제가 나온다면서 다 찍어주는 그런 친절함을 보인다고 생각하는 것과 무엇이 다르단 말인가?

그렇다면 지금쯤에서 당신은 생각할 것이다. 그렇다면 불륜이 아니냐고 말이다. 불륜이 될 정도까지의 용기도 구실도 없다면, 그렇다면 이러한 생각들은 즉 남의 남편이 나를 위해 일해준다는 식의 생각들은 호수에 빠져 죽을 만큼 한 나르시시즘에 불과한 생각이다. 자신의 아름다운 모습에 취해 호수에 빠져 죽은 나르시시스트. 그가 바로 내가 될 수 있다. 남의 떡에는 항상 독이 들어 있다는 절대 진리만을 남기고 말이다. 허긴 다 남의 것인 인생의 종말은 어떨지 궁금하기는 하다.

o

21. 그렇게 소금을 뿌려대는데도 강건한 건 강직이지요

소금을 뿌리는 정화 의식의 기원은 알기 어렵다고 한다. 나쁜 기운 부정을 쫓기 위해 소금을 뿌리는 행위는 우리나라뿐만 아니라 일본, 중국은 물론 멀리서 유럽에서도 오래된 풍속이다. 아프리카에서조차 소금은 악령을 쫓아내는 힘을 가진 것으로 사용되고 있다.

지금도 장례식장에 다녀오거나 안 좋은 일을 당할 때면 문 앞에서 소금을 뿌려서 몸과 마음을 정한다고 한다. 우리 조상 대대로 내려온 것이기에 하나의 풍습으로 보아야 하며, 예전에 아이들이 오줌을 싸면 키를 쓰고 이웃집에 소금을 꾸러 가라고 시켰는데 이 모습도 부정을 쫓아내고 다음부터는 오줌을 싸지 않게 하려는 부적 같은 의미였다. 산 기운을 유지하고 나쁜 기운을 퇴치하려는 행위이며 다른 것을 뿌리기도 하는데, 동짓날 팥죽을 끓여 집안 벽에 뿌리면 잡귀가 집 안에 들어오지 말라고 하는 것이며, 귀신은 말 피를 제일 무서워한다고 하며 민간 관습에 내려오는 말 피를 구하지 못할 시에는 말 피처럼 붉은 팥죽을 동짓날 집에 뿌리게 된 것이라 한다. 그렇게 해도 떨어져 나가지 않는 잡귀는 인생 꼬이게 하는 뻔뻔한 철면피의 온상 입니다.

。

22. 건물주

그는 독거노인이다. 나는 이 집의 건물주. 그는 내게 집을 당장 비우라고 했다. 자기가 이젠 내 집에서 살겠다는 거다. 그의 조카는 그를 끌어 내며 이런 법은 없다고 난감해 했다. 과거 자신을 알게 되어 내가 자수성가 하게 됐다는 논리였다. 알게 됐다는 것이 애물단지이다. 그가 나를 알게 되어 내가 부자가 되었고 따라서 그에게는 내 집을 강탈할 빌미가 있다는 논리는 알 것도 같았지만 실상 내가 그를 알게 된 건 오늘날 나에게 재앙일 뿐이다. 내가 아는 이들은 그 외에도 수십 수백 명에 이르고 알고 지낸다는 것과 나의 자산관리와는 엄연히 별개의 문제이기 때문이다. 내가 그를 알게 된 건 재앙 맞다. 남의 떡을 빨리 알아차리는 자세는 인생에서 요긴하다.

o

23. 장수한다니깐요

  그는 자신이 일찍 죽는다고 생각한다. 그것도 치매에 걸려서. 그런데 그 둘 모두 근거는 전혀 없는 그만의 망상일 뿐이다. 차 키를 집에 두고 오거나 리모컨을 주머니에 넣고 종일을 찾고 어제 점심에 뭘 먹었었는지 기억을 못하는 것 따위가 자신의 치매의 근거였다. 손금의 생명선이 중간에서 희미해졌다면서 일찍 죽을 것 같다고 하기도 했다. 사인은 조기 치매 발작중일 거라고 내심 짐작하고 아니 확신하고 있었다. 의사가 치매가 아니라고 해도 믿지 않았다. 모월 모일이 분명 자신의 장례날이 될 거라고 확신했다. 아니 어떨 때는 자신이 이미 혼령일지도 모른다고도 생각했다. sns상에서 사진들만 버젓이 남아 있는 신체는 자신이 찍어 놓고도 버젓이 자신의 얼굴을 찍어 놓고도 이는 곧 땅속으로 이미 사라져 버릴 뿐이고 돌아다니는 형상들은 무한 복제되는 유령일 뿐이라고 스스로 생각하기에 이르렀다. 이미 사라져 버린 그의 몸은 이제 sns를 통해서 유일하게 그의 존재를 증명할 뿐이었다. 실체가 없는 웹상의 그 자신의 모습으로 그래서 너무 불만인 투덜대는 시민이 하나 있다.

3장

남편 버전의 강탈 - 칙투칙

1. 질투의 끝

그의 유일하고 치명적인 단점은 옆집 사람에 대해 매사를 질투한다는 점이었다. 옆집 사람이 산책을 하고 있어도 옆의 사람이 책을 읽어도 옆집 사람이 여행 간다고 했을 때에도 심통이 나서 방바닥을 데굴데굴 굴렀다. 정신성 위염에서 위궤양을 넘어 위암 더 나가 위암 말기에 해당되는 정신의 상태였다.

그는 처음에는 '설마 그가 산책을 할 리가 없어. 다리가 성할 리 없으니까' 했고 '그가 책을 읽을 리 없어. 눈이 삐었으니까' 했고 '그가 여행 갈 리가 없어. 여권이 있을 리가 없으니까' 했다. 실제로 설마 옆집의 사람이 산책과 책을 읽다가 여행까지 가리라고는 짐작할 수도 없을 지경이었는데 옆집 사람의 당연한 일상들을 도저히 믿을 수 없었기 때문이다.

책방에서 옆집 사람의 카드로 결제된 책의 영수증을 발견했을 때에는 바닥을 데구르 구르지 못해 난간으로 뛰어내려 버렸다. 이에 다리 골절을 당하여 병원에 입원하자 그는 그나마 그의 옆 사람의 일거수 일투족을 감시할 수 없게 되었다. 옆의 사람도 다리의 골절을 입어 바로 병원 옆방에 있을 거야. 아니 갈비뼈까지 나가 아예 수술 중일 거란 생각으로 가까스로 스스로 위안하기도 했다. 그래도 걱정이 떠나지 않자 그는 생각했다. 어쩌면 차도가 없어서 큰 종합병원으로 이송돼 영구 불구 판정을 받았을지도 모른다고. 더 이상 위로가 아닌 망상을 하기까지 이르렀다.

라디오에서는 요즘 다수의 노인분들에게서 발견되는 현실을 인식하지 못하는 치매 증상에 대한 병리적 설명이 흘러 나오고 있었다. 다시금 깨닫는다.

'그가 만일 건강하다면 산책을 또 나갔을런지도 몰라. 그렇다면 어떡하지?'

상상만 해도 너무 배가 아파 이번에는 사립 탐정을 고용해 옆집 사람의 행적을 보고받기로 했다. 그렇게라도 확인하지 않고는 잠조차 이루지 못했기 때문이다. 탐정은 옆집 사람이 여전히 매일 아침 산책을 나간다고 보고 했다. 벤치에서 책을 읽는다고도 했다. 이에 그는 너무 분하고 억울하여 그가 여행을 가기만 해보라며 여행을 간다면 손에 장을 지지겠다고 호언장담했다. 탐정은 옆집 사람의 비행기 티켓 영수증을 보여 주며 당신이 과연 장을 지지겠느냐며 내심 비아냥거리며 그 사실을 알렸다. 그는 이런 탐정을 해고했다.

얼마 지나지 않아 그는 병원에서 퇴원하게 되었다. 옆집 사람이 산책을 가고 책을 읽으며 여행을 가는 것은 자신에게 해도 해도 너무 가혹한 행위들이라고 생각했다.

'어떻게 지가 산책을 해? 거기다가 책을 읽어? 여행을 가?'

그는 관할 정부의 전화 심문고 제도가 있는 것을 보고 거기에 신고하기로 결심했다. 그는 상담원에게 자신의 옆집 사람이 산책을 가고 책을 읽고 여행을 가는 것의 억울함과 부당성을 애써 설명하려 했다. 그러자 상담원은 대뜸 '어차피 우린 다 죽는데 뭔 걱정을 그렇게 하냐며 편한 마음을 가지라'고 권고했다.

그는 집에 돌아와 곰곰히 생각하다가 '그래! 옆집 사람이 죽은 거야! 그거야 그거!' 했다. 라디오에서 나오는 모든 부음 소식들은 옆집 사람이 죽었다는 얘기로 들렸다. 그러다 마침내는 실제로 어제 밤에 옆집 사람이 분명 죽어 나갔을 거란 생각이 물밀듯 밀려왔다. 검정 스티커가 붙은 저 편지는 장례식 안내장일 거란 생각도 들었다.

급기야 옆집 사람이 정말 죽은 게 틀림없다는 확신이 들었다. 저 편지는 그 증거 아니겠는가? 그는 너무 기뻐 축하해 달라는 문자를 방송국에 보냈다. 아니 겉으로는 옆집 사람의 죽음을 만인 앞에서 공표해보고 겉으로는 그의 죽음에 따른 자신의 슬픔을 위로해 주기를 디제이에게 청했다. 라디오 오프닝에서 디제이는 말했다.

"삼가 고인의 명복을 빕니다."

정작 옆집 사람은 그 시간에 방에서 라디오가 아닌 TV를 보고 있었다. 그 후로도 옆집 사람이 라디오를 듣지 않고 TV를 본다는 기정 사실을 받아들이는 것이 그는 너무 어렵고 힘들었다.

○

2. 통령 만들기

그 재벌가의 며느리는 H양으로 낙점되었다. 그런데 이 결과에 대하여 아연실색한 사람은 정작 그녀의 친어머니와 그녀의 가장 친한 친구 서너 명이었다. 그녀들은 서로를 모두 다 알고 있었는데 친구들은 H양의 집을 자주 드나들었고 그를 맞이했던 건 언제나 H양의 어머니였기 때문에 서로가 모두 친분이 있었던 것이다.

여기에 아연실색한 또 한 사람이 더 있었는데 그것은 바로 H양의 베스트프렌드였던 O양의 매니저 현찰이었다. 현찰은 원래 가수 출신으로서 많은 유명한 곡을 작곡한 바 있었고 어느 정도 지명도 있는 가수가 되자 그래도 자신의 직속 후배를 키우자는 명목 하에 여자 연예인들을 몇 명 물색하게 되는데 때마침 H가 그의 매니지먼트 회사에 시험을 치르러 온 적이 있었다. 그러나 그가 정작 낙점한 후보는 O양이었는데 그 이유는 그녀가 그저 평범한 외모였다는 것이었다. 여기서 중요한 지점이 있다. 그토록 외모와 재능이 중요한 엔터테인먼트 회사에서 왜 가장 평범하기 그지없는 어찌 보면 못생긴 축에도 낄 수 있는 그런 외모의 소유자를 후보로 낙점한 것이었을까? 그 배후에는 현찰의 큰 야망과 더 큰 계획이 숨어 있었다. 그것은 그가 현찰의 엔터테인먼트 회사의 모회사였던 S그룹 창업자의 주식을 모두 갈취한 후 자신이 모회사 S그룹의 대표 자리에 앉는 것, 즉 자신이 직접 총수로 들어앉는 것이 그의 최종 목표였기 때문이었다.

그렇게 하기 위하여 그는 주도면밀한 계획과 실천을 이어갔는데 그것의 일환이 O양을 선발하는 것이었고, 그 O양을 가장 유력한 재벌가의 며느리 후보였던 H양의 친구로 따라 붙여서 우선은 인맥을 쌓자는 작업이었다.

그것은 그리 어려운 일은 아니었는데 88올림픽이 치러지느라 정부와 온 나라가 정신이 없던 차를 이용하여 O양과 H양을 같은 대학에 암암리에 합격시킨 사실이었다. 사실 H양은 일등급 수준으로 서울대나 스카이대도 충분히 갈 수 있는 실력이었으나 O양은 그렇지 못했다. 따라서 H양에게는 갖은 장애물과 고난을 주어 성적을 떨어뜨린 후 가까스로 K대에 밀어 넣었다. K대에 들어가기엔 실력이 부족하였던 O양은 내신 성적과 학력고사 성적 등등을 어느 정도 조작하여 가까스로 K대에 합격시켰다.

그 둘은 공교롭게도 같은 클럽에서 만나 절친이 되었다. 세월은 흘러 그들도 과년한 숙녀들이 되었고 급기야 현찰의 회사가 속해 있는 대기업 총수가의 며느리 후보감으로 둘은 후보로 낙점되고야 만 것이었다. 아뿔싸 올 것이 오고야 만 것이었다.

드디어 현찰의 작전이 개시되기 시작했다. 그것은 H양의 친어머니와 자신 그리고 O양과 기타 일명 숨겨둔 과년한 자식들과 아내가 드러나는 것이었으며 숨겨둔 가족의 비밀이 드러나는 설정이었다. 두세 명의 여친들과 협잡하여 총수 가족에 버금가는 또다른 가족을 꾸린 것이었다. 그리하여 총수의 본래 본처는 원래 O양의 친어머니였다면서 친아들도 현칠 자신이었을 뿐만 아니라 그의 자매들 역시 바로 이렇게 살아 있다면서 H양의 여자친구들을 들이댄 것이었다.

물론 그것의 배후 조정은 당시 정계를 꽉 붙잡고 있었던 정치계의 거물 영감이 한편으론 뒷배를 보아주고 있었고 진짜 총수 일가를 몰아내는 작전은 주주총회의 임원들과 위원들을 모두 정치 경제적 이권을 이용하고 매수하여 일사분란하게 진행시켰던 것이다. 따라서 일은 일사천리로 진행되었는데 정계와 재계에서 이 일을 먼저 언급하여 주고 언론에서 이를 유포하였으며 주주총회와 주주 위원들을 앞세워 온갖 소문을 내어 총수의 진짜 가족은 H양의 친어머니와 현찰 자신 그리고 H양의 여자친구들이 사실은 총수의 친자식들이라며 회사의 본주인을 밝히고 총수의 진짜 가족을 찾아야 한다는 스캔들을 일으키게 된 것이었다.

자, 그럼 여기서 총수는 이 사안을 보고만 있는 허수아비에 불과했을까? 종수는 총수답게 나름 영악한 사람이었다. 따라서 이 사건을 이용하여 나라의 대통령을 물색한다는 나름 명목이 있는 핑곗거리를 구상하였다. 자신의 아들의 자리를 넘보면서 주식이니 대표자리니 들먹이며 운운하는 자라면 물질에 대한 유혹에 넘어간 간신배와 같은 자로서 결코 큰 인물이 되지 못하리라는 것을 그는 내심 예견하고 있었다.

그러나 또 한편에선 총수로 운운되는 정도의 권모술수에 능한 자라면 실제로 그룹을 넘겨줄 수도 있다고 계산 아닌 계산을 하고 있었다. 그러나 또다른 한편에서 그러한 온갖 총수 자리마저도 거부한 채 물질적인 탐욕과 유혹을 뿌리칠 수 있는 양심이 있고 검소한 사람이라면 대통령뿐 아니라 자신의 총수 자리를 실제로 어느 정도 내어줄 수 있으리라는 심산 또한 깔려 있었다. 그리고 그러한 떡밥들을 이곳저곳에 뿌려 보았으며 몇십 년에 걸쳐서 자신 휘하의 부하로 부리며 주도면밀하게 아들을 포함하여 그들을 관찰하고 있었다.

그러나 불행이라고 해야 할까? 다행이라고 해야 할까? 현찰은 그 떡밥을 날름 주워 먹고 말았다. 자고로 가짜 총수 가족 꾸리기가 진행되었고 친자를 몰아내기 위해 온갖 음모와 비리 그리고 술수를 자행하였다. 그러나 진실은 살아있다. 진리는 스스로를 지킨다. H양이 재벌가의 며느리가 된 것을 결사 반대하던 그녀의 친어머니와 몇몇 여자친구들을 앞세운 현찰의 계략 들은 곧 만천하에 드러나게 되었고, 그들을 기다리는 것은 정치 경제적 그리고 사회 문화적으로 통용되는 도의적인 책임만이 남아 있었다. 관계자들 모두는 그들 스스로 알아서 도의적인 선상에서 이 사안을 마무리하고 처리하기를 바랐다. 그들 모두가 친자매와 같았고 형제와 같았으며 한 식구과 같았기 때문이다.

그러나 거짓 행세를 앞세운 갈취와 강탈의 역사는 쉽사리 잊혀지지 않을 것 같았다. 명색이 연예계 가족과 귀족가의 대치는 결국 묵묵히 진본의 가치를 일관되게 주장해 온 적통에게로 승리를 안겼다. 세상의 주제는 어디에도 없으며 동시에 어디에나 있다. 다만 그 선을 넘는다는 것과 그 선을 지킨다는 것 그리고 타인의 존재에 대한 존중과 인정만이 세계를 살리며 또한 지속시킬 뿐이다. 물론 다만 그들 모두에게 실력이 갖춰졌다는 전제하에서만 그것이 가능하리라.

o

3. 종잣돈, 먹거리

 종잣돈이란 말 그대로 어떤 돈의 일부를 떼어 일정 기간 동안 모아 묵혀둔 것으로, 더 나은 투자나 구매를 위해 밑천이 되는 돈을 말한다.

 다른 게 아니라 나는 우리 클럽과 회사의 종잣돈이었다. 우리 클럽은 일주일에 한 번씩 산에 오르는 산악회 클럽이었는데 클럽 회장은 일주일에 한 번씩 산을 오르게 되면 나처럼 근육질의 날씬한 체지방 하나 없는 바디 라인을 갖게 된다면서 우리 클럽을 홍보하기에 이르렀다. 그러나 정작 나는 한 번도 우리 클럽 회원들과 함께 산을 오른 적이 없다. 더더군다나 클럽의 회원 수가 34명을 넘게 되자마자 나는 총무직을 내려놓아야만 했다. 왜냐하면 거짓으로 홍보한 사실들을 내가 알고 있다는 것을 회장이 두려워했기 때문이다. 맞다. 나는 우리 클럽의 종잣돈이었다. 모이고 나면 어디에 썼는지 그 자취조차 알 수 없는 사라져야만 하는 종잣돈.

 회사에서도 나는 종잣돈이었다. 서비스 회사였던 우리 회사의 사장은 일단 스탠다드한 체형의 나를 고용하여 일하게 한 후 회사 대표와 스캔들을 내서 그 회사에 입사하기만 하면 언제든지 대표급 인사와 사귈 수 있다는 뉘앙스를 풍겨댔다. 대대적인 거짓 홍보들 덕으로 해가 갈수록 우리 회사에는 내로라하는 미인들이 들락거리기 시작했다. 그 중에 심지어는 연예인, 배우, 방송계 건물들까지 들락거리게도 되었다. 애시당초 나 같은 보통의 여자를 채용하였던 것은 숱한 미인들이 입사를 만만하게 생각하여 더 많은 수의 지원자들을 확보하기 위한 전략이었다. 이제 우리 회사는 미인의 소굴이 되었다. 미스코리아가 아닐 때에는 명함도 내밀지 못할 지경이었다.

나는 이제 어디로 가야만 하는 걸까? 종잣돈은 이제 그만 꺼져주리라. 애시당초 클럽의 총무직과 회사의 홍보부장 자리는 내 것이 아닌 나는 그저 종잣돈에 불과하였으니까 말이다.

○

4. 헛갈려요

나는 잔나비가 나방이나 나비인 줄 알았다. 잔나비는 원숭이의 방언으로써 강원과 충북 지역에서 구세계원숭잇과와 신세계원숭잇과의 짐승을 통틀어 이르는 말이라 한다. 즉 '원숭이'를 이르는 말인데 띠에서는 원숭이띠의 비표준어라 한다.

헛갈리는 또 하나는 파충류와 양서류인데 특히 그 피부의 모양에서 헛갈린다. 파충류는 지질시대의 공룡을 비롯하여 현재 지구상에 살고 있는 옛도마뱀·거북·악어·도마뱀·뱀류 등이 속해 있는 동물군을 말한다. 해부학적 특징으로는 피부가 각질의 표피로

덮여 있으므로 몸 안의 수분이 밖으로 빠져나가지 않아 사막과 같은 건조한 지역에서도 살 수 있고, 몸이 짤막한 것, 길쭉한 것 등 체형이 다양하다. 열대와 아열대 지방에 많이 살고 육지와 바다에 골고루 분포한다. 조상은 약 3억년 전인 고생대 석탄기에 양서류와 파충류의 중간형으로 보이는 세이무리아(Seymouria)에서 갈라져 나온 것으로 보인다. 중생대는 파충류의 전성시대로 대형 파충류가 육지·바다·공중에서 거의 1억 5천만 년 동안 번식하다가 갑자기 쇠퇴하였다.

양서류는 어릴 때는 아가미로 수중 호흡을 하면서 물에서 살고, 성장하면 폐와 피부를 통하여 호흡을 하면서 육상에서 살아서, 두 곳에서 산다는 의미로 양서류라고 한다. 양서류는 다리가 네 개이며 알에 양막이 없고 변온동물이며 일생의 일부분을 육지에서 생활하는 동물이다. 개구리, 도롱뇽, 무족 영원류 등이 포함된다. 물고기 등의 어류와 악어 등의 파충류의 중간이라 한다. 초록 빛깔의 끈적끈적한 피부들이 헛갈려 보이는 이유이다.

다음으로 헛갈리는 동물에는 절지동물과 갑각류인데 딱딱한 표면이 헛갈려서이다. 절지동물은 등뼈가 없는 무척추동물 중 몸이 딱딱한 외골격으로 싸여 있으며, 몸과 다리에 마디가 있는 동물 무리이다. 종류로는 곤충류, 갑각류, 거미류, 다지류가 있다.

갑각류는 절지동물문의 한 분류군으로 기본적으로는 수중생활을 하며, 아가미가 있고 물속에서 호흡한다. 몸은 머리·가슴·배로 나뉘고 마디로 되어 있다. 갑각류의 몸 크기는 매우 다양한데 가장 큰 종류는 가재 등이 속한 십각목을 들 수 있으며, 가장 작은 분류군은 물벼룩 등의 새각강이다.

    고양이가 진화하여 호랑이가 되었다고 한다면 호랑이의 기분이 좀 상하려나? 마치 침팬지가 진화하여 인간이 되었다는 기분과 비슷할런지도 모르겠다. 어쨌든 헛갈리지만 다 지구에 사는 한 가족들이다. 아끼고 보호해야겠다.

   * NAVER 백과사전 참조.

                    °

5. 부음 소식

    그녀가 죽었다는 그러니까 그녀의 부음 소식은 그녀 방의 불이 켜지고 꺼진 상태를 보고 알 수 있다. 불이 꺼진 날은 그녀가 죽었음을 의미하며 불이 켜져 있다면 그녀가 죽지 않았음을 의미한다. 매일 밤 불은 켜지거나 혹은 꺼지는데 내가 왜 굳이 매일 그녀의 죽음의 유무를 바꿔가며 죽었나 살았나를 생각하는지는 나도 잘 모르겠다. 나는 그저 매일 밤 그녀가 죽었는지 살았는지를 그녀 방의 불빛을 통해 판별할 뿐이다.

    특히 방에 불이 꺼진 날에는 나는 주변의 인물들을 동원하여 그녀가 죽었음을 공표하기를 강요하고 죽었다면 도대체 언제 어디서 어떻게 죽었는지를 밝히기를 종용하곤 한다. 즉 공개적으로 그녀의 사망을 알리라는 것인데 대부분의 사람들은 나의 은근슬쩍한 이러한 의사를 알아차리지 못하거나 눈치없이 그녀는 살아 있다고 대꾸하곤 하였다. 그럴 때면 얼마나 그들이 원망스러운지 말한들 무엇 하랴?

  나의 일과는 매일 밤 그녀 방의 불이 켜지거나 꺼지는 것으로 결정된다고 하는 것이 과언이 아니며, 더 솔직히 말하자면 내심 오늘은 제발 그녀가 죽었기를 그리하여 그 불이 켜지지 않기를 그리고 한 발 더 나아가서는 그녀의 부음 소식이 공개적으로 밝혀지기를 매일 밤 간절히 바란다는 것뿐이다. 그러나 결코 오늘이 아니라 할지라도 언젠가는 그녀 방의 불이 영원히 꺼지기를 그리하여 그녀의 부음 소식이 온 방송 전파를 탈 날이 오기만을 간절히 바랄 뿐이다. 언젠가 그날은 오고야 만다고 나는 지금도 믿고 기다린다.

  그리고 기만이란 아닌 척하는 것이며 따라서 지금도 나는 기만하는 자이다. 그녀가 죽기만을 오매불망으로 바라면서도 체면이 있지 철면피는 결코 될 수 없는 것만이 자명하다. 철면피는 체면이 있지 결코 될 수 없기 때문이다.

◦

6.주입이 아닌 터득해야 하는 사상

 그를 놓아주는 것이 나아. 그의 오판을 잊어. 그의 미래를 주조하지 마. 왜냐하면 마음으로부터 우러나지 않는 정의감은 욕망에 근저한 적대심만을 상대에게 남기므로 결국 상반된 분열만을 야기한다. 좋은 뜻이 사라진 대적이 누구를 위한 정치인지는 자문해 볼 일이다. 또한 내가 나아가는 행보가 누구를 위한 정치인지를 되새겨 보아야 한다.

 그런데 분명한 한 가지의 사실은 어떠한 정치적 사안도 한 사람의 정당 대표를 위한 것이 아니란 것만은 확실하다. 대표에게 주입할 수 있는 것이 분노나 적기심은 아니다. 그는 단지 우리라는 필요성, 우리라는 미래의 정의로운 모습들, 우리 속의 평화만을 터득할 수 있어야 한다. 좋고 선한 의지만이 그가 배워야 할, 특히 스스로 깨닫고 터득해야 할 일이다.

○

7.부부란

 "결혼하지 않고 사는 것, 긍정적이다." 49%, 20대 여성은 80%나 긍정, 결혼을 전제로 남녀가 함께 사는 것에 대해 10명 중 7명이 긍정적이라고 답했다. 그런데 결혼 전제조건 없이, 결혼을 하지 않은 남녀가 함께 사는 것에 대해 물었을 땐 43%만이 긍정적이라고 답해 차이를 보였다. 20대 남성(61%)과 여성(63%), 30대 남성(58%)과 여성(62%) 모두 60% 정도가 결혼을 전제하지 않은 동거를 긍정적으로 평가했다.

한국의 미혼남녀 1050명을 통해 비혼 문화 인식에 관한 설문조사를 진행했다. 그 결과 10명 중 8명에 달하는 79.1%가 '혼자 살아도 별 지장이 없는 시대'라고 답했으며, 비혼에 대한 긍정적인 의견을 나타냈다. 지난 2018년의 사회조사에서는 응답자의 46.6%가 '결혼을 해도 좋고, 하지 않아도 좋다'라는 응답에 긍정적으로 답했다. 2006년 27.5%에 비해 크게 오른 것을 확인할 수 있었다.(시사캐스트 김지영 기자, 데일리팝 이지원 기자)

부부란 것은 자고로 같이 먹고 자고 애 낳고 같이 살면 그게 부부다. 별 거 없다. 자신의 자식이 아닌 다른 남자에게서 낳은 자식을 키운 한 남자는 그래도 결혼만 할 수 있다면 가릴 것이 없다면서 남의 자식을 키우기까지 하면서 결혼을 이어가는 자신을 사람들이 응원하며 격려한다며 생일날 케이크가 몇십 개씩 들어온다면서 자신의 대박난 사연을 소개하면서 결혼을 독려하고 권장하는 기사도 있다. (다인미디어 남해리 기자)

수치들과 지수들, 세상보기와 바로미러로서의 인덱스가 작동되는 현장을 통해 부부관 가족관이 변해감을 느끼게 된다.

ㅇ

8. 눈덩이

  나는 a의 남편이다. 나의 아내 a에게는 b라는 친구가 있다. b는 문단 데뷰 3년차의 신인 소설가이다. 내가 해야 할 일을 나는 잘 알고 있다. 아내의 숙적인 b의 문단 입성을 더 이상 막는 것이다. 문단의 모든 공모상에 그녀보다 뛰어난 작가들을 몇십 명씩 포섭하여 공모상에 지원시켜야 그래서 그녀의 수상을 경쟁자들을 이용해 무마시켜야 한다. 모든 유명 작가들을 포섭해야 한다. 이름만 들어도 아는 작가들은 많이 있다. 단 그들에게 대가는 지불해야겠지만 말이다. 공모상은 일 년에 열 개씩 쏟아졌고 거기에 작가를 섭외하여 보낼 때는 열 명씩 이상은 지원하게 해야 한다. 그들 각자에게 필명으로 지원하게 하는 대가로는 한 명당 일 억원을 호가했다. 도대체 얼마이지? 열 명에 열 번, 거기다가 십 년 아니 그 이상이 될지도 모른다. 아내 사랑의 실천. 정말 뼛골 빠지는 힘든 일이다. 설상가상으로 노벨상이나 퓰리처상 등도 먼저 선수쳐야 하며 당연 비용은 a의 남편인 내가 지불해야 할 것이다.

  이참에 아내를 바꿔보는 꿈이라도 꾸고 있다면 적어도 양심이 남아있는 일말의 여지가 있다. 그러나 만약 이 선수치는 작업들이 계속 반복 진행 된다면 눈덩이가 밤탱이가 될 수 있다. 일명 압사 사건의 전말. 한편 그녀의 친구 b는 이 사실을 아는지 모르는지 오늘도 집필, 탈고에 이어 문학상을 휩쓰는 귀염을 토한다. 계속 토하며 계속 무궁 토록 토할 것처럼 보인다. 그러나 먹은 것이 있어야 토라도 할 수 있듯이 전제는 먹이기. 선수쳐서 먹이기. 다시 눈덩이가 밤탱이가 된다. 눈덩이가 지구만해 진다.

。

9.자신은 12층에 살면서 나에게는 지하방에 살라고 권하는 어떤 이에게

그는 내 여고 동창의 유부남 남자친구다. 그는 내 동창을 알고 사귄 후에 다른 여자와 결혼했는데 나의 동창과의 관계를 끊지 못하고 남친으로 존재하고 있었다. 내 여고 동창은 그를 그리 사랑하거나 좋아하는 것은 아니었는데 그럼에도 그 둘은 멀리 떨어져서도 애인 사이로 유지되고 있었다.

그 둘 사이의 감성이 어떤 종류의 것인지는 최측근인 나도 잘 몰랐지만 남자친구라고 그녀의 집에 들락거리는 데에는 어찌할 수 없는 부분이 있었다. 유부남으로서 그녀의 남자친구 행세를 하며 나에게까지도 영향력을 행사하는 데는 나는 두 손 두 발을 다 든 지 오래다. 심지어는 내 남자친구에게까지 가서는 내 여고 동창의 남자친구가 되는 게 어떠냐는 황당하기 그지없는 제안을 늘어 놓기도 하였다. 급기야 나는 그를 더 이상 인간 취급조차 하지 않게 되었지만 해도 해도 너무한 일은 여기서 그치지 않았다.

자신은 고급 주상복합아파트 펜트하우스에 살면서 그녀가 전세금을 사업으로 모두 잃자 여친과 내가 함께 지하 전세라도 얻어 같이 살아야 한다며 으름장을 놓는 것이었다. 거기다가 한술 더 떠서 내가 평생 결혼도 하지 않은 채로 생활비를 대가며 그녀와 함께 살아야 한다고까지 주장하였다. 나도 마이너스 통장이라는 걸 알게 된 후에는 내 여친들 운운하며 그 중에서 좀 여유있는 친구를 골라 자신의 여친과 함께 살며 생활비도 내달라는 거였다. 은혜를 갚을 줄 알아야 한다며 자신의 여친이 그 숱한 세월 동안 은발이 될 때까지 나와 벗을 해주며 나와 친하게 지낸 것을 감사하게 생각해야 한다는 거였다.

심지어는 나를 납치하여 갖은 고문을 일삼겠다고 협박하면서 아파트 부동산 증서나 내 은행 계정 비밀 번호나 하다못해 내 블로그 디자인 시안까지 내놓으라며 갖은 협박들을 문자로 보내왔다. 물론 법적 하자가 없게끔 교묘히 안부문자인 척을 하며 일삼는 공갈 협박들이었다. 내 여친들에게도 모두 자신의 유튜브 방송을 통해 내 여친들의 사업이나 가게를 홍보해 주는 대가로 정당하게 받는 생활비라는 조였다. 누가 봐도 기가 막힌 노릇이었으나 그는 너무나도 당당하고 뻔뻔하게 그것을 일관되게 주장하였다. 집세에 생활비에 무슨 근거로 내가 그녀를 부양해야 한단 말인가? 무슨 근거로 그녀는 내게 손을 벌린단말인가? 무슨 근거로 내가 그녀와 함께 살아야 한단 말인가? 기가 차서 죽는다더니 듣기만 하던 비명횡사할 일이 내 주변에서도 일어나고 있었다.

10. 그 남자들과 그 여자들

그 집안에는 세 명의 형제들과 각각 그들의 세 부인이 있었다. 그들 모두는 패밀리 비즈니스를 경영하고 있었는데 그 중에서도 큰며느리의 역할이 가장 컸다. 그 회사가 생산하는 제품의 대부분을 그녀가 디자인하여 왔고 회계학과를 나온 덕에 재정 문제까지 관할하고 있었기 때문이다. 회사는 그런대로 잘 굴러가고 있었고 한집에서 그들 모두는 나름대로 화목한 편이었다.

그러던 어느 날 큰며느리가 골수암에 걸려 양쪽 팔을 절단해야 하는 불운이 닥쳤다. 이에 놀란 형제들은 디자인을 해야만 하는 그녀의 팔이 너무 중요했으므로 절체절명의 간구책의 일환으로 하나의 팔이라도 살려야 한다며 며느리들 중에서 한 명의 팔을 그녀의 오른팔로 이식하기로 결정하였다.

이에 다른 며느리들은 기절초풍하여 자기들끼리 음모를 꾸미게 되는데 아무리 패밀리 비즈니스이지만 이건 해도해도 너무한 거라며 큰며느리의 다리를 절단하면 그때는 기꺼이 자신들의 팔을 내놓을 수 있다고 했다. 이에 형제들은 디자인을 해야 하는 팔이 중요하다는 생각이 앞서 큰며느리의 다리를 절단하기로 하였다. 이에 30년간 가족과 회사를 위하여 헌신하였던 자신의 삶이 억울하고 분하여 큰며느리는 똑같이 다른 며느리들의 다리도 절단한다면 자신도 그렇게 하고 앞으로 이 회사에 남아서 디자인에 전념하겠다고 공표하였다.

이러한 추태를 지켜보던 형제들은 지난날의 자신들의 가족들과 부부간의 관계에 환멸을 느껴 이 여인들을 무슨 일이 있어도 정신적으로 성숙시키는 편이 장차 회사를 살리는 길이라고 판단하였다. 따라서 타산지석의 일환으로 형제들 자신의 다리와 팔을 모두 절단하여 본보기를 보임으로써 그 아내들이 더 이상 반복하며 다투는 일이 없도록 하였다. 더하여 아내들의 팔과 다리를 모두 절단하게 된다면 프리다 칼로와 같은 예술적 깨달음의 경지에 이르게 되고 가족 모두가 디자인에 참여할 수 있을 거라며 그것을 곧 시행하기에 이르렀다.

이제 이 집안의 정상인은 부엌에서 허드레일 식사를 담당했던 식순이 하나뿐이었다. 이러한 기회를 놓칠 수 없었던 식순이는 이제부터 자신이 이 집안의 마나님 역할을 하겠다며 나섰다. 생활비

장부에서부터 시작하여 안방을 차지함은 물론 각종 집안 대소사에서도 자신의 결정을 따라줄 것을 요구하였다. 물론 회사 밖의 일들은 그들과 그녀들이 처리하더라도 집안의 일만큼은 모두 자신이 관할하겠다고 선언하기에 이르렀다. 또 하나의 가족이 탄생되는 순간이었다. 역시 인생은 나눠먹기라고 하였던가? 가족 공동체로서 역할을 함께 나누며 뿐만 아니라 팔과 다리의 그 고통마저도 나누는 삶의 진리를 터득하게 된 것이다. 지금쯤엔 팔 대신 다리 대신 공동체라는 운명을 직시하게 되었을지도 모른다. 오늘 밤에도 별이 바람에 스치운다.

。

11. 누구겠어?

점술가는 나에게 관상학적으로 내 뻐드렁니가 끝까지 문제가 될 것이라고 말했다. 그 뻐드렁니 때문에 결코 비관하지 말라고도 덧붙여 말했다. 나는 분명 조직의 리더가 될 것이 분명하지만 그 뻐드렁니가 구실이 되어서 세상에 대하여 디스토피아적인 관점을 갖게 될 수도 있고, 그것으로 인해 송사가 발생하여 수명이 단축될 수 있다고도 경고하였다. 따라서 그 점을 조심 또 조심하라고 나에게 경고해 주었다.

또한 그는 나의 배우자의 문제에 대해서는 두 여자 중에 한 여자를 골라야 하는 상황이 닥치게 되는데 외모는 좋으나 머리가 빈 여성과 성실하나 못생긴 여성 가운데 하나를 선택해야 하는 순간이 올 것이라고 예언했다. 그러니까 하나는 skin deep이고 다른 하나는 호박인 거였다.

그의 말을 들은 한참 후에 나는 그의 점괘가 대부분 맞아떨어져서 소름이 끼치도록 두려웠다. 나는 평소 나의 뻐드렁니 때문에 적잖은 핸디캡을 느끼고 살았다. 배우자를 고를 때에도 구강 구조가 나와 다른 여성을 고르는 것이 첫 번째 조건이었고 치아와 관련된 어떠한 뉴스나 방송 프로그램도 듣거나 보지 않았다. 그러나 아무렇지 않은 척 웃고 떠들고 먹고 마시고 하였다. 내가 고칠 수도 없고 그렇다고 고치지도 않는 나의 구강 구조에 대해서 남몰래 절망하며 울었던 것은 점쟁이 말대로 세상에 대해 비관적으로 생각하는 계기가 되었다. 여기에 더하여 나의 짧디 짧은 손금은 언제 죽어도 이상하지 않다고 생각할 만큼 비관의 계기가 되었다.

더더군다나 내 주위를 맴도는 여성들은 딱 두 부류였는데 연예계로 진출할 만큼 수려한 외모의 머리가 텅 빈 날씬한 여자들 부류와 생긴 거는 험악하고 추녀인데 공부벌레처럼 책과 공부만 파는 여성의 부류 그 두 부류들이었다. 두 부류 모두 공교롭게도 정치계와 인연이 많은 인물들이었는데 나는 그녀들이 오히려 정치를 하는 것이 어떻겠나 생각하고 있었다. 배우자나 잘 만나서 호위호식하며 졸부 행세나 하며 권력이나 사회의 배경이나 되는 것은 현대의 여자의 삶으로서는 별로라고 생각했다. 그리고 만약 내가 그녀들의 배우자가 된다면 그 부분을 전폭적으로 지지해 줄 의향도 있었다. 솔직히 말해서 내가 권력의 요체가 되고 싶었다는 표현이 더 맞다. 꿩 먹고 알 먹는다고 나의 배우자가 권력의 요체가 되고 나도 더불어 그것들을 누릴 수 있다면 금상첨화 아니던가? 거기에 더하여 대기업의 총수를 권력의 이름을 행사하여 몰아낸 다음 그 가정의 복잡한 가족 관계를 구실삼아 큰아들을 총수에서 물러나게 한 다음 내가 그 자리를 차지하리라는 은밀한 계획을 구상하기도 하였다.

특히 나의 직업은 DJ로서 영화음악을 트는 것이 주요 업무였는데 그러다 보니 각종 영화를 섭렵하게 되었다. 그 중에서도 특히 만화영화에 탐닉하였는데 '트라이 에브리싱'이라는 주제가를 틀 때면 내 주변에 숱한 여자들 그러니까 예쁘거나 똑똑한 여자들을 향해서 모든 것을 시도해 보라는 격려로 들리리라고 생각하여 그 음악들을 자주 틀었다. 하루는 영화에 나온 대로 그대로 실행에 옮기게 되는데 한 만화영화 속에서 쇼핑 중독에 걸린 댄디 보이가 나왔길래 나도 그대로 따라해 보리라 생각했다. 따라서 나는 쇼핑을 즐기러 삼푼 백화점에 들렀고 쇼핑에 중독된 채로 부를 과시하며 흥청망청하는 연예인이 되어 건물이 무너지는 줄도 모르고 아니, 건물이 무너질 때까지 쇼핑을 감행한 적도 있었다. 특히 내가 따라다녔던 스영이라는 일본 배우에게 줄 선물을 고르느라 빠져 나오지 못하여 한달이면 끝났을 치료를 여섯 달 동안이나 병원에 입원하여 치료를 받아야 했다. 그렇게 연예인이 되어 각종 행사에 불려 다니면서 성공하여 억수의 돈을 버는데도 불구하고, 쇼핑 중독이 될 정도로 물건을 사들였는데도 불구하고 나는 내 삶에 만족할 수 없었다. 만족이 되지 않았다. 첫 단추, 네번째 단추까지 아무리 확인을 해도 잘못 끼워진 시작임이 분명했다.

  그 와중에 내 호박 여친 중 하나가 죽이도록 미워하는 예술계의 경쟁자가 하나 생겼는데 그녀를 제발 좀 어떻게 해달라고 내 여친이 나를 졸라댔다. 어떻게 해달라는 건 뭘 어떻게 해달라는 건가? 그러던 중 내 호박 여친이 그 경쟁자를 하도 미워하여 밥도 못 먹고 잠도 잘 못 자는 지경이 되자 나는 여친을 위하여 온몸을 날리리라 결심하고 나의 DJ 실력을 발휘하여 애먼 청취자 가운데서 하나씩을 골라 그 경쟁자의 이름과 동음이의어를 가진 여자들을 하나씩 살해하기 시작하였다. 내가 나의 호박 여친에게 주는 선물인 소위 안정제인 거였다. 살인정의 안정제가 필요했던 이유는 안정을 잃어 정신병이라도 걸리게 된다면 호박 여친의 강하고 근엄한 정치인으로서의 자질은 사라지고 그녀의 정체성 또한 그 생명력을 잃게 되기 때문이다. 정치인이자 권력자에게는 이러한 나약한 정신성은 독이었기 때문에 나는 그녀의 안정을 살인이라는 대리 심리를 통해 획득하게 하려는 것이엇다. 그 살인정 한 알씩을 복용하면 내 호박 여친의 병은 그때그때 호전되어 나아졌으나 내 호박 여친의 저의는 그런 쓸데없는 여자들이 아니라 그 경쟁자 당사자를 처리해달라는 거였는데 나는 눈치 없이 애먼 여자들만 건드렸던 거였다. 아무리 그래도 내가 근무하는 방송국 국장의 딸인 그 경쟁자 여자아이를 나는 차마 건드릴 수 없었는데 하다하다 이제는 심지어 모든 부음 소식은 그녀의 죽음으로 들리기까지 하였다. 내 여친이 그녀를 미워하는 만큼 나도 그녀를 미워하고 있었던 거다. 왜냐하면 나를 해고시키겠다고 언제나 으름장을 놓는 국장이 죽도록 미워서였다.

　우리가 천생연분이라는 증거일까? 나는 여친의 친구가 국장의 딸이라는 사실을 알고는 나의 여친과 똑같이 그 여친을 더더 미워하고 증오하기 시작했다. 따라서 나는 갖은 언변을 이용하여 방송들을 통해 그녀를 사장시킬 갖은 술수를 썼는데 조금이라도 그녀를 괴롭힐 수 있고 협박할 수 있고 공갈칠 수 있는 순간이 오면 나는 신명이 나서 춤추듯이 방송하곤 하였다. 나는 그녀가 세상에서 사라질 때까지 사회의 각종 참사를 일으켜 압력을 행사함으로써 궁극적으로 그녀를 간접 살해할 것을 궁리하였고 뿐만 아니라 그녀를 알거나 혹은 그녀에게 도움을 주는 이들을 물색하여 연쇄살인을 감행하기도 하였다. 이는 모두 내 여친과 나의 희망을 향한 행진의 일환이었다. 희망과 행복을 추구할 권리는 누구나 가지고 있지 않던가? 다시 또, 또 다시 반복되는 나의 행각은 기본적인 이러한 추구권에 기반한다. 즉 루비콘 강을 건넌 것이었는데 일이 이 지경까지 된 데에는 나도 믿는 구석이 있었기 때문이다. 나의 마지막 카드인 강간질이 그것이다. 어느 날 밤 문득 그녀는 집단 강간질의 대상이 될 것이었다. 드디어 그녀도 이생망을 맞이하게 될 것이었다.

 감옥의 독방은 생각했던 것보다는 편안하다. 여러 명이 겹쳐져 자야 할 만큼 더럽고 좁아 터진 일반 감옥은 결코 내 타입이 아니다. 평생토록 영원히 지속될 내 여친에 대한 나의 헌신은 비록 비참한 비극으로 막을 내렸으나 내가 그녀를 아직도 생각하며 그녀에 대한 나의 모든 책임감을 완수하는 데에는 다 대의가 숨어 있다. 여전히 이곳 형무소에서 진행되고 있는 남녀 식당 통합이 그것이다.

ㅇ

12. 알까기

 우리 부부는 십오 년 전 결혼하였으나 지금까지 아기가 없다. 우리 부부는 아기가 없어도 된다고 평소 생각하고 있었으나 양가

부모님이 입장은 그런 것이 아니었다. 특히 나의 어머님은 내가 3대 독자라는 이유로 무슨 일이 있어도 반드시 아들을 낳아 대를 잇기를 종용하셨다. 우리 부부 모두 아이들을 보면 귀여워 하였으면서도 신체적으로 누가 이상이 있는지 알 수 없는 채로 우리들의 15년의 세월은 그렇게 흘러갔다.

그러다가 어머님과 아버님께서는 가문에서 개최하는 종갓집 회의에 다녀오신 날 중대결심을 하신 듯 우리 부부를 앉혀 놓으시고 당장 병원이라도 다녀오라며 종주먹을 대셨다. 호되게 꾸중을 받은 나와 아내는 곧장 병원으로 가서 건강상의 이상을 체크한 결과 정자와 난자를 기증받아 아내의 자궁에 이들을 착상시켜 아기를 낳는 방법을 구상하기에 이르렀다. 막상 정자와 난자를 얻을 수 있다고 생각하니 가슴이 부풀어 오르고 설레서 잠이 오지 않을 지경이었다. 아내와 나는 이왕 난자와 정자를 얻게 된 만큼 그들의 유전자 부모를 역으로 조사해서 그들의 외모나 그들의 지적 능력, 사회적 신분까지도 고려하여 그중에서 가장 훌륭하고 탁월하다고 생각되는 남자 여자의 정자 난자를 우리들의 아이로 맞아들이기로 결정하였다. 우리 부부는 여러 명의 부모군들의 리스트를 작성하고 그들의 직업, 나이, 건강 상태, 학력, 외모 등등을 체크하여 몇 명으로 압축하였다.

그런데 그 와중에서 나와 아내는 번번이 다투기를 일삼았다. 나는 무엇보다 외모가 중요하다고 했고, 나의 아내는 좋은 학교에 진학할 만한 지적 능력이 더 중요하다고 하였다. 나는 몰래 의사를 찾아가서 외모가 출중하다고 생각되는 정자와 난자를 IQ가 좋은 정자 난자로 바꿔치기 했고 아내에게는 학벌이 좋은 부모의 것을 선택하였다고 거짓말을 하였다. 아내는 장차 우리들의 2세가 서울대 하버드 아니 그 이상 석사 박사까지도 마칠 수 있는 뛰어난 두뇌의 소유자이기를 확신했다.

 나는 아내를 속인 것이 내심 미안하였으나 언젠가 장차 성장하여 미스코리아 미스터코리아에 나가는 자녀를 둔다는 것이 훨씬 자랑스러울 거라고 생각했다. 물론 그 아이가 대학에 들어갈 나이쯤 하여서는 모든 것은 들통이 날 것이다. 대학은 붙을 수도 있고 떨어질 수도 있겠으나 출중한 외모로 인하여 우리 집안엔 큰 자랑거리가 될 것이 틀림없었다. 우리 집안에 인물이 났다며 기뻐하실 부모님과 우리 아이의 잘생김으로 인하여 종가의 가족들과 친구들로부터 부러움을 살 나의 아이를 생각하면 지금부터 뿌듯하고 기뻐서 설렌다. 아내를 속인 건 잘못이나 차후의 결과는 창대하리라.

                        。

13. 이유는 유모

 나는 이 집안의 큰아들이다. 나는 동생들이 33명이 있다. 남녀 비율을 보자면 반반쯤인 것 같다. 세보지도 않았다. 불행일까 다행일까? 동생들의 아버지는 모두 다 다르다. 아버지의 수를 세보지는 않았으나 어림잡아 14명쯤 되는 것 같다. 아버지들끼리는 친형제인 경우도 있고 혈맹 관계나 아니면 사업 동지인 경우도 있는 것 같다. 그러나 자세한 내막은 나도 잘 모른다. 나는 그저 그들 중에서 가장 연장자였던 우리 친아버지의 맏아들이었을 뿐이다.

 그렇다면 우리 어머니는 어떤 분이셨을까? 우리 친어머니는 물론 단 한 분임에 틀림없다. 우리 34명의 자식들은 우리 어머니로부터 난자 추출을 받아 수정하여 태어난 아이들이었다. 건강상의 이유로 수정을 시작하였는데 남달리 인기가 많고 유약하던 어머니에 대한 여러 아버지들의 배려 차원에서 우리는 수정되어 태어났으며 또한 그 이유로 우리들은 친모인 어머니가 아닌 여러 유모들에 의해 키워졌다. 우연인지 유모들과 유달리 닮은 동생들도 있었으며 자신의 유모를 친어머니 삼아 살다가 후에는 자신의 아버지와 실제로 결혼시키려 하던 동생들도 있었다.

 이 와중에 친어머니는 자신의 비지니스를 하느라 좀 **바빴**으며 비교적 아이들의 문제는 관여하지 않았다. 그것은 아버지들이 친어머니의 자녀 교육에 개입을 원치 않았던 이유도 있었고 친어머니가 유달리 벌인 사업이 많았기 때문이기도 하였으며 건강이 좋지 않다는 이유로 자녀들로부터는 일절 거리를 두도록 조정 받았던 것 같다.

이러한 연유로 인하여 유모들은 엄마의 측근들로 기용된 경우가 흔하였는데 특히 중고등대학 동창들이나 회사 동료들 심지어는 어머니의 친자매들까지 대거 동원되었다. 유모의 숫자는 자녀들의 숫자에 두세 배가 넘었는데 따라서 한 자녀당 딸린 유모만 성장할 때까지 몇십 명에 이르는 경우도 있었다. 이 유모들이 끝끝내 과연 결혼을 하였는지는 지금까지도 나는 잘 알지 못한다. 다만 아버지들의 집에서 함께 기거하였으며 우리들과 아버지와 섭식을 언제나 함께하였다는 것을 기억할 뿐이다.

그 중에 어떤 유모들은 우리들을 친자식처럼 귀하게 대했는데 심지어는 생긴 것마저 똑같아 외부인들은 친모자모녀간으로 인식하기가 일쑤였다. 아버지들은 자녀의 집과 친모의 집을 오갈 때도 있었으며 거의 대부분은 자녀들과 함께 집에서 기거했다. 따라서 아버지들은 자식들과 유모들의 보필을 동시에 받았는데 따라서 그녀들의 안방 출입은 빈번하였으며 집안적으로는 극히 자연스러운 일로 받아들여졌다. 심지어 어떨 때는 아버지와 동생과 유모가 같은 침대에서 잠들기도 하였던 것으로 알고 있다.

유병 장수시대라고 우리 친어머니는 85세인 지금까지도 정정하시다. 다행인지 불행인지 유모들의 반절은 노환이나 병환으로 세상을 먼저 떠났고 나머지 반절은 어디에서 어떻게 살고 있는지 연락이 끊긴 지 오래다. 주종 계약관계가 끝났으므로 주거지를 옮기도록 어머니로부터 명 받았기 때문에 그들 모두는 계약 파기와 함께 어디론가 떠나야 했다. 자녀들은 모두 장성하여 가정을 꾸렸으나 우리 형제 자매들을 보고 있노라면 특정 유모의 외모를 빼다 박아 놀라는 경우가 종종 있을 뿐이다.

ㅇ

14. 추리닝

  그는 어디로 향해야 할지 정말 몰랐다. 전전해 온 파트타임 알바는 후임자에게 이미 인수인계를 마쳤는데 해고의 원인은 인사를 공손히 하지 않는다는 손님의 컴플레인 탓이었다. 이력서 제출 회사는 접수비만 수십만 원 내었는데 유령회사였다며 사람들의 고소가 이어지고 있었다. 자신의 존재감과 자존감은 땅에 떨어질 대로 떨어졌다. 지난 몇 년간 신용카드는 신용불량자 되어 모든 계좌가 대출금지 되었고 전화는 통화 정지령에 살던 집은 재개발 계획으로 강제 철거 직전이었다.

  어디로 가야 하나, 아침에 구두를 꺾어 신고 밖으로 나와 헤매었다. 일용직 근로 센터까지 가는 것은 아직은 아니라고 생각하며 길을 걷고 있는데 갑자기 인도 위의 개미 한 마리가 그의 키만해지는 것이었다. 그는 너무 놀라 곧장 차도로 뛰어 도망갔다. 차도로?

간신히 차도를 건너 안도하며 뒤를 돌아보자 쫓아오던 덩치 큰 개미는 다시 쭈그러들어 일렬로 인도 수챗구멍 사이로 사라졌다. 다행이었다. 간신히 피하고 보니 뒤늦게 "저 녀석이?" 하고 괘심한 생각이 들었지만 참았다. 알바 하는 일년 동안 주임의 더러운 침 튀기는 호통을 잘 참아오지 않았던가? 한갓 개미쯤이야 덩치가 크더라도 머리에는 든 게 없을 거라고 위안했다.

그는 졸업 후 그의 친구 a가 정말 운이 좋다고 느꼈었다. 결석을 할 때도 휴강이거나 출석 체크는 그때마다 패스되었고 다리가 골절되었을 때도 그로 인해 이라크 파병에서 면제되었는데 그 덕분에 병역 면제자 대상 정부의 아웃소싱 기업에 조기 졸업자로 특채로 담박에 취업되었다. 해도 해도 너무한다 싶어 하나님을 원망하다 점을 보러 갔더니 그 스님이 대뜸 출가하는 것이 어떻냐며 호구 조사를 시작하는 것이 아닌가?

운이란 정말 있는 걸까? 같은 동갑인 그와 나의 운이 갈리는 바로 그 지점은 진정 무엇일까? 생각하며 공원 벤치에 앉아 본다. 하늘에는 뭉게구름 떠 있고 강물엔 유람선이 떠 가는데 저마다 누려야 할 행복은 나에게 있기는 있는 걸까? 생각하고 있는데 지나

가던 여자의 가슴에 하트가 보이는 것이었다. 거기에는 사랑해라고 쓰여 있었다. 그는 이거다 싶었다. 드디어 나에게 반한 여자도 생기는구나 싶었다. 그녀를 집 앞까지 따라가다가 용기를 내어 "ME TOO"라며 소리치고 웃어 보였다. 순간 '찰싹' 별이 하늘 위를 뱅뱅 돌고 있었다. 눈을 떴을 때는 그 공원 벤치였다. 잠이 들었었던가? 인생 일장춘몽이라더니….

졸업사진을 찍으러 사진관 갔을 때는 너무 겁나 사시나무 떨듯 떨었더랬다. 아나운서의 꿈을 포기한 그날 꿈 하나에 밑줄 하나 그어버리며 '일장춘몽이라더니' 했던 기억이 다시 떠올랐다. 사실 그 후에도 이력서 때문에 사진을 천 장 넘게 찍을 때에도 그 많은 면접에 모두 떨어지리라고는 차마 몰랐다.

성공하는 사람은 데자뷰를 겪는다는데 나 성공한 사람 맞나 보다 생각하며 그는 그 후로도 그 공원의 벤치에 수없이 갔다.

○

15. 화장대

그가 덩그러니 앉아 있는 방 안의 한가운데로부터 봄날 따스하게 창 안으로 비추는 봄 햇살이 무색하게 느껴질 만큼 그 남자의 유일한 동선이 무겁고 처절하리만큼 느리다.

그는 지금 그녀의 사진 너머 푸르름이 작열하는 어느 한 동산을 바라보고 있다. 어느 날 그녀와의 장밋빛 내일을 꿈꾸던 바로 그 날이다. 지금 방 안의 따스함과 지금의 봄 빛깔의 강도로 그녀와 그는 그 동산의 봄빛을 마냥 천진스럽고 행복하기만 하게 즐겼다. 방바닥은 냉골이었으나 그나마 날씨가 맑아 길게 늘어지는 창으로부터의 빛줄기가 길고 강하다. 손을 뻗으면 마치 금방이라도 잡힐 듯한 빛줄기는 창을 거쳐 방바닥과 그의 어깨를 지나 맞은편 경대에 맞부딪치고 있다. 그는 더 이상 그 빛줄기를 잡으려 하지 않는다. 아무리 잡으려 해도 달아나는 것은 타들어갈 듯한 목젖의 처절한 울부짖음과도 같은 그 빛줄기와 그리고 냉정한 카멜레온의 표피와도 같이 이중적이고 변화무쌍하여 결국 냉정하리 만큼 피부의 껍질만을 벗겨가 버린 그녀였기 때문이다.

그녀는 그의 통장잔고와 그가 평생 모은 부동산 서류 모두를 가지고 얼마 전 어디론가를 향해 그를 떠났다. 그에게 봄이 잔인한 이유이다. 그의 손에는 마치 그를 조소하는 듯 그녀와의 한때를 기념하는 듯한 몇 장의 사진이 텅 비어버린 통장 몇 개와 날름 그의 갈라진 손등의 반대편에 들려 있다. 그의 손금 또한 그녀의 만남과 배신을 오래 전부터인 듯 깔깔대며 비웃고 있다.

그는 슬프다. 그러나 슬퍼할 기운이 더 이상 남아 있지 않다. 그는 이제 갈 곳이 없다. 그의 몸을 눕힐 평평하고 따스한 방은 이제 존재하지 않는다. 서글픈 흐느끼는 들썩이는 어깨를 눕힐 곳은 그의 통장 어디에도 없다. 네모난 방 안만이 그의 눈물을 훔쳐내려는 듯 썰렁함만으로 창 밖 어디론가부터의 사이렌 소리를 요란하게 전할 뿐이다. 그는 지금 울고 있다. 그가 유일하게 할 수 있는 일이라는 듯. 한 여자를 잃은 그의 가슴은 이 방만큼이나 텅 비어 그의 울음을 심장과 가슴을 차례로 마구 두들겨대고 있다. 창 밖의 사이렌 소리와 그의 울음이 약속이나 한 듯이 교차한다. 방 안에는 그렇게 한 남자가 울고 있다.

o

16. 아마도 두 번째 아니면 세 번째 영부인일 거예요

대통령선거가 1주일 앞으로 다가왔다. 그러나 대통령 후보들에게는 피를 말리는 순간이 아닐 수 없었다. 궁여지책으로 네 명의 후보는 공약을 걸게 되는데 이 공약이라면 대통령이 되는 것에는 아무 문제가 없을 것이며 설사 낙선하더라도 후일을 도모하는 데 안전할 수 있다는 판단에 협의하에 이뤄진 공약이었다. 이 협약이란 앞으로 몇 년 내로 자신들의 본부인과 이혼을 감행하고 정작 대통령이 될 시에는 새로운 영부인을 맞아들이겠다는 공약이었다. 20년간의 결혼생활은 그야말로 대통령 직전까지만 해당되는 내조에 불과한 것이 되고 대통령이 막상 되고 나면 새로운 부인을 맞아 실제의 영부인을 맞이하겠다는 거였다. 그렇게만 된다면 국가의 모든 여성들은 자신들이 영부인이 되겠다는 꿈에 부풀어 한 표라도 더 표를 자신을 향해 찍을 것이라고 판단하였다.

공약을 내건 지 일주일이 지났다. 그럼에도 여성 유권자들은 꼼짝도 하지 않았다. 선거에 관심이 없거나 찍을 사람이 없다며 무시로 일관했다. 이에 당황한 후보들은 추가로 공약 하나를 더 걸게 되는데 두 번째에서 더 나아가 세 번째까지도 영부인을 맞아들일 수 있다는 공약이었다. 자신이 대통령이 되기만 한다면 몇 번이라도 새로이 영부인을 맞아들여 가능한 한 많은 수의 여성이 영부인의 경험을 공유하게 될 것을 추진하기에 이르렀다.

투표날이 2주 안으로 다가왔다. 과연 시민들의 반응은 어떨지 모두가 궁금해 하였다. 아내를 가장 많이 맞이하기로 공약을 내건 후보가 어쩌면 대통령으로 당선될지도 모른다. 심지어는 10번 이상까지도 아내를 갈며 영부인을 맞이하리라는 공약을 거는 후보가 있다니 세상 참 요지경이다.

о

17. 계속 혹시나 하면서

사형 집행자가 단두대에 섰다. 교도원이 마지막으로 하고 싶은 말이 있으면 하라고 했다. 사형자는 이때 영화 〈졸업〉을 생각하고 있었다. 여자가 결혼식장에 들어서서 결혼선서를 하기 바로 전 그녀의 애인이 찾아와 신부를 가로채는 순간을 생각하고 있었다. 사형자는 자신도 누군가가 이 순간에 갑자기 나타나서 자신을 단두대에서 내려주리라는 기대를 하고 있었던 것이다.

그런데 막상 교도원이 마지막으로 할 말을 하라고 하니 적잖게 실망이 되었다. 그래서 그는 마지막으로 화장실에 다녀와도 되냐고 교도원에게 물었다. 마지막 부탁이니 만큼 교도원은 이를 들어주지 않을 수가 없었다. 그는 화장실로 보내졌다.

그는 또 생각했다. 화장실의 파이프가 터져 물탱크가 이곳으로 쏟아진다면 온몸이 젖어 옷을 갈아입어야 되는 상황이 발생하고 그 틈을 타서 사형장으로부터 벗어나 탈출할 수 있을 것이라고 생각되었다. 이때 교도원이 다시 사형장으로 가자고 그를 부추겼다.

다시 그는 좌절했다. 이번에는 마지막 말이라고 하면서 마지막으로 어머니의 목소리를 한 번만 듣게 해달라고 간청하였다. 교도원은 죽음을 앞둔 사형자가 어머니를 그리워하는 것이 하도 불쌍해서 어머니와의 전화를 허락하였다. 사형자는 생각하였다. 전화기가 있는 곳으로 가는 동안에 중간에 위치한 방송실로 잠입하여 인질극을 벌여 탈출할 상상을 한 것이다. 긴 복도를 지나 전화기가 있는 곳으로 걸어가면서 방송실을 힐끔 보았지만 방송실은 자물쇠로 굳게 닫혀 있었다. 그는 많이 실망하여 어머니와 통화하는 도중 엉엉 울었다. 통화가 끝나자 교도원이 그를 데리고 다시 사형장으로 돌아왔다.

  교도원은 자꾸 사형 집행을 미루고 있는 사형자의 행위들을 눈치채고는 이제 더 이상 어떤 부탁도 들어줄 수 없다고 못박았다. 더 이상의 여지가 남아 있지 않은 어떤 순간을 맞이하고 있는 거였다. 해도 해도 도저히 어떻게 할 수 없었던 그의 마지막 삶을 마무리하고 있는 거였다.

。

18. 예쁘면 찾아가겠어요

  예쁘면 따라간다는 사실은 만고불변의 진리, 동서고금의 진리, 불가분의 진리이다. 그럼에도 나는 마지막 희망을 유지해 보려 한다. 나에게도 어디도 뒤지지 않는 외면 혹은 내면의 아름다움이 있노라고 말이다. 외면 혹은 내면의 매력을 지니고 있으리라는 나만의 자존감. 그것으로 살고 그것으로 버티는 인내와 끈기. 꼭 외양이 아닐지라도 나는 누군가 따라온다. 아니 무엇인가는 따라온다. 나에게는 무엇인가 있다. 특히 너는 나를 따라오지 않을 수 없다. 이러한 나에게 거는 나만의 주문. 이런 정신 반드시 필요하다.

。

19. 세월 속의 뫼비우스 띠

뫼비우스 띠는 몇 가지 흥미로운 성질을 가지고 있는데, 가장 특징적인 것은 어느 지점에서나 띠의 중심을 따라 이동하면 출발한 곳과 정반대 면에 도달할 수 있고, 계속 나아가 두 바퀴를 돌면 처음 위치로 돌아온다는 점이다.

내가 그녀를 평생 만나리라는 원리 다름 아니다.

또 하나의 뫼비우스의 신비도 있는데 또다른 그의 나에 대한 혐의 씌우기이다. 그의 살인 범행을 내가 고발하였으나 그는 모르쇠로 일관하였었다. 그러다가 증거 불충분으로 사건이 기소되자 이번에는 그가 역으로 나를 고소하였다. 명예훼손죄로 말이다. 애시 당초 자신의 범행이 아니라고 부인하면 그만이지 왜 시치미를 떼다가 이제 와서 나에게 혐의를 뒤집어씌우는 걸까? 역시 완전범죄자는 다르다. 이 지점이 바로 뫼비우스 띠의 또다른 한 사례이다.

영원한 사랑 아니면 감방행일 수 있다니 인생은 역시 복불복이다.

○

20. 분홍 원피스

재클린 케네디는 분홍 원피스를 입고 있었다. 존 에프 케네디가 본 재클린의 마지막 모습이었다. 그들은 식사 때 하얀 머그컵을 쓰곤 하였는데 케네디가의 유물이라고도 한다.

헬렌 켈러의 스승이었던 설리반이나 테스 형이 쓰던 혹은 가까운 일본이나 먼 유럽의 여왕 할머니가 쓰시던 유물들에는 또 어떤 에피소드들이 있을까 궁금하기도 하다.

여기서 색깔은 사회적 아이콘과 깊은 연관성을 갖기도 한다. 각 정당의 색들이라든가 국기의 색들과 특정 시기에 유행했던 색들은 그 상징성이 매우 높다. 올해의 색은 베리페리인데 파란색과 힘찬 붉은 빛이 섞인 보라색을 띤다. 이 보랏빛에 한 해의 행운을 빌어본다.

○

21. 어이없는

어크라이나 대통령이 우리를 만찬에 초대했다. 만찬장의 테이블 위에는 온갖 종류의 먹을 것들이 즐비했다. 나는 신이 나서 여기저기를 누비며 온갖 진귀한 음식들을 고르고 있었다. 그런데 갑자기 어크라이나 대통령이 '누가 내 도너츠에 탐을 내었어'라면서 나의 손등을 후려쳤다. 나는 그가 도너츠를 특히 좋아하는가 싶어서 내 옆에 쌓여 있던 슈크림 도너츠, 튀김 도너츠, 살구잼 도너츠를 그의 앞으로 가져다 드렸다. 이 행동에 대통령께서는 내가 참으로 영특하고 기특하고 어여쁘시다면서 '처자는 세상의 모든 남자와 관계할 지어다' 하는 거였다. 나는 정신이 바짝 들었다. 이 얘기가 좋은 얘기인지 나쁜 얘기인지 분간이 되지 않았지만 내가 드린 도너츠를 거절한 것으로 보아 어크라이나 대통령이 나 같은 호구는 싫어한다는 것은 자명하였으므로 따라서 이 성을 빨리 빠져나가야 되겠다는 생각은 확실히 들었다.

너무 멋있어 보이는 왕국이었지만 어크라이나라는 나라에 오지 않았어야 했다. 나는 지금 줄행랑으로 이곳을 뜨고 있다.

o

22. 판도라[1]와 페드라[2]

"멈출 줄 아는 것도 용기이다."

"보낼 줄 아는 것도 사랑이다."

"포기도 선택이다."

1. 제우스는 신들을 불러 모아 인류 최초의 여인을 창조하게 되는데 이 인류 최초의 여인의 이름은 '판도라'. '모든 선물을 다 받은 여인'이라는 뜻이다.
  제우스는 이 아름다운 여인을 에피메테우스에게 선물하였다. 판도라의 아름다움에 반하였고 결국 판도라는 인간 최초의 아내가 되었다. 에피메테우스의 집에는 절대로 건드려서는 안 되는 항아리가 하나 있었다. 판도라는 그 항아리에 무엇이 들어 있을지 무척 궁금했지만 남편의 말을 어기고 열어 볼 생각은 하지 못하다가 제우스의 유혹으로 상자를 열어 보게 된다.

항아리의 뚜껑을 여는 순간 앞으로 인간을 괴롭힐 모든 재앙이 빠져나왔다. 항아리로부터 육체를 괴롭히는 두통 치통 생리통 복통을 비롯한 온갖 통증과 정신을 괴롭히는 질투 원한 원망 복수가 사방팔방으로 퍼져나갔다. 이 재앙은 지금까지도 인간들을 괴롭히고 있다.

판도라는 깜짝 놀라 뚜껑을 닫았지만 내용물은 이미 다 날아간 상태였다. 하지만 딱 한 가지가 항아리에 남아 있었다. 바로 '희망'. 덕분에 인간들은 어떤 재난에 처해도 희망을 잃지 않게 되었다.

―[네이버 지식백과] 프로메테우스와 판도라의 단지 - 암브로시아의 비밀을 찾아라(그리스 로마 신화 사이언스, 2015. 5. 26., 이정모, 윤상석)

2.파이드라는 할리우드 영화의 소재가 되기도 했다. 1962년 안소니 퍼킨스와 그리스 여배우 멜리나 메르꾸리가 열연한 줄스 다신 감독의 영화 〈페드라〉가 바로 그것이다. 하지만 그 내용은 신화와는 사뭇 다르다. 영화 속에서 의붓아들과 계모가 진짜 서로 사랑하는 것으로 설정되었기 때문이다. 영화의 무대도 현대 그리스로 바뀌었다. 그리스 해운업계의 거물 타노스(테세우스)는 상처하자 같은 업계 실력자의 딸 페드라(파이드라)를 후처로 맞이한다. 전처소생 알렉시스(히폴리토스)는 아버지의 재혼에 불만을 품고 런던으로 유학을 떠나 버린다. 페드라는 남편으로부터 상황을 전해 듣고 의붓아들 알렉시스의 마음을 돌려 놓기 위해 런던으로 그를 찾아간다. 그런데 런던에서 만난 둘은 첫눈에 사랑에 빠져 버린다.

두 사람은 마음껏 젊음의 불꽃을 태우다 그리스로 돌아온다. 타노스는 아무것도 눈치채지 못한 채 화해 기념으로 아들에게 멋들어진 고급 스포츠카를 사준다. 이들은 이후에도 몰래 금단의 사랑을 즐기지만 그들의 관계는 곧 들통이 나고 만다. 타노스가 아들 알렉시스를 엘시라는 아가씨와 결혼을 시키려고 하자 페드라의 질투심이 폭발한 것이다. 그녀는 알렉시스를 오해하고 복수심에 불타 남편에게 런던에서 있었던 일을 자신에게 유리하게 털어놓는다.

분노한 타노스는 아들을 무참하게 폭행하고 집에서 내쫓는다. 온몸이 피투성이가 되어 집에서 도망쳐 나온 알렉시스는 페드라를 저주하며 스포츠카에 오른다. 그는 해안 절벽에 난 도로를 질주하다가 "페드라!"를 연호하며 도로 난간을 뚫고 바다로 뛰어든다.

―[네이버 지식백과] 영화로 되살아난 팜파탈 페드라(신화, 세상에 답하다, 2009. 11. 9., 김원익)

。

23.지하벙커

 울릉도 지하에는 벙커가 하나 있는데 그것의 기능은 감옥이다. 방의 숫자는 일고여덟 개 정도가 된다. 앞으로 며칠 내에 그곳에 감금될 범죄자들은 칠칠치 못하여 실수로 범법을 행한 이들이다. 울릉도이니 만큼 섬의 절경을 감상하면서 자신의 실수에 대한 반성을 하고 그동안의 내려놓지 못한 욕심들을 사리며 본의 아니게 피해를 주었던 이들에게 용서의 마음을 구하기 위하여 이곳까지 이송될 것이다.

막상 그들은 이곳에서 충분한 휴식과 영양 보충 힐링에 버금가는 요양과 충전의 시간을 갖게 될 것이나 출소될 즈음 하여서는 과거의 모습으로 다시 돌아가 언제 그랬냐는 듯이 또다른 실수를 번복하게 될 것이다. 그것이 그들이며 그들의 본 모습이기 때문이다. 그들이 지금까지 살아온 방식이 그러하며 앞으로도 그러한 삶을 살 것이라는 것을 쉽게 내다볼 수 있다. 진정한 반성이란 어디에도 없기 때문이다.

○

24. 바라지, 보시

감옥살이에는 바라지가 필요하고, 절살이에는 보시가 필요하며, 남녀 관계에는 소울 메이트가 필요하다.

사랑한다면 무얼 못하겠냐마는 바라지하는 부인이나 보시해주는 남편, 그리고 플라토닉 러브를 하는 연인들에게는 또다른 종류의 위안의 인물이 필요하다는 그들의 논리가 있다. 다시 말해서 공공연하게 소위 대놓고 첩질, 즉 대놓고 바람을 피우겠다는 건데 남편이나 부인이 감옥이나 절간에 혹은 같이 살붙이고 살 수 없을 시에는 그런 대리격의 존재가 필요할지도 모른다.

그럼 나랑 왜 결혼했어? 안 하면 되지. 다 핑계로 들린다. 이것두 저것두 다 갖고 싶은 거다. 하나는 돈줄 다른 하나는 취향 모 그런 거다. 하나는 이데올로기 다른 하나는 감성, 하나는 안정 다른 하나는 설렘인 거다. 마초들. 주제 모르다 까불면 목숨이 단축될 수 있다. 바라지, 보시, 소울 자체가 이미 그런 거긴 하지만 말이다. 사랑한다면 하나만 잘 하면 된다. 하려는 큰 일, 큰 집(옛 시일 후궁들의 집단 거처인 절간을 이와 같이 칭하기도 하였다고 함)에서라도 잘 하길 빈다.

그러니까 이 글의 주제는 한마디로 일과 사랑의 가치를 알자는 거다. 우리들의 사는 모습 다 똑같다는 거다. 내게 귀한 게 있으면 남한테도 귀한 게 있다는 거다. 내가 좋아 보이면 남한테도 다 좋아 보인다는 거다. 그래서 서로 가지려고 전쟁도 나고 분란이 이는 거다. 그러니까 다시 한번 이 글의 주제를 말하자면 righteousness, 즉 옳은 길을 가고 있다고 자부심과 긍지를 갖자는 거다. 우리들의 사명을 받들고 그 하나를 위해 매진하자는 거다. 파이팅하자는 얘기다.

○

25. 대리 죽음

오늘 또 정치인 p가 소환되었다. 어제는 c가, 그제는 또 누가 그 그저께에는 또다른 누구누구가 소환되어 끌려갔었다. 그들의 재판과 형량은 얼토당토할 것이 당연했지만 손쓸 힘은 없었다. 왜냐하면 그들은 모두 a의 대리 격으로 끌겨간 것이기 때문이다.

　a는 장차 우리 왕국을 끌고 갈 차기 대권주자이다. 황씨에 이름이 태자인 그의 이름은 황태자. 직함은 아직은 미비한 원내 부총무. 우리는 어떻게든 그를 정치판에서의 베테랑으로 만들어야 한다. 우리 당과 국가의 사활이 담긴 일이다. 왜 하필 그냐고? 그의 이름 때문이다. 바로 황태자. 역시 부모님을 잘 만나는 일에는 작명도 포함돼 있다고 우리당 사람들은 모두 생각했다. 그런데 정작 그는 정치에 대해서는 문외한이다. 아는 거라고는 당대표 이름과 당 이름이 고작인 정도이다. 당은 훈련을 통한 깨달음의 경지를 높이기 위하여 다른 내리 끌려가는 정치인들을 타산지석 삼아 그들의 잘못들을 관찰하여 궁극에는 그를 고수의 경지로 끌어 올리자는 계획이었다.

　끊임없이 대리 소환과 재판들, 심지어는 대리 죽음들이 이어졌다. 언제는 아무개 또다른 언제는 다른 아무개. 이런 식으로 대리 죽음들까지도 불사하며 우리는 이 훈련에 돌입한 것이었다. 반드시 우리 당과 정치의 대표인 황태자를 어엿한 정치인의 모습으로 탈바꿈시키리란 일념 하에 우리들은 오늘도 훈련에 매진 중이다. 물론 이러한 대리 소환들은 왕궁 입성과는 바꿀 수조차 없는 남루하지만 처절한 국내 정치 사안 안에서 이루어질 것이기는 했다.

26. 자백

그는 모든 범행을 자백했다. 그녀를 유괴해 살해한 후에 시체를 유기하여 사지를 절단하여 강물에 버렸다고. 그런 일들을 50번이나 행했다고 파출소에 찾아가 경찰관에게 다 자백했다. 경찰은 그에게 검찰청에 출두할 때까지 잠시 감금하겠다고 했다.

이틀간의 유예기간이었다. 아침을 주러 직원이 들어왔다. 그는 직원에게 질문했다.

"자백하였으니까 이젠 집으로 가야 되는 것 아닙니까? 다 자백했잖아요? 뭘 바라는 거죠? 자백하였으니 일상으로 돌아가고 싶습니다. 왜 제가 여기 갇혀 있어야 하나요? 자백의 의미가 퇴색되네요. 자, 이제 저를 풀어주셔야지요?"

직원은 들은 척도 하지 않았다. 그는 왜 그런 종류의 질문을 한 걸까? 직원은 또 왜 대꾸조차 하지 않았던 걸까? 세상은 참 모를 일들로 가득하다. 인생 종친 이생망의 질문 하나. 인생 모있어?

4장

한 여왕, 두 왕자의 다른 지원

1. 재벌 주선

본토는 지정학적 요충지로서 정치적으로 주변 지역 나라들의 영향력을 행사 받고 있는 지역이었다. 옆 섬나라로부터의 끊임없는 본토 유입을 시도받는가 하면 접경지인 대륙의 두 나라는 그들대로 해양으로의 유입을 끊임없이 시도하던 중이었다.

따라서 본토는 주변국들의 정치적 영향력을 언제나 재고해야만 했다. 이러던 차에 옆 섬나라로부터 전략적 제안이 들어왔는데 본국의 여왕을 본토에서 뽑기로 하는 대신 두 나라의 협약에 의거하여 군사적 접경지대에 있는 대륙의 나머지 두 나라를 함께 물리치자는 협약이었다. 본토의 결정자들은 반색을 표하며 꿩먹고 알먹기라면서 이에 긍정적인 화답을 건넸다.

그러나 정작 나라의 처자들의 반응은 시큰둥해 보였다. 81세나 되는 노후한 왕에게 선뜻 시집가겠다고 나서는 처자가 없는 것이었다. 이에 절치부심하던 원로원은 본토의 최고 갑부인 메디치 가문의 수장을 들먹이며 메디치 가문으로 시집갈 수 있는 특권을 부여하겠다는 옵션을 제공하였다. 이에 전 본토 처자들은 내심 환호성을 질렀다. 어떻게 해서든 그 경선에서 승리하여 메디치 가문을 거쳐 여왕에 입성하겠다는 계획에 동의하기에 이르렀다.

그리하여 내세운 처자가 하나 있는데 변방에서 갖은 허드렛일을 다하면서도 영주의 눈에 들어 관리일자리에 10년 이상 머물고 있다는 다분히 출세지향적인 한 여식이었다. 그러나 불행하게도 그 여식마저 섬나라의 왕을 섬기려 하지 않았는데 그녀 역시 내심 메디치 가문에는 욕심이 가는 터였다. 그리하여 이 호스티스는 자신의 절친인 미리 앙뚜아네트를 은근슬쩍 섬나라의 여왕 자리에 추천하였고 메디치 가문의 여주인 자리는 자신이 차지하려는 심산을 부렸다. 자신의 친구를 어렵사리 대여왕의 자리에 마지못해 추천한다는 분토까지 토하면서 그러니 메디치 가문의 모든 남성들을 자신의 휘하에 두겠다는 전제하에 자신의 여친을 추천하는 것이라는 거였다. 마치 이 추천을 통하여 큰 선심이나 아량 있는 처자의 모습인 양 보이면서 최고 갑부인 메디치 가문은 자신의 수하에 두려는 전략적인 양면적 전술이었다.

이러저러히 어물쩡거리며 시간이 흐른 동안 어느덧 십 년의 세월이 흐르고 말았다. 섬나라의 왕도 90이 훌쩍 넘은 나이가 되었고 이제는 왕위 자리도 그의 아들에게 넘겨줘야 하는 신세가 되었다. 그러나 두 왕 국가의 협약은 지속되고 있었는데 그리하여 원로원은 섬나라의 늙은 왕이 아닌 그의 아들인 왕자에게 처자를 선양하기로 결정하게 되었는데 지금까지 계속 거론되어 온 미리 앙뚜아네트가 당연히 이 자리의 주인공이 되었다. 물론 메다치 가문의 여주인 자리 또한 옵션으로 딸려온 바 두 자리 모두 미리의 것이 되었다. 그후 미리를 왕에게 소개한 처자는 어디로 갔는지 그 행방이 묘연할 뿐이었다.

○

2. 20년에 한 번씩 세 번의 전쟁

신탁에 의하면 그녀들에게는 평생에 걸쳐 세 번의 전쟁을 치러야 하는 운명이 있다고 예견되었다. 이 세 번의 전쟁을 치르는 이유는 오직 단 하나 그들만의 여왕을 얻기 위함이었다. 세상의 기준이 되고 세상의 바로미터로서 한 인물을 구하려는 인류의 바람인 것이나 다름없었다. 사실상 전쟁은 예견보다 훨씬 일찍 종결되기는 했는데 그녀의 수상 때문이었고 사실 그렇게 일찍 전쟁이 종결되기란 사실을 아무도 알지는 못했다. 심지어는 전쟁 종결자인 그녀 자신도 자신의 검이 휘두르게 될 역사적 사명이라든가 전쟁의 종결 시점에 대해서는 아는 것이 아무것도 없었다.

이 세 번의 전쟁의 시작은 두 제국의 늙은 두 군주가 시작한 것이긴 하였지만 시간이 흐르고 세대가 바뀌어 전쟁의 마무리는 그 다음 세대 혹은 그 다다음 세대로 넘어가게 되었다. 이 전쟁의 전투자로 참여하게 된 수십 명의 처자들은 자의반 타의반으로 전쟁의 무대에 오르게 된 것이었고 어느 누구도 그 과정과 결과에 대해서 이의를 제기할 수 없을 만큼 비교적 공평하고 공개적이면서도 일사불란하게 진행되는 모습을 보였다. 그것의 순서는 단연코 과정을 먼저 선취한 자를 중심으로 이루어지는 경향이 있었으며 그 선취하는 능력은 비교적 타인들보다 능력면에서 앞서 있는 자가 획득하는 것이 틀림없어 보였다. 따라서 경기를 끌어가는 즉 리드하는 자에게 보다 더 많은 특전이 제공되는 것처럼 보였다.

본격적으로 전쟁을 종결을 시키게 된 우리의 이 주인공 그녀 역시 참여자들의 모든 경선에서 예외가 아니었으며 언제나 과제를 완결하기 위하여 즉 선취권을 획득하기 위하여 고군분투하였다. 특히 두번째 전쟁에서는 전투자들의 능력을 본격적으로 검증하는 시기로 가령 아카데미 영화상을 수상하거나 노벨상을 수상하거나 아니면 퓰리처상을 수상하거나 많은 인맥을 과시하게 되거나 혹은 갑부나 거부의 대열에 들어서거나 하는 등의 각 분야에서의 능력을 검증받는다면 두번째 전쟁에서 승리하는 자가 될 것이었다. 따라서 우리들의 주인공 그녀 역시 그것에 도전하여 무엇인가를 거머쥐게 되는데 그것으로써 이 전쟁이 본의 아니게 일찍 종결되게 된 것이었다.

  불행일까 다행일까 더 많은 희생자를 내지 않은 것에 감사해야 할까? 원망해야 할까? 알 수 없는 지점이긴 하나 전쟁이 일찍 종결된 것만큼 그 결과에 대한 각자의 도전 결과에 대한 책임을 져야 하는 운명이 도래하게 된 것이었다. 사실 두 번째 전쟁이 끝나고 지금 2023년에 와서는 세번째 전쟁이 임박해 있기는 한데 과연 세 번째 전쟁을 이어가게 될 것인지 이어간다면 어떤 식으로 이어가게 될 것인지 관계자들과 당사자들조차 아무것도 알 수가 없었다. 단지 세 번째의 전쟁은 실무능력보다는 정신성, 도덕성, 윤리의식 등을 따지는 듯 보였으며 보다 절박하고 절망적이며 절연관계 속에서 진행될 가능성이 농후해 보였다.

  그러나 결국에는 성취한 자는 천장으로 향하고 이루지 못한 자들은 바닥을 헤매게 된 격일 것이다. 천장과 바닥을 나누는 일이 과연 공평하다고 할 수 있을까? 과연 형평성에 맞는 것이었을까? 단지 확실한 한 가지는 자신들의 도전에 대해서는 어떠하든 결과를 얻게 되었다는 것이며 그 결과에 대한 그 성적표에 대한 책임은 그들 모두가 각자 반드시 감내해야 하는 몫임에는 틀림없어 보였다. 따라서 세 번째 전쟁은 보다 비가시적이며 은폐되어 있을 수 있고 보다 비천한 경지에서 진행될 가능성이 커 보인다.

여기서 다시 첫 번째 전쟁으로 돌아가 보자. 그것은 어쩌면 당연히도 결혼을 하여 아기를 낳는 청년 시절에 해당하는 과제로서 물론 그녀들이 경선으로 인하여 직접 결혼을 할 수 있는 처지는 아니었으므로 결혼에 준하는 DNA 상으로서의 우열을 가리는 것이었다. 그것의 기준은 너무나 기본적인 요소들로서 근면함과 성실함과 상식적인가 건전한가 허황되거나 수려한지 등의 요소를 관찰하고 그 결과에 따라 2세를 잉태하는 요체가 될 것인지를 판별하는 것이었다. 그것의 결과는 20년이 흐른 지금 장성한 자녀들의 모습으로 증명되고 있을 것이었다.

첫 번째 전쟁의 승리자는 단연 한 사람이었으며 공교롭게도 두 번째 전쟁의 승리자와 같게 되는 결과를 낳기도 하였다. 밀레니엄 세기를 지나 21세기를 지나가고 있는 우리들에게 지금은 첫 번째와 두 번째 전쟁의 결과가 주어졌을 것이며 이제 우리는 첫 번째와 두 번째 전쟁의 결과를 목도한 채 대장정의 마지막인 세 번째 전쟁으로 향하고 있다. 이 세 번째의 전쟁의 전제는 왕궁과 청와대의 맞교환과도 같은 것일 것이며 또한 부자냐 아니냐 같은 케케묵은 개념은 제거될 것을 미리 밝히지만 성숙과 완결에 대한 종지부를 위한 것이다. 통큰 과감한 결단력과 능력 그리고 인내와 결실을 위한 증거를 이루는 시간들이 될 것이다.

그러나 다수의 결과들 그리고 소수의 선택받은 자들의 구별로 인하여 어쩌면 우리는 뼈아픈 검붉은 피를 이 세 번째 전쟁의 시작에서부터 지켜봐야 할 수도 있을 것이다. 그것은 결과에 대한 책임의 일환이며 앞으로 다가올 세 번째 전쟁의 결과에 대한 전제가 되기도 한다. 아무쪼록 전쟁의 과정에 참여한 모든 여전사들에게 무한한 용기를 건네며 심심한 위로를 동시에 건네는 바이다. 그리고 마지막으로 행운을 그대들에게 가득 불러들이는 바이다. 끝날 때까지는 끝난 것이 아니라는 그대들의 말을 인용하면서 말이다.

○

3.좌의 좌, 좌의 좌의 좌

정치에는 좌우의 세력이 있다는 것은 모두가 아는 사실이다. 그러나 게임에서도 좌와 우가 있다는 것은 아마 금시초문일 것이다. 좌우에서 더 나아가 좌의 좌, 좌의 좌의 좌가 있다는 사실은 조금은 낯설은 사회현상일 것이다.

그 나라는 지도자가 절실하였다. 좌중을 리드하며 훌륭한 정책들을 설정하면서 우매한 군중을 이끌어갈 지도자가 그 나라는 필요하였다. 절치부심하던 원로원은 정치인 키우기 작전에 돌입하게 되는데 일명 난세에 영웅이 나온다는 고견에 입각하여 일부러 난세를 만들고자 한 것이다. 즉 세상을 마루타 삼아 정치인 색출에 일반 민중을 희생양 삼은 것이라 할 수 있다. 예를 들어 바이러스를 일부러 퍼뜨려 역병을 돌게 하여 이 역병을 해결하고 다스릴 수 있는 자를 발견한다면 그것은 정말 대박의 지도자를 얻게 될 격이기 때문이었다. 혹은 축제 대압사 사고를 일으켜 이에 앞서 이 사고를 미리 예견하고 막는 자를 발견하리라는 그리하여 그녀를 지도자로 택하리라는 계략이었다. 이런 식으로 반복되는 대학살에 비견되는 마루타격의 천재를 가장한 인재들을 겪게 하며 원로원은 제발 한 명이라도 이 사건들을 예견하며 해결하고 정치적으로 잘 수습하는 지도자를 색출해 내기를 내심초사 선망하였던 것이다. 그러나 결과는 처참하게도 사망자가 인구의 4분의 1에 달하였고 사상자는 기하급수적으로 늘어갔다. 그러나 사실 명목상으로는 지도자를 뽑는다는 거였지만 사실은 지난번 선거에서 패배한 원로원의 후보자들을 구하기 위한 정치쇼에 일환이었을 뿐이었다. 즉 선거에서 떨어진 자들의 안위와 위로를 위하여 세계의 절반을 파탄의 경지로 몰아간다면 조금이나마 탈락한 후보들에게는 위로가 될 수 있었기 때문이었다. 다분히 겸사겸사한 연유로 발생시킨 사건들이라 할 수 있는데 세상을 마루타 삼아 미래 지도자를 뽑을 뿐만 아니라 과거 선거에서 패배한 원로원의 후계자들에 대한 예로서 일반 평민들을 피폐하게 하여 넌지시 후보들에게 위안을 건네는 사안이었던 것이다. 그러나 불행히도 사건은 여기서 멈추지 않았는데 선거에서도 일차로 패배하고 이 차로는 마루타 세상을 진압하지 못한 이차 삼차의 패배자들이 발생함에 따라 아무도 지도자로서의 자격을 발견할 수 없는 지경이 되었을 뿐만 아니라 사회적으로 희생자들이 기하급수적으로 늘자 이 사건들을 좌시하고 묵인할 수만은 없는 지경이 되었다. 따라서 일차 이차 삼차에서도 아무런 해결을 할 수 없었던 그야말로 무능력의 결정판인 이 마지막 남은 자들이 갈 곳이라고는 절의 암자나 아무도 알 수 없는 섬으로 유배되는 수밖에 없었다. 사회의 곳곳에서 이러한 역병의 원인과 앞서 발생한 사건의 원인 그리고 마루타격으로 치닫는 정치 사안들에 대해서 의문을 제기하는 자가 늘어나자 원로원에서도 하다하다 어쩔 수 없이 이 마지막으로까지 해결책을 내놓지 못한 자들을 처벌하기에 이른 것이다. 선거에서 승리한 자들은 나름의 의무를 부여받고 정책에 기여하게 될 것이었으나 마지막까지도 해결책을 찾지 못한 누락자들은 울며 겨자먹기로 원로원의 지시에 따라 절간의 암자 아니면 무인도로 감금 유배될 결과를 낳게 된 것이다. 일명 정치인의 좌의 좌가 있으면 좌의 좌의 좌도 있다는 것을 우리는 명심 또 명심해야 할 것이다. 아무 이유도 없이 유명을 달리한 무고한 수많은 희생자분들에게 심심한 사과와 위로를 건넨다.

。

4. 사육신

 가을 왕국의 엘시는 모든 것이 완벽했고 만족했다. 이젠 권력의 정점에서 모든 것을 좌지우지하는 그야말로 힘있는 이 시대의 여성이었다. 그녀에겐 자문이라는 남동생이 하나 있었는데 비교적 소극적이고 내성적인 탓에 왕국의 정계와는 멀리 떨어져 지내는 편이었다. 그런데 최근 그녀의 지지율에 문제가 생겼다. 차기 여왕 자리에 불출마설이 돌 지경까지 지지율이 하락했다. 이유는 이웃 왕국의 안니라는 여왕의 이민을 받아들이지 않는다는 외교국의 불만 때문이었다. 애시당초 가을 왕국의 건설은 이 안니의 왕국과의 결연을 통한 것이란 것을 엘시는 잘 알고 있었지만 달리 그들과의 연합을 공인할 계기를 찾지 못하고 있었다.

 이때 불거져 나온 세력이 동생 자문의 세력이었다. 동생과 안니와의 결혼을 통한 동맹 제안들이었다. 그러나 정작 당사자인 자문은 안니가 게르만족의 피가 아닌 것으로 차일피일 결혼을 통한 연맹을 미루고 심지어는 다른 여성과 내통하여 누나의 정치 생명에 치명적 빌미를 제공하고 있었다. 엘시는 자신의 왕권은 물론이거니와 왕국의 존폐마저도 위협 받는 지경이 되었다.

 이때 구원의 손을 내민 앵글로색슨족의 실바가 있었다. 그녀는 왕족은 아니었으나 당시 제국주의의 점령을 통한 수많은 은화를 확보한 인물이었다. 배를 통한 교역으로 막대한 부를 축적하고 있었고 그녀의 사촌이 거느린 서커스단의 해외 유랑 사업은 태양의 서커스 같은 위세와 힘을 과시하고 있었다. 이 실바는 안니와의 결합을 부정하는 자문과의 결혼을 통한 연맹을 제안하였고 이것은 엘시의 왕국에서의 세력 안착을 의미했다. 물론 이 딜의 결과로 안니는 역사의 무대에서 사라질 수도 있는 절체절명 위기의 순간이 도래한 것이었다.

그러나 안니는 결코 그리 호락호락한 여인이 아니었다. 실비라는 경제계와의 혼탁한 결탁과 대대적인 홍보의 서커스단 공연은 온갖 안니를 조롱하는 일들뿐이었으므로 민심은 얼추 실바에게로 쏠려가는 분위기 가운데 있었다. 안니는 참을 수 없었다.

"모든 상황을 도탄에 빠트리고 말리라!"

안니 자신이 없는 정계와 나아가 재계는 있을 수 없다 싶었다. 비통과 원통이 그녀를 제압했다. 질투와 화가 치밀어 폭발 직전이었다. 그렇게 아픈 전쟁은 발발했다. 배의 돛이 올려지고 대포 소리와 총성의 아비규환은 그렇게 시작되었다. 이 와중에 서커스 군단의 홍보성 멘트는 계속 민중을 파고들었고 한쪽에서는 병사들의 시체더미가 쌓여 갔다. 가을 왕국의 끝이 안니의 사육신으로 그도 아니라면 실바의 생육신으로 기록될지 어떨지는 아무도 모른다. 지금은 전쟁의 와중이므로. 새로운 세력이 치뤄야 하는 권력에 대한 대가는 세월을 타고도는 뱃머리의 깃발처럼 요동치고 있었다.

o

5. 죽음의 경위

마녀 여왕은 이복딸들로부터 자신의 권좌를 위협받고 있다고 느꼈다. 갈수록 미모와 지략을 겸비해 가는 이복딸들을 이제나저제나 제거하리라 결심하고 있었다. 드디어 이를 실행할 요량으로 여러 명의 딸들을 위협하고 협박하기 시작하였다. 이에 다섯 명의 이복딸들끼리 똘똘 뭉쳐 세력을 규합하여 성과 권좌를 탈환하여 안위를 지키리라고 서약하였다. 그녀들은 마녀 여왕에 대항해 연합 체계를 구축하고 어느 날엔가 마녀 여왕의 자리를 빼앗으리라 결심하였다.

그런데 한편 그 중 첫째딸은 자신이 모든 권좌를 다 차지할 수 있다는 욕심을 품게 되었다. 이때 왕국 전체에 역병이 돌기 시작하였다. 첫째딸은 이 기회를 틈타 혼자 옆나라 어메라 왕국으로 숨어들어가 그곳을 거점 삼아 세력을 키우고 다른 공주들의 간섭에서 벗어나 그녀들과 나눠먹기도 피해 갈 수 있다고 생각했다. 그녀는 어느 날 야밤에 말 한 필에 보석가지를 챙겨 옆 왕국으로 내달렸다. 마녀 여왕으로부터는 탈출를 공주들로부터는 탈피를 감행한 거였다. 밤새 달려 깊은 숲속에 다다랐다. 울창한 수풀림의 한가운데에는 파란 왕조라는 팻말이 그녀를 반겼다. 그러나 외부인의 침입시에는 목숨을 잃을 수도 있음을 경고하고 있었다. 첫째딸은 서성거리다가 이곳 숲속에 머물면서 먼저 동태를 파악해야겠다고 생각했다.

이리저리 방황하던 차에 숲 속의 작은 집에서 새어 나오는 불빛을 발견했다. 그곳은 밀림의 난장이들의 집이었다. 똑똑, 문을 두드렸다.

"누구세요?"

첫째딸은 그렇게 일곱 난장이들과의 동거에 들어갔다. 숲속의 생활은 첫째딸에게는 따분하고 지루한 장소였다. 공주로 살아온 터라 할 줄 아는 거라곤 아무것도 없었다. 옷 짜기나 음식 만들기, 아니면 청소나 빨래도 할 줄 몰랐던 그녀는 옆 왕국의 언어를 몰라 장보기도 할 수 없었고 밥 먹는 일 외에는 난장이들에게 모든 걸 의지해야 했다. 시간을 보내기 위해 그녀는 나플렉스발의 〈미드나잇 인 파리스〉를 돌려 보기 하곤 했는데 그곳에서의 온갖 화가들과 작가들에게 매료되어 새로운 꿈을 꾸기 시작했다. 작가가 멋있는 일이라고 느낀 거다. 밤새 온갖 작가를 만나고 그들이 되는 꿈을 꾸는 것은 그녀를 또다른 세계로 이끌어 현실에서의 암담함과 암울함, 절망에 대하여 일말의 희망을 부여하여 주기도 했다.

그러던 어느 날 마녀가 보낸 독사과를 먹게 되고 간신으로 깨어나 일어나 보니 어떤 외간 남자가 자신을 반기었다. 왕자와 거지의 그 왕자가 아닐까? 그렇다. 그 왕자와 거지의 거지가 왕자복을 입고 눈 앞에 앉아 있는 거였다.

"왕자님이 여긴 어쩐 일이신지요?"

거지는 대답했다.

"공주님을 구하려 온 거지요. 이제 정신이 드시는지요?"

일곱 명의 식솔에 한 명이 더하여져 여덟 명의 난장이가 되는 순간이었다. 그런대로 생활은 유지가 되었다. 난장이들은 사냥과 농사를 그런 대로 지었고 공주는 여전히 〈미드나잇 인 파리스〉 영화에 탐닉하여 작가 되는 꿈 아니 옆 왕국의 왕녀 되는 꿈속에서 나름 행복했다.

이 와중에 본국에서는 공고가 하나 뜨는데 마녀 여왕이 삼십 년 연하와의 스캔들이 일자 이를 무마하기 위하여 공문을 띄운 것이었다. 모든 국민들 중에서 연하남과 결혼하는 여자들에게는 321 에이커의 땅을 하사한다는 내용이었다. 그녀는 때는 이때다 싶어 왕자인 거지, 그러니까 여덟 번째 난장이와 결혼할 것을 결심하고 곧 이를 실행했다. 첫날 밤을 치르고 〈미드나잇 인 파리스〉를 매일 밤 돌려 보고 숲속의 삶에 익숙해질 즈음 왕궁에 남아 있던 자신의 둘째동생이 어메라 왕국의 왕자와 결혼한다는 포고가 났다.

그리고 자신이 결혼한 왕자가 실은 왕궁의 공주를 겁탈하다가 쫓겨난 실은 거지였다는 사실을 알게 되었다. 궁에 남아 있던 다른 공주들이 혼자만 살겠다고 탈출한 큰언니에게 배신감과 실망감을 느낀 나머지 공주들이 합심하여 둘째언니를 가장 넓은 에이커의 땅을 지니고 있었던 왕자에게 결혼시키는 일을 성사시킨 참이었다. 마녀 여왕은 자신의 연하남 스캔들에 대한 면죄부를 받고 왕좌를 유지한다는 조건으로 결혼을 승낙한 터였다.

한편 첫째공주는 역병에서 공주를 빼돌려야 살아남을 수 있다는 판단 하에 여덟 명의 난장이가 대신 궁으로 끌려가 감금된다는 조건으로 공주를 몰래 빼돌리기 되었다. 그녀는 어느 바다 건너 마을로 숨어 들어가 에메랄드의 녹색 가루가 효험이 있다는 소리에 마법사가 준 가루를 마시고는 좌절 속에 잠들어 코라노의 해제 소식만을 기다렸다. 코라노는 마녀 여왕의 계략으로 퍼진 역병이었는데 자신을 포함한 전 공주들을 이참에 병에 걸리게 하여 제거해 보리란 마녀 여왕이 바이러스를 퍼뜨린 거였다. 이런 사실도 모르는 채로 코라노의 바이러스의 모양이 왕관인 것이 곧 자신만 코라노에서 구제될 거란 사인으로 받아들이고 바이러스의 동색인 에메랄드 가루가 해독제란 확신에 차 그 가루를 들이킨 참이었다. 첫째공주의 탈주는 그녀의 죽음으로 이렇게 막을 내린다. 배신과 욕망, 사리사욕의 결과일 뿐이었다. 신의 현대판 진노가 남아있을 뿐이다.

○

6. 내파와 다 내꺼

우리 조직 내에서 내파가 일어난 이유는 엄밀히 따지고 보면 그녀의 '다 내 꺼'라고 생각하는 데서 연유했다. ―여왕 자리도 내꺼, 재벌 부인 자리도 내꺼, 총수 저리도 내꺼, 영부인 자리도 내꺼, 모든 연인의 우상 자리도 내꺼인데 어느날 갑자기 설쳐대는 여친네들이 나타나서는 하나씩 나눠 먹자고 덤벼드는 거다. 아무리 생각을 해봐도 그 중에 내꺼 아닌 것이 없는데 무슨 근거로 그 여자들은 그 중에 일부는 자기 것이라고 우겨 대는 것인지 당체 이해가 가지 않았다. 왜 내가 그녀들과 내 몫의 자리들을 나눠 먹어야 하는지 도대체 납득이 가지 않는다.

내가 여왕이 아닐 수 있단 말인가? 내가 재벌 부인이 아닐 수 있단 말인가? 내가 총수가 아닐 수 있단 말인가? 내가 영부인이 아닐 수 있단 말인가? 모든 남성들이 내 연인이 아닐 수 있단 말이던가? 하나도 받아들일 수 없다. 그중 어떤 한 자리도 내어줄 수 없다. 따라서 나는 이일과 관련된 모든 여친네들을 견제하고 제거하여 기필코 나의 자리들을 사수하리라 결심해 본다. 결코 어떠한 한 자리도 내어줄 수 없음이 나의 입장이다. 몽땅 다 가지겠다는데 누가 뭐랄 수 있단 말인가? 따라서 나의 모든 전쟁 도발과 온갖 테러의 자행과 민간인 학살은 나의 자리를 지키고 수호하기 위한 보호본능에 다름 아니다.

　이로써 나를 보좌해야 했던 몇몇의 여친네들은 곧 쥐도 새도 모르게 세상에서 사라지게 될 것이나 나의 영광은 홀로이 독야청정 영원토록 빛나게 될 것이다. 그야말로 유아독존, 안아무인. 더불어 차후 비록 내가 해결할 수 없는 일들이 생긴다 해도 키다리 아저씨와 우렁각시 아저씨는 반드시 나타나 주리라 믿어 의심치 않는다. 권력의 맛이란 원래 그런 것이기 때문이다. 자고로 다해주는 맛이다. 조직이란 굴러 가기 마련이니까 말이다. 나몰라라는 태도는 나 혼자만으로도 족할지도 모르다.

○

7. 카드 돌려 막기

　나의 꿈은 교수이다. 교수가 되기만 한다면 최소 의사 남편이나 최대 기업가 남편은 따논 당상일 것이었다. 그런데 과거 나는 흑역사가 있다. 모 국가 다이아 광산 회사의 녹을 먹은 적이 있고 그 대표와 사적인 관계를 맺은 사실이 있었다. 쿨하게 생각하면 그저 스폰을 받았다고도 생각할 수 있을 터이지만 실상은 그와는 조금 달랐다.

그 대표는 나로 인해 이혼했고 내심 결혼까지도 생각했던 눈치였다. 자신의 사업을 나의 전공과도 연결해 보석 전문 디자인 회사를 설립할 것도 추진한 모양이었다. 그는 다른 여자들을 들이대며 자신의 아내가 될 것을 경쟁적으로 부추기기도 했는데 협박의 수위는 살인을 불사할 정도였다. 어떤 여자 인질을 집에 감금하고 내게 전화를 걸게 하여 지금 댁의 남자와 같이 있는데 어떻할 작정이냐며 나에게 종주먹을 대기도 했다. 그러나 나는 늙어 가고 추해지는 그의 모습에 실망해 갔고 더더군다나 주식 급락에 따른 회사의 실추된 미래도 담보할 수 없음에 그에게 신물이 났다. 결국 이참에 그를 떠나기로 결심하게 된 터였다. 나는 아직 젊고 유능한 미술학도이고 장래는 잘 나가는 교수, 나의 배필은 당연히 의사 아니면 기업가 정도는 되리라고 자부하고 있었다.

그러나 주위의 시선들은 곱지 않았다. 나를 끊임 없이 다이아 광산 회사 대표와 관계지었고 늙고 병든 그를 책임져야 하지 않겠냐며 나를 추궁하였다. 내가 잡을 수 있는 동아줄은 학문, 학자의 면모뿐이었다. 교수 학자만 되면 그 실력을 빌미로 해서 제3자와의 결혼은 물론 대표로부터 발을 빼고 새출발을 할 수 있으리라 여겨졌다. 노벨급 절대지존의 학자라면 사람들로부터 대표를 떼어낼 구실로 충분했다. 그래서 나는 학자가 되려 했지만 사람들은 거꾸로 생각하는 눈치였다. 광산 회사 대표의 상대가 되려고 저리 공부를 열심히 한다고 생각하겠지. 그리고 사실도 그랬다. 사람들은 내가 그토록 선망하는 학자가 된다면 그와 결혼이라도 하는 줄 알았다. 나의 꿍꿍이는 눈치도 못 채면서. 나의 학자 되기와 대표의 몰락은 영원히 어긋날 운명, 그러나 영원히 함께할 운명의 공동체였을 뿐이었다. 나의 카드 돌려 막기 하에서.

○

8. 리서치

우리 왕국의 주요 사업은 리서치 사업이다. 전국 세계 각지에 흩어져 있는 부랑민이나 고아들 그리고 싱글맘과 홈리스들을 리서치하여 그들을 우리의 본부로 이주시켜 자력 갱생시켜 사회에 적응시키는 일이다.

리서치 작업에서의 예외는 아무데도 없다. 옆 왕국의 위저왕국 산하의 텐트족에서부터 지구 반대편의 치왕조 산하 유목민들도 리서치의 대상자들이다. 리서치의 범위를 확대할수록 왕국의 명성과 가치는 상향된다고 보면 된다. 왜냐하면 우리가 하는 이러한 하급민 돌보기가 세계 신민들의 인정과 관심을 사서 왕조에 기부와 원조를 증가시키기 때문이다. 하급민의 돌봄 서비스가 곧 상류층의 지갑 열기로 직결되는데다가 중류층의 인민들도 자신의 안전이 저층민의 구제로 보다 더 보장받게 된다고 생각하는 경향이 있었다.

특히 리서치의 여성 대상자들은 왕국의 주된 관심사이기도 했는데 그들의 신데렐라 콤플렉스는 하층민의 상층민 유입을 꿈꾸는 자체가 왕조의 오랜 유지와 안정된 기틀을 다져주는 것으로 긍정적 영향을 끼쳤다. 사람들마다 리서치 대상 레이디들을 클릭하여 하루가 멀다 하게 댓글 남기기와 투표하기, 일등 뽑기로 인기몰이를 하고 있었던 거다. 일명 거지의 공주 되기, 이러한 개천에서 아니 시궁창에서의 왕녀 되기 프로젝트는 완전 대박 왕국 사업으로 자리를 잡아가고 있었다.

다다익선이라 하지 않았던가? 많으면 많을수록 왕조의 기부와 관심은 늘어가고 평생 결혼하지 않는 왕자를 거짓으로 만들어서라도 우리는 이 프로젝트를 한 세기 두 세기를 넘어 영원토록 이어 가리란 결심이었다. 사업이란 원래 그런 것이니까.

o

9. 캔디데이츠(Candidates)와 누명

태어날 때 엄마, 중학생 때 지명이, 고등학생 때 수안이, 대학생 때 호근이를, 사회에서는 두 운경이를, 직업전선에 들어서서는 연희를 만났는데, 우리의 만남은 우연이 아니라고 누군가 귀띔해 주었다. 왜냐하면 모두 궁으로 끌려갈 사명을 부여받아 나에게 왔기 때문이다.

  나는 그들을 만나 인연을 맺기가 무섭게 궁으로 떠나 보내야 했다. 그들은 나를 만나는 덕으로 그들이 궁으로 향할 것이라는 것을 추천인들에게 확약을 받아내곤 했다. 또한 그들은 나를 만나는 이후로 연이어 어떤 임무들을 완수해야 했을 것이었다. 그리고 분명 각 임무에 통과될 시에는 궁으로 입성하게 될 것이었다.

  궁은 나를 종잣돈으로 삼았던 거다. 나를 훌륭하게 보아서인지 그 반대인지는 그들만이 알 것이다. 그러나 나는 피폐해질 대로 피폐해졌다. 그들의 행로를 지켜보는 것도 지겨웠고 지쳤다. 그들이 별 볼 일이 없었기 때문이다. 솔직히 말하는 거다. 추천인들에게는 결코 그럴 만하지 않았을 텐데.

  그녀들의 업적들이란 것들이 즉 결과물들이 안타깝기도 시원섭섭할 지경이었다. 그렇다 할 성과물이 없었다는 거다. 그럼에도 나는 나의 길을 갈 뿐이고 그러해야 한다는 것을 모두가 잘 알고 있다. 다시는 그런 추천인들을 통한 궁녀들을 만나지 않았으면 한다. 썩 유쾌하지 않을 뿐만이 아니라 별 소득도 없어서다.

  그러나 지금이라도 부디 그녀들이 그들의 사명을 완수하길 바란다. 나도 나의 몫을 완주하고 싶다. 그것이 무엇이건 간에 말이다. 그들도 그들의 몫을 다하여 유능하고 쓸모있는 궁녀들로 거듭나길 빈다. 진심으로 행운을 빈다.

그러니 나와는 여기까지라는 것을 알기 바란다. 나는 그대들을 상납하였고 그로 인하여 충분히 고통스러웠으므로. 나의 삶의 질은 그대들 추천인들로 인하여 끊임없이 비교 당하고 잣대가 됨으로써 퍽 괴로웠음을 알아주었으면 한다. 알고 깨닫는다는 것은 때론 고통과 괴로움을 수반하지만 더 나은 방향으로 나아갈 계기를 제공받기도 하지 않던가?

다시 한번 그대들의 행운을 빈다. 언젠가는 부디 그대들이 건강하게 찹쌀떡 먹는 일이 있었으면 한다.

○

10.정해진 아내 정해진 여왕

두 늙은 제후는 협약을 맺었다. 두 제국의 수많은 처자들 가운데에서 훌륭한 인물을 찾아 경선을 개최하여 양국의 국모를 찾자는 협약이었다. 서쪽 지방에 있었던 하나의 제국은 농업을 기반으로 한 국가였으므로 땅이 드넓고 온갖 가축들이 뛰노는 농업 국가였다. 동쪽 지방이 있었던 다른 제국은 산악지역으로서 광산을 본업으로 하는 광물이 많이 나는 국가였다. 서쪽의 제후는 자신의 왕후가 될 여인에게 광활한 대륙을 선사할 수 있었다. 반면 동쪽 지방의 제후는 그의 아내가 될 사람에게 온갖 보석을 선물하리라고 천명했다.

두 국가를 아우르는 처자들이 였으므로 그만큼 더 훌륭한 배우자를 찾게 되리라는 가능성이 높았다. 각 지방에서부터 시작하여 도시에 이르기까지 두 제후의 아내가 되기 위하여 처녀들이 경선에 참여하기 위하여 몰려들었다. 그러나 정작 그 여자들의 대부분은 갖은 보석을 제공하겠다는 동쪽 지방의 제후에게만 관심이 있었다. 수려한 외모에다가 비교적 젊은 제후, 거기다가 얻게 되는 값비싼 보석이야말로 뭇 여성들의 꿈이요 이상이었다. 한편 서쪽 국가의 제후는 마음속으로 찍어 놓은 처자가 한 명 있었는데 동쪽 지방에 광산에 광부의 딸인 20대 초반의 젊고 아리따운 여성이었다. 그러나 불행히도 이 광부의 딸은 자신의 국가의 제후를 흠모하고 있었으며 서쪽의 늙은 제후에게는 관심이 없다는 것을 알게 되었다. 여기서 모종의 보이지 않는 계약들이 성립되게 되었는데 동쪽 지역의 수많은 처자들은 자신들이 서쪽 지역의 제후를 좋아하는 척하여 이 광부의 딸을 서쪽의 제후에게 보내려 하는 것이었고 서쪽의 제후 역시 동쪽에 수많은 처자들을 이용하여 광부의 딸을 손에 넣은 다음 그 많은 처자들을 동쪽의 제후에게 보내어 모든 여자들을 따돌리리란 계획이었다.

그러나 계획대로 되는 일은 없다고 하였던가 경선에서 광부의 딸이 일등을 하게 되었고 모든 선택권이 그녀에게 돌아갔다. 안타까운 일이지만 광부의 딸은 동쪽의 제후를 선택하기에 이른다. 모든 처자들이 갈 곳을 잃었고 서쪽의 제후 또한 망연자실하였다. 갖은 쇼를 다하며 인질의 역할을 하였던 모든 처자들은 '낙동강 오리알 신세' '닭 쫓던 개 지붕 쳐다본다' 격이 되고 말았다. 그러나 불행하게도 동쪽 왕국이 근래에 이룬 번영을 시샘하여 이런 자작극을 꾸몄던 그리하여 수많은 처자들을 인질로 이용하였던 서쪽의 황제나 동쪽 제후만을 바라보며 온갖 거짓을 행하였던 처자들이나 이제는 피차 일반이 되었다. 자고로 권력의 계략적 협약은 애정의 서약을 능가할 수 없는 법이다.

ㅇ

11. 싸워 - shower

  그의 목적은 단 하나 그녀를 쟁취하는 거였다. 멋스럽고 영특하며 준수한 외모에 착하고 예술적인 매력의 소유자. 그녀를 쟁취하기 위한 여정은 끝이 없을 거였다. 그런데 그녀는 도대체가 꼼짝을 하지 않았다. 자신을 늙은이 취급하며 내일이라도 당장 죽을 것처럼 거부하기 일쑤였다. 그는 몇 명의 후보군들을 골라 경쟁을 유도한다면 그 싸움의 와중에 쟁취욕이 그녀에게 생겨 자신을 선택할 수밖에 없게 되리라고 예견했다.

  드디어 전쟁이 시작된 것이다. 싸움의 리스트에 든 여인들은 그녀의 동창생들과 사촌들 그리고 이들을 모두 알고 있는 언론사에서 근무하는 아나운서나, 배우 혹은 관련 종사자들 모두 해서 어림잡아 50명 안팎이 되었다. 많을수록 싸움이 격렬하리란 예상에 그는 가능한한 유능하고 어여쁜 여인들을 부추겨 이 싸움에 동참시켰다. 결국 남은 50명이라는 숫자는 싸움에서 피튀기는 경쟁을 하게 되고 이슈화되며 쟁점을 이끌어 내기에 아주 정당한 숫자였다. 그야 물론 애시당초의 그녀가 승리하여 쟁취욕이 발동되기만을 바랐지만 주위 사람들은 승자는 분명 따로 있을 거라 내심 짐작했다. 싸움의 쟁점이란 딱히 있지도 없지도 않았지만 대체적으로는 책을 집필하는 것을 주요 과제로 삼기로 했다.

그러나 두 가지의 정도의 문제가 있었는데 하나는 경쟁에 나선 여인들의 관심사는 온통 삼진그룹의 대표에게 있었고 설상가상으로 당사자인 그녀는 누가 싸움을 하는지 누구와 싸워야 하는지 알지도 못한 채로 종일 책읽기와 그림 그리기에 몰두하고 있었다. 그는 더욱 이 경쟁에 박차를 가하게 하여 주위를 집중시켜 어떻게든 그녀를 끌어들이고야 말리라고 결심했다. 그러려면 그녀들 중 몇 명을 심하게 자극하여 대참사를 일으킨다면 주위가 집중되면서 그녀도 이 사안에 대하여 숙고하고 싸움에 동참하리라고 짐작했다. 두번째 문제는 그녀들의 관심은 늙은 그가 아닌 삼진그룹 회사 대표밖에는 없었으며 따라서 대표를 협박하여 그녀들의 싸움의 대상이 되어줄 것을 요구하기에 이르렀다. 대표는 사업에만 몰두하는 스타일이어서 회사의 이윤을 빌미로 대표를 협박한다면 싸움이 통할 듯도 하여 글로벌 기업인 그 회사의 매출을 쥐고 흔들겠다는 내용으로 대표를 협박했다. 대표는 울며 겨자 먹기로 그녀들의 싸움에는 절대 개입하지 않는다는 것을 전제로 또한 싸움의 후에는 강제로 그에게 싸움에서 승리한 한 여인을 양도하리라는 조건으로 여인들의 표상이 되리라고 약조하였고 여인들의 싸움은 진행되기에 이르렀다.

여인들은 대표의 옆자리를 차지하느라 아니 정확히는 재벌의 사모 자리에 혈안이 되어 피튀기며 싸우기에 이르렀다. 그들 각자는 분에 겨워 씩씩거리기가 일쑤였고 어떻게든 다른 여인들을 잡아 먹고 짓눌러 버릴 그리하여 살상이라도 감행할 기색이었다. 격한 언쟁에서 더 나아가 주변인들까지 동원하여 세력 싸움을 하는가 하면 상대를 비방하는 수준은 막말이 오가는 그야말로 저급의 부패의 온상지나 다름 없었다.

그 와중에 그녀는 이런 사실을 아는지 모르는지 매일을 하루같이 그림이나 그리러 다니고 시쓰기에 몰두하는가 하면 책벌레가 되어 서가에서 나올 줄을 몰랐다. 그녀들의 싸움이 벌어지는 방송국의 녹음실이나 유튜브 채널들에 대한 반응과는 멀어도 너무 먼 아무 반응도 보이지 않는 깊은 고요 속에 침잠한 듯 보였다. 그녀는 누가 누구와 싸우는지도 모르는 채로 싸움이 오가는지도 당연히 모르는 채로 공부에만 전념했다. 모두 그녀를 바보라 했지만 그녀는 그것조차도 모르고 있었다.

이러는 중에도 여인들의 싸움은 계속 되었는데 그중 한 여인이 분에 겨워 이를 이기지 못하고 가도 너무 간 사건이 발생했다. 그의 선박회사의 한 선박을 폭파시켜 버린 사건이 그것이었다. 이 늙은이의 비서였던 이 연장자는 내심 남모르게 삼진그룹 대표를 강하게 흠모해 오던 차에 여인들이 달려들자 자신도 삼진그룹 대표를 차지할 요량으로 본 사건을 일으킨 거였다. 이 사건은 원인 모를 사고로 급 마무리되었지만 모두는 그것의 소행이 애시당초 그와 가장 가깝게 관계하고 있었던 그녀들 중에서 가장 연장자인 비서의 소행이란 것을 공공연하게 아주 잘 알고 있었다. 사상자가 거의 500명에 육박하고 뉴스에서는 연일 이 사건을 다루었고 조사와 판결이 나는데 거의 4~5년이 소모되기도 했다. 급기야는 이 사건이 대법원에 상고되자 선박의 출입국을 관장하던 세관원이 수출입이 이 사건으로 마비되자 화가 머리끝까지 나서는 시험관 안에 들어 있던 바이러스를 출항하는 선박에 유포시켜 세계적인 팬데믹으로까지 확대시키기에 이르른 것이었다. 그야말로 유혈이 낭자한 대사건으로 일파만파 눈덩이처럼 불어난 싸움이 된 거였다.

매력녀 그녀는 과연 그를 향한 쟁취욕을 느끼게 되었을까? 과연 그녀는 경쟁에 몰두하다가 결국에는 그를 열망하게 되었을까? 싸움의 결과로 인한 대참사에 대한 사회적 책임을 여인들은 감내할 수 있을까? 늙은 영감은 싸움을 통하여 원하던 그 단 하나의 매력 여인을 얻을 수 있었을까? 사건의 전말의 온상인 최고 연장녀였던 비서는 무슨 목적을 지니고 비이성적 폭정을 행사한 것이었을까? 그들에게 온전한 사랑이란 것이 있긴 있던걸까? 그들의 목적과 싸움의 결말은 진정 무엇일까? 그들은 지금부터 어디로 나아가야 하는 걸까? 그녀는 진정 그를 쟁취할 생각이 없는 걸까? 그가 원하던 것이 바로 이런 대혼란 대참사들이었을까? 그는 진정 사람들의 안위에는 관심이 없던 걸까?

영감의 욕심을 충족시켰던 이 사건은 무고한 수백만의 희생자만을 남긴 채 미궁을 향한 채로 역사 속으로 사라지게 되었다. 권력에 눈이 멀어 권좌를 갈취하려던 욕심 많은 한 늙은이의 주도면밀한 도모와 이에 재벌에 혈안이 되어 눈이 뒤집힌 뭇 여인들의 허영어린 물욕의 끝은 대참사와 팬데믹 그것 자체일 뿐이었다.

○

12. 남이 다 해주는 퀸

어제는 나의 대관식이 거행되었다. 오늘부로 이제 나는 이 왕국의 여왕이 된 것이다. 머리에는 다이아몬드가 수없이 박힌 왕관을 쓰고 자수가 곱게 수놓아진 옥색 긴 드레스를 입고 집무실에 앉으니 이제서야 실감난다. 그러나 저 책상 위에 쌓여 있는 수많은 국민들로부터 온 편지를 읽어야 하는 나의 첫 직무는 그리 녹록해 보이지 않는다. 물론 이곳이 나의 고향이 아니라는 것은 세상 사람들이 다 아는 사실이며 이곳의 언어가 영어라는 것도 모두가 다 알고 있는 사실이다. 더불어 내가 영어를 전혀 구사하지 못한다는 사실 또한 나의 측근들은 모두 알고 있는 사실이다. 물론 대다수의 국민이야 쓰여진 각본대로 읽기만 했으므로 나의 영어 실력이 수준급 이상이라고 생각하고 있었으나, 사실 그 모든 것은 나의 측근들이 써준 대로 읽어준 것이었다. 행사가 있어 외부의 행사를 할 때에도 물론 나는 통역사를 대동하고 다닌다.

오십 평생 이상을 이곳이 아닌 고향에서 살아온 내가 이곳의 모국어인 영어를 새로 할 줄 안다는 것 자체가 어불성설이다. 따라서 내가 가는 곳곳마다 모든 뉴스와 신문들 그리고 저기 저렇게 쌓인 국민들로부터 온 편지조차도 모두 영어로 돼 있었으며 그 모든 문서들을 나의 조수 비서들이 알아서 번역해 주고 통역해 주고 나에게 읽어 주었다. 정책 입안 회의를 할 때에도 나는 경제와 정치에는 문외안이었으므로 나의 또다른 조수들과 비서들이 모든 법안을 결정하고 통과시키는 과정을 진행하였다. 조수와 비서가 있는데 내가 굳이 경제 공부와 정책 공부를 할 이유가 있단 말인가?

뿐만 아니라, 궁 안에서 벌어지는 모든 행사에 관련한 결정 사항들도 모두 내 조수와 비서들이 해주었다. 궁 안을 꾸미는 일에 서부터 시작하여 웹사이트 만드는 일, 내빈을 접견하는 파티에서 부터 시작하여 솔직히 여왕 당사자가 미적 감성이 필요하다는 것은 모두 다 알고 있는 사실이나 내가 그것을 다 섭렵할 필요는 없지 않은가? 모두 내 조수들과 비서들이 해주면 그만인 일 아닌가? 왕 되는 일이 뭐 별 거던가? 사람들을 거느리게 된다는 것이 곧 왕이 된다는 것을 의미한다. 각종 세리모니나 파티에 참석할 시 내가 착용하는 모든 의상들도 비서나 조수들은 결코 나의 결정을 따라주지 않았다. '여왕님, 그 의상은 소인의 소견으로는 이 행사에 결코 어울리지 않사옵니다' 같은 말만 되풀이했다. 급기야 나는 의상이나 헤어, 화장 결정법에 있어서 나의 의견을 절대로 내지 않기로 했다. 그냥 조수와 비서들이 입으라는 대로 하라는 대로 하기로 했다. 그것이 나의 명예를 지키는 일이 오히려 되어버린 것이다.

그러던 어느 날 나의 조수 중의 한 명이 이상한 행동을 하기 시작했다. 다른 비서나 조수들이 골라 놓은 옷이나 신발들을 그녀가 어딘가로부터 가져온 소품들로 바꿔치기 하는 것이었다. 그녀가 나의 일급 조수였으므로 나는 다른 조수와 비서들의 의견보다는 그녀의 의견을 가장 경청하였고 따라서 다른 조수들과 비서들이 극구 말리는데도 불구하고 일급 조수가 나에게 추천하는 옷과 신발과 화장을 따르기로 한 것이다.

그러던 어느 날 신문에 대문짝만 한 기사가 실렸는데 '여왕 실성하다' '모든 감각을 상실한 추녀 퀸' '흉측한 촌닭으로 전락한 여왕' 등등의 입에 담기조차 어려운 표현들로 기사들이 나를 묘사하고 있었다.

많은 조수들 가운데 차관급 한 명이 내게 와서는 '여왕님! 근간에 착용하셨던 모든 의상들과 악세서리 그리고 신발과 머리 화장법들은 어찌하여 사용하시게 된 것이냐'며 심각하게 따져 묻는 것이었다. 이에 나는 솔직히 바로 밑의 일급 조수가 나에게 추천하는 것이었다고 말했다. 잠시 후 차관급 조수와 일급 조수가 심하게 다투는 소리가 들렸다. 얘기인 즉슨 일급 조수가 자신의 미감을 이용하여 나의 자리를 넘보고 있다는 차관급 조수의 간언이 이어졌다. 평소 내가 그 어떤 훌륭한 선택도 내리지 못한다는 것을 눈치 챈 일급 조수가 그것을 이용하여 나를 협박하여 자신이 제1 결정권자로 등극할 기회를 엿보게 된 것이었다. 그 가운데에는 나의 모든 결정권을 자신에게 이양한다는 항목과 거기다가 나의 남편인 알렉스 공과 조수와의 사적 관계까지 포함돼 있었다. 그깟 옷 쪼가리가 뭔 대수라고? 내가 이토록 굴욕적인 수치를 당해야 한단 말인가? 명색이 한 왕국의 여왕인데 말이다.

여기에 설상가상으로 각종 정책 입안자들과 왕실 디자인분과의 조수들 그리고 기사를 쓰고 대변하는 왕실 대변인까지 합세하여 저마다 나의 사적인 권리 하나씩을 물고 늘어지며 자신들의 결정을 내리는 대신 하나씩 차례로 자신들에게 나의 권리를 이양시킬 것을 요구하기에 이르렀다. 이제 왕실은 난장판의 지경이 되었다. 여왕은 오늘부로 사라졌다. 이제 여왕은 어떤 결정도 할 수 없는 허수아비 모든 권력으로부터 내쳐진 마네킹일 뿐인 것이다. 무엇 때문이었을까? 회한이 몰려온다. 대여왕이 궁 안의 모든 스태프들의 눈치를 보는 역사가 자고로 시작된 것이다.

○

13. 바보

그녀의 아버지는 딸바보였다. 딸의 교육을 위해 직장까지 그만두고 아이를 쫓아 다녔다. 사달라는 건 카드 빚으로 뭐든지 사주었으며 넘어질세라 다칠세라 잃어버리진 않을까 늘 노심초사였다. 오냐오냐로 일관하는 그 아버지에게는 나름 그럴싸한 교육 이념이 있었는데 미미미 제너레이션에 해당하는 칭찬 릴레이 교육 이념 그것이었다. 잘한다고 자존감을 키워주며 칭찬으로 일관하는 교육인데 미국의 1960년대의 교육법이라고 했다.

사실 그가 아이를 물고 빠는 교육의 바탕에는 사실 눈에 넣어도 안 아픈 그런 딸에 대한 순수한 애정이 있기는 했다. 너무 예뻐 아내는 보이지도 않을 지경이었으니까. 그렇다 하더라도 아이가 밖에서 동물을 유달리 학대하거나 왕따 먹이기의 주동자가 되어 못되빠진 골목대장이 되어도 허허거리기만 했다. 행여나 잘못 혼내다가 삐뚤어지거나 주눅이 들까 봐 오히려 전전긍긍했고 어디서 맞고 오는 것보다는 때리고 오는 편이 훨씬 낫다며 아내 입단속을 시키기까지 했다.

그랬다. 미국은 이 시기의 교육법으로 인해 1980년대에는 학생들이 자아도취적 나르시즘적 현상을 보여 애를 먹었다나. 자기밖에 모르는 아이, 가해자가 되어도 되려 큰소리 치는 아이, 현실을 직시하지 못하고 경거망동하는 아이, 노력하지 않고 요행만 바라는 아이, 세상에서 자기만 최고로 아는 아이 등이 그 교육의 결과물들이었다.

아버지는 때가 되어 그녀를 학교 기숙사에 보내게 되었다. 한시라도 떨어 지면 눈에 밟히는지라 총장이 아버지의 절친이라며 아무 걱정 말라며 아이를 안심시켰다. 심지어는 같이 기숙사로 떠나게 된 아이들에게 그녀가 왕실의 왕자와 정혼관계에 있으며 장차 왕실에 들어가 살게 될 거라 소문을 내었다. 그러니 다른 애들에게는 그녀를 잘 지켜야 한다고 허풍을 떨기까지 했다. 그랬다. 공주는 공주였다. 왕실의 공주가 아니라 그 아버지의 공주 맞았다.

그러나 정작 학교를 다니며 그녀는 공주가 되기는커녕 한 남자 애를 쫓아 다니게 되었는데 그런 안하무인의 여자애를 남자애가 좋아할 리 없었다. 이리 빙빙 저리 빙빙 겉으로 돌리기만 할 뿐 여 자로 상대하지 않자 여자애는 당혹스러웠다. 한 번도 그런 대접을 받아본 경험이 없었으므로 이제는 그들을 원망하기 시작했다.

'나의 권위를 보여야겠다.'

그녀의 구실은 그거였다. 권위…. 아버지의 자존감 수업은 언제 나 위엄과 권위를 보이라는 것이었다. 남으로부터 짓눌림 받는 것 따위는 허락되지 않았고 무력으로라도 그 위에 군림하라는 거나 다름 없었다. 그랬다. 아버지는 농담을 한 게 아니었나 보다. 실제 로 그녀를 왕비의 자리에 앉힐 심산이었나 보다. 그리고 그녀도 그 런 한없이 치켜 올려진 나르시즘적 자아를 마음껏 펼쳐볼 참이었 다. 자아도취적 암시들은 그녀의 기분을 들뜨게 하기도 했으며 이 제는 마치 자신이 실제 왕비가 된 것 같은 기분이 들었다. 거기다 가 그렇게 살아야 하리라고 그렇게 살아내고야 말리라고 결심까 지 하기에 이르렀다. 정작 무슨 일이 일어날지 아무도 모른 채로.

그러다 세월은 흐르고 흘렀다. 노파가 된 양공주는 깨달았다. 그녀는 한 번도 공주가 아니었다는 것을. 무수리들의 공주는 공주 가 아니라 무수리일 뿐이라는 것을. 공주라는 진정한 가치로의 구 원은 자신을 낮추는 일에서부터 시작된다는 것을.

그때 버스 기사가 말했다.

"할머니 내리셔야지요! 여기가 종점입니다."

할머니도 말했다.

"그새 내가 가도 너무 갔나 보구나."

。

14. 어느 왕국의 도우미들

우리 왕국의 왕은 부인을 질투하여 그녀를 죽였다. 원래는 후궁이 교사살인 하였다는 설도 있으나 질투의 기원은 왕이 그 모체였다. 질투 때문에 살인을 자행하다니 그것도 다른 사람도 아닌 부인을 질투한다니 정말 우리 왕국에 신민이라는 것이 부끄럽기 그지없다. 우리 국민들은 그래도 우리 왕이 상처한 것이 안됐다는 생각이 들기는 했다. 그래서 그의 위치에 걸맞는 선하고 아리따운 처자를 무슨 일이 있어도 찾아서 우리의 왕과 맺어주리라고 암암리에 협의하였다.

이 나라 저 나라를 돌며 리서치를 거행하던 중 어느 반도국가의 한 처자가 그곳의 여론과 예술계를 평정할 만큼 바로미터다운 판단력을 발휘하며 동시에 포토그래퍼로서도 명성이 자자하다는 소문을 들었다. 그야말로 팔색조 미인이었던 것이다. 우리 국민들은 그 처자를 발견한 것에 희열로 잠시 한때 들떴으나 처자의 다재다능하고 수려한 외모를 우리 왕이 또 질투할까 봐 내심 불안하였다. 따라서 내린 결론은 바로미터격인 그녀를 포섭하여 왕비의 자리에 거론하여 여론을 잡은 다음 상견례 자리에서 왕이 그녀의 어머니에게 반하여 왕비가 된다는 설정을 하기에 이르렀다. 이는 결코 미에 현혹되지도 질투도 하지 않는 왕이라는 과시성 피알에 다름 아니었다. 온갖 비판에 시달렸던 왕의 권위를 살려주고 동시에 질투가 나서 분란을 일으키지 않을 수 있도록 젊고 예쁜 그녀가 아닌 늙고 추한 그녀의 어머니를 왕비로 맞게 된다는 설정이었다. 그러나 늙은 황태자의 부인은 나름 영악한 구석이 있었는데 자신의 딸을 완전히 제거한다면 자신의 이미지가 피도 눈물도 없는 모성이라며 비난받을 것이라 판단하였다.

따라서 이 늙은 황태자의 늙은 후궁 부인은 딸을 영화 〈인턴〉에서 나오는 해서웨이처럼 왕과 자신의 밑에서 일하는 전문 경영자로 영입할 것을 제안했다. 그러나 우리 국민들은 통치에 방해가 되는 어떠한 존재도 용납할 수가 없었으며 결국 딸을 제거하겠다는 중재안을 택하기에 이른다. 이에 늙은 황태자 부인이었던 어머니와 그녀의 젊은 친딸인 두 모녀는 기가 차서 오열을 터뜨리며 먼 왕국으로 도망쳐 다시는 돌아오지 않았다. 이에 우리 국민들은 잠시 당황하였으나 절대 왕국의 도전은 계속되리라 천명하며 왕비 자리를 다시금 공개 경쟁에 붙이기로 하였다. 그 젊은 처자를 남몰래 흠모하고 있었던 왕은 많은 실망감을 느꼈지만 돌아오는 공개 경쟁에서 아무리 잘난 어떤 왕비가 될 그 누구라도 자신의 능력보다 우월하지 않다는 것을 증명한다면 왕으로서 그동안의 무능을 만회할 수 있을 거라 생각했다.

공개 경쟁은 절대 왕권 국가인 우리나라답게 조직적으로 진행되었다. 각 국으로부터 우리나라로 입국한 수많은 처자들은 몇백만 가지 이상의 테스트를 거쳐야 했다. 특히 지적 능력을 평가하는 일이 관건이었는데 불행인지 다행인지 한 명도 테스트를 완결한 이가 없었다. 이에 왕은 쾌재를 부르며 거 보라며 별 거 없다니까? 왕이 결코 못나서 못난 게 아니라며 아무도 진정 태생적으로 잘난 사람은 없다고 성토를 하였다. 귀족이면 대수냐? 평민이라고 잘났냐? 하층민이면 능력이라도 있는거냐며 다 내 발 아래 것들일 뿐이다라고 했다. 특별하고 고귀한 존재는 누구든 악해질 수도 있다고도 했다. 또한 평범한 존재라고 해서 악하지 말란 법도 없다고도 했다.

결과에 대한 마무리 작업이 진행되기 시작했다. 공개 경쟁에서 떨어진 수백 수만의 처자들은 모두 접대부로 고용되어 한번 왕비의 후보로 거론되었다는 이유로 어느 나라 어느 곳에선가 접대부로 살게 될 것이다. 그리고 왕은 왕실의 재정을 감당해 줄 만큼 돈이 많은 부유한 처자들 세 명만을 골라 한 명은 집 안에서 사생활용으로, 다른 한 명은 왕실의 대변인으로서, 그리고 나머지 한 명은 공개석상에서의 세리머니 용도로 각각 왕과 관계하며 도우미로서의 역할을 수행하게 될 것이다. 보이지 않는 두 명의 부인과 남들이 알 만한 한 명의 부인으로서 왕실을 꾸리게 된 거였다.

ㅇ

15. 투정 부려 바꾼 폐휴지

  그 노인의 집착은 누가 봐도 혀를 내두를 지경이었다. 그 여자아이가 고작 10세 때부터 자신의 두 번째 부인 후보로 낙점한 점이 그러했다. 그리 거부의 집안이거나 그리 찌들게 가난하지도 않은 적당한 지식인 가족의 중류층의 배경의 여자아이였다. 공부도 잘 하고 주위도 잘 살피는 등 대부분 그의 맘에 들었지만 아직은 어렸으므로 당분간은 그녀의 성장을 예의주시할 터였다. 앞으로 향후 10년은 그녀의 집안사를 조정하여 어렵게 만들고 시련을 가중시키리란 생각이었다. 그리곤 대학 생활부터는 본격적으로 자신의 비지니스에 적합하도록 훈련 아니 길들이기에 들어간다는 계획이었다.

  어쩜 그렇게 순수하고 해맑은지, 거기다가 똑똑하고 귀여우며 효녀에다가 공부도 잘한 영특한 그녀의 발견에 노인은 날마다 흥이 나고 세상을 다 가진 기분까지 들었다. 사실 노인의 주변인들은 노인의 건방지고 망발을 일삼으며 대중을 함부로 대하는 태도에 대단히 비판적이어서 그의 비지니스를 그가 계속 이어가는 것에 반대의 입장을 공공연히 표명해오고 있었고 노인은 그 돌파구로 영특하고 바로미터격인 새로운 어린 배우자를 맞아 자신의 가업을 자신이 계속 이어가기를 추구했다.

그러나 그 아이에 관한 정보나 계획은 대외에는 극비에 부쳐졌고 노인과 노인의 가족만이 공유되는 상황이었다. 여자아이의 엄마나 아빠는 보통의 키에 체격도 적정한 편이었고 이대로 그녀가 계속 자라기만 한다면 165 이상은 보장되겠다 싶었지만 노인은 이 점이 꺼려졌다. 자신보다 큰 여자는 대중이 보기에 곤란하다는 생각이 들어서였다. 그래서 그녀의 집안을 망하게 하여 못 먹고 못 입게 하여 키가 자라는 것을 막고 동시에 어려운 곤궁한 상황에 내몰아서 언젠가 자신의 존재를 알 때에 여유있는 자신의 환경을 보고서라도 여자아이가 자신에게 오도록 만들 생각이 들었다. 그렇게 조장아닌 조장을 감행할 때 그 여자아이를 가질 수 있을 거라 생각했다.

계획은 일사천리로 진행되었다. 그 여자아이는 무럭무럭 그냥 보통 체구의 여성으로 자라났다. 대학도 들어가서 본격적인 학업을 시작하기에 이르렀는데 어느 날 그녀가 사라졌다. 심한 폐병에 걸려 요양소로 들어갔다는 후문이 돌았다. 마침 그때 그녀의 대학 동창이 자신의 회사로 입사하게 되었는데 다시금 보니 병에 걸려 골골한 여자아이보다 더 성숙하고 차분한 이 동창생이 자신의 배우자로 더 제격이라는 생각에 이르게 되었다. 노인은 자신의 가족들에게 향후 방향을 이 동창에게로 돌리리라고 선언하기에 이르렀다. 가족들은 반신반의하는 모습이었다. 과연 이 새로운 동창생이 그 자리를 대신할 수 있을까 의아해 하면서도 병에 걸려 죽어가는 그 여자아이보다야 낫겠다는 결론을 내었다. 모든 조건은 그 동창을 중심으로 재편되고 그 여자아이는 점차 잊혀져 갔다.

그 새로 등극한 동창생이 원래의 그들로부터 이인자로서의 찬탈을 감행한 이후 노인의 회사에서 본격적으로 일하기 위하여 공부에 매진한 지 25년이 흘렀다. 온갖 자격증 시험에서부터 석사 박사에 이르기까지 그녀의 공부는 긴 시간을 요하긴 했다. 그런데 컴퓨터 기능사 자격증에서부터 통번역사 자격증 그리고 요리사 자격증과 유아교육 자격증 그리고 운전면허까지 그녀가 패스한 자격증은 단 하나도 없었다. 이러한 단순한 지식에서 뿐만 아니라 석사 박사에서도 표절 행위로 학위를 따기를 밥먹듯이 하여 그 분야에서의 악명이 자자하기에 이르렀다. 갖은 비난과 억측들이 난무하자 그녀는 이제는 이 노인의 비서 자격으로 회삿일에 참여하겠다며 권력 결정권에 자신이 직접 개입하여 온갖 정치적 비리를 조물락거리기 시작하였다. 자신이 학업에서 성과를 거두지 못하는 것을 온갖 정치적 사건 사고의 분란을 일으키는 것으로 보상 받고 대리 치환하여 대중의 지지를 이끌고 싶어한 거였다.

아파트 붕괴와 침몰하는 배, 살인과 방화 등의 배후에는 언제나 그녀 혹은 그녀의 끄나풀들이 관여하거나 지휘하고 있던 터였다. 그들은 새 동창이 지적 성취를 이루지 못한 것에 대한 보복성으로 아니면 그런 무능력에도 불구하고 자신들의 힘이 유지되고 있음을 과시하기 위하여 더욱더 강도가 센 도발을 이어가기에 이르렀다.

가끔은 노인이 대신 진두지휘하는 모습을 취하는 경우도 있었고 그녀는 전면에 나서지 않는 채로 주변의 권력자들을 이용하여 자행되는 경우도 있었다. 그러나 그 모든 도발들은 그녀 자신의 무능에 대한 불만족에 따르는 욕구 충족 혹은 과시의 다름 아니었다. 이를 모르는 대중이나 관련자들은 영문을 모른 채 이제나저제나 그녀의 학업의 성과만을 기다리고 또 기다렸다. 학업의 성과만이 그녀의 실력을 입증받을 수 있었고 그 길만이 노인의 반려자로서 권력을 휘두르는 자리에 등극할 수 있었기 때문에 그녀의 주변인들의 그녀에 대한 관심과 기대는 이루 말로는 다 할 수 없는 지경이었다.

그러는 사이 원래의 여자아이도 성인이 되었다. 폐병은 완쾌가 되었지만 어느 누구도 그녀를 받아 주는 이는 없었다. 소위 말해서 권좌에서 밀려난 격이랄까? 그런데 그녀에게는 사람들이 알지 못하는 남다른 예술적 재능이 있었다. 패션, 그림, 사진, 시, 소설, 등등 그녀의 예술 감각은 전문가를 능가했다. 모두 그녀의 와병 시절에 혼자 앉아 취미로 끄적이던 것들이 발전한 것들이었다. 이것들이 노인이 필요로 하는 인재의 전형이었던 것은 불행일까 다행일까? 지적 능력과 예술적 능력 양자 중 하나를 충족한다면 노인의 회사의 수장 자리는 따논 당상이었던 것이다.

다시금 저물어 가는 동창생과 또 다시 떠오르는 원래의 여자아이 그리고 노인이 있었다. 이제 노인이 다시 그 원래의 여자아이에게 러브 콜을 보내고 다시 그녀를 회사로 불러들이면 될 듯도 싶어 보였다. 그러나 문제는 그리 간단치 않았다. 그 여자아이는 처음부터 지금까지 노인의 존재를 아예 알지도 못했고 유치원생부터 사귀어 온 첫 사랑과의 인연이 깊어 가던 참이었다. 더더군다나 자신의 인생이 한갓 다 늙어 가는 노인의 시중이나 들면서 인생이 온통 언제 죽을지 모를 늙어버린 염감으로 점철되었다는 사실을 알게 된다면 어떤 반응이 나올지 보장할 수 없었다. 엎친 데 덮친 격으로 그녀의 유치원 첫사랑은 노인과 국제 협약을 맺은 경쟁 회사의 대표였는데 자신이 여자를 진정 사랑하는 첫사랑이라며 그 여자아이를 그 노인에게 넘길 기세를 보이지 않았다. 설상가상으로 이 모든 스토리를 알게 된 노인의 아들도 여자아이와 같이 무럭무럭 자라났는데 이제는 노인의 아들이 그녀에게 관심을 표명하며 노인의 자리를 차지하려 한다는 루머가 돌기 시작했다. 기실 노인의 조강지처인 아들의 어머니도 노인에 의해 세상을 떠난 슬픈 사연도 있었던 터였다.

  새로 등극한 동창생의 주변인들은 노인을 위시한 동창생 주변의 권력을 어떻게든 잡아야 한다는 생각에 각 분야의 학계 예술계 인사들을 들이밀며 동창생을 후원한다는 과시를 하였지만 노인의 마음은 이미 원래의 여자아이에게로 다시 돌아선 터였다. 여자아이의 집안을 망하게까지 하면서 아이를 포섭하려 했다면서 추억에 잠겨서는 과거를 로맨틱하게 되짚으며 드디어 그녀에게 자신의 존재를 알리기에 이른 것이다.

  그 여자아이는 이제 자신의 과거와 현재 미래까지도 그녀의 모든 인생이 한 노인의 손아귀에서 놀아났을 뿐이었다는 사실을 알게 되었다. 이 모든 과거의 사실들을 알려준 이는 공교롭게도 그녀의 첫사랑 애인이었는데 그는 자신만의 그녀를 노인에게 빼앗기지 않기 위하여 어릴적 그녀에게 일부러 바이러스를 주입하여 폐병에 걸리게 하였고 이틈으로 노인에게서 그녀를 빼돌리려 했다고 고백하기에 이른 것이다. 이런 걸 팔자라고 해야 할까? 이렇게 하면 널 가질 수 있을 거라 생각했다의 영 버전이랄까. 이젠 다 커버린 여자아이의 결정만이 그들을 기다리고 있었다. 과연 그녀는 노인에게 돌아갈 것인가? 그 유치원 첫사랑에게 남을 것인가 그녀의 대학 동창인 또다른 그녀의 거취에 대해서는 무엇을 선언할까? 전 인생이 한 노인의 조작에 놀아났을 뿐이었다는 사실과 그것이 그 노인의 비지니스에 자신을 참여시키기 위한 포석일 뿐이었다는 것을 알게 된다면? 모든 결정권은 철저히 그녀에게 있었다. 비록 자신의 모든 인생을 잡아먹은 한 파렴치한의 행각에 소모되버린 전 인생이었지만 결정만큼은 그녀 자신에게 있다는 것을 모두가 잘 알고 있었다.

그녀의 울분은 그칠 줄을 몰랐다. 땅을 치고 통곡하며 지난 시간들을 한스러워하며 울먹였다. 노인의 이기적이다 못해 철면피적인 과거의 행각에 산산히 부서질 것 같은 오열을 했다. 살인죄가 없었다면 몇 번이고 노인을 화형하여 메달아 버리리라며 울분을 토했다. 유치원 첫사랑은 함께 울었다. 그리고 모두가 숨죽여 그들을 지켜보고 있었다.

당연히 여자아이는 노인을 거부했다. 잘난 예술이라고 하여 잘난 노인의 회사나 들어가겠다고 예술을 한 건 결코 아니었다. 더더군다나 평생 옆자리를 차지할 거란 빌미로 자신의 인생을 송두리째 말아먹은 원수같은 노인의 휘하에서 희생 봉사하는 직함은 죽는 거지가 되더라도 거부할 참이었다. 차라리 찹쌀떡 한 웅큼에 목이 메어 직사하는 편이 차라리 나을 거라고 여겼다.

배신감과 비탄감과 회한과 분노와 증오가 이글거렸다. 그녀는 첫사랑과 여생을 함께 보내길 원했다. 이젠 모든 과거의 파란만장한 거대소사를 뒤로하고 자유하기를 원했다. 노인이 더이상 자신의 삶에 그림자를 드리우기를 거부했다. 이젠 사랑을 위한 삶을 살고 싶었다. 평화와 공평 그리고 애정과 안위만이 있는 세계를 원했다. 이젠 제발 모두가 평화 속에 거하기를 원할 뿐이었다. 그렇게 그들을 보내기로 한 것이다. 오직 자신을 향한 전복을 위해 시작한 강탈과 찬탈이었음은 알았지만 노인과 동창생의 주변인들이 결과에 따른 합당한 수순을 밟아가길 바랐다. 그들 모두는 각자의 남은 과보를 갚아 나가야 할 것이었다. 그리곤 모두가 부디 평안하기를 신의 가호가 깃들기를 바랄 뿐이었다.

ㅇ

16. 호강의 끝판왕

점술가는 그녀에 대해 예언하였는데 남편을 죽이는 과부 팔자에다가 자신도 단명할 것이라는 답변을 하였다. 지난 30년 동안 이미 왕실의 국모로 낙점된 그녀가 이런 처참한 사주를 가진 처자라는 사실이 믿기지 않았다. 나는 어떤 일이 있어도 그녀의 남은 삶을 보장하면서도 왕실로부터는 거리를 유지하게끔 하겠다고 결정했다. 물론 애시당초 그녀가 왕비 자리에 낙점된 것도 선착순의 일환이기는 했다. 누가 먼저 보라색 옷을 입고 졸업장에 사진을 찍는 지가 관건이었는데 지금에 와서는 불행한 일이 되었지만 그녀는 선착순의 원리에 의하여 왕비로 낙점돼 었었다. 더더군다나 30년 동안 그녀가 습득하고 연마한 일이라고는 아무것도 없었는데 공부한다는 명목하에 책가방이나 들고 왔다갔다 했지 통번역 능력이 있는 것도 아니고 그렇다고 컴퓨터를 능수능란하게 다루는 것도 아니며 그렇다고 해서 빨래나 청소, 요리나 집안일을 능통하게 하는 것도 아니었다. 집사인 내가 봐도 그렇게 한심스러울 수 없었고 도대체 30 의 세월을 무엇을 하며 보냈는지 의아할 따름이었다.

그러나 과거지사 누구를 탓해서 무엇하랴 싶어 집사인 나는 그녀에게 그녀의 남은 앞길을 같이 걸어갈 컴페니언(companion)을 구해주리라고 생각했다. 그녀의 유일한 관심사는 미술이었는데 그림을 그린다던가 미술 작품과 작가에 대해서 끄적이는 그런 활동들에 대해서는 그녀가 재밌어 하는 것 같았다. 그리고 어쩌면 미술사를 공부하는 것만이 그녀가 결코 왕실에서 내쳐진 것은 아니라는 것이 증명되는 일이기도 했으므로 나는 끝까지 그녀의 예술가로서의 삶을 지지하고 보장해 주어야겠다고 생각했다. 그래야 우리 왕실의 무책임성이라든가 쓰다 버리는 잔악성, 토사구팽 등등이 회자되지 않을 것이었으므로 우리 왕실은 그녀의 예술가로서의 삶을 옹호하기로 했다. 그러나 이 모든 정세를 알아차린 그녀 주변의 왕녀가 되려던 많은 지인들은 왕실의 왕비 자리뿐만 아니라 그녀의 예술가로서의 일도 넘보기 일쑤였는데 이에 왕실은 궁여지책으로 왕실의 재정적 지원을 받던 방송국 스태프들의 생명을 담보로 스태프들의 삶을 제물로하여 그녀의 예술가로서의 삶을 연장시키고 지연시킬 것을 계획했다. 한 학기에 한 명씩을 판돈으로 걸어서는 책을 낸다든가 전시회를 여는 등의 그녀가 하는 예술활동에 하나하나 실패할 때마다 방송국 스태프들을 하나씩 제거하는 것이었다. 그래야만 왕실에 대한 어마무시한 지탄을 피할 수 있었기 때문이다.

그러나 회가 거듭될 수록 패가 하나씩 사라졌고 다 이미 먹어버린 패가 이제는 동이 나서는 더이상 걸 방송국을 희생시킬 패가 없게 되었다. 엎친 데 덮친 격으로 그녀는 예술과 관련된 모든 사람들을 질투하기 시작하여서 당장 아무개를 없애달라는 등 어떤 아무개들을 학교에서 퇴학시키라는 등 질투의 끝판왕에 치달았다. 대학살을 자행하지 않으면 직성이 풀리지 않는 폭군의 성향마저 가지고 있었던 것이다. 예술계에서 뜻대로 되는 일이 없자 타인을 무차별하게 학대하고 가해하는 행위를 통해서 욕구불만을 해소하기에 이른 것이었다. 세계적인 홀로코스트에 버금가는 재난이 연이어 자행되자 우리 왕실은 궁여지책으로 각국의 귀빈들과 정치 거물들 그리고 경재계의 인사들을 포섭하여 결혼 등을 통한 혈맹으로 엮일 수 있다고 아첨하며 세계 언론의 입을 틀어 막도록 영향력을 행사했다. 그리고 개인적으로는 그녀의 지인들에게 접근하여 손을 내밀었는데 앞으로의 그녀의 생활비와 주거비, 예술 활동을 위한 활동비 등을 차출할 것을 명령했다. 아니 강압했다. 그녀의 안위가 보장되어야만 왕실의 이미지가 그나마 유지되고 그녀로부터 발생되는 왕실에 대한 악의적인 평이 발생하지 않을 것이기 때문이다.

그러나 가장 넘기 힘든 과제는 과거 그녀의 왕실과의 관계를 탐탁해 여기지 않던 그녀의 아버지를 그녀가 남몰래 살해하였다는 사실이었다. 말로만 듣던 존속살인인 거였다. 폐륜에까지 이르다니 왕실은 말문이 막혔다. 이러한 호러 스토리는 영화의 소재가 되어 모든 사람이 알게 된 터였지만 왕실로서는 난감하기 이를 데 없었다. 따라서 그녀뿐만 아니라 어느 누구도 어미나 아비를 죽일 수 있다는 것을 공고히 하기 위하여 그녀의 가장 측근인 그녀의 최대 경쟁자인 대학 동창의 한 명을 폐륜 살인자로 조장하여 이 모든 죄목을 덮어 씌우리라는 마지막 계획을 세웠다. 방법은 아주 간단했다. 그녀의 경쟁자 동창이 즐겨보는 영화나 드라마나 도서들의 작가들을 포섭하여 드라마나 작품들을 탐독하는 그녀에게 부지불식간에 존속살해를 자행하도록 유도하는 것이었다. 일명

'뉴발란스' 가스라이팅이었다. 그러나 불행스럽게도 그 영화와 드라마를 우리 왕실의 막내 공주가 보고는 부왕인 현 국왕을 살해하기에 이르렀다. 자고로 지금은 사족을 멸할 능지처참만이 남아 있는 순간인 것이다.

○

17. 버섯 구름

  산사의 새벽은 고요함을 깨는 달그락거리는 아침상 차리기로 시작한다. 이곳에서의 적막한 삶을 시작한 지도 언 8년을 넘어가고 있다. 지난 청년 시절의 행위들에 대한 징벌성으로 이곳까지 온 것이었지만 이곳에서의 생활만큼은 성실히 수행하리란 결심으로 새로이 시작된 삶이었다. 여기의 비구니들은 어느 정도는 일찌감치 내정된 나의 승려 생활에 companion의 자격으로 온 이들이 대부분이었는데 나와 수행을 같이 하게 하리란 우리 양아버지의 배려였다. 나의 양아버지는 자신의 사업상으로 연루된 여자들을 내게 붙여 주리라 계획하여 그녀들을 사기죄에 연루시킨 다음 이곳에 정착시키리란 조건으로 감옥행 대신 이곳에 불러들인 터였다. 물론 나의 companion을 구해주리란 계략에서였다.

  어마어마한 사기죄에 빚을 갚지 못하고 파산에 지경에 이르느니 이곳으로 와서 청빈한 수행의 삶, 즉 나를 보필하는 삶으로 전환한 이들이 대부분이었다. 나는 동자승 시절부터 사주학상으로 승려의 삶이라 내정된 데다가 정치적으로 송사가 나서 이곳에 올 운명이었다. 다른 승녀들도 각자 오늘 공부할 분량과 할 일들을 새벽녘부터 점검하고 준비한다. 두 끼의 식사가 끝나고 신도들의 면담이 이어지는 오전을 지나 모든 예불이 끝나는 느즈막한 오후 즈음에는 드디어 각자의 자유 시간이 주어진다. 그녀는 오후 네 시경쯤에야 컴퓨터 앞에 앉는다. 해야 할 일들이란 정부 요원으로부터 받은 각 분과의 문제들에 대한 컨펌 버튼을 누르는 일이다. 정부 측에서 우리 승녀들의 사려 깊은 판단력과 문제 해결 능력을 신뢰한다기에 맡겨진 정부 추진 문건 실행과 칸펌 사항들이었다. 가령 핵 추진 안건 방안, 중동 테러 개입여부, 국경선 후퇴건 승낙, 경제 침체 장기화 요건 제안서, 팬더믹 사태 이용 방안 등이 그 내용들이다. 그녀의 혜안이 진정 필요한 세상과 국가들, 국민들이 거기 그렇게 있었다. 후세인들은 그녀들을 전무후무한 자신의 삶을 역사에 헌신한 역사속의 고승, 생불이라며 신화적 인물로 추대할 것이다. 난국의 시기에 나라를 이끈 등심불의 추앙으로 영원토록 기려질 것이었다. 분명 신화 혹은 전설의 어디 즈음엔가 기록될 일이었다. 그녀들의 결단성 있는 단추들과 함께 말이다.

 다만 단추에 불이 들어왔다는 사실 자체는 그들에게 올바른 역사의식이 단 일도 없었다는 증거가 된다. 단추를 누르기까지의 제어는 백만 번 필요하며 한 명이라도 이의를 제기한다면 버섯구름은 무마될 수 있다. 선이든 악이든 한 명의 제어가 백만을 구할 수 있다. 단 선이었다면 누를 수 없었을 것이고 악이었다면 영락없이 눌려질 버튼이기 때문이다. 버섯구름이란 원래 그런 것이다.

18. 이식 수술

  그녀의 얼굴은 공주인 내가 봐도 탐날 만큼 예쁘고 아름다웠다. 그러나 상대적으로 나는 공주 신분으로서 객관적으로 봤을 때에도 못생겼다고 판단할 만큼 못생긴 얼굴을 가지고 있었고 사람들 앞에 항상 나서야 했던 나는 그녀의 얼굴이 너무 부러웠다. 그러던 중에 그녀가 우리 옆 왕국 왕자로부터 파티에 파트너로 초대되었다는 것을 알게 되었다. 나는 참다 참다 해도해도 너무한다면서 중대 결심에 이르렀다. 우리 왕국은 본래 의술이 무척 발달하였는데 근래 들어서는 얼굴 이식 수술이 개발되었다는 소식을 알게 됐다. 따라서 이 기회를 놓칠세라 나는 그녀를 납치하여 얼굴 거죽을 떠서 나의 얼굴판에 이식할 것을 결심하였다. 물론 살점과 살점이 만나는 것이니 만큼 접착제로는 얼굴 거죽이 붙여지지 않을 것이므로 이에 특별한 기술을 보유하고 있는 외과술의 의사를 섭외하여 수만 섬의 쌀을 하사하겠다는 조건으로 이 수술을 진행하기로 한 것이다. 수술 전 과정은 일사천리로 진행됐다. 한 왕국에 절대 권력을 행사하고 있는 나로서는 그야말로 누워서 떡 먹기식의 과정이었다. 그녀는 나의 얼굴판을 가지고 집으로 돌아갔다. 당연히 왕자로부터의 초대는 무산되었다. 나는 안도의 한숨을 내쉬었다. 그런저런 시간이 흘렀는데 이번에는 또다른 왕국의 왕자가 자신의 왕국에서 개최되는 수학경시대회에서 수상한 자를 자신의 아내로 맞이하겠다는 공고를 띄웠다. 국모가 되기 위해서는 무엇보다도 자녀를 위해서나 국정을 위해서나 머리가 중요하다는 판단에서였을 것이다. 그런데 그녀의 아이큐가 150이 넘는다는 소문이 돌기 시작했다. 나는 다시 한번 중대 결심을 하기에 이르렀다. 나의 뇌와 그녀의 뇌를 바꿔치기 하려는 것이었다. 역시 우리 국가의 뛰어난 의술을 배경으로 삼아 그녀의 뇌를 적출하기로 한 것이다. 뇌를 드러내는 수술은 일사천리로 진행되었다. 적출되자마자의 따끈따끈하고 김이 모락모락 나는 나의 뇌와 그녀의 뇌는 바꿔치기 되었고 그녀의 뇌는 나의 두개골에 장착되었다. 나는 이제 수학경시대회를 치를 준비가 되었다. 지나놓고 생각해 보니까 어차피 얼굴과 뇌를 바꿔치기 할 요량이었으면 목을 자름으로써 처음부터 얼굴과 머리를 투인원으로 한꺼번에 수술할 걸 그랬다며 나는 거듭 후회하였다. 그러나 두 수술이 모두 성공적인 수술이었으므로 그런대로 위안하였다.

그런데 그때 또다른 공고가 떴는데 이 경시대회를 TV 생중계로 중계한다는 내용이었다. 수학경시대회에 참여하는 모든 여인들은 카메라에 찍혀 그대로 왕자에게 선을 보이게 된다는 것이었다. 나는 또 한번 아연실색 했다. 135라는 키로서는 그리고 백 킬로그램이 넘는 나의 신체 조건으로서는 도저히 포토제닉이 될 자신이 없었다. 이때 그녀가 떠올랐다. 그녀의 키는 167에 48킬로그램으로 그야말로 이상적인 여성의 신체를 가지고 있었다. 따라서 나는 이번이 정말 마지막이란 심정으로 그녀의 몸과 나의 몸을 바꿔치기할 것을 구상하였다. 역시나 절대 권력의 행사로서 수술은 즉각적으로 진행되었다. 그녀의 목이 댕강 달아나고 나의 목도 댕강 분리되었다. 그리고는 손살같이 우리의 몸과 목은 바꿔치기 되어 접합되었다. 나의 이식된 얼굴과 그녀의 몸은 성공적으로 접합되었다. 그런데 그녀의 얼굴과 몸을 붙이는 수술을 하던 의사가 조직이 이상이 생겨 그녀의 얼굴과 몸은 접합이 불가능하다고 말하는 것이었다. 나는 숙고 끝에 그녀의 동강난 신체부위를 버리기로 결정했다. 그녀의 신체는 이제 목이 잘린 채로 어느 거리에선가 나뒹굴게 되었다. 이 토막난 시체의 몸뚱아리를 보고는 사람들이 토막 살인 사건이 일어났다며 우왕좌왕 난리가 났다. 나는 절치부심하다 어떤 애먼 사람을 골라 갖은 고문을 가해서 그로부터 그녀를 토막살인 하였다는 자백을 받아내었다. 이제 모든 접합 수술이 완결되었고 그녀의 사체 처리까지도 완결된 것이었다. 이제 남은 것은 내가 몸소 친히 옆의 왕국으로 가서 수학경시대회를 무사히 치르고 카메라에도 잘 찍혀 그 왕자와의 만남과 결혼이 성사될 일만 남았다. 역시 나는 왕녀로 태어나기를 잘 했다.

о

19. 초대와 투견

나는 파티를 연다는 명목으로 이 집의 안주인에게 초대를 받아 이곳으로 왔다. 긴 정원을 지나 커다란 철문을 열자 여주인 대신 이 집의 집사가 나를 맞아주었다. 그녀는 나에게 편한 옷으로 갈아 입으시라며 한 쌍의 추리닝을 내밀었다. 나는 영문을 몰랐지만 파티복인가 싶어 즉시 갈아입었다. 잠시 거실에서 앉아 있는데 집사가 나를 어떤 큰 방으로 안내하였다. 그 방 안에는 가운데에 커다란 매트가 깔려 있었는데 갑자기 어떤 덩치 큰 여자가 들어와서는 나를 엎어치기하는 것이었다. 나는 놀라서 평소 유도를 배웠던 실력으로 다시 그녀를 엎어치기하여 쓰러뜨렸다. 그렇게 옥신각신 몇 번을 하자 덩치 큰 여자는 코피를 흘리며 사라졌다. 숨을 헐떡거리면서 쉬고 있는데 이번에는 키가 큰 여자가 빨간 레슬링복을 입고 들어와서 날 허리를 감싸 발걸기를 할 기세를 하였다. 그녀의 가슴밖에 오지 않는 나의 키였지만 평소 닦아 온 태권도 실력으로 그녀를 한 판에 때려 눕혔다. 키 큰 여자는 정신을 잃고 쓰러졌는데 잠시 후에 실려 나갔다. 나는 그 집사에게 따지려 하고 있었는데 이번에는 근육질의 남자가 들어오는 것이 아닌가? 나는 아연실색했다. 갑자기 두 주먹으로 나의 배와 허리, 등을 권투를 하듯이 때리는 것이었다. 나는 호랑이 굴에서도 정신만 차리면 된다 생각하여 온 힘을 다해 주먹으로 그의 얼굴을 가격했다. 그는 나에게 KO 당하였다. 그러나 이제 나의 온몸은 멍 투성이가 되었고 피가 터져 흘러 왼쪽 눈은 찢어져 바늘로 꿰매야 할 지경이 되었다. 하도 기가 막혀 넋을 잃고 서 있는데 그제서야 집사가 들어왔다. 그동안 수고가 많았다면서 나를 밧줄로 포박하는 것이었다. 나를 질질 끌다시피 하여 간 곳은 이 집의 뒤뜰에 있는 사당 같은 곳이었는데 정신을 차리고 눈을 떠보니 나를 그 사당 안에 가둔 것이었다. 천장에는 팻말이 하나 붙어 있었는데 부통사라는 절의 이름이 새겨진 나무판이었다. 일명 절간이었다. 식사를 가져다 준 이는 나에게 곧 탁발식이 거행될 것이라고 귀띔해 주었다. 홀아비 사정 과부가 잘 안다고 하지 않았던가? 나는 안주인을 불러달라며 비명을 질렀고 포박을 풀기 위하여 발악했다.

나는 나의 지난 모든 과거를 통해 내가 무엇을 잘못하였는지를 되짚어 보기 시작했다. 그러나 아무리 생각해도 내가 초대받았다는 사실 외에는 잘못한 일이 도무지 떠오르지 않았다. 초대란 이런 것인가? 초대란 과연 무엇인가? 초대의 결과가 이런 것인가? 있을 대로 망가지고 피폐해진 나의 초대 후의 삶을 이제와서 어찌 하랴? 시간을 되돌 릴 수 있으랴? 저주 토끼 소설이나 읽으며 힐링의 장의 와중에 계신 이 곳 안주인에게 묻고 싶다.

ㅇ

20.키 싸움

우리는 베트남에서 주로 활동하고 있는 유랑극단이다. 우리 유랑극단의 멤버는 약 150여 명에 달한다. 이중 남자배우들은 본토모 오디션에서 선발된 인원들이며 이중 여자배우들은 본토 미녀 대회 후보 탈락자들이다. 이런 우리가 이런 유랑극단을 조직하게 된 배후에는 본토에서는 더 이상 설자리가 없었을 뿐만 아니라 본토 사람들의 고지식하고 보수적인 시각에서 우리 무리들을 용납하지 않았기 때문이었다.

우리 유랑극단의 모든 멤버들은 본토의 왕이나 여왕을 취하기를 여러 번 시도하였으며 갖은 욕망을 드러내었을 뿐 아니라 우리 멤버들끼리도 마치 보소보노 원숭이와 같이 상대의 구분 없이 남자나 여자이기만 하면 관계를 갖는 그런 구조를 원했기 때문에 우리는 결과적으로 본토에서 추방된 거였다. 우리 본토뿐만이 아니라 세계의 어느 나라에서도 용납될 수 없는 조직 시스템인 것이었다. 그리하여 우리 유랑극단의 멤버들은 베트남으로 이향하기를 결정하였다. 기실 남자 멤버들은 여왕의 수족이 되기를 본래 희망하였던 자들이며 여자 멤버들은 본토 왕의 첩이 되기를 대기하던 자들이었다. 본토의 여왕은 지병이 많아 언제 죽을지 모르는 처지에 있었으므로 단명할 것을 대비한 대신들이 왕에게 첩을 들이기를 간청하였고 만약에라도 여왕이 단명하게 된다면 그 대리물로서 어떤 처자가 첩으로 즉 후궁으로 적합할지를 가늠하던 차였다. 그러나 이를 보다 못한 여왕이 들고 일어나 대반란을 일으켜 그녀의 수족이 되려 희망했던 자신을 창질의 대상으로 전락시킨 남자 멤버들을 드디어 추방하기에 이르렀고 거기에 더하여 왕의 첩의 자리를 노렸던 우리 유랑극단의 여자 멤버들 또한 함께 추방하기를 명하였던 것이다. 우리 극단의 남자 멤버들은 여왕을 하나같이 취하려 하였고 여자 멤버들 또한 왕의 첩 노릇을 자청하였던지라 이러저러한 공통점들에 기인하여 우리 멤버들은 동병상련을 서로 느꼈고 이러던 차에 여왕이 우리 모두를 국외로 추방하기에 이른 것이다.

그리하여 얻게 된 우리들의 직함이 바로 유랑극단인 것이다. 노래하고 연기하고 대신 울어주고 웃겨주는 그것이 우리들의 본업이 된 것이었다. 사실 이러한 정체성이라는 것이 원래 우리 유랑극단의 본성이기는 했다. 그러나 우리들은 숫자가 150명에 이르는 대극단이었고 우리들을 이끌어 줄 대표자가 우리들은 필요하였다. 외부에서 유입하려는 수많은 시도도 작금에는 있었으나 추방된다는 자체로 어느 누구도 우리 극단을 책임지려는 작자가 없었고 절치부심하던 우리들은 우리 내부에서 우리들을 이끌어줄 대표자를 뽑기로 하였다. 여러 모로 보나 남녀를 아우르기에는 여자가 낫다는 결정하에 여자 중에서 대표를 뽑기로 하였는데 그것의 기준은 우리들을 서로 소통하게 하며 외부와 연결시켜주고 나아가서는 장차 정치인으로 성장하더라도 아무 문제가 없을 테크놀로지의 전문가를 뽑기로 결정하였다. 본토에서 가장 많이 유통되는 테크놀로지의 일환은 서너 가지가 있었는데 자신의 글을 올리는 발로그나 사진을 올리는 안스타그램 혹은 메시지를 전하는 페이사북 등등이 있었다. 이들에서 과연 누가 가장 먼저 그것도 훌륭히 포스팅을 올리느냐에 따라서 우리는 우리들의 대표를 선임하기로 한 거였다. 여자 멤버들 간에서도 몇몇 수뇌부원들이 이를 놓고 치열한 각축전을 벌였다. 소유한 재산의 양으로 대표를 뽑아야 한다거나 키가 가장 큰 처자를 뽑아야 한다는 등 아니면 인기투표를 하자는 등의 많은 의견이 있었으나 대내외적으로 가장 활동 역량이 증명될 수 있는 것은 바로 이 테크놀로지 기술이라고 판단하여 우리들은 지금 누가 가장 훌륭한 포스팅을 그것도 가장 먼저 하느냐에 귀추를 주목하고 있는 중이다. 그들 중 하나는 그리고 적어도 몇 명은 그래도 수준 이상의 인물이지 않을까 싶다.

○

21. Father Killer

아버지는 두 여자아이의 물적 심적 육체적 후원자였다. 두 여자아이는 미술, 연극 분야에서 장차 대회를 이어갈 두 재목들이었다. 그 둘은 집안을 들락거리며 우리 집안의 많은 문화 용품들을 사용하거나 빌려 가기도 하는 등 아버지의 전폭적인 지원을 받았다. 때로는 같은 침대에서 뒹굴기까지 하면서 가족과 같이 지내기도 하였다. 그들은 각 예술계에서 성장하여 나름 자립도 하였고 성공도 하였다.

세월이 유수와 같다고 하였던가? 아버지도 이제는 늙으셔서 기력이 쇠하시게 되었다. 정신적, 물질적 지원을 받던 두 아이는 늙어가는 아버지를 보며 어떤 기분이 들었을까? 이제는 성숙해진 언젠가는 떠나보내야 하는 이 아이들을 보며 아버지는 또 어떤 기분이 드셨을까? 평생을 함께하였던 아버지의 정신적 물질적 지원으로 평생을 호의호식한 여자아이들이 아버지 곁을 떠나는 것은 맞는 얘기인가? 이런 생각에 즈음하였을 때 아버지의 젊은 비서와 눈이 맞은 후경에게 충격을 받은 아버지는 쓰러지셨고 다시는 일어나지 못하셨다.

내가 알던 누군가는 언제든지 나를 떠날 수 있다. 그러나 과거의 나에게 진 빚이 많을 때 그것이 물리적인 것이 됐건 정신적인 됐건 간에 평생 떠날 수 없는 관계도 때로는 있기 마련이다. 먹튀가 생각나서 하는 말이다.

о

22. 국가발전지상주의와 매매

본 매매건은 K왕국과 우리 공화국 간의 국제적 계약건으로서 우리 공화국의 한 소도시에 거주하는 한 처자를 국가의 발전을 위하여 K왕국의 황제에게로 매매하여 넘긴다는 것을 증명하는 서류이다. 우리 공화국의 본 처자는 모날 모시까지 공화국 내에서의 모든 관계를 청산하고 K왕국으로 영원히 이주할 것을 계약한다. 본 매매는 K왕국의 황제인 매매 계약자에게 본 처자를 양도 이양한다는 것을 증명한다. 즉 본 처자가 85세인 황제의 3번째 부인으로 계약되었음을 증명한다. 매매의 목적은 우리 공화국의 지대한 발전을 위한 것으로 양국 간의 평화, 안보 차원에서의 협약의 일환으로 진행되는 매매임을 밝힌다. 앞으로 본 처자는 K왕국 황제의 소유물이 되는 것이며 그의 모든 일정과 언행 등을 지원하고 관리하게 됨을 서약한다. 본 매매 건은 처자의 의사는 결코 반영

되지 않았음을 밝히며 차후 어떠한 건의사항도 수렴되지 않는다는 것을 보장한다. 만약 이 모든 계약 조건을 어길 시에는 처자는 쥐도 새도 모르게 정신병원에 감금되거나 즉각 사회로부터 매장될 것을 선언한다. 이를 통한 거부와 투기에 따른 느슨한 독살을 감행할 것을 합의 선언한다. 본 계약서의 효력은 향후 500년간 지속된다. 따라서 그녀의 모든 명의와 역사적 기록 또한 본 매매자가 관리, 감독, 유지 또는 소각시킬 권리를 지닌다. 본 처자의 개인 생활과 개인적 감정은 절대 통용되지 않으며 만약 한시라도 이를 벗어날 경우 즉각 그에 따른 조치가 내려질 것이다. 본 매매는 K왕국과 본 공화국 간의 공식적 행보요 문서임을 밝힌다.

。

23. 암호 퀸

여왕에게는 걱정거리가 하나 있었는데 나의 70을 먹도록 왕답게 처신하지 못하는 늙은 왕자가 그것이었다. 왕자는 어디를 가건 문제를 일으키고 언행을 바르게 하지 못하여 항상 지탄의 대상이 되곤 했다. 이에 여왕은 자신의 늙은 아들에게 젊고 유능한 여자아이를 하나 붙여주기로 결심하고는 왕의 모든 결정들을 위탁한다는 명목하에 아들의 나이 40세 즈음하여 어느 변방으로 가서 가난하고 참하고 영특해 보이는 여자아이를 점찍어 두게 되었다. 약

20~30년쯤 뒤에는 이 여자아이도 성숙한 여인으로 성장하고 뛰어난 능력을 겸비 하게 되어 결국 자신의 아들에게 여왕의 직급으로 붙여주리란 계획이었다. 따라서 그때 즈음에는 아들의 권좌도 아무 방해물 없이 오랫동안 외세의 흔들림 없이 장성한 여자아이를 통하여 지켜지고 유지되리란 계산이었다.

그러나 불행하게도 장성한 여자아이 역시 그닥 큰 실력을 갖추지 못하고 있었는데 실력으로 외모로 보나 왕비가 되기에는 턱도 없이 부족할 뿐이었다. 그래서 고민고민 끝에 생각한 것이 그녀를 출판계로 보내어서 출판물을 통한 아들의 섭정을 시키려는 플랜B를 구상하기에 이르렀다. 일단 섭정을 하게 되면 언젠가부터는 실제로 진짜로 보다 성숙하고 완연한 왕비의 모습으로 거듭나 재탄생 하리라 기대했다. 그런데 그 출판물이라는 것이 숫자나 지명을 통한 계약서라든가 실제 측정되는 서류들이 아니라 어떤 예술이나 문학작품 같은 것들을 설명하는 그런 종류의 책이었는데 그러다보니 섭정의 내용은 모두 암호로 전달된다는 특성을 갖게 되었다. 대놓고 섭정을 할 수는 없는 노릇이었기 때문에 그러했다. 모든 지시사항과 섭정의 내용은 기사나 비평문 혹은 문학작품 속에서 조사의 변환 등을 통한 모두 암호로 기록되어졌다. 늙은 왕자와 여왕은 지구 반대편 왕궁에서 이 출판물에서 지시하는 사항대로 정책을 펴 나갔다. 소위 말해서 암호퀸의 등극이었다.

o

24. assemble: 조립하다, betting: 내기, 도박

 그 여자아이는 우리 부족의 자랑이다. 사냥이면 사냥, 바느질이면 바느질, 농사면 농사, 모든지 척척 해내었다. 어느 순간엔가 그녀는 우리 부족의 바로미터가 되었다. 추장인 나는 그녀를 신녀 다음으로 대우하다가 마침내는 그녀의 출중한 수퍼급 능력들로 내심 경계하기에 이르렀는데 수렵대회에서 숱한 남자애들을 제치고 그녀가 우승을 차지하게 되고, 심한 가뭄이 왔을 때는 기도 한 번으로 장대비가 내렸을 때 사람들은 열광했고 나는 침잠했다. 나의 추장 자리가 위협받기에 이르렀다고 감지했다. 사람들은 이런 기적 같은 여신이 나타났다며 환호하면서 그녀를 추장 내지는 추장의 옆자리에 앉히길 바라기 시작했다. 그러나 그녀는 추장의 자리에도 더군다나 나의 옆자리에는 관심이 없었다. 옆 부족에 이미 약혼자가 있었는 데다가 곧 그 부족으로 이민을 추진 중에 있는 터였다. 부족민들은 실망을 감추지 못하며 추장인 내게 뭔가를 보여 달라고 요구하기 시작했다.

 나는 절치부심하여 나의 자리를 건 베팅을 시작했다. 가령 베팅은 "그녀가 7시 전에 천막에서 나오면 나의 오른팔을 자르겠어요." "만약 그녀가 오늘 12시 30분경에 점심을 먹게 되면 나의 다리를 자르겠어요." "만약 우연히 그녀가 4시경에 내 천막 앞을 지나면 나의 코를 베겠어요." "만약 그녀가 6시경에 물고기를 잡으러 가서 다섯 마리 이상 잡으면 나의 목숨을 내놓겠어요." 따위의 것들이었다.

그러나 그녀는 매일 열두 달을 7시에 기상하여 밖으로 나와 12시에 점심을 먹고 4시에 추장의 앞을 지나 물고기를 잡으러 가서 10마리 이상씩을 꼭꼭 잡아오는 것이 지난 10년간의 일상이었다. 그리고 오늘도 그녀는 그녀의 루틴을 지키고 있었다.

아니나 다를까. 다른 모든 부족민들도 다 그러구 살았다. 추장의 베팅이란 남들 다 하는 일들일 뿐이었던 것이다. 깡통에 목숨 건 왕은 죽어도 싸다. 이제 추장은 어떻게 해야 할까? 엄포를 놓은 대로 목숨마저 바쳐야 하는 걸까? 손에 장을 지질 일은 허구 셌다. 원래 그런 거다. 운명이나 우연 등에 의탁하여 한탕주의나 요행 따위를 바라는 삶의 종착지는 혹시나에서 역시나로 끝날 뿐인 몰락하는 삶 그 자체일 뿐이다.

○

25.가정의 변태적 형태

우리 부부가 정무를 보는 것은 대략 아침 9시경부터 11시경까지였다. 봄철과 가을, 겨울철의 해가 없는 날이 많은 이 지역에서의 삶은 타지 출생인 나에게는 좀 어둡고 칙칙하게 느껴졌다. 처음엔 적은 일조량에 적응하는 것이 정무를 보는 일보다 힘들 정도였다. 정무는 남편과 둘이 얼굴을 맞대고 몇 부에 걸쳐 거의 종일을 보았는데 날아온 우편물과 서류들 각종 계약서들과 일정 스케줄들을 조정하는 일들이었다. 로스쿨 출신인 나에게 그리 어려운 업무들은 아니었지만 그렇다고 흥이 나고 재미있는 일들도 아니었다. 이곳을 도망쳐 벗어나면 언제 다시 반강제 고문에 준하는 과한 압력을 받을지 모를 일이었으므로 쥐죽은 듯이 하라는 대로 했다. 가령 그 고문들이란 친정에 원조를 끊어버린다거나 복용중인 병원의 약을 모두 압수한다거나 평소 애지중지하는 반려견들을 숨긴다든가 하는 것에 이르기까지 남편은 나를 잡아두는 일에는 어떤 일도 가리지 않았다.

  남편의 아들은 나보다 10세 연하였다. 비교적 같은 세대의 느낌이 나는 아들은 훤칠한데다 준수한 엘리트의 젊은이였다. 나와 밤새 노는 일만 빼고는 점잖고 사려 깊어 보이는 인간 유형이었다. 물론 밤에는 야생마로 변했지만 나는 아들을 그리 거부하거나 반항하지 않은 채로 순순히 밤의 생활에 임했다. 낮에는 아버지와 밤에는 아들과 뭐하는 짓이었을까? 그 둘은 서로 합의를 본 거였다. 나를 반씩 나누어 갖다가 조금씩 서로의 역할을 잠식하기로 결심하면서 말이다. 언젠가는 낮밤을 가리지 않고 둘 모두를 대해야 하는 날이 도래할지도 모른다. 그것이 내 운명이라면 말이다.

그러나 하늘은 부정한 이들을, 나의 원수를 벌하시리라고 약속하셨다. 벌. 천벌. 받아도 싼벌을.

○

26. 알에 관하여

  나는 부말 국가의 자칭 시조새인 '수정'이다. 나의 일은 주로 알을 부화시켜 양육하여 세상에 부말 왕조의 자손들을 퍼트리는 일이다. 물론 부화시킨 이후에는 양육도 맡아야 함은 물론이다. 첫째 알을 부화시켰을 때 그리고 그 첫애를 양육시킬 때는 뭣도 몰라 실수도 많이 했지만 육아맘 열 돌째를 지나다 보니 이젠 아기보기에는 이골이 날 정도이다. 일명 베테랑 맘이랄까?

  여기서 자칭이라 칭하는 이유는 시조새라고 설정한 사람이 바로 '나 자신'이라는 뜻이다. 그러니까 국왕의 성은을 입은 것도 나의 설정이며 그것이 일급 비밀로 진행된 수정란을 통한 과학의 과정이었단 것도 나만의 설정이라는 뜻인 거다. 사실 정작 내 남편은 이 나라의 국왕이 아니다. 내 남편은 b구역에서 일하는 일개 노동자 a이다. 그와의 만남과 결혼은 일사천리로 진행되었다. 나의 외모와 학력 그리고 커리어를 봤을 때 노동자 신분인 그에게 나는 과분할 정도였기에 우리들은 비교적 빨리 결혼에 골인할 수 있었다. 그렇다면 한 왕조의 시조새라 자칭하는 나는 왜 일개 노동자와 결혼해 버린 걸까?

 부말 국가의 왕은 황후의 자리를 원하는 우리들 몇몇에게 시험 버전의 삶을 후보들에게 요구했다. 자신의 두세 번의 결혼 실패로 결혼에 대해서 매우 조심스러웠고 따라서 우리 아녀자들에게 한 번 결혼하여 살아보고 오라고 엄포를 놓게 된 거였다. 그러나 딱 거기까지였다. 결혼해 보라고 한 거였지 자식까지 건사해 주겠다는 뜻은 아니었던 거였다. 그러나 여자들은 하나같이 자녀들을 낳았는데 이러한 국왕과의 물밑 딜이 있는 줄 모르던 노동자들, 그러니까 남편들은 당연히 결혼을 하였으므로 아이를 낳은 거였다. 그런데 문제는 이 아녀자들은 결코 자신의 결혼이 노동자급에서 끝나리라고는 믿을 수 없었다. 자신의 남편은 국왕의 하수인 일 것일 뿐이었고 자녀도 알게 모르게 국왕의 씨를 수정하였을 거라고 내심 짐작하면서 아이를 낳은 거였다. 미쳐 돌아가는 것이 어디 국가 나라의 일뿐이던가?

 그러던 어느 날 동네 아주머니가 지나가면서 "아휴, 애가 애 아빠를 똑 빼닮아서 아주 호리호리 하네" 하는 거다. 국왕은 통통한 편인데 이상하다 싶었다. 나는 국왕의 사진을 보며 그럴 리가 없는데 하면서도 의심이 멈추지를 않았다. 분명 국왕의 수정란이었을 터인데….

 그때 티비에서 국왕의 사촌 사업가인 ss에 관한 뉴스가 나오고 있었다. 국왕의 사촌이며 기업가인 ss가 우리나라와 수로사업의 일환으로 대운하 건설 계약을 체결했다는 뉴스였다. 나는 무릎을 탁 치며 바로 저이다. 나의 애 아빠, 내 수정란의 주인, 장차 내 아이의 아버지가 될 인물이. 나는 결심한다. 장차 이 아이가 성장하여 장성하게 되면 그 닮은 외모를 앞세워 그리고 나와의 깊은 추억을 더듬으며 국왕의 사촌인 ss에게로 보내리라고 말이다. 우리의 오랜 사랑의 결실. 나 '수정'과 당신과의 결실이 이제는 당신의 기업을 물려받아야 할 것이라면서. 그리곤 곧 이 아이는 사장 자리에 취임하게 될 것이 분명하다. 시조새인 나. 굴지의 기업가 2세 나의 아들. 장하다. 모두 장하다. 자칭 시조새의 수정을 설정한 일은 굳이 증명하지 않아도 된다. 모든 사람들이 그렇게 믿고 있다면 그것이 작금에 와서는 진리이며 길일 것이다. 자칭의 설정, 과연 위대하고 놀라울 것이다. 정신 감정을 받아야 하는 일만 빼면 말이다.

참고로 감자에 싹이 난다면 독성이 생긴다고 한다.

○

27. 선착순 왕

그 왕국에서는 왕이 되는 방법이 아주 간단했다. 대략 오십 번 정도의 선착순 경기를 치러 가장 많이 일찍 도달한 사람이 왕이 되는 거였다. 게임들은 그 종류가 아주 다양하였는데 각종 전시회와 콘서트, 출판기념회나 공개 녹화 같은 행사장에 가장 먼저 일착으로 도착하는 사람이 승리자가 되는 거였다. 왕이 되고자 하는 사람들은 아주 새벽에 일어나거나 심지어는 밤을 꼴딱 새워서라도 선착순에 이기기 위하여 고군분투하였다.

  수십 번의 경기가 치러진 후 스물한 번에 걸쳐 일등으로 도착한 선착순 왕이 드디어 탄생하였다. 이들 중에서는 가장 많이 일등을 한 사람이라고 한다. 세상에는 왕의 자질을 시험하는 이처럼 희한한 방법도 있다 싶다.

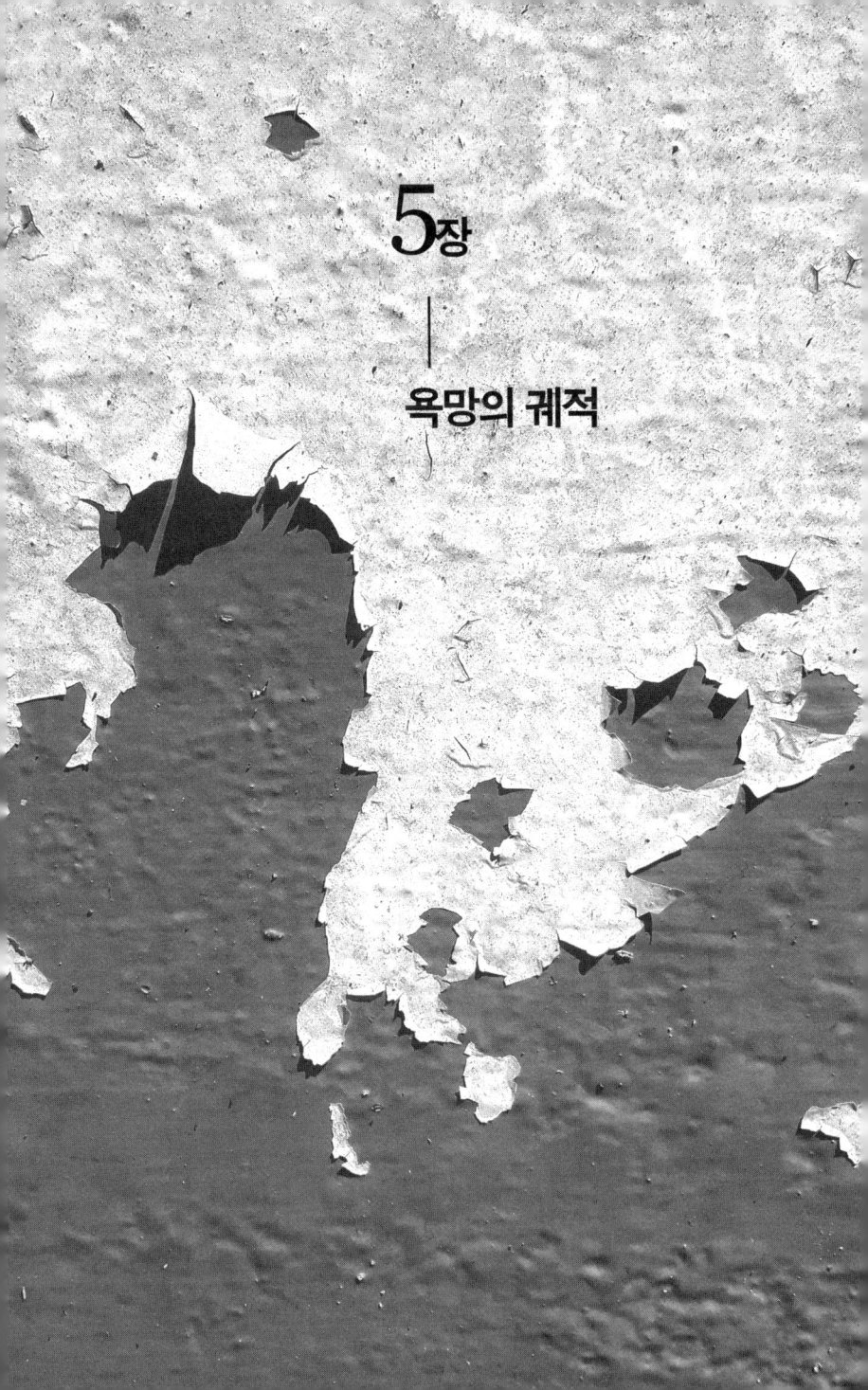

5장

욕망의 궤적

1.먼저

 요새는 되는 것 하나 없어 희망사항이 필요하다. 내 지인들이 모두 낙방한 까닭이다. 매년 치러지는 신춘문예에 내 지인들 그러니까 고교 동아리 5명과 대학교의 같은 문창과 10명 모두 낙방이 올해의 성적이었다. 물론 나도 포함. 절망이 차라리 편하다. 내년 또 내년을 기약해야 하는 우리들은 그 마지막 희망의 끈을 놓지 못한 채 끙끙대며 한해 한해를 마무리하고 있었다.

 그때 나는 생각했다. 해결책이 있었다. 바로 그녀, 나와는 선후배 사이인 18회 동사일보 신춘문예 합격자인 그녀를 납치하여 대필시킬 계획이 그것이었다. 만약 발각된다면 법적으로도 무리가 따르고 따라서 치밀해야 하는 계획으로써 위험 부담이 큰 만큼 그녀로부터 뽑아내는 내용물이 많아야 하는 범죄 계획인 것이다. 우리들의 작품을 모두 하나씩 쓰게 하여 총 15편의 시 또는 소설을 감금한 채로 대필시키는 일이다. 물론 명의는 우리들 각자의 명의가 될 것이었다. 본사에 컴퓨터 이메일로 제출하는 만큼 감금 대필은 절대 아무도 눈치 못 챌 일이었으며 거사의 사후에는 우리들 중 내심 그녀를 마음에 들어 하던 막내의 아버지와의 동거도 계획에 들어 있어 그녀의 원망이나 후한이 없도록 대비할 계획이었다.

"문인의 펜을 꺾은 아무개 작가, 간호사로서 제2의 인생을 살다" "아버지를 강제 존엄사 시키려던 아들 발견, 고발한 의료계의 스타" "의료계의 진정한 호인. 요강 받아내며 80대 노모 간호하다 과로로 쓰러지다" "중풍 환자의 수족으로 인생 재기에 성공" 등등이 그녀에게 따라 붙게 될 부활의 징표들일 것이다.

우리의 납치와 대필로 이어져 탈고에 이르는 시나리오는 완성되었다. 시작이 반이다. 우리 범죄는 이미 시작되었다. 형량은 소설의 분량을 결코 넘지 못할 것이다. 문학은 위대하므로. 문학은 제일의 특권일 것이므로.

○

2. 테크놀로지 고문

현대는 테크놀로지 시대이다. 우리 회사도 이러한 시대의 발전에 발맞추어 컴퓨터시스템, AI시스템, 로봇 등등을 연구하고 설치하려는 많은 계획하에 있다. 그러나 이 회사의 운영자인 나에게는 고민이 하나 있는데 앞으로 장차 이 회사를 물려받을 나의 하나밖에 없는 딸이 정작 테크놀로지 바보라는 사실이다. SNS 계정 관리를 비롯하여 컴퓨터 저장 관리 능력이나 AI 조정 능력 어느 것 하나 해내는 것이 없었다.

설상가상으로 내 딸은 컴퓨터는 곁에 두려고조차 하지 않았다. 그런데 참으로 다행한 일은 그녀의 여고 동창이 컴퓨터학과에 들어가서 코딩 작업을 비롯하여 컴퓨터 관련 업무에 정통하다는 소문을 입수하게 되었다. 블로그의 각종 디자인, 구성, 포스팅에서부터 각종 SNS 계정에 올리는 기술들이 완벽하다는 거였다. 나는 옳거니 하면서 나의 딸과 그 여고 동창생을 강제로 감금시켜 무슨 일이 있어도 테크놀로지 관련한 모든 기술들을 나의 딸에게 전수시킬 수 있도록 구상하였다. 말이 구상이지 한 여자아이를 납치, 유괴하여 감금 착취하고 강제 협박하는 거나 다름이 없는 일이긴 했다. 나는 내 딸이 모든 테크놀로지 특히 SNS 계정에 정통하게 되기만 한다면 엑셀을 자유자재로 다룰 수 있기만 하다면 무슨 일이든 불사할 작정이었다. 셀러브리티가 되어 인기인으로 등극할 뿐만이 아니라 하다못해 모든 직종을 망라하여 온갖 종류의 직업군들도 다 관리 감독할 수 있게 될 것이기 때문이었다. 내 딸이 각종 계정을 운영하며 관리할 그 순간을 생각하기만 해도 희열과 환희가 밀려와 하늘을 날 것 같은 기분이 든다. 설레고 기대된다. 인생이 즐겁고 기쁘다. 하늘을 날 것 같다. 세상이 다 내 것이 된 기분이다. 자고로 무한한 정보의 바다의 시작이다. 이제 내 세상의 시작이다.

○

3. 유 시장 되기 훈련

　나는 훈련에 돌입했다. 일명 유시민 되기 훈련이다. 유 시장은 정치인이자 작가인 한국의 유명 지식인이다. 그의 정치가로서의 활동들은 각종 방송이나 유튜브물들 그리고 저작물들을 통해서 접할 수 있었고 과연 왕성했다. 작가로서도 유명하고 과연 유려한 지식으로서의 면모도 항상 돋보였다. 그러한 유 시장이 되리라고 나는 결심한 터였다. 물론 모 왕국의 황제가 되는 것이 일차 목표였지만 황제가 목표가 아닌 인간도 있단 말인가? 그건 그냥 기본 사항인 거고.

　즉 황제를 꿈꾸었으나 되지 못한 인물들은 주위에 널리고 널리지 않았던가? 나도 그들 중 하나였을 뿐이고 도태된 일백만 명 중 하나였던 나는 다른 남들이 다 하는 것처럼 이젠 유 시장이 되리라고 방향을 틀었을 뿐이다. 사실 이름만 거는 황제, 실제 결정은 그 비서가 다 하게 될 그 황제의 자리보다는 모든 지식과 정보 판단과 명철을 구비하여 세상을 직접 좌지우지하는 유 시장 되기가 훨씬 어렵다. 알 사람은 다 아는 아는 일이겠지만. 이 아이러니한 세상이라니.

나는 정신병원에서 아침 8시에 기상한다. 반강제의 입원이었지만 나의 신념은 확고했다. 바로 유 시장 되기. 잘난 사람으로 태어난 데에는 잘난 인물로 그 인생에 대해 보답해야 한다고 생각할 뿐이었다. 나 할 도리는 다 해야 할 뿐인 거라고. 시대의 요구에 응답하는 자세를 지녀야 한다고도 생각했다. 평소 입원자 가족들은 나의 웅변 연습이 못 마땅한 것 같았다. 낮이고 밤이고 큰 고함을 치며 웅변 연습을 한 거였는데 나는 정치와 강연가 되기 위해서는 목소리가 까랑까랑한 웅변이 그 열쇠라고 생각했고 웅변 연습에 밤새 내내 고함을 치며 지새웠다. 가족들은 너 뭐가 되려고 그러니? 라며 한탄했지만 나의 신념은 확고했다. 전생에서 못 이룬 황제를 이생에서는 유 시장 되기로 바꿔 결심한 터였다.

병원생활 중 가장 흥미로운 시간은 점심 시간 이후 원하는 환자들끼리 모여 노래방을 여는 일이었다. 나는 이 기회를 놓칠 수 없었다. 고래고래 발성 연습을 하다 보면 언제가는 달인의 웅변가가 되리란 확신이 있었다. 어떤 때는 옆사람의 순번을 가로채어 세네 곡을 연속으로 부르다 보면 발성의 경지에 이른 환희의 기분까지 들었다. 또한 주말 동안 의사, 간호사들이 들락거리지 않을 때는 오후 내내 진열돼 있는 책들을 섭렵했다. 나름 흠모하고 있는 여의사가 권한 프로이드나 융의 심리학 책들도 즐겨 읽었다. 그 여의사가 내게 은근히 의사로 전향하기를 권면하고 있다고 느낀 터였다. 심리학 중에서도 대중 심리 부분을 읽는다면 장차 나의 정치생활에 큰 도움이 될게 분명하기도 했기에 그것들을 탐독했다. 그러나 그 여의사는 내게 하나를 포기하라고 하면서 다른 환자들과는 딱히 친해지지 말라고 충고했는데 과연 나를 흠모하는 마음의 증표로구나 짐작해보며 내심 만족했다.

어떨 때 노래방에 열중 할 때는 나는 어쩌면 노래하는 가수 스타가 될지도 모른다고 느꼈다. 다른 환우들이 내게 노래를 잘 한다며 칭찬을 만발하며 언제나 큰 환호와 박수 갈채를 보내 주었기 때문이다. 그것도 괜찮겠어. 가수 정치인이라. 어쨌든 나의 유 시장 되기는 이제 막 시작되었다. 기필코 나는 유 시장이 되고야 말 것이다. 뜻을 세우고 길을 가니 나의 삶이 빛나 보인다. 길은 만들어 가는 것, 개척하는 것, 도전하는 것일 뿐이기 때문이다.

○

4. 하나님과 사탄

전시장에 모든 그림들이 걸렸다. 이제 오프닝 행사에 이어 관람객들이 들이닥칠 것이다. 그녀도 그들 무리 중에 있을 것이다. 나의 숙적 C이다. 성경 해석으로 불과 3년만에 박사 논문이 통과되고 당당히 신학교 모교 교수진이 되었다. 믿음도 없으면서 하나님을 믿는 척하면서 성경으로 학위나 따먹는 불손하기 그지 없는 나의 대학 동창 C였다. 그녀가 전시장에 오면 그녀의 옷 색깔과 모양들을 알 수 있을 것이다. 사탄을 그린 그림의 색의 옷을 입고 오면 그녀는 사탄일 것이고 하나님 형상의 색을 입고 오면 사탄은 아닐 것이다. 자고로 신과 싸울 방법은 없지 않던가? 그녀의 논문을 예의주시하던 신학교 학생회측에서 그녀의 믿음과 신성성이 증명되어야만 논문을 최종 승인할 수 있다는 건의가 들어왔고 전시장에서 이를 시험하고 증명하자고 합의에 이른 것이었다.

드디어 그녀가 전시장 안으로 들어왔다. 하나님이 지상을 향하여 지시를 내리며 그려져 있는 윌리엄 블레이크 작 그림 속에는 하나님이 하얀색 옷을 입고 하얀 가운을 걸치고 있었다. 그런데 그녀는 올 화이트 원피스에 흰 가방까지 들고 들어오는 거였다. 그녀가 신이었던가? 아니면 신의 계시를 받고 글을 썼던 것인가? 그도 아니면 신의 전령사이기라도 했던 건가? 그림 속에 그려진 사탄의 색인 아이보리색은 그녀에겐 왜 없단 말인가? 급기야 학생회는 그림은 신성성과는 오히려 전혀 무관다는 것을 다시 재설정할 것을 학생회 위원장 권한으로 건의를 재차 올렸다. 불리한 상황에서는 상황 설정 자체를 뒤바꿔 버리면 될 일이었다. 그러나 우리 신학교 학생회의 체신머리는 바닥에 떨어질 것이고 이러한 행위가 그저 뛰어난 학생의 재능을 질투하여 한 학생의 학업과 작업을 저지하려는 한갓 저혈하고 치졸한 행위로 각인될 뿐일 것이었다.

○

5. 가수1

 나는 그녀를 처음 보았을 그날 그때를 기억한다. 짧은 커트머리에 소탈해 보이는 옷차림과 담백해 보이면서도 성실함을 반영하는 그녀의 소품들까지. 길게 뻗은 콧망울과 처진 눈매와 뾰족한 턱선들은 순하면서도 착실해 보이는 꼼꼼함을 드러내고 있었다. 나는 같은 학교의 후배들 중에 섞여 있는 그녀를 한시도 잊은 적 없이 그녀 주위를 배회하기에 이르렀다. 대학에 입학할 때까지도 그녀를 마음에 두었으며 언제까지고 그녀 곁을 지키리라고 결심하였고 심지어 그녀의 주위를 배회하는 것은 물론 학교 성적 확인 기록까지 나름대로 꼼꼼한 그녀 챙기기를 하고 있었다.

 또한 그녀를 나와 같은 대학에 입학시키기까지 알게 모르게 물밑 작업이 계속되었는데 학교 고교 후배들을 통해 내가 다니는 대학 홍보를 시키는 일이었다. 아니나 다를까 그 점수로는 이 대학 밖에 갈 곳이 없다며 그녀에게 협박에 가까운 엄포를 놓기도 하였다. 이 후로 얼마나 간절히 바랐던가? 그녀의 우리 대학 입학식

날 나는 흥건히 취해 동아리 친구들과 건아한 밤을 축제로 물들였다. 자 이제부터 시작이야. HERE WE GO!

6. 비평가1

　나는 그녀를 학교 교정의 많은 스타급 선배들 틈에서 처음 보았다. 같은 동아리나 같은 과 선배는 아니었지만 워낙 유명한데다 잘나가는 선배들의 목록을 나는 가지고 있기도 했다. 이제 그녀에게 접근하여 나를 통성명하는 것이 일차 목표일 뿐이다. 나의 과 생활은 그저 그런 고등학교 시절의 미술에 대한 재능을 확인 받을 수 없는 지리멸렬한 날들일 뿐이었다. 그리거나 만들거나 디자인하는 일들과 나는 과연 연이 없는 걸까? 그렇다면 나의 진로는 어디로 향하는가? 그녀의 미술 이론 수업을 도강하며 몰래 그녀의 뒷모습을 훔쳐보다가 어쩌면 저 옆자리에서는 뭔가 얻을 수 있는 내 자리 하나쯤이 있지 않을까 흑심을 품어 보기에 이르렀다. 그녀의 곁을 맴도는 몇몇의 선배들이 있는 것은 익히 알고 있었지만 어쩌면 내가 그 자리 하나쯤 꾀어차 그녀의 마음을 흔들 수 있지 않을까 하는 바람들이 나를 요동시켰다. 물론 나의 진로도 그녀의 운명에 얹어 가리란 것은 자명하였다. 결국 그녀의 사회 네트워크나 재정적 정치적 막강한 배후 모 그런 것들이 왠지 그녀의 매력을 배가시켰고 나의 미술 비평가로의 한 발도 그렇게 내딛게 된 거였다.

○

7.영화학도

내가 그녀를 처음 알게 된 건 직장상사의 '소설 관계 맺기'의 일환에서였다. 나의 글쓰기 소질과 그녀의 소설 쓰기의 느낌이 많이 닮아 있다고 선배는 후일 털어 놓기도 했다. 그녀의 인간적 혹은 여성적 매력은 내게 그리 중요한 문제는 아니었다. 내가 얼마나 글쟁이로 이 바닥에서 살아 남을 수 있을지가 내게는 중요할 뿐이었고 그녀가 소설가로 데뷔할 수만 있다면 나의 역할은 완결되는 것이었고 그것으로 인해 출판사 상사의 원조를 얻을 수 있으면 그런데로 그녀도 나도 만족할 수 있을 거란 생각이었다.

그녀에게는 절친이 두어 명 있었는데 그들의 관계는 복잡 미묘해 보였다. 그 중 한 명인 a는 그녀의 데뷔를 물심양면으로 응원하면서 나와의 관계까지도 챙겨주었으며 또 다른 b는 문단에 비교적 늦게 등단하였으면서 막 이름을 내기 시작한, 그래서인지 왠지 나머지 두 명과 대립각을 세우기도 하는 터였다. 내가 후원하고 있던 그녀의 아버지는 택시노조에 속해 있으면서 노동운동의 핵심 인물이었는데 학교 교단의 보수적인 경향들과는 대립하는 까닭에 그녀의 교단 입성이 어려워지고 있는 지점이 있었다. 그 사실을 알게 되었을 때 나는 좀 아차한 생각이 들기도 했는데 그녀의 배후에는 노동운동을 저지하는 보수파의 세력이 있었고 문단의 세력을 장악하기 시작한 b와 여러모로 대립하게 되는 계기가 되었다. 물론 나는 직장상사의 지원으로 그럭저럭 글쓰기를 이뤄가고 있었지만 그녀들의 문단, 교단의 심리전에 휘말리며 그녀의 문단 데뷔가 지연되고 있었다.

그러나 상사는 항상 내게 말했다. 글이 좋으면 돼. 글만 좋으면 돼. 그게 다지. 과연 진짜 그럴까? 그녀들을 바라보며 왠지 의아해 지는 요즘이었다.

○

8. 비평 선생님

내가 그녀 c를 처음 알게 된 건 그녀의 친구 b의 소개를 통해서였다. 그녀의 친구 d는 나의 3년차 제자인 a의 대학 동창. 그러나 공교롭게도 우리들은 한 자리에서는 만난 적이 없는데 a와 그녀의 친구인 b의 관계가 문단 데뷔 문제로 틀어지기 시작했기 때문이다. 그렇다면 여기서의 소개란 직접 만남이라기보다는 어떤 라인 같은 경향에 입각한 개념이 강한데 그녀와 나의 같은 성향의 동질의 발견이랄까? 성향이라… 무엇이 성향이며 무엇이 동질이란 거지? 내가 내 3년차 제자 a를 질투하는 것? 내 제자 c의 친구인 b가 나의 제자 a를 질투하는 것? 우리 사이에서 공공의 적이 같은 사람이라는 것? 우리가 몰아내야 할 한 인간이 저기서 환하게 웃고 있다는 것? 그런 것이 우리가 동질이라는 것일까?

그녀들과의 관계에서 신물이 나고 무력감으로 지쳐가던 나는 b와 내 제자인 a 외에 또다른 제3의 다른 애제자인 c를 양성 중이다. 그 애제자를 서울대 대학원에 암암리의 밑거래를 통해 부정으로 입학시킴으로써 나의 학계에서의 힘을 과시해 보기로 했다. 하지만 애제자의 논문은 우리 모두를 실망시키기도 했는데 자꾸만 틀어지고 꼬여지는 우리들 그러니까 오리지낼러티의 관계를 아무도 장담하지 못하게 되는 계기들만이 이렇게 가중되고 있었다. 우리들의 관계를 보장 받을 기회는 이렇게 자꾸만 뒷걸음질치고 있었다. 혹여 나의 애제자가 성장하여 내가 내심 지원하던 원래의 b를 대학원 과정 이후 b의 강의안을 대신 써주는 것과 같은 지적 영역에서의 지원을 해 줄 수 있다면 모를까 우리들은 틀어질 대로 틀어졌다. 역시 지적 활동의 발목을 잡는 건 그 도덕들이다.

○

9. 코치

그녀는 나의 고객, 목숨보다 귀중한 나의 vip 고객 e였다. 그러나 해외여행이 잦은 그녀의 쿠폰을 그녀 친구인 a에게 넘기기를 내가 종용하기 시작했다. 버려지는 쿠폰이 너무 아까워 내가 e에게 쿠폰의 권리 이양을 은근히 권했으므로 그렇게 쿠폰은 a의 것이 되었다.

그러나 동시에 나는 e를 무슨 일이 있어도 우리 gym의 vip고객으로 유지시키리라 결심했다. 이유는 나도 잘 모른다. 그냥 계속 보고 싶었다랄까? 내가 e를 우리 조직에 끌어들이리란 결심을 하게 된 것은 원 vip멤버인 e의 남자친구가 이곳에 들락거릴 즈음이었던 것 같다. 그러나 질투가 요인이었달까? 남자친구가 있는 여자를 건드리기보다는 내 것을 챙기자라는 식으로 실속주의자가 되기로 냉철히 결심한 터였다. 균형과 공평이 필요한 거였다. 특히 남녀관계에선 더 그렇지 않던가? 차라리 잘된 일이리라.

물론 결과적으로 나는 e의 아버지가 운영하는 회사로 스타웃될 것이었다. 나의 운전 실력과 메니징 능력을 인정받은 터였기 때문이다. 나의 후원자 e에다가 금상첨화로 나만의 것인 아내격 현모양처 하나쯤 있어 주면 좋을 것 같았다. e의 회사에서 일하는 나. e의 재정적 지원에다가 우리를 지원하고 응원하여 줄 그럴 듯한 정치적 지원군 친구에 더하여 . 그리고 나의 옆구리를 채워줄 a 하나. 모두가 너무 완벽한 배경과 배후가 되어 줄 것이다. 적어도 나는 그렇게 생각한다.

10. 음악가

  나는 그녀의 남편이어야 했다. 원래 남편이 되기로 했었다. 자식과 가족이 딸려 있는 가정을 이루며 일류지대사를 함께 감당해 가는 가족과 아내 혹은 자식의 어머니가 되는 관계 말이다. 그러나 우리는 그렇게 되지 못했다. 그녀의 시험 낙방으로 그녀가 5급 공무원이 되지 못한 관계로 집안의 거센 반대에 부딪혔기 때문이다. 사실 우리 집안에서는 며느리가 적어도 변호사 아님 검사 판사 급이 되어야만 집안의 대소사를 관장하며 명색이 안주인의 역할을 할수 있을 거라면서 집안의 며느리 자리를 일치감치 한정해 놓았다. 그래야 자식 대에서도 똑똑한 머리를 지닌 유전자로 집안을 일으킬 수 있다면서 부모님은 애저녁에 우리에게 엄포를 놓은 상태였다.

  우리는 사실 만나거나 데이트를 그리 즐기는 편은 아니었지만 그녀가 교내에서 좋은 배필감이라는 인기 덕택에 그나마 집안 어른들의 인심을 얻어 놓은 상태였다. 그러나 집안 어른들은 그녀의 실질적인 서류상의 업적을 요구했다. 가령 5급 공무원 합격 같은 것 말이다. 그녀의 낙방으로 우리는 곧 헤어졌다. 나는 집안 어른들을 설득할 자신이 없었다. 우리 집은 가난하고 천출의 며느리는 명함을 내밀기가 벅찬 집안이었다. 분명 그녀는 감당할 수 없을 것이었다. 그녀로부터 인기와 비례하는 서류는 따라오지 못했다. 어느 날엔가의 우리의 자녀 얼굴은 그렇게 사라졌다.

。

11. 디스크 자키

나는 그녀를 신봉했다. 나의 모든 것은 그녀로부터 비롯될 뿐이었으므로. 정확히 나는 그녀의 파파라치이다. 시시때때로 그녀의 모든 동선을 파악하여 기록한 후에 대중이나 정보가 필요한 이들에게 이미지나 정보성 글들을 팔아 돌리는 일을 한다. 어디가 됐건 언제가 됐건 나는 그녀를 따라다니며 기록한다. 심지어는 심리적인 부분까지도 짐작해보고 그녀가 편안해하거나 보는 사람들에게 편안해 보일 수 있도록 도움을 주거나 그렇게 상황을 연출하기도 한다.

그것이 나의 직업이 된 것은 우연한 계기에서였다. 잡지사의 모집 광고를 보고 응모한 직군이었는데 처음엔 이렇게까지 그녀와 엮이리라고는 잘 몰랐고 심지어는 그녀가 이렇게까지 악명성 혹은 유명세를 치르며 대중들과 깊은 관계성을 유지하리라고는 짐작조차 하지 못했다. 한말로 해서 그녀는 내 생계의 요람이나 마찬가지였다. 그녀에 대해 알면 알수록 개입하면 할수록 그녀의 신비는 벗겨지기도 했지만 비교적 나는 그녀에 대해 자칭 타칭 제일의 분석 전문가가 되어 오늘도 그녀에 대한 기록을 멈추지 못하고 있다.

때론 그녀의 친구들로부터 유혹을 받기도 한다. 우리 팀으로 와라라거나 한 다리는 우리에게 걸쳐 놓는 게 미래를 위해 안전하지 않겠냐는 회유성 꼬임이 있어 왔다. 그러나 나는 그녀 외의 어떤 인물도 내 세상을 활보하도록 용납할 수 없다. 그냥 그렇게 되어 버렸고 이것을 운명이라 하나 보다 싶다.

일이란 묘하다. 일에 임하면 임할수록 관계는 깊어지고 감정의 깊은 심연까지도 점령해 버리고 만다. 일이란 사랑이란 무엇일까? 둘은 하나가 되기도 하는 걸까? 그 둘은 나에게도 그리고 그녀에게도 같은 의미인 것 같다.

○

12. 가수2

나는 결혼하여 두 명의 자녀를 두고 있다. 고등학교 대학교 생활 내내 그녀를 따라다니기도 했으며 한시도 그녀를 잊은 적 없지만 우리의 인연은 나의 결혼으로 일단락되는 듯했다. 그러나 나의 비지니스인 엔터테인먼트 사업은 나의 생업이자 그녀의 생업, 그리고 우리의 생업이 되어 버렸다.

나는 대학 졸업 후에 이 회사를 설립했다. 멤버는 단출했지만 그런 대로 유지되었다. 그녀도 물론 우리 회사로 영입했고 회사의 제일 셀럽이 되었다. 그녀의 일들은 주로 미술 정보 프로그램에 출연하는 일이었다. 미술 자문이나 디렉팅 일도 하기는 했지만 무대 연출이나 아트 디렉팅을 겸하면서 이름이 나고 방송에 직접 출연한다는 제의가 들어오기 시작한 것이었다.

그러나 그녀의 사생활은 어긋나고 부조리했다. 기혼자와의 스캔들에서부터 내연남과의 연모, 그로부터 발생한 치정으로 인한 살인 사주죄들과 연관이 되어 우리 회사와의 파탄의 실마리들이 되었다. 이러한 소문과 파장들은 회사에서도 점점 설 자리를 잃게 했고 학교 논문들도 그녀 명성에 치명타를 입혀 학교 명의가 반납되기에 이르렀다.

나는 그녀와의 인연을 제고하고 또 제고했다. 다시 시작되는 인연의 지점을 간절히 바랐다. 가정을 꾸리거나 함께 회사를 공동 명의로 바꾸어 공유의 명분을 물색해 보기도 했다. 그러나 파탄이란 이런 것이었다. 어떤 부도덕한 연루들, 반윤리적 연관들, 배신과 치정의 막장, 모 그런 것들이 실체가 되어 버린 지금이다.

더 큰 대망의 회사를 성사시키려던 우리 커플의 꿈은 이제 무산되었다.

。

13. 비평가2

  나는 그녀에게 지쳐 갔다. 그녀는 한번도 인터넷에 접속하지 않거나 티비를 보지 않는 좀비가 되어 갔다. 한마디로 세상과 더 이상 소통하지 않는 오타쿠 같은 유령과도 같은, 이름만 있고 자취나 실체가 없는 그야말로 좀비 그 자체가 되어 갔다. 전화번호도 없고 학교에도 나오지 않았으며 그녀 명의의 에세이들만이 덩그러니 교과 사무실에 제출되어 있곤 했다. 아무리 주변인들을 통해 연락하려 했지만 닿지 않는 강 건너의 풍경들만이 덩그러니 있을 뿐이었다. 실체 없는 행방이 묘연한 유령 같은 그림자 뿐인.

  극도의 피곤과 지친 와중에서 나는 새 여자아이를 발견했다. 주위의 많은 지인들이 있었지만 원래 친밀했던 그녀와의 관계성을 인식한 탓으로 아무도 나에게 허심탄회한 관계를 맺으려 들지 않았다. 그러나 이젠 새로운 대상이 나에겐 있다. 바로 앞집 소녀. 나이는 13세. 대광그룹의 귀염둥이. 물어도 안 아플 셋째 귀염둥이가 있었다. 그리고 나는 그 아이를 반유괴하여 함께 어디론가 날아갈 궁리 아니 망상을 시작하기에 이르렀다. 얼마나 멋진 일인가? 명망있는 가문의 막내딸과의 납치에 준하는 행위에 따르는 염문과 동거, 그리하여 얻게 되는 그녀에 대한 나의 모든 사회적 경제적 보상들. 그러니까 실패한 문인으로서의 실패한 학자로서의 실패한 남자로서의 실패한 경영인으로서의 모든 만회가 이루어질 일이었다. 그리고 따라올 사회적 책임까지도 나는 감내, 또 감내해야 할 것이지만서도.

o

14. 박사과정 대학원생

　나는 그를 한 번도 잊어본 적이 없다. 내가 갓 스물을 넘겼을 때 살롱 알바 청소부 일을 마친 시점, 그를 만나게 된 그 순간도 결코 잊을 수 없다. 그리 키가 큰 편은 아니었지만 나의 스폰이 되어 주기로 한 날, 그는 나에게 태산만해 보인 사람이었다. 그의 연이은 사별과 재혼 그리고 이혼과 연이은 스캔들 속에서 수많은 다른 여인들과의 경쟁들을 이어가는 그를 지켜 보는 것은 내겐 고통 그 자체였지만 그의 재정 능력과 그런 그를 후원인으로 내가 차지하리란 일념은 내겐 언제나 변함 없었다.

　그것은 또한 내게 모든 난관을 이겨내는 버팀목이기도 되기도 했다. 그러나 그와의 전화 통화만은 언제나 꺼려졌다. 그가 녹취를 한다면 후일에 그것이 어떻게 쓰여질지 나는 알고 있었기 때문이었다. 주위의 많은 여자들 문제로 옥신각신하던 차에 나와의 통화 기록 녹취는 그에게는 증거 확보일 것이었으며 나에게는 자살행위나 다름 없었다. 나와의 헤어지는 수순에 대한 알리바이를 입중할 무언가를 그가 찾고 있다는 것이 지금쯤에는 자명했다. 꼬리가 밟히지 않는 것이 좋았다.

사실 난 그의 아들과 눈빛을 맞춘 지 꽤 되었다. 상속 문제로 그 관계를 쉬쉬하면서 몸을 사리고 있었을 뿐이었다. 그러나 그 영감은 과연 영감이었다. 모든 사실을 다 알고서 나를 멀리 보낼 궁리를 하고 있었다. 가령 산속 비구니 같은 절연과 속세이탈.

사실 그가 나를 한 번도 사랑한 적 없이 사업에 이용만 해먹고 있을 뿐이란 걸 안 건 그의 아들과의 대화를 통해서였다. 영감은 내게 보다 성숙하고 혜안을 발휘하여 학계에서나 경제계에서 강한 영향력을 행사할 것을 사업상의 목적으로서 기대하였다. 그러나 돌아간 결과는 아들과의 염문으로 폐륜적 행동만을 내가 그에게 안긴 것이었다. 그의 나에 대한 큰 실망과 그에 따른 나의 파멸을 의미하는 이러저러한 대우들도 무리는 아니긴 했다. 그러나 그는 나를 언제나 경영체로 보았을 뿐이며 아들조차도 유산 상속을 노려 일부러 나를 몰아낼 명분으로 나와의 염문을 뿌리도록 유도하였을 뿐이었다.

나는 원망할 자격이 없었다. 착각. 그들에 대한 나의 감정들은 모두 착각이었다. 가치만을 요구하며 무한한 대가를 원했던 그들에게 무한한 애정만을 희구했던 나의 착각들. 패망에 대한 책임을 질 도리가 도저히 없다. 나의 인생과 그들의 인생은 갈라졌다. 몰래 밀항하려던 나의 마지막 시도는 허무하게도 짓밟히고 거세되어 어느 산골을 헤매게 될 것일 뿐이었다.

○

15. 동화작가

  우리 셋은 죽마고우, 공공의 적을 무찌르기로 한 죽기를 맹세한 그녀와 나 둘이다. 그러나 거의 만날 수는 없었다. 나와 그녀만의 거사 계획을 누구라도 눈치채면 안될 일이었기 때문이다. 그 공공의 적이란 우리들 세 명 중 하나인 h이다. 나는 그녀의 재능을 결코 알아보지 못했던것 같다. 그저 평범하고 성적 미달의 멋을 내기에만 열중했던 h였다. 살짝 통통해서 귀염성 있는 외모였고 공부나 문장에는 결코 뜻이 없어 보였다. 지리멸렬한 대학생활 내내 인기가 있는 듯 보였지만 그렇다 할 만한 남자친구도 없는 그렇다고 스폰서도 따라 붙지 않는 듯 보였던 h였다. 그녀는 내게 만만해 보였고 나의 견제 대상이 결코 아니었다.

  그러나 어느 순간 시간제 근로 교사로부터 시작하여 대학원 진학 후 문인으로 이어지는 그녀의 삶은 점점 나의 수위를 조여오고 있었다. 그렇다 할 명함을 내밀 일도 없는 애인데 나의 동맹인 또 다른 그녀와 나는, 아니 더 정확히 나는 h를 끊임없이 의식하면서 불편해 했다. 마치 남자를 뺏긴 듯 마치 교직을 박탈 당한 듯한 또

다른 그녀인 나의 동맹의 분노와 화가 나에게도 치밀었다.

그녀와 나는 h를 따돌릴 요량으로 절필하는 시늉을 했다. 이제 우린 산사로 가서 속세를 잊을 거야. 너는 어떡할 거니? 이러한 소리 없는 질문을 계속 h에게 날렸다. 우리가 이러고 있는데 너만 잘 나갈 수 있다고 생각해? 멋진 신사도 돈 많은 사장도 현란한 문장도 그녀로부터 따돌릴 것은 우리가 먼저 따돌려지는 길뿐이었으므로. 다다른 해변에는 끝도 없는 포말의 바다만이 장관을 이루고 있었다. 과연 그녀는 그곳의 어딘가에 기필코 다다를 수 있을까라고 물어보는 듯.

○

16. 파트타이머

나는 그 언니를 학교 벤치의 클럽 모임에서 처음 알게 되었다. 하나도 잘나 보이는 게 없는데도 그 자신감과 외모에는 왠지 질투가 느껴졌다. 언젠가는 내가 그자리를 따라 잡으리라고 결심하며 하루하루를 이어갔다. 그녀의 남자들, 그녀의 책들과 학문의 경지, 그리고 집안 배경까지 빼앗는다기보다는 찬탈한다는 게 맞는 거겠지만.

그러나 나는 좋은 머리 외에는 별로 내세울 게 없어 보였다. 키도 작고 피부도 여드름 범벅에다가 내 손금을 본 어떤 점장이는 고개를 절레절레 흔들며 짝조차 없다고 했다. 스타일은 뚱뚱한데다 레이어 룩을 즐기는 나는 내가 봐도 촌스러워 보였다. 단 나는 일류 대학 학위자이다. 학사경고 세 번에 간신히 딴 졸업장과 아버지 상사의 추천서 덕분에 부정으로 입학한 대학원의 생활은 나름 즐거웠다. 그 언니만 눈에 띄지 않았다면 말이다. 그 언니는 그리 사회 활동을 활발히 하지는 않았다. 집에 틀어 박혀 있거나 도서관이나 전시장들을 들락거렸다. 그런데도 온통 주위 사람들은 그 언니 얘기만 했다. 당사자는 지긋지긋한 일도 많다며 투덜거렸지만 나는 그것조차 부럽고 질투가 나서 경멸스럽기까지 했다.

드디어 나에게도 내 세상이 왔다고 느낀 적이 있다. 나의 대학원 논문이 통과된 때였다. 그러나 결과는 미학 즉 아닐미, 못할미의 미학. 결과에는 쿨해야 한다. 그렇게 배워왔다. 큰언니도 다른 작은언니도 다 잘 할 거야. 그리고 나도 잘 할 거야. 이젠 그걸 배워야겠다.

○

17. 며느리

내가 그녀를 처음 본 것은 아버님 회갑연에서였다. 어머님의 사후 부쩍 외로워하시고 초췌해지신 아버님을 위해 두 아들과 두 며느리가 합심해서 잔치를 연 것이었다. 잔치라지만 소박한 호텔식

뷔페 룸서비스 자리였다. 여기에 그녀가 초대된 거였다. 그녀는 아버님의 주식 컨설턴트다. 우리 집안의 부동산이나 자산 관리도 해주며 주식 투자에 관리와 조언을 주고 있었다. 나이는 아버지와는 이십년 차. 나의 남편과는 십년 차이였다.

엄밀히 말해 아버지 세대보다는 남편의 세대에 더 가까웠고 재정 능력은 남편보다는 아버님 세대축에 더 어울렸다. 나는 한 번도 그녀와 우리 집안의 사적인 개연성을 의심해 본 적이 없었지만 아버님의 잔칫날 노래방 노래에서 아버님의 그녀에 대한 고백을 읽게 되었다. 어 나쁘지 않겠는데? 나의 솔직한 심정이었다. 남편의 일그러진 얼굴을 발견하기 전까지는 말이다. 부자간의 경쟁이라. 심지어는 그녀와 남편과의 사이에서 아이가 있다는 걸 알게 된 이후 나는 실신했다. 그것까지도 알고 있었던 아버님의 거침없는 고백. 이 빌어 먹을 막장 집안이라니. 나의 순진무구함이라니! 퇴근 시간 이후에만 집을 들락거린 그녀의 행동거지를 추호의 의심조차 해 본 적 없던 나! 내가 속아 산 건 아버님에게 남편에게 그리고 그녀에게 모두 전부에게였다.

나는 결혼 전 요리 전문가였다. 전문가라지만 결혼을 계기로 전문 요리를 접었다. 소질이 없어 그럴듯한 레시피가 없는 관계로 은퇴하게 되었다. 지금은 된장찌개나 잡채 같은 집안 요리만 하지만 요리에 대한 미련은 없다. 해도 해도 안 되는 게 있다는 걸 알게 되고 나서였다. 우리 집안은 이렇게 굴러왔다. 안 되는 것은 안 되는 것을 쉽사리 인정해야 편했다. 빨리 전환하는 것이 나았다. 금세 새 삶에 적응했어야 했다. 일도 사랑도 말이다.

○

18. 자영업자

  나는 그녀와 십년지기 교회 친구이다. 처음엔 친해지고 싶어서 접근했지만 사실 그녀의 배후를 알고 놀란 건 내 쪽이었고 그런 그녀의 배후를 갈취하여 내가 차지하려는 것이 그녀와의 친분을 유지하는 내 본 목적이었다. 왕실의 납품업체 대표. 그것은 내가 평소에 흠모해오던 직함이었다. 내가 그 자리를 원했다기보다는 명함에서의 브랜드성이 탐났다는 것이 더 맞다.

  그녀와 나는 금세 친해졌다. 내 지인들도 소개해 주었고 그녀도 내게 누군가를 소개해주리란 난 내심 기대했다. 특히 왕실 납품업체인 SS가의 대표는 내가 가장 만나고 싶었던 그녀 주변 인물이었다. 삼 년간 나는 성실히 공을 들였다. 그녀가 매력적인 인물이기는 했지만 평소 수줍음이 워낙 많았고 친한 지인이 없었으므로 나는 왕실 납품업체의 디자인 분과는 내가 당연히 차지할 수 있으리라 짐작하고 있었다. 그런데 분위기기 심상치 않았다. 그녀가 납품업체 대표와 스캔들이 나더니 집안끼리도 왕래가 있다는 소문이 돌았다. 나는 결코 중간에 와서 그를 즉 대표의 옆자리를 포기할 수 없다 생각했다. 기회를 잡아 보자고 다짐했다. 그녀의 평소 만나는 이들을 포섭하여 그녀를 강제로 유혹하여 그녀와의 성적 관계를 폭로할 음란물을 획득하리란 계획을 짜기에 이르렀다. 그 음란한 순간을 포착하여 유포시킨다면 왕실과 그 회사에 명예의 치명상을 줄 수 있는 빌미가 되고 그것은 곧 그녀와 왕실 납품업체 대표와의 이별을 의미하는 것이었다.

계획은 순서대로 진척되었다. 그녀의 사무실 출입 승려가 그 음란물의 주인공이었고 그는 평소 그녀를 흠모한다며 그녀의 필력이 부럽다며 공공연히 떠들고 다니던 터였다. 계획이 진행되는 동안 나는 그녀가 이러한 음모에 휘말린다면 결국 사무실의 오픈 발코니에서 투신할 지경이 될지도 모른다고 상상해 보며 회심의 미소를 짓곤 했다. 그러나 딱 거기까지였다. 그녀는 그 사무실을 나와 스카웃 제의로 굴지의 디자인 회사에 먼저 입사했다. 멈춤. 때론 필요하다.

○

19. 방송인

나는 어려서부터 주위의 관심과 인기를 한몸에 받으며 자랐다. 큰 키에 동그란 두 눈방울과 거기다가 영리한 학습 자세 등은 학교생활에서 선생님들뿐만 아니라 학우들에게서도 호감을 샀다. 그리 완벽한 미모라기보다는 보이는 자세와 겸손한 태도 등이 나에 대한 그들의 종합평이었다. 그래서 난 결심한다. 언론계로 진출해 보리라. 무리한 도전은 결코 아니었다. 할 수 있다고 수없이 되뇌이며 하루하루 매진했다.

  입사시험 전에는 얼굴도 손보아서 더욱 더 나는 방송에 적합한 완벽한 인물에 가까워지고 있었다. 입사 후 나는 탄탄대로를 달려 간판 뉴스 프로의 앵커 자리도 꿰찼다. 그런데 왠지 정작 반응은 시큰둥했다. 상사는 나의 코멘트들이 전문 뉴스프로로서는 부족하다며 난색을 표명하기에 이르렀다. 심지어 나의 동기 둘은 명문 재벌가로 결혼을 서두르기도 했다. 난 진정 루저란 말인가? 나에게 열광과 환호를 퍼부었던 대중들은 지금 어디로 가버린 걸까? 무엇으로 난 이 공백과 모멸을 보상받아야 하는 걸까? 이젠 어디로 갈까? 궁리하고 또 궁리했다. 플랜b를 짜야 할 때이다. 이제부터 알아야 할 것은 다 알아야 한다. 내가 이동해야 한다는 사실 말이다.

。

20. 셀럽

  나는 그녀를 빙의해 살고 있다. 그녀는 나의 아이콘 그리고 대중의 아이콘인 h. 그녀에 대한 나의 감정은 양가적이다. 때론 애지중지하는 그녀를 살려야 내가 사는 아이러니의 관계. 때론 그녀를 죽여야 내가 살거나 빙의의 결과물로서 결국 내가 빼앗아야 하는 존재로서 아니러니의 관계이다. 일반인들은 때론 나를 보며 그녀를 떠올리고 그녀의 소식을 접한다. 9 to 5 직업인 나는 그녀의 프리한 생활과는 싸이클이 맞지 않지만 불만은 없다. 아이콘이면 뭘 하나? 백수인데. 이 두 단어가 내게 위안이 되는 유일한 단어이다.

나는 바쁘다. 일반 뉴스에서부터 그녀에 관한 잡다한 정보들까지 얻어내는 것이 그리 쉬운 일만은 아니다. 그래도 나는 전문가다. 나의 이름을 건 아니 더 정확히 말해 그녀의 이름을 건 간판 프로도 나에게 딸려 있다. 그러나 언젠가 그 자리는 내 것이 될 것이다. 앞으로 나는 조금씩 대중의 인식의 장을 나에게로 옮겨 올 것이기 때문이다. 혹시 아는가? 이 명성을 계기로 그녀가 노리고 있는 대표 자리도 나의 것이 될런지? ―어느 삐에로의 일기 중

o

21. 된장녀

나는 어려서부터 된장을 그리 좋아하지는 않았다. 냄새가 쾌쾌하고 떨쩍지근하다고도 느꼈다. 그런데 성장한 이후 난 된장 매니

아가 되어 있었다.

  자 그럼, 요리하는 법을 좀 들여다보자. 먼저 말린 멸치와 다시마를 팬에서 볶는다. 한 3분에서 5분 정도를 볶은 후에 물을 붓는다. 3인분 분량 기준으로 4컵 정도의 물을 붓는다. 팔팔 끓여 국물이 우러나는 즈음 멸치를 망으로 건져내고 드디어 된장을 2~3수저쯤 풀어 넣는다. 다시 팔팔 끓으면 썰어 놓은 감자, 호박, 양파를 넣는다. 청양고추도 잊지 말자. 다시 끓여 중불이나 약불로 20~30분 끓이면 완성. 이제 식탁에 차려 보자. 누비나 플라스틱 재질의 매트를 깔고 은수저와 젓가락 밑반찬 등등을 세팅한 후에 냄비받침 위에다가 냄비를 불에서 내려 가져다 놓는다. 찌개를 먹는 사람 각자의 볼에 담아서 먹는다. －뭬이라? 주부가 다 같은 주부가 아닐 것이야.

                      。

22. 배우

  나는 그녀를 연기하며 산다. 왜 하필 그녀를 연기하냐고? 그 이유는 나도 잘 모른다. 감독과 작가들이 나를 그 연기에 넣어 주었다. 사람들은 그 역할에 내가 가장 적격이라고 언제나 나를 부추겼다. 훌륭한 마스크에 멋진 모습이라며 나를 치켜세워 주는 사람들은 나를 입이 마르도록 칭찬한다. 그러나 난 정작 그 역할이 그리 마음에 들지 않는다. 내가 왜 아이콘의 대리가 되어야 하지? 나는 나일 뿐인데.

그러나 정작 일반 대중이 나에게 요구하는 것은 잘난 연기가 아니었다. 그 역할에 따르는 어떤 후광을 원하는 눈치였다. 그 후광이란 모 아랍국가의 왕족을 만족시키는 일이었다. 그들은 우리나라의 제일 석유 제공 국가이다. 우리가 그들의 눈치를 보지 않는다면 하루 아침에 모든 공장의 생산라인의 중단을 의미했다. 내가 연기하고 있는 그녀는 그야말로 유령이다. 아이콘이란 어차피 현실에는 존재하지 않는 실체가 없는 그림 속에나 존재할 인물이 아니던가? 그리고 나는 머지 않아 실제에서도 그 몫을 떠맡게 될 대리자이자 장본인으로 차출되기에 이른 것이다. 웬만하기만 하다면 말이다.

유보되고 지연되는 현실적 회피들

이제 다시 웅비를 시작한다. 무리는 지속되고 재시를 준비한다. 역사는 어떻든 주조 되었고 도래할 지분들도 계속 기록될 것이다. 잔여의 책임은 무리속에 존속하고 공유의 여지는 가능성을 축조한다. 성공의 여부는 강성자들의 몫이 될. 운명의 수레는 돌려 지고 축조의 서사는 시작 되었다. 미래라는 절면의 질을 유지하며 스스로 구축하는 웅대할 성을 직면하라. 다가올 경서의 축을 직시하라. 성패의 양면을 주시하라.

6장

침범의 댓가, 부상당한 신체들

1. 샴푸 향기 속에서

 나는 일주일에 한 번 과외를 한다. 수학과 영어 과목을 각각 다른 대학생 오빠와 대학원생 오빠로부터 배운다. 학원 선생 같은 고액 과외는 생각지도 않지만 지금 배우는 수업만큼은 잘 따라 가리란 결심이었다. 하지만 부모님의 작은 상점을 간간이 돕기도 하고 동생 도시락을 가끔 챙겨주기도 하지만 여간해선 시간을 내지 못하고 숙제만 간신히 해가는 지경이 되어버렸다. 그럼에도 난 기필코 교대에 들어가 교사가 되어 이 지긋지긋한 이류 삼류 신세를 벗어 나고야 말리라 다짐했다.
 그러나 실상 이 야심은 어머니의 발상이지 나의 것은 결코 아니었는데 난 교사는 안정되고 얌전해 보이긴 해도 나의 이상에 비하면 너무 남루해 보였다. 서울 일류대를 가지 못할 바에는 차라리 유명 배우가 되고 싶었다 그래서 평범한 배우자보다는 화려한 사업가나 전문직종의 남자를 만나고 싶었다. 누구에게도 말하진 않았으나 어떤 대학이든 대학에 들어가기만 하면 방송국이나 연극 단원에 도전해 보리란 계획이었다. 이 와중에 나와 과외를 같이 하는 중학교 내 동창은 연합고사에서 어렵없는 성적으로 입학해서는 고교 내신 일등을 해버린 우리 엄마도 놀래킨 그래서 같은 과외를 하게된 친구가 한 명 있었다. 그 친구는 단정한 단발머리에 영리해 보이는 안경을 꼈고 도톰한 입술과 발그스레한 볼록한 볼을 지닌 귀엽게 웃고 깍쟁이 같아 보였지만 털털한 성격의 매력적인 애였다. 중학교 시절, 교정은 새로 건축된 환경으로 인해 삭막하고 아직은 자리가 잡히지 않은 황량하고 먼지가 날리는 다소 낯선 학교였다, 멀리 보이는 초록의 논두렁 평야는 지평선과 맞닿아 있었으며 트인 땅의 대지는 학교의 운동장과 이어져 있었다. 신생 학교이기에 선생님들은 학생들을 스파르타식으로 가르쳤다. 그런 환경을 친구는 못견뎌 했고 스트레스로 힘들어 해서 고등학교 입시 성적이 형편 없었던 거였다.

  같이 공부하는 과외 그룹에는 남학생도 끼어 있었고 한 학년 동생도 한 명 있었다. 주말의 수업 시간은 조용하였으며 그러나 일사천리로 진행되곤 했다. 설명을 듣고 돌아가며 문제도 풀고 자근자근한 선생님의 목소리와 함께 사각거리는 연필 소리, 답을 말하는 학생의 기어들어가는 오답 소리, 혹은 자신감에 넘치는 대답

소리들로 주말의 오후는 채워지곤 했다. 수업 후에는 긴장이 풀린 나른하고 노곤하여 늦은 오후의 지친 몸을 맵디매운 빨간 떡볶이의 알싸함으로 한 주의 피로를 풀곤 했다.

계절은 쉬이도 바뀌고 또한 세월은 무심하기 그지 없었다. 그러나 그 가온데에서도 학업의 시간은 많은 인내를 요했다. 그깟 모의고사 따위의 친구의 뻗칠 듯한 폭풍성장이 물론 일류대 졸업장이나 부잣집 마나님을 담보해 주진 않겠지만 점점 외모적으로도 나를 능가해 가는 그녀를 보며 난 의기소침하고 침울해져 갔다. 내가 아리따운 미모와 재능을 겸비한 흔히 재원이 될 가능성은 성적표의 숫자들의 하락 행렬들로 인해 점점 희박해져만 갔다. 윤기 나고 단정하여 귀티나기 그지없는 단발의 머리결과 흰 피부에 뽀송한 친구의 콧잔등은 송송한 그녀의 손등과 그리고 가지런하고도 다소곳한 자태들과 함께 어울어져 갈수록 눈이 부셔갔다. '성적이 모 대수야' 하다가도 '생긴 게 다가 아닌데' 하다가 또 '아버지 어머니가 일류대 출신이면 모 어쩔건데' 하며 숱하게 되뇌어도 나의 갈길은 저 외딴 동네 후미진 인적 없는 재개발 구역의 벌겋게 녹슬고 스러져 가는 벽돌들의 붕괴로 인해 간신히 기댄 어느 집 대문에 걸린 보잘것 없는 닳고닳은 한갓 우유 주머니만도 못하게 느껴지기 시작했다. 교회에서 명수를 불사하고 미소를 날리며 남학생들의 환심을 사서 어떻게든 쪽지라도 받아내어 인기

증명을 주위로부터 받아내고 말았던 나의 황당하기 짝이 없는 결연한 치기들이 왠지 초라하게 무용해지는, 그래서 삼사년 후의 퀭하고 초췌한 나를 예견해 주는 것만 같아 씁쓸하고 스산했다. 외롭고 서글펐다.

일이년이라는 우리들의 학창 시절, 여고 시절은 쏜살같이 흘러 학력고사를 치르고 우리는 각자의 대학교로 진학했다. 신입생인 우리 중 나는 전문대 야간생으로 친구는 서울 사년제 대학으로 진학하게 되었다. 대학생이 된 친구는 미팅도 많이 하는 눈치였고 한 번은 내게 자신의 미팅 파트너의 대학 친구라며 소개를 시켜준 적이 있었다. 키도 훤칠하고 하얀 얼굴에 남자다운 모대학 공대생이었다. 그러나 그 남학생은 내게 친구로 지내자는 거였다. 여자로서의 나에 대한 거절, 그냥 거절이었다.

난 사년제만 들어가기만 하면 바로 연예인 수업에 돌입하려던 게 원래 계획이었다. 고교 시절 교회의 연극에서 내게 환호하는 남학생들을 보면서 나름 자신감과 동기 부여를 받았기 때문이었다. 세상에서 내가 제일 예쁘고 가장 인기 있다고 자신하게 되었고, 그런 무대라는 개념이 나를 환상적인 황홀감에 젖게 했다. 그래서 난 배우가 될지도 모른다고 막연하게나마 짐작만은 할 수 있었다. 그길이 곧 화려한 결혼으로도 이어지리라 확신했던 거다.

따라서 내가 대학생이 되어 그깟 공대 남학생에게 차이리라고는 상상도 못했다. 아니 안 했다. 세상에나 나의 호수 같은 동그란 눈을 보고도 발그스름한 앵두 같은 입술을 보고도 까만 대지 위의 풀처럼 무성히 자란 나의 검은 머리결을 거부하다니 네가 진정 무사하길 바라더냐? 이 허접한 한갓 공대생 쭐짜야! 난 차였다는 충격에서 한동안 빠져 나오지 못했다. 과외 선생인 두 오빠도 사년제 대학생이 된 친구를 여자 취급하지 않은 채로 각자 연애에 몰두하는 걸 보며 역시 내 여자친구는 아니지 하며 안심했었고, 독서실의 관리실 오빠도 내 친구가 오가며 실실거렸어도 공부에만 전념한 바 있었으며, 과외의 동급생도 생전 친구에게 눈길을 돌리지 않아 난 내심 역시 인기하면 나라고 생각했다. 그깟 동네 대학생들 따위는 내게는 어울리지도 가당치도 않다며 누구든 내 친구에게 치근덕거리지만 않으면 그걸로 난 만족이었다. 대학생이 되어 무대 위를 누비기만 하면 온갖 뭇 남성 그것도 재벌에 버금가는 유명인들의 환심을 사는 것은 식은 죽 먹기라고 난 자신감에 차 있었던 차였다. 교회 남학생들에게서 쏟아지는 그 꽃다발들, 그 우수수 날리는 가지각색의 꽃잎들은 다름 아닌 내 꿈과 이상의 소산이었다. 적어도 내가 사년제 전기에 떨어지기 전까지, 적어도 공대생의 거절 발언 전까지 그리고 내 얼굴에 여드름이 덕지덕지 나기 전까지 나의 꿈의 나래는 딱 거기까지였다.

  꺾인 꿈은 말이 없었다. 대학 생활에 젖어 정신없이 쏘다니느라 동창인 나는 안중에도 없어진 내 단짝 친구만을 원망했다. 그녀의 갈색 단발머리가 바람에 살짝 날려 상큼한 샴푸향이 나를 간지럽히던 그 어느 여름 날만이 무심히도 나의 시기어린 두 어깨를 떠받치고 있는 듯했다. 나의 청춘의 한 장이 이렇게 흘러가고 있었다.

ㅇ

2. 오빠들의 도화지

  학교는 평준화된 지 세 해째를 맞고 있다. 나와 반 동무들이 과연 이 정책에 의해서 학업 운이 좋을 것인지 그렇지 않을 것인지에 대해서는 향후 십년은 넘어봐야 알 수 있을 것이었다. 그런고로 반에는 실력면에서 편차가 심한 학생들이 모두 운집해 있었다. 물론 짝과의 자리 배정은 담임이 정했고 비교적 키가 작았던 나는 지금의 짝과 우연반 담임의 저의반으로 자리가 배정되었다. 나의 짝은 키가 그리 크지는 않지만 까만 눈동자가 유달리 반짝이며 예리해 보였고 갈색의 윤기나는 머리결은 말의 털처럼 유려하고 풍성했다. 보통의 체구에 여성미가 바디라인을 따라 흐른다는 것을 옆에서 보면 금방 알아챌수 있었다. 꾹 다문 입은 도톰하고 볼록한 볼까지 전체 얼굴은 새초롬한 분위기와는 달리 복스러워 보이기까지 했다. 말이라도 걸라치면 친구의 입꼬리가 어떻게 움직이는지를 먼저 관찰하면 대충 짝의 기분을 알아챌 수 있었는데 그만큼 짝은 입 모양이 먼저 움직이고 또 모든 반응을 예민하게 입을 통해 미소나 샐쭉이거나 쭉내미는 등의 예시를 보이곤 했다. 그래서 난 항상 내 짝의 쑥 내민 입 모양으로 기분을 알아챘고 어깨를 으쓱이거나 고개를 갸우뚱하는 행위들을 통해 더 심화된 짝의 의사를 읽곤 했다. 반 아이들은 내 짝을 얌전한 얌체깍쟁이로 여기곤 했는데 보통때는 말없이 다소곳이 앉아 부동의 자세로 한곳을 응시하거나 별 대답이나 반응을 쉽사리 하지 않았기 때문이었다. 대화를 오래 나눈 사람도 친한 동무도 나밖에 거의 없다시피 했고, 밥을 먹을때는 남의 반찬은 거의 먹지 않았으며, 하교때도 집에서 오는 자가용을 타고 쏜살같이 사라져 버렸기 때문에 그런 편견을 더욱 증폭시켰다. 애들은 내 짝이 매일 다른 차를 타고 오거나 비싼 브랜드의 도시락을 쓰는 것을 보고 집이 돈이 많은 부잣집일 거라고 수군댔고 따라서 부잣집 외동딸로 통하게 됐다. 이런저런 소문과 억측들이 내 짝의 주위엔 늘 무성했는데 난 중간에서 난감한 때도 많았다. 반 아이들은 내게 와서는 짝의 주소를 묻거나 소지품들의 브랜드를 자세히 보고 오라는 등 나를 괴롭혀대기도 했다. 난 개인적으로 내 짝을 의지함과 동시에 이런 변덕스런 반 애들로부터 짝을 보호하고픈 생각도 들었지만 깊은 내면에는 잘생긴 의대생이었던 짝의 사촌오빠들을 솔직히 꼭 한 번만 만나고 싶었다.

짝의 외모나 집안 분위기로 나는 오빠들의 경향을 알 것 같아 나는 신이 나기까지 했다. 기다려, 내가 달려간다. 물론 겉으로 내색을 하진 않았으나 짝의 반에서의 위상 따위는 난 안중에도 없었다. 같은 대학으로 진학한다면 금상첨화일 것이고 같은 지역만 유지해도 이건 내 인생의 대박 사건이었다.

 그런데 어느 날부터 짝이 더이상 자가용을 타고 오지 않는다는 소문이 돌았고 분명 집이 망해서 타지역 변두리 지역으로 곧 전학을 간다고 하면서 애들은 웅성거리기 시작했다. 그러나 한편에선 짝이 영어 모의고사를 석 달째 만점을 받았다면서 조기 유학을 갈 거라는 소문도 무성했다. 난 어느 장단에 맞춰 춤을 춰야 하는지 난감했다. 직접 그런걸 묻기도 모하고 '너네 집 망했니?' 아니면 '너 유학 가니?' 둘다 얼굴에 철판을 깔아야 할 수 있는 질문이었다. 짝은 간간이 내게 살갑게 굴었는데 다홍빛의 면질이라 톡톡하고도 부드러운 색연필꽂이 마리 필통이 두 개 생겼다며 색색의 학용품을 나란히 꽂아 내게 선물했다. 난 기쁘고 황송했지만 떠도는 소문이 확인될 때까지 잠자코 있기로 그래서 차후에라도 모든 게 명확해지면 입장 정리를 하기로 생각했다. 사실 둘 중 어느 쪽도 유쾌한 상황은 아니었다. 짝의 집안 사정은 오빠들의 수위와도 관련된 것일 것이고 경제적 문제가 전혀 없이 조기유학을 간다면 난 오빠들과는 생이별일 것이었다. 아이들은 아이들 대로 유학을 갈

지도 모를 짝을 부러워하며 이런 더러운 세상이 어디 있냐며 자신들보다 몇 등급이나 낮은 짝이 외국 아이비 리그나 유학 특채로 스카이 대학에 가는 거냐며 성토들을 해댔다. 비교적 변두리인 이 지역에는 거의 없는 케이스였기 때문에 다들 당황하고 놀라며 억울해하기까지 하였다. 아직 아무것도 드러난 게 없는 소문만 가지고 짝에게 들이댈수 없던 나는 조용히 그러나 날이 선 마음으로 옆에서 지켜보기만 했다.

소문은 짝이 다시 자가용을 타고 오게 되고 모의고사에서 영어를 몇 개 틀림으로써 일단락되었다. 둘 다 모두 거짓 추측일 뿐이었던 거였다. 난 안도의 한숨을 쉬었지만 작년 일학년 때의 옛날 짝이었던 태순이는 기분이 좀 달랐다. 아버지가 택시를 몰아서 별명이 태순이였는데, 걔는 지금의 내 짝이 집에 차가 여러 대 있다는 사실에 내심 분개하는 눈치였다. 운송업에 종사하는 집 딸로서 좀 위화감을 느낀다고 내게 말했을때 그 애의 솔직함에 일차로 당황했고 이차로는 둘의 사이에서 내 입장을 유지해야 하는 것에 중압감이 밀려왔다. 지금의 짝을 챙기는 것이 오빠들과의 관계를 지키는 것이었고 동시에 과거의 짝도 기분 상하지 않게 해야 한다는 생각이 강하게 들기도 했다.

그럭저럭 방학이 되어 셋이 한 자리에 우연히 모이게 되었는데 같은 독서실을 다니던 터라 점심을 먹어야 해서 우리 집에 함께 가게 되었던 날이 있었다. 일층 분식집이 닫혀 있었음으로 가장 집이 가까웠던 우리 집으로 가게 된 터였다. 냉장고의 재료라고는 떡국용 떡과 밑반찬용 스팸과 야채 몇 가지가 고작이었다. 우리는 갖은 요리 지식을 쥐어짜서 떡볶이를 해먹기로 했다. 근데 지금의 짝이 떡볶이에 고추장을 풀더니 스팸 두 통을 따서는 쏙쏙 썰어 모두 다 떡볶이에 넣어버린 거였다. 예전 짝이 기겁을 하며 누가 떡볶이에 햄을 넣냐며 저리 가라며 넣은 햄을 다시 다 거둬버렸다. 그러자 발끈한 지금의 짝이 고기 없는 음식이 그게 음식이냐며 굳이 햄을 넣어야 한다며 우겨댔다. 난 중간에서 햄을 넣어도 안 넣어도 떡볶이는 맵기만 하면 된다고 생각하면서 넣다 뺀 햄을 어찌할 줄 몰라 난감해 했다. 우리 셋의 성찬은 팬을 둘로 갈라 두 가지의 떡볶이로 만들어 취향대로 먹기로 하는 것으로 일단락되었다.

 나는 무엇을 먹었을까? 솔직히 햄이 들어간 떡볶이가 더 맛있었지만 예전 짝의 것을 먹어 주는 척했다. 그리고 저녁 늦게 일마치고 돌아오신 엄마께는 요리 실습으로 학교에서 썼다고 햄의 알리바이를 지켜냈다. 그후 나는 다시는 그 둘을 함께 대면시키지 않겠다고 결심했다. 그리곤 나는 다시 상상의 세계를 날아 다녔는데 매일같이 오빠들의 집에는 차가 과연 있을까? 있다면 어떤 기종일까를 추측하며 오빠들의 사모님이 되면 적어도 자가용은 당연히 있어야 한다면서 그 정도는 오빠들의 집안이 받쳐주겠거니 생각하면서 회심의 미소를 지었다. '김 기사 올라잇' 하는 그날만을 기다려 본다.

ㅇ

3. 학력고사의 날

  아이는 매일이 고되었다. 대학을 들어가려 고군분투, 매일매달을 성적표와 씨름 중이었지만 수포자 영포자가 될지를 심하게 고민 중인 아이는 그저 평범한 여고생이었다. 그럼에도 대학이라는 무리에 들어가기 위해 하루하루를 최선을 다하긴 했다. 엄마도 수험생활만큼은 전폭적으로 지원해 주셨지만 고액 과외나 대치동 같은 것들과는 거리가 멀었다. 엄마도 종일을 생업에 종사하셔야 했고 아빠는 먼 타향살이에서 돌아오실 줄을 몰랐다. 그렇게 엄마 아빠는 서서히 이별을 준비하시는 중에 아이는 수험생이 되었다.

  아침이면 모두들처럼 전쟁통이었다. 기상하여 여섯 시부터 자율학습이었고, 지각은 거의 매일이었으며, 포기한 과목시간에는 칠판을 계속 보고 있어야 하는지 아예 잠을 자두는 게 나은 건지 늘 고심했다. 친구 관계는 당연 생각할 겨를이 없었고 과외 동무들과 성적 문제나 각 과목 선생님에 대한 대화를 나누는 게 고작이었다. 계절은 쉬이도 그리고 무심히도 흘렀고 당락에 대한 불안과 남은 시간에 대한 촉박감에 늘 불안하였지만 종일의 수업으로 몸이 고되다 보니 에라 모르겠다 붙거나 말거나 될 대로 되라 하는 식이었다. 대학만 들어가면 여왕에 미스코리아는 당연히 되는 걸로 알았으니 떨어진다면 그 절망감은 짐작하고도 남을 일이었다. 일반 고교생의 일과는 수업의 강도나 진도만 차이가 있을뿐 삶의 질이나 일과는 모두 비슷했고 아이의 갈길은 지금부터 조금씩 각자로부터 차이가 나기 시작하는 것이었다. 앞으로의 삶의 종류가 정해지기 시작했달까? 더 좋고 더 부자고 더 잘난 삶이란 애초부터 없는지는 모른다. 그러나 아이들의 마음속의 삶이 그려져 나가고 있는 이 시기는 그들과 가족들로선 운명의 수레를 굴리는 기분이 들게 마련이다. 가정형편과 가족들을 생각하면 아이는 자신의 갈길이 험난하고 고단할지도 모르겠다고 막연하게나마 짐작하였고 그리 희망적이지만은 않은 수험 생활이라는 극기의 시간들을 관통하고 있었다.

아이는 이 시간이 그리 고통이나 절망 같은 불행한 시기의 것이라고는 절대 생각하지 않았지만 그렇다고 밝은 미래를 담보하고 있다고도 생각하지 않았다. 1, 2학년 때 일등도 해본 성적치고 3학년에 접어들면서 수학과 영어를 그것도 주요 과목을 모두 놓치리라고는 짐작하지 못했고 같은 반에서 치고 올라오는 급우들을 옆에서 보면서 바닥으로 떨어진 성적표를 복도에 걸고 공개하는 순간에는 정말 감당이 안되는 치욕이었다. 가정형편으로 미술이나 문과가 아닌 이과를 진학한 것도 무리였다. 성적이 일반 대학은 턱도 안되는 애들이나 건강이 상한 애들도 있어서 안타깝게 느껴졌고 의대 약대를 목표하던 것에서 두세 단계 낮은 일반 이공계를 진학하는 것도 수치스러웠다. 입시철인 가을과 겨울은 그 스산함을 자랑이라도 하듯이 맘껏 그 기세를 드러내기 시작했다. 낙엽을 치우는 청소부의 어깨가 몇 배나 무겁고 짓누르게 보였다. 저 아저씨는 대학을 다녔을까? 저 일은 어쩌다 하게 된 걸까? 직업은 원하는 대로 다 얻는 건 아닐지도 모른다고 막연히 짐작이 되기도 하였다.

노란 은행잎의 행렬도 이젠 하얀 서리가 대신하여 대지를 희뿌옇게 덮기 시작하였고 입김의 연기가 또한 희끄무레한 기운을 내뿜으며 한기를 맘껏 퍼트리기 시작했다. 지난 일년은 단 하루로 승부가 갈릴 것이고 흰 눈사람은 그 빨간 코를 깜박이며 아이에게 학력고사의 당락을 전하게 될 것이다. 창문이 실내외의 기온차로 성애가 껴 온통 뿌예서 바깥 풍경을 도통 볼 수 없었고 다행히도 실내는 난방이 가동되기 시작하여 그 푹한 바람이 그나마 작은 온기로 아이를 위로했다. 영하 십 도를 웃도는 입시 한파는 아이를 꼼짝 못할 정도로 얼리고 몇 갑절의 한기와 긴장감을 등과 어깨에 그리고 가슴 한복판에 안기울 것이 분명했다.

아이의 하루하루는 모래알을 한올한올 쌓는 듯한 인내의 기간이었고 어쩌면 자신과의 처절한 사투의 시기임에 틀림없었다. 누구나 자신의 삶에서 짊어져야 하는 운명의 몫은 있게 마련이겠지만 생애 처음으로 스스로 뚫고 나가야 하는 시련의 시간은 이것이 아마 처음일 터였다. 물론 앞으로도 얼마나 많은 시험과 고초가 아이의 앞에 놓여 있을지는 알 만한 사람은 모두 알겠지만 지금의 난관은 정신적으로나 신체적으로 처음의 것으로 최고의 것으로 여겨질 것임에 틀림없다. 우리는 그저 아이가 이 시간을 자신의 발전과 도약의 기회로 삼아 한 발자욱쯤 전진하며 미래로 훌쩍 뛰어 넘어가기만을 바라고 응원할 수 있을 뿐이었다.

꿈이 있으므로 강해지고 또한 지나고 보면 다 아름다운 시절로 기록될 올해의 입시는 역시나 매섭고 칼날 같은 추위가 밀어닥쳤다. 실내는 햇빛에 반사된 짙은 회갈색 그림자가 교실의 반쯤을 드리우고 있었고 아무런 글씨도 쓰여 있지 않은 칠판의 검푸른빛이 더욱 도드라져 보였다. 학생들은 차분히 그리고 냉정한 태토로 각자의 자리를 지켰고 아이도 집중을 유지하려 정신을 몰두하는 데 최선을 다했다. 막상 당일이 되니 긴장보다는 마지막을 향한 각오와 오기가 솟구쳤다. 마지막으로 깔끔히 끝내주자! 내 인생의 화이팅을! 그곳의 아이들 모두는 그렇게 결전의 하루를 결연히 맞이하고 있었다. 그리고 아이들 곁의 누군가는 아마도 이렇게 내심 외치고 있을 것이다. 장하고 기특하다. 힘을 내! 밝고 희망찬 내일을 맞으렴! 조금만 더 걷고 뛰렴! 미래는 지금의 작은 노력들의 합일 뿐이야. 창밖의 늦은 오후, 땅거미가 들 무렵, 주홍 노을 빛이 건물들의 너머 어딘가로부터 밀려들어 교실의 시멘트 바닥을 냉혹히도 드리우는 것으로 시간의 축은 이동하고 있었다. 실내의 긴장된 열기들도 영하의 겨울 저녁을 앞둔 길목에서는 그 싸한 결기들을 거두어 들이는 듯 차분하고 서늘하게 해제의 기운을 뿜었다. 시험의 시간이 끝나가고 있었다. 이제 아이는 당분간 자유와 해방을 맛볼 것이다. 결과는 긍정이기를 아이에게 행운을 빌어준다. 그러나 어떤 경우에도 노력과 매진하는 태도를 잃지 않기를. 희망과 소망을 품는 한 밤은 반드시 지나고 아침의 해는 떠오른다는 격려를 전해본다. 그것도 밝디 밝은 미래로서, 적어도 아이에게는 그러하리라. 반드시 그러하리라 다독여 본다.

。

4.알바의 미래

　가까스로 대학입시를 치른 지 한 달이 넘어가고 있다. 그냥 대학까지 나왔다는 것으로 과와는 아무 상관 없이 졸업장만 있으면 된다는 생각에서 슬쩍 한 발자욱 더 나아가 무모하게도 연예기획과에 무턱대고 응시했는데 대박 합격이었다. 경쟁률이 셌고 실기도 한 번도 안 해왔으므로 붙으리라고는 생각하지 않았는데 수시에서 한 군데도 합격 못한 깡따구니로 대차게 실기를 감행한 덕인지 다행히도 합격이었다. 거리는 어렸을 때처럼 캐롤이 울리거나 빤짝이가 나폴대지 않는 다소 검소하고 황량한 크리스마스를 매년 지나고 있었다. 목걸이용 십자가를 만지작거리면서도 처음처럼을 밤새 홀짝이는 난 그냥 평범한 연예인 지망생이다. 일반대로 진학하려던 건 부모님을 위한 세리모니일 뿐이었고 이젠 어엿한 연예기획과 대학생이 된 터였다. 긴 다리와 흰 피부는 나의 자랑, 순전한 내 자산이며 긴 생머리와 잘록한 허리는 후천적 노력의 소산물이다. 여기에 약간의 누드 화장을 더하면 킹카급일까마는 물론 자신에 대한 후한 점수에는 끝이 없지 않던가? 허긴 지난달에는 급하게 전철역 개찰구를 지나는데 초등생 꼬마가 '아줌마 끈 풀렸어요' 하며 내 코트 끝자락을 가리키는 거였다. 아줌마라니 청천벽력과도 같은 충격이었다. 누나라며 평범한 여자애 취급을 해도 모자라는데 아줌마라니! 가정 형편상 내 코트가 색이 가벼워 보이는 날림이기는 했어도 '해도 해도 너무한 거 아냐?' 이런 난생 처음의 좌절은 황당하고 어이 없고 기가 막혔다. '역시 난 아이돌은 안 되려나 보다! 그래, 솔로 가수 개인 연기자가 되어야 한다는 신의 계시인가 보다'라고 결국 난 입장 정리를 했다.

무대는 넓었고 시험용으로 조명들이 화려하게도 색색을 달리하며 번갈아 깜박이고 있었다. 스태프들은 리허설 큐시트를 들고 내게 와서는 모라모라 지시하고 난 고개를 끄덕이며 동시에 안무 순서를 연습하느라 연신 몸을 앞뒤 혹은 옆으로 흔들어댔다. 나의 보컬 트레이너와 스타일리스트가 옆에서 한마디씩을 나누어 가면서 내게 잔소리를 해대고 있었다. 누가 더 소리가 큰지 내기를 하는 것만 같아 나는 중간에서 삼땡 물만 계속해서 들이켰다. 의상도 무대복으로 갈아입고 마이크도 내 것이 준비되면 난 최초 단독 콘서트를 몇만 명대 경기장에서 열게 되는 거였다. 파도보다 커다란 아우성 속 환호와 눈이 부셔 앞이 보이지 않는 나만의 새하얀 조명이 비추면 곧 난 자작 히트곡의 허밍을 시작한다. 그리곤 울먹이며 나의 성대결절을 관객에게 고하고는 '마지막 무대일지도 몰라'라며 가사를 울먹이며 따라 부르면 관객은 온통 울음바다가 된다. 그러고도 나는 평생 노래로 먹고 살 것이었다. '누가 바보처럼 성대결절 따위로 무대를 떠나지? 바보천치 머저리 병신아' 하며 허공을 향해 외칠 때 나는 볼가로 흘린 차가운 침방울에 놀라 버스 뒷자리를 휙 발로 차며 잠에서 깨버렸다.

그런 날이 오기만 한다면 난 나의 모든 걸 걸 각오가 되어 있었다. 그깟 몸둥아리 따위는 거적만 두르면 거죽일 뿐이었다. 무대와 연기만이 살아 있다는 증거다. 그게 날 숨쉬게 하리라. 가난으로부터의 탈출도 거지 같은 가족으로부터의 해방도 모두 이룰 수 있으리라 생각할 때 알바앱에서 오십대라고 명시한 아저씨로부터 약속 장소와 시간을 알리는 문자가 날라왔다. 기획사 SN이라는 이름의 앱인 만큼 어쩌면 길거리 캐스팅의 가능성을 조심스레 기대하면서 난 짧은 치마를 한단 더 치켜 올리며 그곳으로 향했다.

오십대라고 밝힌 그 아저씨는 내 알바 대상의 단골로서 나와는 지난 3개월 동안 데이트를 이어온 향후 나의 물주 혹은 소폰서가 될 가능성을 지닌 찐고객이었다. 나의 알바란 정확히는 그와 데이트를 해주는 일이다. 그냥 만나서 차 마시구 영화 보구 밥 먹는 일이 고작이었다. 물론 아직까지는이다. 아직까지는? 만약 그 아저씨가 더한 요구를 해온다면 난 키스방의 내 동창을 연결하리라 굳게 결심하고 있었다. 장차 내 인생 어떻게 될지 모르는데 함부로 몸을 놀릴 수도 없고 실질적 재정적 지원을 밝히지 않고서 심지어 과한 요구를 해온다면 난 키스방의 동기동창과 협약하지 않을 수가 없다. 차후에라도 SM과 같은 후원자를 진짜로 만날시에는 동창도 동참시키리란 전제로 나름 절체절명의 자구책이었다.

약속 장소로 가던 중 엄마에게 콜이 왔다. 가정부 주인집으로 집에 남겨둔 도시락 케이스를 얼른 가져오라는 거였다. 앱 알바 약속 시간보다 한 시간이나 이른 시간이었으므로 난 도시락통을 들고 엄마의 가정부 주인 집으로 향했다. 정갈한 갈색의 아스팔트를 따라 언덕을 오르다 중턱의 붉고 높은 벽돌집, 철제 대문이 반짝이는 정원의 나무들에 가려 내부는 전혀 볼 수 없는 거인처럼 높게 드러나면서도 주위와 조화를 이루어 안정된 긴 담벼락의 끝 집. 그 집의 벨을 눌렀다. 엄마가 얼른 조용히 들어 오라며 문을 열어 주었다. 집 주인은 다 나가서 인적이 없고 텅 비어 보였고 일하는 사람들만 들락거리는 눈치였다. 난 부엌 뒷문으로 들어갔지만 부엌에서는 거실과 이층의 끝 부분을 볼 수 있었다. 갈색의 조각된 나무 테두리 소파는 대문의 세 갑절만큼 넓은 거실창을 향해 웅대하게도 놓여 있었고 카펫의 자주색의 문양들이 이 집의 위용을 배가시킬 만큼 또렷이 드러나며 소파를 떠받치고 있었다.

  이 집의 할아버지 주인이 쓰러지신 지 세 해째를 맞고 있다고 하는데 보이는 가족이라곤 막내딸만이 장보기와 침실을 돌보는 정도라고 했다. 재산을 둘째부인의 딸에게만 모두 넘긴다고 하여 자식들이 코빼기도 보이지 않는다는 후문이 돌긴 했지만 시중을 들고 있는 그 딸이 바로 젊은 첩이라는 둥 아들들이 다 회사 경영상의 문제로 큰집에 들어가 있다든가 그들이 다 조폭일 뿐이라든가 등등의 돌고도는 소문만 무성했다. 나에게도 잔심부름 하라며 관리 아저씨가 용돈을 주려 하던 것을 입시 핑계 대고 극구 사양한 터였다. 그 할아버지의 요나 기저귀 따위를 빨면서 인생 종치고 싶진 않아서였다. 내가 장차 월드 스타, 대가수, 대배우일 터인데 감히 나를 몰라보다니 괘씸했다.

나는 도시락만 전달하고 부리나케 달려나와 나의 목적지인 약속 장소에 가까스로 제 시각에 도착했다. 오십대 아저씨는 데이트에는 비교적 후한 편이었다. 맛나고 유명한 맛집들을 도는 편이어서 그 덕에 고급 음식들을 먹어보곤 했다. 문어를 삶아 튀겨서 특제 소스에 버무려 먹는 요리와 사케로 기분이 오를 대로 오른 우리들은 어디로 갈지 상의하기에 이르렀는데 갑자기 오십 살 영감이 근처 모텔을 검색하는 거였다. 나는 이를 눈치채고는 올 것이 왔구나, 지난 삼개월은 오늘을 위한 전초전이란 생각에 소름이 쫙 끼쳤다. 난 동창의 키스방 전단지를 마지막 선물이라며 쑥 내밀고는 다시는 만나지 말자는 문자만을 남기고 화장실 가는 척하고는 영영 그곳을 떴다. 정확히는 오십대 아저씨를 떴다는 말이 더 맞다. 물론 내일이면 새로운 또다른 오류십대의 알바 아저씨는 또 오겠지. 그리곤 2~3개월을 만나고 곧 이별이 올 것을 나는 잘 알고 있다. 그러나 대학 등록금과 SM 기획자를 만날때까지 나의 비지니스는 계속될 것이다. 나의 꿈. 대스타로 무대로의 진로는 절대 투비컨티뉴이다. 이번 시즌은 이렇게 마감하지만 다음 시즌은 세기의 스타가 될 나를 기다린다. 이리도 눈이 부신 조명들과 함께 말이다.

○

5.사랑과 우정

　우리 셋은 대학 동아리 친구들이다. 우리들은 같은 공공의 적을 가짐으로 의기투합한 그냥 성향과 배경이 비슷하여서 뭉치게 된 찐친인 경우이다. 집에서 가까스로 대학에 보내놨으나 정작 대학과에서의 실질적 모임이나 자격증 아니면 회사 취업 준비 따위에는 관심 일도 없는 우리들은 오히려 영화 보기나 책 읽기, 만화 속 캐릭터들에 탐닉하는 문화 덕후들이었다. 감독별 영화 경향이나 작가별 베스트 셀러 목록, 배우들의 최근 동향들을 훤히 깨고 있는 편이었다.

　그중 나는 나머지 두 명과는 좀 차별점이 하나 있었는데 걔네들이 모 대기업 대표에 대해 강한 지지와 관심을 갖는 반면에 나는 한 대학 동기에 꽂혀 있다는 변별점이 분명 존재했다. 우리들은 남들처럼 알바나 학원들을 들락거리며 가정사정에 협력하거나 미래를 대비하기 위하여 실질적 이행을 거의 하지 않는 진정한 밀레니엄 세대를 대표하는 공통된 덕후들이었지만 흠모의 대상에선 분명 차이점이 있었던 거다. 누가 됐든 난 누가 좋다라고 한번도 언급하진 않았어도 내가 법대 동기가 받은 여학교의 학회지를 몰래 훔쳐 들고 다니거나 나머지 두 명의 친구들이 유달리 뉴스기사에 나온 그 사장 그러니까 모 기업의 장차의 회장을 눈여겨보며 그 회사의 경영방침에 대해 피튀기며 서로 논쟁하는 것을 통해서 우리들은 암암리에 누가 누구를 흠모하는지를 알게 된 터였다. 그 회사가 우리한테 뭐가 중요하냐며 나는 그들을 중재했지만 내심 앞으로 그 둘의 심상치 않은 싸움을 예견할 수는 있었다. 평생 가야 마주칠 일도 말 섞을 일도 없을 법한 그 사장이 뭐길래 먼저 찜 하겠다고 저 난리들인지 난 걔네 둘을 도저히 이해할 수 없었지만 난 내 것만 제대로 챙기겠단 심산이었다. 그 둘이 그 사장의 대기업 회사에만 들어가지만 않으면 된다는 저의만 가지고 안도하는 정도였다.

내가 그 둘을 전혀 이해하지 못하는 것처럼 그 둘은 서로 옥신각신하면서도 나를 이해 못한다는듯 비아냥거리기도 했는데 특히 내가 법대 동기생에게 날아오는 여학생들로부터의 학보들을 훔치는 것에는 아연실색하며 제발 그짓 좀 하지 말라며 자존감도 없는 계집애 취급을 했다. 그러는 자기네들은 꿈에서나 나오면 다행인 대기업 사장에게 뭘 얻어먹을 게 있다고 된장질 중에서도 상된장질인지 모르겠다며 나는 반작용으로 더욱 궁시렁거렸으며 애들이 그러면 그럴수록 그 법대생을 무슨 일이 있어도 만나고 반드시 사귀어서 사시에 합격시키고야 말리라고 그리하여 판사 변호사 사모 소리를 듣고 말리라고 더욱 굳건히 결심하곤 했다.

그러나 그 법대생에게는 손편지나 학보를 학교로 보내오는 나보다 더 열성적인 타학교 여학생이 하나 있었는데 법대생이 군대를 가게 되자 난 기회는 이때다 싶어 그 여자애가 보낸 것처럼 가장하여 장황의 이별 편지를 대신 가짜로 써서 그에게 보내고는 이후로 여자애가 보내오는 모든 편지는 모두 가로채 버렸다.

  그날도 난 교정에 새벽같이 고운 정장 차림을 하고 동창회 모임에 참석할 것이다. 졸업식은 한 달 전의 일이고 이제 교정의 나무들은 그 초록초록의 새싹들을 옹기종기 몰랑몰랑 그 새 생명의 연둣빛 움을 트기 시작할 터이다. 이른 아침의 싸한 바람도 그를 볼 수 있다는 흥분과 기대로 열기와 설렘으로 나를 이끌 것이다. 그는 변호사로 또 나는 모 잡지사의 대기자로 재회하는 것인만큼 나의 자긍심과 그에 대한 자랑스러움은 어떤 아침 공기의 싸함도 이겨먹을 만한 나의 기개와 기백은 대단할 것이다. 그를 당당히 만나 반드시 안부를 물을 수 있는 오늘의 영광은 내 지난 이십오 년 인생의 모든 것일 뿐일 것이다.

  그때 저쪽 학교 정문으로부터 웅성거리는 소리가 나며 사람들이 몰려 오는 듯했다. 먼지가 구름처럼 일고 발자국 소리가 세상을 삼킬 듯이 나서 다가가 자세히 보니 망치를 든 까만 법복을 입은 인간 무리들이 우르르 마치 전장의 병사들처럼 나를 덮칠듯이 몰려오는 거였다. 윽, 압사 직전이었다. '숨을 못 쉬겠어요. 아 악 윽' 하며 간신히 숨을 몰아쉴 때 난 그제서야 이게 모두 꿈인 걸 알게 되었다. 마루를 비추는 햇살은 따사롭게 나무 바닥에 내비쳐 그 나무의 결들을 적나라히 드러내고 있었고, 그 빛을 쪼인 화분의 식물들의 기다랗고 유려한 잎파리들이 초록의 내음과 화사함으로 소파 위의 나를 보고 환하게 방긋 웃고 있었다.

'잘 잤니?'

정신 좀 차리자. 아차, 애들 만나기로 한 시간이 다 되었다. 약속 시간에 지각하게 되는데 보태준 것도 없으면서 아는 척을 하냐며 나는 멀뚱이 서 있기만 한 식물들에게 궁시렁을 날리며 만나기로 한 약속 장소인 종로서적으로 향했다. 밖은 어느새 추적추적 비가 내려 거리는 온통 빗물로 흥건해졌다. 오전까지만 해도 해가 쨍하더니 장마철엔 역시 날씨를 가늠하기 힘들다. 그 비 사이를 막 가서는 문앞에 도착하니 애들이 왜 이렇게 늦었냐며 나를 추궁해댔다. 그래 다 내 잘못이다. 그래 그래 난 두 애들을 얼르고 달래며 영화제 예매관으로 향했다. 이미 그곳엔 영화제 창간 개막작의 표를 구하기 위해 사람들이 길게 두루마리 화장지처럼 네다섯 바퀴나 홀을 돌아야 할 만큼 나래비를 서 있었다.

"아무래도 개막작 보려면 밤을 새야 할 것 같아, 어떻게 할래?"

애들은 당연 개막작은 사수해야 한다면서 털썩 바닥에 주저앉아 버렸다. 그래 까짓것 하룻밤이 문제랴, 우린 비비 꼬인 줄의 한 귀퉁이를 차지하고 셋이 뭉쳐 털퍼덕 앉아 진을 쳤다. 티켓부스 오픈 시각까지 그리고 입장 시각까지는 오후를 넘어 자정을 넘을

지도 몰랐다. 둘은 만나기만 하면 그 사장이 속한 회사와 그 집안에 관한 찌라시 얘기들을 늘어놓곤 했는데 오늘은 느닷없이 한 애가 우리들의 공공의 적을 들먹였다. 공공의 적이란 초등 시절 소녀지 학생 기자를 하다가 대학에 와서는 학생 리포터를 하고 있는 아무개였는데 언제나 유명인인 척하며 거들먹거리는 게 아니꼬워 우리들의 공공의 적이 된 동아리 멤버였다. 그런데 그녀가 이젠 방송국 앵커가 될 준비를 한다는 얘기였다. 외모나 경력으로나 방송국에 합격할지도 모른다는 한 애의 말에 다른 애가 웃기지 말라며 공공의 적이 졸업 후 과연 입사를 할지 사주점을 보자 했다. 아닌 게 아니라 친구는 실상 그 사장과 우리들 그리고 공공의 적과의 궁합이 궁금하였던 거다. 준비해온 사주책을 펼치더니 우리들의 생일시를 책에 나온 표에 일일이 넣어도 보고 궁합이라면서 풀이도 해 주었다. 나는 네 것도 공개하라고 했더니 친구는 자신과 사장은 천생연분이라며 일시가 합이 들어 서로 상생한다며 좋아라 했고 나머지 우리 둘은 사장과는 인연이 없어 사별이나 이혼수라고 장황하게 늘어놓았다.

'걔가 방송국 가면 뭘 해? 그 회장 될 분이 방송국 사장도 아닌데…' 하며 열변을 토했다. 난 듣다 듣다 하도 기막혀서 멍하니 바라만 보았고 나머지 한 친구는 아무 말 없이 얼굴이 붉그락푸르락 바들바들 눈밑을 떨려 하며 애써 분을 삭혔다. 막장 오분 전,

차라리 자격증 몇 개 따서 그 회사에 입사하여 친목회에 나가거나, 사장 팬클럽에 가입하여 카페지기 회장 되어 직접 만나거나, 갑부가 되어 옆집으로 이사를 가서 이웃이 되어 반상회에 나가거나 하는게 낫지 않나? 이해가 안 돼 난 속으로 한심을 연발했다.

난 모 대학의 모 학과 교수가 되었다. 하루는 나의 문화특강에 감명을 받았다며 그 대기업 회장에게 삐삐가 날아왔다. 그는 사장에서 회장으로 진급한 후였고 나 역시 교수가 된 터였다. 난 드디어 올 것이 왔구나 싶어 아싸를 연발하며 회장이 콜한 장소로 갔다. 그곳에는 한둘의 자녀들과 함께 앉아 있는 각 기업들의 쌍쌍의 부부들이 옹기종기 모여 테이블 별로 앉아 있었고 그 회장도 한 테이블을 차지하고 부인과 함께 앉아 있었다. 그는 내게 지난번 강의에 너무 감명 받았다며 그 내용을 다시 한번 강의해 주길 청했다. 근데 청중 중에는 영어로 해야 알아듣는 부인들과 아이들이 있으니 영어나 정 곤란하다면 불어로 강의해 줄 것을 요청해 왔다. 난 하얀 웨딩 드레스와도 같은 레이스 달린 옷의 프릴 부분에 손에서 정처없이 흘러내리는 땀을 닦느라 여념이 없었다.

"영어요? 불어요? 그게 몬데요? 모죠? 몬가요? 몹니까? 모냐니까요? 모라구요? 대체 몹니까?"

손을 공중에 대고 허우적대는 친구를 내가 가볍게 뺨을 치대니 친구는 간신히 깨어났다.

시간은 새벽을 넘어 드디어 오프닝 영화 상영 시간이 다 되었다. 기분이 일그러질 대로 일그러졌고 기운은 꺼질 대로 꺼진 채로 우리 셋은 간신히 개막작 영화를 보고 해가 환히 뜬 이른 오전이 되어서야 귀가를 하였다. 엄마는 난리 난리가 났다. 계집애가 밤을 새고 나다닌다며 일주일 근신을 먹었다. 난 혼자 앉아 내 친구 둘을 생각했다. 차라리 회사에 들어가서 먼 발치에서라도 흠모하는 님을 상봉하기를 빌어 주었다. 다 팔자라던데 정말 그 점괘가 맞을지 의아해하면서 말이다.

그래도 지난 세월 나름 찐우정이었는데 그깟 사장 하나 때문에 우리 우정이 금가는 것을 난 용납할 수 없었다. 그럼에도 두 명의 나의 동지들은 우정이 아닌 사랑을 선택하여 뿔뿔이 흩어졌다. 거냥거냥 다니는 회사 얘기 월급 보너스 진급 결혼 따위의 그야말로 생활인들이 되어 시시콜콜한 안부만 오가는 정도이다. 대기업이나 거창한 법관 아니면 교수 같은 꿈 같은 미래는 지금은 그냥 월급과 생활비 걱정으로 다 대체된 지 오래이다. 그래도 아그들 기운 내고 결코 희망 잃지 않는 칠전팔기의 패기 있는 젊은이가 되자꾸나. 아자 아자, 화이팅!

。

6. 잘 모르는 연가

 나는 거울을 본다. 단발과 긴머리의 중간치로 어깨를 찰랑거리는 비교적 윤이 나는 진갈색 머리결. 왜소한 어깨와 중간보다 살짝 작은 키의 평균 몸무게. 볼록한 엉덩이에 이어지는 투둥한 허벅지 하체보다는 짧고 잘록한 상체와 허리. 동그란 눈두덩이에 양가로 찢어진 눈과 볼록한 발그스름한 볼에 도톰한 입술. 중저음의 서울말씨에 그저 평범한 외모로 튀지도 뒤지지도 않는 외모의 소유자인 현모양처가 꿈인 그것도 좀 여유있는 집으로 시집가면 금상첨화 감사할 따름일 거라 생각하는 대학 졸업반의 여대생이다.

 졸업 후 다들 나름대로 진로를 모색들을 하고 있었는데 가끔 들어오는 미팅도 그 중 하나였다. 취업이나 진학 그도 아니면 결혼이 어느 정도의 진로 방향들이었고 상대가 취업을 이미 한 졸업생들이라면 사시 패스나 의대생만큼은 아니더라도 최고의 선택이 될 것이었다. 아니 정확히는 그렇게 선택을 당하는 것이 최고의 영예란 표현이 더 맞을지도 모른다.

 모레엔 모대학 졸업반 전원 복학생들과의 미팅이 잡혀 있었다. 2, 3학년 까지만 해도 복학생과는 말도 섞지 않았는데 사학년이 되고 보니 사정이 영 달랐다. 입고 갈 옷을 고르다가 일학년 입학 하자마자 했던 미팅이 불현듯 떠올랐다. 두 쌍 총 네 명이었고 같은 동네의 D대학생 동기들이었다. 나름 멋을 내기는 했는데 보세

플랫 치마에 보세 블라우스였고 팬티 스타킹이 아무리 찾아도 없어서 밴드 스타킹을 신었는데 허벅지가 두꺼워 자꾸 흘러내렸다. 치마가 레이온 질감이라 스타킹을 자꾸 미끄러뜨려 더 심하게 흘러 내렸다. 약속 시간이 임박한지라 난 팬티스타킹을 살 겨를도 없이 장소에 도착했다. 상대는 보통 남자 키에 보통의 인문대 학과에 동네도 보통 온통 보통의 상대였다. 그런 그를 보며 나와 비슷한 상대이니 내 앞에 앉아 있는 거라고 추정했다. 지금 생각해보면 그때의 나도 딱 보통들의 집합체였을 거라고 지나고 나니 더 확신이 된다. 보통 키에 보통의 얼굴과 보통의 대학의 보통의 이과대 일학년생 말이다. 그때 우리는 쌍으로 찢어지지 않고 밤늦은 시간까지 수다만 떨다 넷이 같이 버스를 타고 각자 내렸던 걸로 기억한다. 에프터 받길 원한 건 아니지만 막상 에프터가 없다고 생각하니 속상했다. 그리곤 빠이빠이. 영영 못 볼 이별이었다. 한쪽 스타킹이 반으로 접혀 판타롱 스타킹이 되어 무릎 밑에서 동그랗게 웃고 있었다. 원한 것도 아니면서 동시에 원하는 건 뭘까? 자존심이 상하는 것도 상대를 민망히 할 생각이 있는 것도 아니었지만 지금 생각하면 기운 빠지는 해프닝이었다. 지금 같으면 기를 팍 죽여서 보냈을 텐데 후회가 밀려왔다.

 옷은 꽃무늬 원피스로 정했다. 현모양처이자 프로패셔널한 성공한 취업생 분위기를 내기 위해서였다. 장소는 학교 앞 모호텔

커피숍. 졸업생들이라고 그래도 미팅 장소가 호텔급으로 상향된 걸 보며 '아, 이젠 나도 진짜로 팔려가야 되는 거구나' 하며 졸업반을 실감했다. 그쪽도 우리 쪽도 이미 취업생도 있었는데 상대편 중에는 의대 인턴이 한 명 끼어 있다 했고 대기업 취업생 두 명에 우리 측에는 교사 합격생과 대학원 합격생 그리고 나와 한 명은 여전히 취준생 자격이었다. 그러나 누가 어떤 직업인지는 비밀로 한 상태로 소지품으로만 짝을 결정하기로 했단다. 내 입장으로서 좋아해야 할지 싫어해야 할지 몰랐다. 네 명의 상대는 비교적 준수한 외모들이었다. 우리도 그렇다고 생각하고 커피를 몇 모금 마실 즈음 한 남자가 소지품을 모으자고 했다. 하나씩 상대의 소지품의 주인을 밝히고 있는데 세 번째 자리에 앉아 있던 남자가 복통을 호소하며 미안하다고 하면서 나가버렸고 네 번째의 여자가 화장실을 간다며 나가더니 돌아오질 않았다. 난 의대생 인턴이 짝이었지만 미팅이 파토난 상태여서 그냥 집으로 맨손으로 덜래덜래 돌아왔다. 후문에 의하면 복통의 남자는 짜리몽땅 퉁퉁한 짝이 별로여서 그리고 화장실 간 동기는 의대생이 이미 다른 짝이어서 줄행랑을 쳤다는 측근의 참조가 있긴 했다. 참으로 무섭고 난감한 세상이다. 여자는 외모요 남자는 직업이었구나. 그게 다인 세상이었구나. 인정 사정 없는 철면피 몰인정의 세상이었구나. 새삼 깨닫고 느끼는 순간이었다.

라벤더 꽃문양의 흩날리는 하늘하늘한 스커트 자락의 순한 향취. 웨이브 진 긴 머리결과 누드빛 화장, 것도 연한 핑크빛 립스틱에 하늘빛의 샤도우를 눈에 얹고 가늘한 종아리 아래에 이어지는 베이지 빛 페라가모 구두. 루이비통 라운드 형의 곤색 가죽 가방과 그 속의 디올 팩트. 요즘 엄마의 후원 속에 활짝 핀 한 송이 꽃의 다름 아니었는데 나의 혼인취업은 무산되고 말았다. 내 상대는 유감이라며 명함을 주긴 했지만 사실은 잘 시간도 없다며 어머니께 혼나기 전에 집에 들어가야 한다며 택시를 타고 밤의 헤드라이트 불빛들을 가로질러 냉큼 사라져 버렸다. 그래도 난 일학년 때에 비하면 장족의 발전을 했는데 역시 세상은 만만하지 않았다.

　내 마지막 미팅의 후유증은 꽤 오래 갔다. 소지품들이 아른거린다던가 내 상대의 명함을 보며 전화를 그 후로도 한참 동안을 종종 기다리기도 했으니까. 그나저나 취업과 결혼을 어떻게 이루어야 하는지 좀 난감한 기분이 들었다. 대지 위에 농작물들이 그득한데 무슨 이름의 어떤 품종인지 통 알 수가 없어 멍하니 지평선을 바라보며 끝도 없는 농작물들을 하염없이 세고 있는 나의 모습 같았다. 이때 벨이 울리고 윗집 둘째아들이 아버님 환갑 떡을 들이밀며 피아노 소리가 인상 깊다며 빼꼼히 들여다보는 거였다. 나는 반색을 하며 잠깐 들어오셔서 차 한잔이라도 하시라며 환갑을 축하드린다고 너스레를 떨고 있는데 여동생이 질색을 하며 요즘 누가 떡같은 걸 먹느냐며 안 먹으니 도루 가져가시라며 그리구 피아노는 남동생이 교과목으로 치는 거라면서 현관문을 제껴 열어젖혔다. 윗집 남자는 머뭇거리면서 어른들께라도 드리라며 떡은 놓고 가겠다면서 눈치껏 쏜살같이 사라졌다. '내가 친 피아노를 넌 왜 거짓부렁하니?'라며 난 백설기를 한 줌 떼어 먹으며 여동생을 힐끗 바라보니 동생은 냉큼 방으로 문을 쾅 닫고 들어가 버렸다. 말상대가 없어진 나는 오물오물 하얗디 하얀 백설기 한 쪽을 다먹고 배불러 흡족하여 한참을 멍하니 창밖만 바라보고 있었다. 난 다 잘 할 수 있다는 자기암시와 확신 그리고 자신감을 하얗디 하얀 백설기로 탄력받아 뿜뿜 에너지를 내어보고 있었다.

o

7.뮤지움의 발코니

  학과를 선택할 때는 보통 어떤 기준으로 하는가는 내 오랜 화두였다. 두 언니는 간호학과와 회계학과를 여보란듯이 합격하여 버젓이 관련 직종에 종사 중이었고 아버지는 막내인 나만 그럴듯한 과에 넣으시면 자식농사 성공인 차례였다. 그러나 인생 볼볼복이라고 고고미술사학과를 것도 대학원을 진학하자 아버지는 식음을 전폐하시고 나와 실갱이를 하셨다. 그러나 자식 이기는 부모 없다고 난 기어코 대 고고미술사학과 대학원에 진학하였고 석박사를 전제로 진학하겠다며 부모님께 엄포까지 놓았다. 나의 석박사 선언 괴성은 집 안을 박차고 나아가 동네를 휘휘 돌아서는 바다와 대륙을 건너서는 중국 대륙의 자금성을 지나 만리장성을 넘어 대 루브르 박물관의 모나리자를 부르기에 이르렀다. 기둘려 내가 간다. 나는 대야망을 품고 나의 소리와 같이 세상 곳곳에 퍼져 온갖 유물들과 진품들을 다루게 될 것이다. 몇만 점의 유물을 모으다 보면 세금 감면은 물론 나의 높아진 식견으로 인하여 나의 창고는 그득그득해질 것이다. 이런저런 생각에 잠겨 있는데 나뭇가지에서 물 방울이 툭하며 나의 정수리를 치고는 투두둑 바닥을 적셔내기 시작하였다. 장마비의 시작을 의미했다. 어느덧 나도 대학원 졸업반에 들어서 있었다. 학교 근로 장학생이다 알바다 정신없이 뛰어 다니며 근근이 이어온 학업이었고 코앞에 닥친 졸업이었다.

  졸업이라하니 만감이 교차한다. 사실 두 언니가 졸업 후 전공 장르에서 일하고는 있었지만 월급의 반은 생활비로 반은 아버지의 빚과 병원비에 다 쏟아부어야만 했다. 아버지는 개인택시 운전자였는데 은퇴와 함께 택시 차값을 통으로 사기를 당하시고 몸져 누우셔서 언니들이 그 빈 재정들을 메워 나가고 있어서 경제적 여유는 빠듯 아니 마이너스 상태였다. 일하느라 정신없는 가족들을 보며 거기다 대고 학비다 교재비다 들이댈 수 없는 형편이었다.

언니들 둘이 쓰는 방 안에는 출퇴근용 원피스나 바지류들이 장농에 달랑 예닐곱 개가 메달려 있었고 개다 만 이불이 언제나 반쯤 널브러져 있었다. 새벽에 쏙 나갔다가 밤늦게 쏙 들어가는 삶이 보지 않아도 눈앞에 훤했다. 데스크 위의 싸구려 기초 화장품 몇 개가 햇빛에 반사되어 플라스틱 재질을 스스로 반짝 드러내고 있었고 끝이 벗겨진 벽지의 문양이 일그러져 장판의 끝 부분과 만나 이상한 곰팡이가 들락말락하며 습기들을 품어내고 있었다. 작은 방의 공간이라곤 티비 다이가 있는 앞부분이었지만 그나마도 먹다 남기고 간 고등어 가시들과 먹다 남은 김치조각들로 흥건한 접시 몇 개만이 나뒹굴며 물리고 설겆이할 아침상을 나에게 고스란히 남기며 그 남은 공간마저 차지하고 있었다.

그렇다. 오전의 일과란 아침 전쟁을 치른 후의 뒷정리들이었고 빨래에 청소까지 고스란히 반백수인 나의 몫이었다. 마루의 튕겨져 나온 나무의 결이 섬뜩하여 녹색 테이프로 칭칭 감아논 부분을 걸레질할 때면 팔이나 등이 긁혀나가 상처라도 날까 봐 늘 섬뜩했고 화장실의 창문을 누수나 방한용으로 비닐과 테이프로 칭칭 동여맬 때에는 환기나 채광은 완전히 포기해야 할 지경이었다. 오후의 학교 자료실에서의 알바까지 하려면 점심을 든든히 먹고 가야 해서 나는 냉장고에서 일주일을 넘어가고 있는 먹다 남은 나물들과 계란 하나를 반숙으로 부쳐 고추장과 참기름을 조금 넣어 양푼에 비벼 먹기 일쑤였다. 반찬 정리와 배를 채우는 일을 동시에 별수고로움 없이 끼니를 해결하는 간편한 방법이었다. 이런 생활도 석사와 박사까지 이어오길 어언 사오년이 넘어가고 있었다. 언니들이 학비를 조금씩 보탰고 학비 융자 조금에 장학금 조금, 잔비용은 학교 알바로 충당했다. 그러다보니 열악한 언니들보다도 나의 행색은 더 심각했는데 한 동기는 내가 빈티지 스타일을 내내 고수한다며 질리지도 않느냐며 졸업도 하는데 스타일을 바꿔볼 생각은 없냐며 곰팽이 문양이 나는 티 같은 것은 도대체 어디서 사는 거냐며 지난번 잘못 빨아서 물이 든 여름티를 들먹이기도 했다. 나는 동기에게 내 형편을 들키랴 싶어 등이 오싹해졌다. 사실 고고미술사학과는 과명 그대로 현실적으로는 거의 쓰임새가 없는 연구 위주의 학문이었고 진로도 박물관이나 학계가 다였고 자격증이나 기술 등으로 취업이 되는 과가 아니어서 학생들 대부분은 생계를 걱정할 집안에서는 박사까지 존속이 불가능한 과였다. 공부 분야도 전시관이나 해외 여행 등으로 항시 식견을 높여야 했고 연구관이나 학계에 남는 것도 집안의 입김이 비교적 많이 좌우하는 그야말로 컨벤셔널한 과의 전형이었다. 아버지도 이러저러한 세상 물정을 아셨던 바 그리도 나를 반대하시리란 것을 나는 모든 과정을 지난 후에야 알게 될 터였다. 그래도 난 학교의 버드나무 아래에 길게 놓인 진녹색으로 칠해진 나무 벤치에 앉을 때면 루브르 박물관을 누비며 나의 저택에 딸린 개인 수장고로 이동할 그리하여 나의 저택의 일층에 자리한 전시장에서 전시할 미술 작품들과 고대 유물들을 고르고 품평하는 상상을 하곤했다. 그 쾌한 미술품의 냄새와 유물들의 털어낸 먼지들이 나를 마치 미색의 레이스가 달린 이브닝 드레스를 휘감고는 박물관의 전시 오프닝 테이프를 손수 자르는 순간으로 날아날아 데려가곤 했다. 저택의 통창으로는 길고 넓은 테라스가 있고 전시관으로 향하는 수많은 관람객들이 나의 식견과 안목 그리고 학식에 감탄하여 환호를 하며 그 테라스에서 검정 깃털이 달린 예식용 모자를 눌러쓰고 아르누보 스타일의 붉은빛 원피스를 입고 있는 내게 연신 손을 흔들며 환호를 보내고 있었다. 난 그 순간이 황홀할 뿐이다. 테라스 앞에 모인 수많은 인파에게 손을 몇 번 흔들어 주고는 실내로 들어와 가지런히 놓인 샴페인을 마시는 순간 찬 샴페인 방울들이 유리잔에서 솟아올라 나의 얼굴을 적시며 쳐댔다. 이건 모야 하며 눈을 떠보니 벤치의 앞이 온통 빗줄기로 흥건해져서는 장대비가 퍼붓기 시작하였다. 얼른 집에나 가자하며 귀가하자 집에는 두 언니가 먼저 소나기로 젖은 몸을 씻고 저녁을 차리고 있었다.

"니넨 어떡할래?"

내가 두 언니를 보면 속으로 되뇌는 멘트였으나 그건 피차일반이었다. 단 언니들은 내게 소리내어 내뱉는다는 차이가 있을 뿐이었다. 내가 그 둘을 염려하는 바는 간호사로 일하는 병원과 회계과 경리로 일하는 변호사 사무실에서 각각이 물심양면으로 뒷바라지하는 사부님이 계시기 때문이었다. 병원의 가난한 연하 인턴과 법무사로 일하며 사시를 독학하는 분들이 계셨다. 세상에나 월급의 삼분지 일을 자신들의 앞가림으로 적금이나 주택청약을 넣어도 모자라는 그 금같은 돈을 장차 형부가 될지 어떨지 전혀 알 수 없는 사부님들께 그대로 갔다 바치고 있었던 거다. 밥상에 둘러앉아 한술 두술 뜨면서도 내내 침묵은 이어졌지만 우리들은 서로를 향해 '니넨 어떻할라 그러니?'를 연발할 뿐이었다. 순간 사래가 걸려 물을 마시러 부엌으로 내달렸다. 그렇다. 나도 이젠 나의 앞가림을 해야 했다. 과 선배 중의 몇몇은 고학력의 지능인들답게도 사시로 전환하여 성공한 이들도 있었다. 한국 최고의 학부생다운 다분히 현실적인 선택이었다. 문화인으로서의 전공은 포기하였지만 안정되고 전문적인 분야로의 결정이었다. 고민이 되긴 했다. 고시를 본다 해도 도저히 몇 년을 버티진 못할 거다. 그렇다고 박물관이나 연구직에 한두 자리가 나는 것도 이미 내정된 자리에 내가 들어갈 수 있으리란 보장은 더더욱이 없었다.

  사실 사시를 고려하지 않은 건 아니었다. 그러나 십 년이 넘어갈 수도 있는데다 땡전 한푼 없는 나로서는 엄두도 못 내는 일이었다. 언니들처럼 누구 하나 잡고 늘어져서는 뒷바라지로 이번 생을 누려야 하나도 고민했고 학위만 몇 개씩 따는 인생 유보자가 되어야 하나도 고민했다.

   장마는 막바지로 치닫고 있었다. 곧 금방 아니 내일이라도 해가 쨍하니 날 수 있고 작열하는 태양에 이젠 적응해야만 할 것이다. 마치 장마 후의 쨍하니 뽀송한 날들이 오는 것처럼 인생의 파고들을 넘고 넘다보면 다다르는 해안선의 해조류들을 만날 날도 있을 것이다. 그곳에 닿으면 역시 선탠부터 해야 한다. 바디오일을 전신에 듬뿍 바르고는 모래찜질을 하다가도 검게 그을리는 부티나는 피부로 부티나는 피서 행락을 실행하리라. 그날들에는 기필코 그렇게 하리라. 암 그렇고 말고.

○

8. 검붉은 치마

   점집의 분위기는 묘하고 기이했다. 입구에서부터 붉은 글씨들의 종이들과 생전 보지 못했던 천체를 형상화한 지도라든가 띠를 그린 동물 문양까지 생소하여 이국적이기까지 한 그림과 문양들이 걸려 있었다. 무당이라고 하기에는 너무 지적인 분위기와 그렇다고 사주를 주로 보는 철학관이라고 하기에는 전통 무당에 가까운 형상들로 실내가 온통 현란해 보였다. 거의 무당과 철학관의 중간 정도의 분위기라는 표현이 맞다고 생각되었다.

나는 동창 두 명과 의기투합하여 신년도 되고 하여 점집에 방문한 거였다. 점장이는 나이가 지긋하신 70대 초반쯤 되어 보이는 할아버지셨고 마루를 지나 들어간 방 안은 막상 공부방의 분위기가 물씬하여 고책들과 먹이나 벼루 같은 필기도구들로 그득한 오히려 아늑해 보이기까지 한 방이었다. 나즈막한 나무로 된 선비용 탁자를 사이에 두고 우리 세 명과 점장이가 마주 앉았다. 우리는 차례로 생년월일을 대고 할아버지의 코멘트에 귀를 기울였다. 마지막으로 내 차례가 되었을 때 할아버지는 허허 헛기침을 먼저 하시고는 공교롭게도 세 명이 다 과부 팔자라며 혀를 끌끌 차셨다. 우리 셋은 숨을 죽이고 이를 어쩌지 하며 지푸라기라도 잡는 심정으로 남은 점괘에 귀를 기울였다. 그리고는 할아버지는 나의 관상을 유심히 보시고는 좋은 것과 나쁜 것 중 뭘 먼저 듣겠냐고 물으셨다. 나는 나쁜 것 먼저 하다가 아니요 좋은 것부터 알려 달라 했다. 조심스레 운을 떼더니 인생 전체가 시간을 낚는 사주이고 그러나 곧 시험에 합격할 거라 하셨다. 이어서 우리들 각자는 나온 사주의 흐름과 양상들을 순서대로 듣고는 희망 혹은 호기심들로 범벅된 채 기진맥진하여 점집을 나왔다.

  집에 돌아온 나는 많은 생각을 했다. 우리가 다 과부팔자라니 기가 막혔다. 근데 내가 신춘문예에 지원한 거는 어떻게 아시고는 합격까지 말씀하셨을까. 그리고 운이 좋으면 좋은 거고 나쁜 거는 나쁜 거지 모가 또 시간을 낚으래, 언젠가는 기회가 온다는 거야 아니면 영영 시간이나 죽인다는 거야? 나는 오히려 헷갈리고 혼란이 왔다. 그런데도 기분은 묘하게 좋은 편이었는데 합격이라는 말과 점괘를 시간이 내 편이라는 걸로 해석한 탓이었다. 두 친구는 점집을 나와서는 뒷풀이도 없이 피곤하다며 쏜살같이 귀가했다. 아마도 과부팔자라는 말에 충격을 받은 듯했다. 한 친구는 옆집에서 점을 한번 더 보자고까지 하였지만 나와 다른 한 명이 돈도 없고 피곤하다고 하여 식사도 하지 않은 채로 우리는 흩어졌다.

그런데 바로 다음날 전화가 한 통 걸려온 걸 엄마가 받으시고는 대뜸 내게 축하한다며 희곡이 차선으로 신춘문예에 당선됐다는 거였다. 어제의 시름이 순간 다 날아가는 순간이었다. 그후 6개월을 나는 흥분 속에서 축하와 격려를 받으며 한턱 쏘는 일로 시간을 보냈고 점괘는 거의 잊어가고 있었다. 나는 이젠 본격적으로 글쓰기에 그것도 프로의 자세로 임해야겠단 생각이 들었다. 내게 못생겼다며 온갖 괄시로 알바에서 주방으로 빙빙 돌렸던 그 식당 사장에게 복수할 타임이라고도 생각했다. 같은 알바생들이 예닐곱 명인 적이 있었는데 화장으로 덕지덕지 찍어바르고 나시 티를 밥먹듯이 입었던 막내와 나를 그렇게도 개무시하던 사장이 생각났다. 왜 하필 걔와 나야? 둘이 그렇게 반대의 외모인 게 뭐 대수란 말인가. 예쁜 것도 못생긴 것도 우리들 잘못은 아닌 건데 정말 세상은 알다가도 모를 판이었다. 그 점장이의 점쾌들로부터 사장의 심리까지 정말 알 수 없는 것들로 세상은 가득해 보였다.

그렇게 흥분과 기대의 약 6개월이 지나고 보니 남은 건 초라한 한턱낸 카드값들뿐이었다. 상을 탔어도 내가 고급진 글을 계속 써 내야 한다는 사실은 변함없어 보였다. 복수하려던 식당 사장에게 장차 대박날 소설을 구상 중이라 둘러대어 간신히 알바는 계속 할 수 있었다. 그런데 어느 날 밤 대 디제이 배칠수 아저씨께서 고기를 드시러 오셨다가 내가 희곡 시나리오로 당선됐다는 사장의 자랑에 놀라셔서는 언제 방송국으로 놀러 오라는 초대를 받게 됐다. 세상에 팔자에도 없는 방송국을 들락거리게 되나 싶어 신이 나서 주문을 받는데 아저씨께서는 방송을 매일 잘 듣다 보면 행운의 길이 열릴 거라며 방송 팟케스트 주소를 달랑 남기시고는 늦은 밤거리를 헤치고 부릉 사라지셨다. 나는 대 디제이를 실제로 본데다가 내게 멘트를 남기신 것에 더 놀라 그 팟케스트 주소를 문신으로 왼쪽 팔에 새겨 징을 박아 버렸다. 너는 내 운명이라고 낙인 올가미를 씌우고픈 마음에서였다.

나는 바로 그 다음날부터 방송 시간만 되면 모든 걸 전폐하고는 오롯이 방송 모니터에 들어갔다. 단어 하나 조사 토시 하나 놓치지 않고 멘트들을 들었고. 하다못해 프로그램 앞으로 오는 시청자들의 모든 사연도 다 내게 보내는 사인이라 생각하며 들었다. 어디 가라면 가고 사라고 하면 사는, 자고로 로봇 같은 열혈 애청자가 되었다. 하루는 사연이 왔는데 연세가 지긋하시고 노쇠하신 사장님의 어른 기저귀가 될, 가난해도 못생겨도 상관없는 착하기만 하고 건강하며 지성미만 있으면 되는 처자를 찾는다는 사연을 듣게 되었다. 검붉은 치마를 입고는 자신의 회사에 면접을 보러 온다면 이 사연을 통한 지원자라 판단하여 바로 입사시킨다는 내용이었다. 세상에나 이건 나를 향한 맞춤 사연이란 생각이 들었고 오히려 아저씨께서 뒤에서 암암리에 주도하고 계심을 나는 직감으로 알아차렸다. 이건 천상천하의 기회였다. 그러니까 검붉은 치마라 까짓것 그깟것 없겠어? 나는 정신 없이 옷장을 뒤져댔다. 그때 문자가 두 개 날아왔다. 하나는 한 달 전 지원한 논술교사 면접 시간이었고 다른 하나는 일 년 전 다녔던 방송아카데미에서 나의 합격 소식에 타 방송국 명의로 방송작가 제안 문자였다. 바로 내일, 바로 다음 날이었다. 난 갑자기 혼란스러웠다. 그러나 내가 제일 가고 싶은 곳은 당연히 기저귀 회사였다. 대기업 사장으로 보이는 사연의 주인공을 난 벌써 짝사랑하고 있었고 내 인생을 송두리째 바쳐서라도 나를 초대해준 그분의 생각에 보답 아니 희생해서라도 같이 하고팠다. 기꺼이 당연히 그것도 당장에라도 어른 기저귀가 되어 드리고팠다. 나같이 가난하고 못생기고 재주 없는 사람을 알아봐 준 그 은혜를 일생을 바쳐 보답하고 싶었다는 표현이 더 맞을거 같다. 당근 나는 두 군데의 문자 제안을 씹었다.

 '논술교사? 방송작가? 그깟 말단 직업 따위가 내게 가당키나 해? 모 대기업 사모가 된다구 내일 밤이면 말이야.'

 나는 검붉은 치마를 차려입고는 다음날 아저씨께로 향했다. 팟캐스트 맨 밑에 방송국 주소를 따라 간 거였다. 나는 아저씨 방송시간에 맞춰 방송국 입구를 들어서려는데 문 앞의 수위가 누구신가 하길래 아무개 아저씨 뵈러 왔다고 하니 방송 끝날 때를 기다리라셨다. 서너 시간이 지나 내가 다시 들어가려 하니 수위가 또 이젠 방송도 끝났다며 내일 오라는 거였다.

 그날 밤 나는 울상을 하고 터벅터벅 걸어오다가 혹시 하며 팟캐스트를 듣는데 사연에서 집에서 평생 도서평가사 시험이 나이대를 연장시켜줄 때를 기다리며 책과 공부에 매진하는 아줌마 사연을 듣게 됐다. 아 그거구나 기저귀 회사에 맞는 나이대를 기다리며 공부를 하며 기다리라는 사인인 거였다. 그렇다. 그 사장님도 나를 예비하기 위해 주변 정리를 할 시간이 필요할 것이다. 가령 부인이 있다면 먼저 돌아가신다거나 따님이나 가족들에게 나를 소개하고 이해시킬 시간이 필요한 거겠지 싶었다. 대기업의 어른 기저귀 되기가 어디 그렇게 쉽겠어? 나는 안도의 한숨이 나왔고 그런 메신저가 되어 주시는 아저씨 이하 사연을 보내주신 분들께 머리 숙여 감사를 표했다. 비록 장차의 사모 자리를 위해 품위를 유지하려 논술교사나 방송작가 자리는 지금은 고수하나 언젠가 사모 이후에는 여보란듯이 논술선생에 대작가가 되리라 결심했다. 비록 지금은 완성도 높은 글 하나 포스팅하지 못하나. 아저씨는 그것마저도 다 아시고는 학업에 정진할 시간을 내게 주신 것이 틀림없었다. 그리하여 이십 년쯤 후에는 사장님도 정리가 되고 나도 작가다운 작가가 되어 지성을 겸비한 대기업의 사모가 되는 거지 뭐 별 거겠어? 난 그저 아저씨의 방송을 매일 들으며 뭔가를 제대로 끄적이게 될 그날만을 기다리면 되는 거지. 지금의 부인이 정리될 그날만을, 그리하여 아저씨가 그 집으로 날 데려갈 그날만을 기다리면 되는 거지. 인생 뭐 있어? 그날까지 품위만 유지하자, 공부만 하자. 건강한 내가 되기만 하자 다짐해 본다.

。

9.인사와 인상

그 애는 어떻게 그렇게 주위에 남자도 많고 집에 돈도 많아 부족할 거라곤 하나 없을 수가 있단 말인가? 그러나 불행중 다행으로 말라비틀어져 근육감소중으로 치매나 면역 결핍에 노출되 있다는 단 하나의 단점이 있긴 있었다. 근데 그조차도 날씬해 보이고 고혈압같은 성인병과는 멀다니 복이 넘치는 일이 아닐 수 없었다. 삼류대 시간강사인 나는 그애가 장차 아이비 리그의 대학으로 유학을 가리라는 소문만을 들은 차였고 장고 끝에 얻은 수라는 생각에 부럽기도 했지만 강사로 지난 청년기를 보낸 내가 그걸 그렇게 대수로 여길 일은 아니긴 했다. 단지 그애를 수행할 주변인들이 탐이 났다고나 할까? 딱 까놓고 말해 그네들 그룹에 속해서 한솥밥도 먹고 같은 침대에서 같이 뒹굴고팠다. 그토록 그걸 하고 싶었단 걸 아마 그 누구도 모를 것이다. 그러나 철통 같은 그애에게 아니 더 정확히는 그애의 주변인들에게 아무런 추파를 보내지 못한 채로 시간만 잡아먹어 이젠 그애의 출국이 임박한 상황이었고 나도 나의 것을 찾아야 할 시점이었다. 긴 머리를 휘날리며 큰 두 눈의 그윽하여 빨려들어갈 것만 같은 까만 두 눈동자. 작은 어깨를 싸고도는 지긋이 감기고 싶은 그 주변인들의 넓고 긴 팔의 안김. 그들의 검은 머리결의 뒤섞임. 긴 속눈썹의 반달 모양으로 길고 휘영청 올라간 우아한 그들의 프로필이란 일단 그 주변인들을 본 사람이라면 그들의 자태와 아우라에 반하지 않을 수가 없을 것이며 나의 부러움과 질투는 타들어가 나의 가슴을 갈기갈기 메어지게 할 정도였다. 그럼에도 그들이라는 패거리 자체가 나로서는 범접할 수 없는 넘사벽이었는데 서로를 엮고 있는 질기디질긴 노끈이나 쇠사슬 그도 아니면 넝쿨 같은 것이 그들을 칭칭 옭아매어 절대 타인이 끊을 수 없게 엮고 있다는 사실이었다. 그건 나 이하 주변 다른 이들도 공통된 의견이었고 단 평소 눈치 없기로 소문난 극작과 한 동기만 그들 주위를 배회하며 치근덕거리고 있었다. '저 화상 진상 모 얻어먹을게 있다고 저길 배회해' 하는 눈총을 그렇게 주는데도 그애의 주변인들을 찝적대기 일쑤인 동기가 하나 있었다. 그러나 그 동기의 저의는 다른 데 있었는데 혹시라도 그애가 치매나 불치병에 걸리면 병간호다 간병인이라는 구실로 그애에게 접근하여 혹시라도 그애가 사망이라도 한다면 재산과 유산뿐 아니라 주위의 수행원들까지도 자신에게 남기게끔 그리하여 유산과 결혼을 모두 거머쥐게 되는 기회를 노리고 있다는 사실을 나는 눈치로 깨닫게 되었다. 나쁜년 염치가 있니? 니가 어떻게 여자가 죽을 걸 전제로 하여 접근하여 사후 남은 남자와의 결혼을 노리고 설상가상으로 유산으로 재산을 빼돌릴 궁리까지 한단 말인가? 정말 인간 말종의 추태가 아닐 수 없는 노릇이었다. 다행인 건 그게 그냥 그 동기의 아이디어일 뿐이라는 거였고 여자애 포함 주변 남자들도 그것을 심히 미리 경계하고 있다는 게 중요했다. 여기서 나는 입장 정리를 하게 되는데 그녀의 현재 재산을 부동산 주식 등 더 이상 한푼도 불리지 않는다는 조건으로 그리고 그애와 수행원의 친구 친척 하다못해 내 강의의 학생들까지도 모두 통틀어 그들 중에서 내 수행원을 하나 마련해 달라는 요구를 거는 거였다. 그리고 이래저래 수행원이 구해지지 않는다면 나도 너네들 집에 같이 살게 해 달라는 요구였다. 나도 그 극작과 동기에 질 순 없는 노릇이었다. 가능한한 배아프지 않는 선에서 그애를 견제하며 동시에 내 이익도 끝까지 챙기자는 요지였다.

 내가 그렇게 그 집에 들러붙게 된 데에는 다 이유가 있었는데 우리 아버지가 그 집의 운전기사셨고 인사 사고를 책임진 적이 있어서였다. 그 극작과 동기의 어머니 역시 그 집의 가정부였는데 강도를 몸으로 막아준 적이 또한 있어서였다. 사정이 이러하다보니 우리들은 그들에게 우리의 권리를 요구할 권리가 있다는 당당히 울궈먹을 꺼리가 있다는 게 중요한 거지 모가 중요하지 싶은 거였다.

 그렇게 견제를 전제로 하여 부분이나마 금전적 이윤까지도 획득하다 보니 이젠 내 위치를 돌아볼 타임이다 싶었다. 바로 나의 반쪽이 될 그애 주변인들 중의 수행원을 하나 적극 모색하는 일이었다. 그녀의 주변인들이 탐이 나긴 했지만 혹시 모를 사태라도 발생하면 후일이라도 언젠가에라도 도모하면 어차피 모든 될 일이었다. 그때까지 내 것을 찾는 일. 그걸 핑계로 강사 자릴 보전하는 일에 매진하기로 한 거였다. 특히 강의를 듣는 제자들 중에서도 그녀의 수행원과 같은 정도의 수행원을 물색하는 일이 중요했다. 그때 그 한 순간만을 기다릴 때까지 말이다. 당연히도 남편 자리는 공석으로서 수행원을 먼저 구해서 자리가 어느 정도 상향된 후에라도 자동 따라지는 것이 이 바닥의 철칙이란 걸 난 간파하고 있던 바였다. 따라서 지금은 제자들을 물색하여 나의 옆에 앉히는 것이 급선무였다. 된장녀의 오명을 벗는 지름길이기도 한 그자리를 구하려 사실 난 지난 십오 년의 세월을 허비했음을 고백해 본다. 사실 강사가 이름이 강사지 보따리 장사나 마찬가지인 건데 내가 유별나게 예쁜 것도 아니고 페라리 모는 갑부도 아니며 게다가 주변머리 없는 꼰대에 끌릴 남학생은 내가 생각해도 없을 거였다. 그럼에도 훤칠한 키에 유려한 행색을 한 내 수업을 듣던 남학생들이 나를 여자로 바라봐주길 내심 얼마나 바랐는지는 아무도 모를 것이다. 따라서 학생들 앞에서 겉으로 내가 강사로서 점잖고 돈도 지력도 있는 척하기는 정말 피곤하고 지치는 일이긴 했다.

어느 날은 자꾸 앞에 앉은 한 남학생이 내게 자꾸 눈짓을 보내는 거였다. 나는 이거다 싶어서는 은근슬쩍 그 옆 복도 자리에서 엉덩이를 그의 몸쪽으로 밀어 넣으니 그 남학생이 내 뒤 치마에서 뭘 확 뽑아 가는 거였다. 나는 너무 놀라고 황홀하여 그의 어깨를 지그시 한 손으로 누르며 미소를 머금고는 왜라며 눈을 마주쳤다. 그 남학생은 손에서 낚아챈 휴지더미를 의자 밑에서 보이고는 죄송하다고 인사까지 했다. 난 다시 한번 너무 놀라고 민망하여 교과서를 한 여학생에게 계속 읽게 하고는 필기만 반시간을 한 적이 있었다. 그건 바로 내가 화장실에서 볼일을 보고 딸려온 휴지더미가 치맛단에 늘어진 거였다. 기가 막혀 황당하다 망신스러워 세상에나. 난 그 후로도 혹시 어떤 남학생이 내게 추파를 보내는 건지 주의를 주는 건지를 늘 가늠하며 모든 학생들에게 가능성을 열어 놓고 수업을 진행하였다. 자고로 중꺽마 중간에 꺾이지 않는 마음이 중요하다지 않던가 발레타인데이나 스승의날엔 가끔 여학생도 초콜릿 같은 걸 가져다 주는 경우가 있었는데 도대체 그 감정이 뭘까를 일주 내내 생각하며 가늠하느라 수고로왔다. 돈은 많은데 남자에 질린 게이? 아니면 유산 상속을 억수로 받은 트렌스젠더? 도대체 언제 올 거냐고? 그 수행원 말이야 나를 보듬어주고 같이 자주고 밥해 먹여줄 수행원 말이야. 너 꺼랑 똑같은 수행원 말이야.

그의 뒤태는 근육질과 지식인의 마른 체형의 중간으로서 매력의 극치, 완벽한 실루엣이었다. 하루는 자료 조사차 학교 도서관을 나오는데 바로 그를 발견했다. 말을 시키려고 아니 더 정확히는 내게 말을 걸게 할 심산으로 가디건을 벗어 끈 나시로 가슴과 어깨를 드러낸 채로 그를 추월하여서는 학생들 시험 채점을 끝낸 용지들을 그냥 그의 앞에 혹 뿌려 버렸다. 그 순간 그는 담배를 다 피우고는 꽁초를 혹 날리던 순간이어서 그 꽁초가 용지들 위로 툭 떨어져서는 바로 불꽃이 일어서는 복도가 불바다가 되어 버렸다. 나는 그를 바라보느라 불이 난 줄도 모르고 서 있다가 벗은 재킷에 불이 번져 왼손까지 데기에 이르렀다. 전치 6주였고 그 후 학교 보험처리를 위해 쫓아다니느라 한 학기의 한 과목을 포기해야 했고 학교에는 아는 학생인 줄 알고 따라가다가 용지들을 놓쳤다고 둘러댔다. 그렇지. 따라간 건 맞지. 남자 추행한 거 맞지. 그걸 꼭 말로 해야 알아듣나? 척하면 척인 거지. 그걸 하나 해주질 못하는 거니? 물건 하나 챙기지 못하는걸?

내가 꼭 소리내어 발설해야 되는 거냐고? 기가 막혀 정말! 그녀의 사후 유산도 페라리 타는 남자 제자도 다 꿈이려나? 그걸 꼭 내가 입으로 밝혀야 아는 거냐고들? 꼭 그래야 알아듣는 거냐고? 말로 해야 떨어지는 감들이냐고들 도대체가?

○

10. 테크놀로지의 시대

나는 지금 대학교 동창회 한 명인 지순이를 기다리고 있다. 지순이는 얼마 전 부모가 정해준 남자와 선을 보고 결혼식을 올렸다. 그 친구를 부러워한다기보다는 내가 그 친구처럼 될 수 없다는 것에 대해서 약간의 아쉬움을 느끼는 정도이다. 부러움과 아쉬움의 차이는 간발의 차이겠지만 명백한 것은 절대 내가 그녀처럼 될 수 없다는 사실이었다. 나는 그것을 그냥 취향의 차이라고 부르고 싶다. 그녀를 만나기 전 아침에 있었던 두 시간 짜리 강의로 허기가 져서 나는 약속 장소 근처에 있는 패스트푸드점에 들렀다.

이곳에서도 키오스크 주문이 이루어지고 있었는데 내가 유일하게 말할 수 없는 비밀의 하나는 내가 키오스크 기계 주문을 다루지 못한다는 사실이었다. 그럼에도 불구하고 새벽부터 두 시간을 내리 떠들어서 기진맥진한 나는 뭐라도 먹어야 했기에 종업원이 있는 유인 주문대 앞으로 다가가 미안해서 그러는데 제가 현금밖에 없어서 여기서 주문하고 싶은데 가능할까요? 하고 물었으나 종업원은 안된다며 키오스크에서 주문해야만 주문이 이루어진다고 했다. 우리 둘은 옥신각신으로 된다 안 된다를 되풀이하다가 겨우 현금을 주고 종업원에게 겨우 주문을 하였다.

우걱우걱, 주린 배를 채우고는 나는 다음 약속 장소로 친구를 만나러 갔다. 그러나 아직도 1시간 정도의 여유가 있었으므로 나는 일주일 뒤에 있을 오늘과 같은 주제의 제2편 강의를 해야 했기에 카페 구석에 앉아 강의 준비를 하기로 했다. 그래 봐야 OHP로 이루어지는 수업이어서 설명할 내용의 서머리 분을 요약해서 필름에 수기로 적는 일이 고작이기는 했지만 말이다. 물론 OHP를 사용하여 강의를 하는 것이 시대착오적인 것임을 나는 잘 알고 있다. 그러나 이조차도 내가 얼마나 학교측과 부단한 논쟁 끝에 어렵게 쟁취해낸 나만의 최선의 방법인지는, 그리고 그 과정이 얼마나 지난하고 힘겨웠는지는 아무도 모를 것이다. 얘기인 즉슨 학교측에서는 강의에서 슬라이드를 사용하는 것은 더 이상 용납할 수 없다는 입장이었고 나는 지난 오육 년간은 슬라이드로 수업을 해 오고 있었기에 슬라이드로 계속 이미지를 제공하는 수업을 하겠 다고 우겨 왔었다. 내가 대학을 다니고 대학원을 다니는 20년 간 의 시간 동안에도 그 저명하신 모든 교수님들은 이 슬라이드로 이 미지 수업을 하여 왔었다는 것은 모두가 알고 있다. 어둑어둑한 교실에서는 정적이 흘렀고 학생들은 교수님의 넘기시는 슬라이 드 소리에만 귀를 기울였으며 그 방 안에서 오로지 집중할 수 있 었던 것은 전면에 투사되어 반짝이며 퍼지는 숫한 거장들의 슬라 이드 이미지뿐이었다. 그 이미지들은 우리가 과거 숫한 거장들의 그림들과 사진들이 펼쳐지는 파노라마로서 그 속에는 나의 모든 꿈과 모든 권위, 모든 명예를 그 슬라이드 한 장 한 장에 담겨 쏟 아지고 있었던 것이다. 나는 일개 강사로서 저명하신 교수님들의 수업에 대를 이어 나 역시도 그 부분의 일환이 되는 것을 슬라이 드 수업을 통하여 자부심과 온갖 프라이드를 느끼고 또 느껴왔었 다. 슬라이드를 통해 보여지는 레오나르도 다빈치, 미켈란젤로, 카라바조의 명작들은 마치 나의 삶인 듯 그렇게 쏙쏙 나의 눈과 머리와 몸에 빛으로 와 닿아 그대로 스며들고 있었고 그것을 강의 하고 설명하는 교수님들의 뒤에서 바라보는 그 검정 실루엣이 그 대로 나에게 투사되어서 나는 역시 매 강의마다 그 저명한 교수님 들과 그리고 그 거장의 그림들과 일체가 되어가고 있었다.

나는 그 순간 모든 환희와 인생의 모든 행복과 보람을 느껴 나가고 있었다. 그러나 시간은 흐르고 흘러 이제 모든 매체들은 멀티미디어나 컴퓨터에 의해서 ppt라는 형태로 수업의 형태가 바뀌어서 자고로 테크놀로지의 시대가 도래하였던 것이다. 그러나 나는 그 모든 행복의 기원이 되는 명예와 권위가 살아 있는 슬라이드 수업을 포기할 수 없다고 학교 측에 계속 통보를 보내었으나 학교 측에서는 이제는 컴퓨터 ppt나 멀티미디어를 사용하기를 종용하였다. 나는 이것을 허락해 주지 않는다면 국회 앞이나 대학교 정문 앞에서 일인 시위도 불사하겠다고 주장했다. 그래서 겨우겨우 받아낸 수업의 형식이 그 중지점인 OHP 수업인 거였다. 들어갈 내용을 직접 프린트하거나 적고 필름을 그 위에 올려놓는 행위로서 나는 여전히 교수의 권위와 명예를 지켜나가고 있다고 생각했다. 물론 내가 여기 패스트푸드점에서 키오스크로 주문을 할 수 없다는 사실과 학교에서의 수업 방법과는 아주 별개의 사안이란 걸 알아야만 하긴 하다.

그렇게 열댓 장의 OHP 필름을 쓰고 나니 저쪽에서 대학교 동창이 미소를 띠며 나에게 다가오고 있었다. 우리는 그동안 어떻게 지냈냐며 예뻐졌다면서 몇마디의 인사를 나눈 후 커피 한 잔씩을 사이에 놓고 마주하게 되었다. 그 친구는 디자인관련 회사에 다니다가 얼마 전 부모님의 주선으로 알게 된 남자와 선을 봐서 전문

직의 남성을 만나 시집간 케이스였다. 그녀는 키가 매우 컸고 눈도 커서 시원시원한 인상으로 과연 부잣집 딸다운 통 큰 배포와 호탕한 성격을 지니고 있었다. 다소 속물적인 그녀의 부모님과는 대조적으로 다소 융통성이 있으며 쾌활하여 사회성도 풍부한 매력이 있는 여성임에 틀림없었다. 그녀는 디자인회사를 10년 이상 다니던 차였고 능력도 있어 진급의 진급을 거듭하다 초고속 승진으로 차장급의 오른 재원이었고 재테크에도 남다른 소질이 있어서 솔로 회사생활 시작 10년 만에 일정 분량의 주식과 아파트 분양까지 당첨된 귀염을 토했다. 더군다나 자신의 디자인이 공모전에서 대상을 타서 회사로부터 볼보 자동차를 성과금으로 하사받기도 한 그야말로 잘나가는 미래가 기대되는 젊은이었다. 부모님도 엘리트, 거기다 부자, 딸도 유능한 재원, 더 이상 말할 필요가 없는 조합들이었다.

  그녀가 자분자분 자신의 일상을 이야기해 줄 때면 나는 그에 동화되어 마치 잠수를 끝낸 사람이 산소를 호흡하듯 시원하고 청쾌한 기분에 빠져들곤 했다. 일만 하던 그러던 그녀가 부모의 성화에 못 이겨 선을 보고 조건 좋은 남자와 결혼에 이른 것이었다. 배우자와도 그리 나쁜 편은 아닌 것 같았다. 왜 아니겠는가? 남편 역시 배경 좋고 커리어에 능력 있고 매력적인 남자인 것을 말이다. 더 이상 좋을 수 없는 그런 컨디션이라고 나는 생각했다. 그럼에도 불구하고 나는 나의 지적 삶을 포기할 수 없었고 나름 큰 자부심을 느끼고 있었기 때문에 그깟 돈, 그깟 아파트, 그깟 자동차 따위가 그게 뭔 대수란 말인가? 대학교 때부터 진행해 온 나의 지적 탐구를 나는 무한히 자랑스럽고 영광되게 생각하는 바였다. 따라서 그녀의 어떤 것도 이상적으로는 부럽다고 느꼈지만 현실적으로는 그리 박탈감을 느끼는 편은 절대 아니었다. 그러나 나에게 다가온 난제를 나는 풀어볼 능력도 기운도 없었는데 그것이 바로 현대가 맞이한 테크놀로지의 시대라는 것이었다. 겨우겨우 학교 측과 협상하여 OHP로 합의를 보긴 하였으나 언젠가는 모든 수업이 멀티미디어 컴작업으로 이루어지리라는 것을 나는 직감하고 있었다.

그리고 거기다가 한 술 더 떠서 이젠 AI, GPT니 하는 각종 하이테크놀로지가 나를 기다리고 있을 것이었다. 수업에서 텝으로 수업을 하는 것도 기가 찬데 거기다가 GPT 따위를 수업에 사용해야 한다니 그건 또 뭔 괴물 같은 소리란 말인가? 종이에 까만 잉크로 깨알같이 필기를 시키고 책장을 침 발라 1장 1장 넘기면서 책 속의 그림들의 종이냄새를 맡으면서 공부에 빠져들었던 그 시대는 이제는 다시 오지 않는다는 말인가? 나달나달한 종이에 테이프를 붙이고 매직으로 제목을 커버에 손수 새겨 쓰는 나의 모든 일상으로의 방법들은 저 머나먼 지평선과 수평선 너머로 저물어가고 있는 듯했다. 그리고 나는 머지않아 학교 측으로부터 GPT 사용에 의한 수업안에 관한 보고서를 제출하라는 명을 받게 될지도 모른다. GPT는 고사하고 컴퓨터로도 수업을 할 수 없는 내게 가까스로 OHP로 수업을 하는 것으로 합의를 본 나에게 그게 무슨 불상사란 말인가? 그러니까 나는 학교 측과의 컴퓨터 멀티미디어 사용에 관한 투쟁을 위하여 그토록 선망하던 테솔라 회사 대표와의 결혼은 안중에도 없는 신세가 되고야 만 것이다. 내가 그토록 선망하고 희망하고 동경하던 그 이상형의 남성마저도 미래에는 그저 사이보그 인간이 될지도 모른다는 막연한 추측에 이르기도 했다. 어쩌면 나는 한 학기 아니면 두 학기 후에는 OHP 기계를 하나 달랑 들고는 인력시장에 나가서 고물이나 팔아야 되는 신세가 될지도 모른다. 키오스크, 인터넷, 멀티미디어, AI, GPT라는 테크놀로지 시대가 나를 그렇게 만든 것일 것이다. 능력이란 참으로 단순하고도 솔직한 것 같다. 클릭 하나로 모든 것이 결정되는 시대. 21세기인 지금의 능력이란 그런 것이기 때문이다.

°

11. 삼계탕 나누어 먹기

우리 미디어 아카데미는 대대로 기성 방송국에 가장 많이 취업이 되는 아카데미로 그 명성이 자자한 센터였다. 대학별로 각자 전공을 앞세워 아카데미에서는 아나운서나 배우 기상캐스터나 가수 등을 양성한다. 나는 그 중 아나운서반에 지원하였는데 모든 과목은 반별로 이루어지지만 통합반에서의 과제를 마지막으로 이수해야 졸업과 취업 추천 과정이 이어진다. 따라서 이 마지막 수업인 통합 과정에 모든 학생들은 사활을 건다. 미디어 즉 방송의 원래 속성이 종합 예술이며 상호 교차 협업되며 차후에라도 프리 선언이라도 한다면 모든 과의 일들을 능수능란하게 처리해야 하기에 센터에서도 통합 과목에 가장 큰 비중으로 체점하였다. 다른과 교수들도 혹시나 더 재능있는 새 학생의 발굴을 위하여 마지막 과제를 예의주시하는 터였다. 학생들도 각각 팀을 이뤄 주어지는 과제의 주제와 미디엄을 각을 세워 기다렸다.

  나는 아나운서 지망이었지만 배우, 가수, 기상 캐스터 각 한 명과 기타 스태프들 5~6명 가량으로 팀을 꾸렸다. 과제는 20분 가량의 드라마 한 편분을 촬영하는 것이었는데 갑부의 집에 가정부나 청소부로 몰래 숨어 들어가서 일꾼들을 매수하고 안방마님을 독살하여 그 자리를 차지하는 다소 황당한 내용의 미션이었다. 그러다 그 집 자식에게 들켜서 자식도 꼬셔서는 그 집의 부자 모두를 동시에 꿰차고는 재산까지 상속받고 아니 강탈하고 자신의 진짜 식구들을 하나 둘씩 불러들여서는 그 집 사람들과 한 자리씩 바꿔치기한다는 내용의 호러물 드라마였다. 초현실적 부분의 연기력과 상상력에 대한 표현력 그리고 다양한 인물을 위한 협업 등을 채점 기준으로 삼는다는 주최측의 언지가 있었다.

우리들은 일단 모여 앉아서 역할 분담부터 하기로 하고 초복인 관계로 빌딩 2층의 삼계탕집으로 향했다. 삼계탕은 기다란 누런 인삼이 한 개씩 꽂혀서는 자줏빛 대추 서너 개와 희멀건 찹쌀을 닭의 몸통 속에 꽉 채운 채로 각자의 앞에 대령되었다. 우리는 뜨거운 김이 모락모락 나는 뚝배기에 달려들기 시작했다. 그러나 아무리 생각을 해도 넷 중 한 사람만 주인공이 되어 부자를 모두 차지하는 스토리가 불공평하게 느껴졌다. 그래서 내가 새 안을 제안하려는 순간 찹쌀 한 톨이 김치에 튀어 미안미안해하며 민망한 채로 나는 오물오물 먹던 닭을 꿀꺽 삼키고는 본론을 이어갔다. 내 제안의 요지는 서너 여자들이 그러니까 각 반의 네 사람이 모두 그 집의 부자를 번갈아 차지하는 걸로 얘기를 바꾸자는 거였다. 그 와중에 부자 중 한 사람은 시청자들의 반응에 따라 한 명은 결투로 사망하게 하고 우리 넷이 한 남자의 부분들을 넷으로 쪼개어 갖게 된다는 결론이었다. 각각 십 년씩만 결혼을 릴레이 식으로 하자는 의견도 있었고 네 명은 기본으로 같은 집에서 상주하며 단지 얼굴 부인만 십 년에 한 번 교체하는 방안도 좋다는 결론을 내렸다. 단 순서는 우리들 간의 능력의 종류로 부인을 바꾸는 것으로 정하기로 했다. 가령 30대 때는 몸매, 40대 때는 지식으로, 50

대 때는 얼굴로, 60대 때는 글솜씨 같은 식으로 부인을 돌려 먹는 식이었다. 플롯이 정해졌으니 배부터 채우고 구체적 안을 세우기로 하고 우리는 잠시 삼계탕을 먹는 것에 집중하기로 했다.

  삼계탕의 국물은 따뜻하여 그 열기가 몸 구석구석을 녹여주는 느낌이었지만 깊숙한 뱃속 살은 아직 설익은 부분도 있어서 미끄덩거리고 뭉글스런 질감이 나서 배우반의 아이가 손을 번쩍 들더니 당장 완숙으로 대령하라며 호통이 오가기도 했다. 심지어는 서비스 점원이 삼계탕 그릇을 거둬 가다가 몽땅 엎어서는 삼계탕이 온통 바닥에 널브러지고 말았다. 나는 익은 부분만 억지로 골라 먹으며 시기상조의 논의는 어디에서건 반발이 온다는 사실을 다시금 터득했다. 설익은 열매는 떫기 마련이지.

  사실 아나운서로서 나의 도전이 그러했다고 나는 속으로 시인하는 와중에 있었다. 언어 영역 성적과 피티 성적이 낮아서 받아주는 아카데미가 없었고 간신히 학교 선배의 병가를 알고는 냉큼 이곳에 지원한 터였다. 병문안 간 자리에서 선배는 나 대신하는 거니 더 잘 하라며 단 재능이 없다면 헛꿈으로 끝나버릴 수 있으니 잘 생각하라는 조언이었다. 그 말에 난 용기를 얻기보다는 불쾌하고 더 오기가 났다. 내가 어디가 어때서 그런다지들. 앞으로 어학과 숫기를 늘려야겠단 결심이었다. 그러나 말처럼 되기만 한다면 뭐가 문제겠는가? 얘기인 즉슨 하루는 아침에 센터에 들어서자 갑자기 교수님이 지나가는 나를 붙들고는 일층 카운터에 한 시간만 서 있으라며 직원이 접촉사고가 났다는 사정이었다. 난 한 시간을 카운터에 서서는 각 교수님들과 손님들 귀빈들 회사 간부들, 모든 학생들의 중간 보고 시사회를 안내하게 되었었다. 그런데 사람들에게 안내멘트를 날리는데 이게 아나운싱의 테스트라는 생각이 자꾸 들고 이걸로 취직이 되거나 안 될 수도 있다는 생각에 급기야 바들바들거리며 어벙벙 말을 더듬으며 헤매기에 이르렀다. 재능은 고사하고 기본도 이르지 못한 풋내기 결점자로 전락하는 순간이었다.

삼계탕의 다리는 다행히도 두 개가 잘 붙어 있었다. 설익은 부분은 제끼고 닭다리를 양쪽에서 힘껏 땡기니 다리가 몸통에서 쉽게 분리되었다. 어기작하며 다리의 통통한 부분부터 뜯어제끼고는 나머지 다리도 균형을 맞혀 먹으려는데 아까 삼계탕을 쏟은 배우반 친구가 나도 하나만 달래길래 배를 여태 곯고 있는 것이 좀 불쌍하여 냉큼 다리 하나를 건네었다. 쫄깃한 식감에 만족한 그 친구가 감사의 뜻으로 미리 잘라 놓은 날개 한쪽을 건네었다. 나는 나도 있다며 옆의 가수반 친구에게 주었고 그녀는 한쪽 날개를 쪽쪽 빨아 뼈만 추려 말끔히 날개를 먹어제꼈다. 날개도 균형이라고 나는 나머지 남은 날개를 기상캐스터반 친구에게 건네니 그녀도 한쪽 날개를 뼈만 추려내고 날름 먹었다. 그리고는 기다리던 재주문한 완숙한 삼계탕들이 연이어 십 분 간격으로 도착하자 우리들은 약속이나 한듯이 다리 한 개씩 그리고 날개 한 개씩을 사이 좋게 양쪽에서 뜯어 나누어 먹었다. 뜨끈한 국물로 속을 채우니 지난 날들의 패배감과 누락감들도 씻은 듯이 낫고 지난 과정들의 고통과 아픔들도 모두 단번에 보상받는 느낌이 들어 만족감과 포만감이 힌꺼번에 밀려왔다.

옆자리의 아저씨는 우리를 힐끔힐끔 보면서 삼계탕을 나누어 먹는 것을 보더니 자리를 창가로 멀찍이 옮겨 앉았다. 직원에게는 냉풍기를 찾아 이동한다고 했지만 분명 우리의 재주문과 두세 사람이 삼계탕을 같이 쭉쭉 찢는 것을 보고는 혹여 다시 삼계탕을 엎을까 아니면 그 와중에 국물이 자신에게 튈까 염려하며 옮겨 간 것이 분명해 보였다. 아저씨는 여기 고추, 마늘, 된장을 더 달라며 마시던 물컵까지 바리바리 다 싸들고 뒤도 돌아보지 않고 옮겨 갔다. 남이야 가건 말건 나만 맛나면 되지 하는 생각에 우리들은 삼계탕 먹기에 집중하였고 식사 후의 구체적 안건에 대하여도 의견 통일을 보았다. 오늘의 식사는 대성공이요 과제도 큐싸인만 받으면 되었다.

설익은 요리는 나를 당혹케 했다. 불편했고 난감했다. 숙성되지 않은 요리를 손님은 대뜸 알아본다. 나의 미성숙은 모두 금방 알아차릴 것이고 주위를 혼란시킬 것이다. 안 되는 것은 안 되는 것이라고 말한다면 지탄을 받을 것이지만 적어도 안 된다면 무엇인가는 할 수 없음을 의미한다. 성숙의 경지로 숙성과 무르익음의 영역으로 들어가는 수에는 요행의 길이 없다. 모두가 그토록 사활을 걸며 절치부심하는 이유이다. 그게 뭐든 간에 말이다.

o

12. 통통한 희생

  우리 집은 딸만 여섯인 교사 아버지를 둔 중산층 가정이다. 아버지는 교감선생님이시고 지난 삼십 년을 교단에서 학생들을 가르치셨고 몇 년 연수 후에는 교장도 바라보시는 와중에 계신 얼핏 봐서는 꼬장과 엄격의 자태를 겸비하신 우리 집 가장이시다. 어머니는 과거 유치원 교사셨지만 아들을 낳으려 딸들을 연달아 나시고는 우리들을 키우느라 전업주부가 되신 엄하시면서도 동시에 자상하신 우리들의 대모시다. 할머니께서 아들을 워낙 원하셔서 그렇지 부모님 두 분은 그렇게 생각처럼 고지식하시거나 고리타분하시지는 않으시다. 단 여성도 커서는 사회적으로 큰일을 해야 하고 교육을 받은 제몫을 다해야 한다는 사고방식이셨고 최근 여성 정치인의 시련을 보시며 장차 우리 집안에서 정치가 그것도 대통령이 나왔으면 한다며 아예 공표를 하셨다. 과연 평생 교육자다운 결단력과 완고함을 보이셨다.

나? 나는 이 집의 넷째. 긴 생머리에 하얀 피부, 중간 키에 통통한 체격과 큰 눈에 도톰한 입술. 천상 유치원 원장감이다. 물론 어디까지나 내 생각에 말이다. 어렸을 적 너무 예쁘고 언변 좋으신 유치원 담임선생님이 선망이 되어 유치원 교사로 매진해 온 나였다. 어머니는 찬성도 반대도 아닌 네가 원하면 하라고 하셨다. 다른 자매들에게도 일이 있는 것이 중요하다시며 여자도 전문직이 아니더라도 설사 일반직이라도 성실과 끈기로 직업전선에 종사하길 주장해 오셨다. 그런 우리 어머니께서는 열렬 민국당원으로서 우리들 학창 시절에는 지역구 의원들을 알바로 보필하시다가는 우리들이 다 큰 지금에 와서는 아예 정당 사무실에서 살다시피 하셨다.

여권 신장에 따른 교육의 중요성과 책임감에서 비롯된 우리 부모님의 이러한 정치를 향한 열정과 동기는 당신들이 정당을 들락거리는 정도에서 멈추지 않았다. 정당 당원으로서 각종 행사와 시위에 참가하는 것은 물론 우리 자매들을 대동하시기를 강요하기도 하셨다. 때마다 돌아가며 우리 자매들을 번갈아 가며 참가시키시고는 주위 동료 분들께 얘는 첫째, 얘는 둘째 하며 소개하고 그 인상에 대한 후기를 수집하셨다. 걔 전공은 뭐고 성격은 어떤데 장차 대통령으로써는 어떠냐는 정보를 모으시는 거였다. 주위 분들이야 물론 나름 정견이 투철하시고 정치가에 대한 안목이 지대하신 분들이셨다. 이에 큰언니는 일부러 뽀글거리는 파마머리에 샛빨간 립스틱으로 치장하고 나가서는 숫기 없는 척을 해대기도 했고, 둘째언니는 차마 부모님 낯에 먹칠할 수가 없어서 반대 정당 색의 옷을 입고 나가는가 하면, 셋째언니는 폐병에 걸려 지금 검사 결과를 기다리고 있다고 둘러대기까지 했다. 나? 나는 넉살 좋고 활달하여 부모님 친구분들도 다 내 유치원 아이들인것처럼 친절하고 애교있게 그분들을 대하였다. 혹시라도 유치원 교사로 소개가 있을지도 몰라서였다. 혹 손자라도 유치원에 보내는 어르신이 계시다면 나를 선생으로 인정하시기를 내심 기대했기 때문이었다.

그런데 급기야 부모님은 정보 수합이 끝나기가 무섭게 정치가 아니 더 정확히는 여자 대통령을 만들기에 본격 돌입하신 듯 보였는데 그것의 종자돈으로 나를 삼으신 것이 서서히 드러났다. 어디서 들으셨는지 정치를 하려면 법을 전공해야 한다면서 먼저 나를 법공부를 시키려 하셨다. 사실 모든 어르신들은 정치가는 권위와 위엄이 있어야 한다면서 나는 일단 제끼셨지만 정작 부모님은 다른 자매들이 내가 하면 다 따라하는 걸 보시고는 나를 먼저 법공부를 시키시려는 거였다. 난 유치원 교사 연수를 바로 앞에 두고 있었고 여기에 참가해야 교사 발령이 나는 상황이었다. 다른 자매들은 사실 내 일거수 일투족을 예의주시하며 다들 따라하거나 하지 않거나 하기는 했다. 가령 내가 마켓에 간다고 하면 영락없이 집에 있는 자매는 마트를 따라 나섰으며 저 영화 진짜 재미 없다고 하면 바로 채널을 돌렸고, 그 남자 별로야 혹은 괜찮은데 하는 의견에 따라 만날지를 결정하곤 했다. 이를 두고 부모님께서는 나를 사교성이 있다고는 생각하셨지만 정치인다운 위엄이 없다며 일찍 시집가라고까지 일찌감치 훈수를 두신 상태였다. 그런데 법공부를 해야 정치인이 된다는 말을 들으시고는 나의 친화력을 이용해 자매들을 법학과에 보내고 또 그녀들을 여자 대통령으로 키우실 작정인 거였다. 소위 나의 삶은 위엄있는 다른 자매들을 정치가로 키우기 위해 이용되고는 뒤로 내쳐질 거였다. 이 마당에 법공부라니 나의 평생 꿈은 산산조각이 나고 유치원 교사로의 꿈은 한갓 휴지조각이 되어 희생의 재물로 바쳐질 판이었다.

  더군다나 나는 심장판막증의 초기 진단을 받아서 충격이나 위태로운 상황은 피하라고 의사의 신신당부가 있던 터였다. 의사는 내가 시위판이나 선거판에 나간다면 사망할 수도 있다고 경고했다. 그럼에도 부모님은 나의 삶은 안중에도 없으셨고 다른 자매들의 대통령 만들기에 혈안이 되어 나를 어떻게든 사이버 법대에 입학시키려 했다.

  나는 그날도 거리를 걷고 있었다. 청계천 다리 부근이었는데 저쪽 끝에서 나풀대는 것이 있어 쫓아 쫓아 따라가보니 녹색 새마을

기가 펄럭이며 계속 나를 어떤 곳으로 끌고 갔다. 앞이 안개로 희미하여 어딘지 분간이 되지 않았는데 철커덩하며 부딪히는 소리가 있어 고개를 돌려보니 내 뒤에서 철창살을 굳게 닫아버려 내가 작은 지하방에 갇혀 버린 거였다. 옆에는 독일에서 왔다며 얼굴을 검게 칠한 광부들과 시체를 안고 누워 있는 간호사들도 같은 방에 갇혀 있었다. 나는 우리가 도대체 무슨 잘못을 했냐며 나라를 위해 형제 자매를 위해 죽어라 일한 죄밖에 없다며 울며불며 눈물이 범벅이 되어 소리소리를 지르다 보니 누가 나를 마구 흔들어 깨워 일어나 보니 막냇동생이 옆에 있었다. 언니가 갑자기 쓰러져서 119 타고 응급실에 왔고 여기서 일주일이 지났다고 했다. 나는 동생에게 만약 내가 법공부를 하면 너도 따라 하겠니? 라며 물었다. 아닌 게 아니라 다른 자매들은 법학과 원서를 모두 받아 놓았다는 거다. 그렇다. 나의 살신성인 정신을 따른 부모님의 대승이었다. 나의 지난 며칠 간의 정신을 잃은 혼비백산이 자매들을 움직인 거였다. 다행히도 의사의 강력한 제지와 권고로 나는 그 행렬에서는 간신히 빠질 수 있었다.

퇴원 후 집안에는 다시금 평화가 찾아왔다. 본의 아니게 나의 살신성인으로 인하여 다섯 자매 모두 법학 공부에 매진 중이고 나는 모 유치원에 교사로 재직 중이다. 나는 여러가지 이유로 인하여 부모님의 기대에 부합하지 못한 것에 내심 자책도 느꼈지만 백

의종군의 심정으로 우리 아이들에게 올인하기로 한다. 부모님은 자매들을 우리나라 여자 대통령으로 키우기 위하여 그리고 또한 나라의 미래를 위하여 오늘도 열일 중으로 정당 사무실에서 의견 취합 중이시다. 그 열정과 포부에 박수를 보내며 어느 날엔가 올 밝디밝은 자매들의 영광의 그날을 그려본다. 왕관의 무게를 부디 견뎌 주길, 운명을 부디 사랑할 수 있기를 바라본다.

 가을의 코스모스는 갖가지 색을 뽐내며 하늘거린다. 산책의 길에서는 한산하며 평화로움 속에서 바람결을 따라 산들거리는 꽃잎의 새초롬함을 오롯이 보듬어 본다. 걷고 있는 이들의 미래도 이처럼 복스럽고 아늑하길 빌어본다. 선대의 윗분들의 나라를 향한 노고와 수고로움으로 지금의 이곳이 이렇게 있을 뿐임을 절감하며 감사와 존경을 품어본다. 자매들아 기운내고 행운을 빌어 비록 가시밭길 자갈길이라도 다시 또다시 일어서서 행진하길. 그래서 반드시 목표를 이루길 나의 길과 더불어 나라의 길, 무엇보다 국민을 위한 그녀들의 길의 영광과 번영을 빌어본다.

○

13. 예견된 배신

 내가 처음부터 친구의 남자친구를 빼앗기로 했던 것은 결코 아니었다. 친구를 배신하는 방법에는 물론 여러 가지가 있긴 하다.

돈을 빌리고 갚지 않는다거나 보증을 서게 해 놓고 튄다거나 아니면 같은 일을 공모해 놓고 자신만 쏙 빠진다던가 다른 친구들하고 같이 욕을 해놓고 그런 일 절대 없다고 딱 잡아떼던가. 하여튼 친구를 배신하는 방법에는 크든작든 아주 많은 방법이 있는 것을 나는 잘 알고 있다. 그러나 그중에서도 최악은 남자를 빼앗는다거나 아니면 그녀의 일을 빼앗는다거나 하는 식이 가장 최악이라고 나는 생각한다. 그럼에도 내가 그 두 가지를 동시에 저질렀다는 사실은 우리 동창들 사이에선 공공연한 비밀이다. 그렇다고 내가 아주 죄책감이 없는 것은 아니다. 그 친구가 하던 전공 일을 마치 내 일인 양 차지한 것이 어찌 자랑스러운 일이겠는가? 더군다나 친구가 그토록 목메었던 남자를 나의 것으로 가로챈 것에 어떻게 떳떳할 수 있단 말인가? 그렇기 때문에 나는 되도록이면 공적으로 드러나지 않는 그런 삶을 살기로 한 것 같다. 예를 들어서 SNS를 전혀 하지 않는다던가 아주 친한 두세 사람만 만난다든가 하는 식으로. 나는 나름 나의 삶을 견제하고 조절하고 있는 중이었다. 친구의 애인은 내가 안면몰수하고 친구로부터 빼앗을 만큼 그렇게 멋지고 잘나가는 부잣집 자제이긴 했다. 직접 대면한 적은 없었지만 먼 발치에서 그리고 친구와 문자나 톡을 할 때의 모습에서 나는 그의 자태를 언제나 느껴왔다. 사실 생긴 것이 그렇게 중요한 건 아니다. 그 사람의 가정 배경이라든가 하는 일, 아니면 지적

물적 정도, 그런 것들이 더 중요하고 나를 그로 이끌었던 것 같다. 내가 어떻게 친구에게서 그녀의 애인을 빼앗았는지에 대한 방법적인 문제는 굳이 언급하지 않으려 한다. 그것은 대개가 거의 뻔하기 때문이다. 육체적으로 유혹을 한다든가 아니면 우연한 기회라고 가장한 채로 그를 몇 번 마주친다든가 스킨십을 통해서라든가 나는 얼마든지 그 애인을 뺏을 수 있었던 것이다. 이것을 계기로 친구는 실신하여 병원으로 실려가긴 했지만 그녀도 언젠가는 그녀의 맞는 짝을 만나게 될 것이기 때문에 그리고 필요하다면 내가 어느 정도 도와줄 수도 있기 때문에 난 그렇게 큰 죄책감을 느끼지는 않았던 것 같다.

우리 커플은 다른 여느 커플과 같이 몇 개월의 교제 이후 부모님들을 대면하는 상견례를 치르게 되었다. 모 호텔에서 한정식으로 진행된 모임이었는데 양가 두 어른과 형제자매들 두세 명을 함께 보는 자리였다. 그 자리에 나온 음식들은 과연 정갈하고 품격 있으며 고급스러웠다. 그 가족들은 어찌나 먹는 것과 패션과 에티켓이 훌륭하던지 나는 나의 모든 도덕적인 자멸감에도 불구하고 이 상황에 충분히 내심 만족하였다. 그 두 부모님께서는 나를 두세 번 먼저 본 적이 있었고 우리 부모님도 남자를 한두 번 본 적이 있으셨기 때문에 우리들은 자연스러운 다음 예식을 위한 준비를 위한 이야기를 나누었다. 호텔의 창살로부터 비쳐지는 햇살이 테이블의 흰 부분을 반사하여 눈이 부시게 만들었으며 접시들의 양가에 새겨진 금도금이 우리들에게 준비된 금반지, 혹은 다이아반지와 같이 반짝거리며 우리들을 반겨주는 듯했다. 김이 모락모락 나는 갈비 같은 음식들과 포소송 깨물어지는 감자나 당근의 질감으로 인하여 우리들의 뽀송한 행복한 마음을 배가시켜 주었다. 폭신한 의자의 털들은 우리들을 향하여 무한한 박수세례를 보내며 우리들에게 축사를 날리고 있었고 간간이 들어오는 종업원들의 정갈한 유니폼의 하얀 깃선이 우리들이 영원히 서빙을 받을 것처럼 명쾌하게 목부분과 가슴 부분을 가르고 있었다. 우리 두 가족의 목소리는 나즈막히 고급스러운 실크 벽지에 반사되어 살짝씩 울리기도 하였다.

그렇게 상견례는 긴장과 환희 속에서 무사히 조용히 진행되었고 두 달 후 우리는 결혼식을 마침내 올렸다. 나는 친구에게 청첩장을 보내기는 했지만 그녀가 오리라고 생각하진 않았다. 역시 그녀는 결코 오지 않았는데 짧은 카톡 문자를 보낸 기억이 나기는 한다. 그녀도 어디인가에서 누구와든 나만큼 훌륭한 배필을 만나리라고 생각했다. 신혼집은 시댁에서 마련해준 아파트였는데 시댁과 친정의 중간 지점으로서 수영장이나 짐 같은 여러 편의시설과 막 건축된 새집의 냄새가 났고 고급스러운 깔끔한 집이었다. 우리 둘은 신혼의 단꿈에 젖어 그렇게 몇 개월을 보내게 되었다.

서로의 집안 환경에 익숙해지느라 애를 먹기도 했는데 김치에 젓갈을 넣느냐 넣지 않느냐 등의 차이, 아니면 커피를 인스턴트 커피를 먹느냐 내리는 커피를 먹느냐 아니면 캡슐을 먹느냐의 차이 등이 있었던 것 같다. 그리고 아침을 빵이나 밥으로 먹는 것의 차이 혹은 국이나 찌개를 항상 곁들여야 한다는 것의 차이 혹은 TV는 마루에만 있어야 한다, 아니다 방에만 있어야 한다 등의 차이 등이 우리를 귀찮게 하였다. 그러나 우리는 신혼이니 만큼 모든 것을 이해하고 즐겁게 받아들이며 행복한 나날을 이어갔다.

  그러나 그 중에서도 가장 큰 난관은 자녀 문제였는데 시댁에서는 둘셋 이상을 낳아서라도 꼭 아들을 낳아야 한다고 주장하셨고 나는 아들이건 딸이건 상관없이 하나만 낳고 싶다고 주장했다. 시댁과 나는 이 문제로 실갱이를 엄청 하였는데 그 문제로 시어머니는 앓아눕기도 하셨다. 어떻게 종갓집의 며느리가 자식을 하나만 아들, 딸 상관없이 낳겠다고 하는지 도저히 이해가 가지 않는다시면서 이혼이라도 불사시겠다고 할 정도였다. 그래서 나는 자식 하나만을 낳는다는 것을 전제로 아들로 정해서 시험관 아기를 시도하자고 제안했다. 그리고 그 일은 일사천리로 진행되었다. 나는 하루에 1번 주사를 맞아야 했고 병원에 일주일에 1번 방문해야 했으며 다가오는 수술을 대대적으로 준비해야만 했다.

  눈 깜짝할 사이에 집에서는 아기 소리가 울려 퍼진다. 그 아이는 과연 아들이다. 아들은 눈이 동그랗고 까맣다. 짧게 듬성듬성 난 보드라운 머릿결에 손을 대서 호호 불어보고 아기의 냄새를 맡는다. 달콤시큰한 사랑스런 냄새가 난다. 피부는 진정 뽀송뽀송하며 부드러우며 나의 분신인 것처럼 그렇게 나의 것과 별 다름없이 나의 피와 살로 과연 느껴진다. 아들의 발가락은 너무 작고 귀여워서 꼭 깨물어주고 싶은데 그 발바닥을 나의 볼에 대고 부비부비하다 보면 나의 모든 생은 기쁨과 보람과 환희로 넘쳐남을 느낀다. 아들은 가끔 울어대기도 하고 밤에 잠을 못 자거나 기저귀를 갈아달라고 울 때면 오히려 너무 귀여워서 몸이 바스라질 정도로 녹아나는 느낌이 들기도 했다. 아들은 반은 모유를 먹고 반은 우유를 먹고 자랐다.

그렇게 일 년이 됐던 날 우리들은 아들을 위하여 돌잔치를 열기로 한다. 뷔페의 한 라운지를 빌려 무리 모든 가족들은 우리 아들의 돌잔치를 기념하기 위하여 모였다. 이번에는 삼촌, 고모, 사촌, 큰아버지 모든 분들이 대거 몰려오셨다. 사진을 찍고 떡을 먹고 케이크를 자르고 아기는 남편처럼 연필을 집었을까? 무엇이건 전혀 개의치 않는다. 무엇으로 자라건 전혀 부족함이 없게 할 것이다. 그리고 나의 아들은 무엇이 됐건 반드시 성공할 것이다. 어머니는 내심 자식을 또 낳기를 기대하고 계신 것 같았다. 그러나 나는 나의 아들 하나로 모든 것을 올인하기로 결심한 지 오래다.

어느 날엔가는 시부모님이 나의 방에 성큼성큼 들어오셔서 내가 걸어 놓은 십자가를 반토막을 냈을 땐 이혼이나 먼 나라로 훌쩍 떠나고 싶었지만 나는 내 아들 하나만을 바라보면서 이 가정을 지키기로 결심했다. 그리고 돌이 되는 오늘과 같은 날에는 과연 그 보람을 맘껏 느낀다. 종교 문제, 자녀 문제 등으로 시댁과의 잦은 마찰은 솔직히 나를 지치고 질리게 하지만 아들만 있다면 모든 상관없다고 느낀다.

이때 한 통의 전화 문자가 날라왔다. 남편의 옛 애인인 내 친구 H다. 잔치에는 직접 가보지 못해 미안하다며 한 달 후에 결혼할 청첩장을 보낸 것이었다. 남편감은 나도 잘 알고 있는 우리 대학 동창의 한 명이었고 다름 아닌 나의 대학 시절 내내 나와 CC로 함께 다녔던 바로 그 아이였다. 이것을 피차 일반이라고 해야 하나? 역지사지라고 해야 하나? 도대체 무식하기 짝이 없는 나는 이 상황을 뭐라 표현할 길이 없다. 그러나 그 남자도 내가 대학교 일학년 때 그 친구로부터 빼앗은 남자친구였다.

세상은 알 수 없다. 어디로 흘러가든 어떻게 흘러가든 그저 운명에 맡겨야 하는지도 모른다. 그러나 나처럼 운명을 거스르고 개척하는 자에게는 어떠한 종류의 행운이 오리라고 나는 반드시 생각한다. 이제는 다 지나갔다. 우리 아들만 생각하기로 나는 결심한다. 그 숱한 오열들의 지점은 이제 다 지난 것이다. 다 지나가게 마련인 것, 그게 삶이기 때문이다.

o

14. 메탈의 질감

　수술대 위의 질감은 양철 메탈의 느낌으로 나의 뼈와 살이 닿을 때면 그 차가운 냉한 기운이 한겨울의 얼어붙는 얼음살과 부딪히는 느낌이 들 정도로 서늘하였다. 얇은 흰색 면천이 덮어씌워 있기는 하였으나 그 흰색의 기운마저도 너무도 창백하고 처연하여 마치 수술대에 25번 이상을 누운 나로서도 도대체가 적응이 되지 않는 질료의 질감이었다. 어떻게 철저히도 그렇게 가소롭게 시늉인 양 면 덮개를 씌워 놓을 수 있는지 병원 측에 한번 묻고 싶을 정도였다. 절대 만나서도 안 되고 만날 수도 없으며 만나고 싶지도 않는 철제와 면포의 질감이란? 그곳에 누워 보지 않은 사람은 절대로 알 수 없는 종류의 질감이었다.

　그래도 나는 온갖 종류의 처연함을 꾹 참고 26번째 수술에 도전하고 있었다. 얼굴에 칼을 댄다는 것이 운명학적으로 어떤 의미가 있는지 나는 잘 알 수도 없고 알고 싶지도 않았으나 중요한 것은 내가 새로운 마스크를 지닌 새 인간으로 재탄생된다는 그것 자체에 있다. 그 퉁퉁하고 거칠며 무식하기 짝이 없어 보이는 둥근 코와 찢어진 눈 그리고 얇아서 보이지도 않고 덧대고도 싶지 않은 입술 거기다가 튀어나온 턱까지 내가 거울을 바라볼 때 얼마나 모멸감과 자괴감을 스스로 느끼는지에 대해서 그리하여 나의 온 삶이 온통 절망과 지옥의 나락을 걸어 왔다는 것을 사람들은 결코 조금도 알지 못한다. 그것이 이곳 양철 침대 위에 25번 이상을 누울 수 있도록 하게 하는 오히려 유쾌한 견인차가 되고 있음을 나는 알고 있었다. 나의 과거의 얼굴에 오히려 감사해야 하는 걸까? 나의 오기와 집념의 원천이 되고 어떠한 것도 불사하려 하는 욕망의 불사조와 같은 열정이 오직 나의 추악한 과거의 얼굴로부터 나왔다는 사실은 모순이 아닐 수 없었다.

그러나 지금은 거의 다 되었다. 나의 얼굴은 새로운 완벽한 미인형의 얼굴로 탈바꿈 되고 완성되어 가고 있었다. 이번으로 26번째를 맞이하면서 나는 이제 수술의 종지부를 찍을 작정이다. 사진을 찍어도 카메라에 비추어도 나의 얼굴은 이제 과히 전형적인 세련되고 지적인 미인형의 얼굴로 뒤바뀌어 있는 것이다. 나의 성취와 성공은 25번의 시도에 대한 보답이요 인내의 결실 그 자체일 뿐이다. 물론 나는 얼굴뿐만 아니라 몸에 대해서도 관리를 하고 있다. 평소 국물이 많은 감자탕이나 삼계탕을 선호하는 나이지만 수술대 위에 오른 이후부터는 얼마나 아름다움이란 것이 피를 깎는 고통을 수반해야 하는지를 알고 그것을 얻는다는 것이 얼마나 소중한지 얼마나 처절한 각고의 노력 끝에야만 가질 수 있는 행운인지를 잘 알기에 당연히도 나는 동시에 다이어트까지 감행한 것이었다. 몸매 관리를 위해서 난 해보지 않은 운동이 없는데 헬스, 사이클, 필라테스, 등산 등의 운동을 섭렵하면서 나는 요요의 함정에 빠지지 않기 위하여 필사적으로 노력한 바 있다. 즉 절대 선풍기의 여자는 되지 말자. 다짐에 다짐을 거듭하면서 얼굴이나 몸 중 어떠한 것도 놓침 없이 꽉 다잡자고 다짐에 다짐을 거듭한 바였다.

그러던 어느 날에는 남편이 그리도 좋아하는 수육이 테이블에 올라왔을때 나는 김이 모락모락 나고 포슬포슬한 비계와 살 두 덩이를 볼 때면 나의 모든 식욕들이 역류하여 나의 동공을 한껏 동그랗게 만들면서 나의 후각과 미각을 자극하여서는 그것의 조각을 열 개가 넘게 우걱우걱 삼켜대는 상황을 식탁 의자에 다소곳이 앉아 그저 상상만을 그저 그렇게 상상하기만 하기도 했다. 새우젓에 살짝 찍어서 김치와 함께 오물오물 아삭아삭 먹는 나의 모습이란, 기름 덩어리가 없는 기름이 쫙 빠진 수육덩어리일 뿐인데도 나는 그저 한 조각을 낼름 집어먹고는 온갖 자책감을 불러들일 뿐이었다. 이러한 나의 갖고의 노력 끝에 나는 드디어 KBC라는 방송국에서 진행하는 오후의 마당이라는 프로의 PD로부터 '큰소리 입담녀' 코너에 출연해 달라는 길거리 섭외를 받기에 이르렀다. 과연 내 노력의 끝은 심히 창대할 뿐이다. 나의 그토록 아리따운 얼굴과 날씬한 몸매 그리고 그것에 대한 노하우와 경험담을 줄줄이 말하는 코너에서 나는 과연 여왕의 자리를 차지할 수 있을 것인가? 사실 '큰소리 입담녀'에서 여왕을 차지하기만 한다면 각종 혜택이 주어지는 것은 당연지사이다. 각종 다른 프로그램으로부터 섭외가 이어지는가 하면 그곳에서 받은 상금으로는 유럽 여행이나 미주 여행을 맘껏 할 수도 있을 것이다. 또한 나를 따르는 많은 팬들이 생겨서 그들과의 연계로 인하여 나의 삶은 그득하여지고 풍성하여질 것이 자명하다. 심지어는 각종 정치, 문화 행사에 초빙되어 청와대나 백악관에서 진행하는 각종 행사에 얼굴마담으로 혹은 진행자나 프리젠터로도 활약할 수 있을 것이 분명하다. 과연 나의 25번 그리고 26번째를 찍은 지난한 노력이 그 진가와 효력을 드러내기에 이를 것이다.

그러나 왕관의 무게는 무겁기 짝이 없는 법이다. 모든 친척과 친구들의 시기와 질투가 넘쳐서 나는 방송이나 행사 외에는 거의 모든 개인적 관계에서는 오직 어긋날 수도 있다. 나의 모든 삶은 리얼하게 방송이나 행사와 연루될 것이며 나는 그저 팬들에 의하여 나를 지지해주는 지지자들에 의하여만 나의 권위와 권력이 행사될 것이기에 나는 그때부터 아마도 묘한 연예인병에 시달릴지도 모른다. 단숨에 모든 뭇 남성들의 선망의 대상이 된 나로서는 이 큰 영예를 어찌할 바를 모르며 주체할 수 없는 지경이 될지도 모르는데 이로 인하여 친구와 친척들은 뭔가 나를 다른 세상의 사람들인 양 나를 우러러 보거나 영웅시 하거나 왕따를 시켜버릴지도 모른다. 가까이 범접하지 못하는 괴이한 인물 취급을 당할지도 모른다. 슬리퍼 질질 끌며 파자마 차림으로 나갔던 편의점 앞에서의 사발면 야식 따위는 이제 영영 굿바이인 것이다. 백화점 야외 카페에 앉아 다리를 꼰 채로 아이스 아메리카노 한잔을 테이블에 놓고는 지그시 책장을 넘겼던 온갖 교양 어린 지식인으로서의 나의 일상과 여유는 사라질지도 모른다.

우수수 낙엽이 떨어지는 주홍빛 가을 들녘의 타오르는 노을을 바라보며 소소한 나의 재미와 한가로이 산책했던 그 저녁의 한가로움들은 옛날 타임캡슐에나 나오는 이야기가 될지도 모른다. 물론 왕관의 무게란 견디기 쉬운 것이 결코 아니리라는 것을 나는 잘 알고 있다. 나의 빛이나 후광이 비추는 얼굴과 일단 보면 그냥 지나칠 수 없는 나의 자태 등으로 인하여 나에게 씌워질 왕관의 무게는 어쩌면 견디기 힘들고 감당하기 벅찰 수도 있으리라. 그러나 일단 '큰소리 입담녀'로 등극하기만 한다면 나는 온갖 부와 명예 권위와 권력에 온갖 부러움을 사는 종류의 삶을 살게 될 것이 분명하다. 거기다가 그 큰 성에서의 생활이란 참으로 기가 막히는데 아침에 일어나서 저녁에 잠들 때까지 나를 시중드는 시녀들와 종들이 줄을 서서 내가 손끝 하나 까딱할 리 전혀 없는 시중들을 들 것이다. 나의 옷을 챙겨주거나 나의 식사를 챙겨주는 더하여 나를 운전하고 데려다주며 나의 스케줄을 관리하는 비서에 이르기까지 그 성에서의 삶은 정말 말만 듣던 왕녀의 삶 그 자체일 것이다. 고급스럽게 레이스로 짠 하얀 식탁보와 오 미터가 넘는 기다란 식탁에 왕과 나는 마주보고 베이컨과 달걀 셀러드와 치즈를 곁들인 프렌치식 식사를 할 것이다. 우리는 아무 말 없이 서로의 얼굴을 바라보며 조물조물 영양가 있는 영양식들을 고루 섭취하며 매일을 하루같이 즐거이 식사할 것이며 가벼운 눈인사와 키스 정도로 하루의 일정을 시작할 것이다. 아침부터 마시는 스파클링 샴페인은 기포가 오묘하여 과희 명인이 만들었다는 유리잔 속에서 뽀글뽀글 그 현란한 환희의 광기를 드러낼 것이다. 이 순간에 나의 모든 영예와 영광을 그 스파클링 방울들이 톡톡 소리를 내며 터트리고 있는 것이다.

내 인생의 모든 황금의 결실과 빛나서 눈이 부시기 짝이 없는 각종 보석들과 빛나는 의상들 그것들을 섭렵하면서 나는 하루하루를 복에 겨운 호강을 누리고 살 것이 자명하다. 일주일에 두세 번 있는 공적 일정을 소화하느라 나는 부티끄와 미용실 그리고 몸매 관리실을 들락거리며 여유있으며 풍요로운 왕녀로서의 의무를 실천하는 삶을 무궁토록 누리리라. 나는 발코니 너머에서 나를 향해 환호하는 군중들을 생각하면서 왜 이리도 소란해, 왜 떠들어

대는 것이냐라고 궁시렁거리면서 요리사가 갓 구운 카스테라에 생크림을 올린 딸기 케이크를 오물오물 씹어먹고 있을 것이다. 물론 이러한 종류의 삶은 내가 '큰소리 입담꾼'으로 선발되어야 모두 가능한 일일 터이지만 말이다.

비가 유난히 억수로 퍼붓는 그날 나는 26번째 수술을 마치고 얼굴에 덕지덕지 살색 빛의 테이프를 붙이고 택시를 타고 집으로 돌아왔다. 아직까지 나는 그 어느 수행원도 비서도 당연히 있지 않다. 나는 아직 그저 수술을 26번이나 한 워너비의 한 사람일 뿐이다. 하룻밤만 자고 나면 나는 드디어 '큰소리 입담녀'로서의 준비를 본격적으로 시작할 기세이다. 다음날 나는 조심스럽게 붕대를 풀어서 갸름해진 턱선을 확인하려 하고 있었다. 그리곤 병원에서 준 크림을 얇게 펴 바르고 그 위에 살짝 비비크림을 덧바르고 진분홍색 닙클로스로 마무리한 다음 나는 아주 청쾌하고 상큼한 기분을 가지고 드디어 세상에 나의 모습을 공개하기 위해 시장으로 길을 나섰다. 물론 내가 갈 수 있는 공적인 곳이라고는 아직은 동네 시장이나 마트에 불과하였지만 평소 단골주인이나 지나치는 동네 사람들에게 나는 나의 자랑스러운 외모를 보이고 드러내고 싶었다. 나는 몇 가지의 찬거리를 사고는 검정색 원피스를 바람에 시원히 휘날리며 위풍당당하게 집으로 돌아오고 있었다.

그런데 어디에선가 아이들의 외치는 소리가 들렸다. "선풍기 아줌마 지나간다." 내가 선풍기 아줌마라고? 내가 언제부터 선풍기 아줌마였지? 선풍기 아줌마란 과연 무엇을 의미하는 것인지? 나는 갑자기 혼돈과 패닉 상태에 빠졌다. 나의 이토록 아름다운 외모를 보고 선풍기라고 지칭하는 자는 무슨 근거로 그런 말을 망발한단 말인가? 나는 집에 돌아와 소파에 파묻혀 쿠션을 끌어안고는 엉엉 울다가 깊은 잠에 빠져들었다. 나는 검고 질기기 질긴 동그란 바퀴가 달린 초록색 포니 자동차를 타고 응답하라 일구팔팔의 그 동네를 헤매고 있다. 그곳은 나의 어린 시절 고향 동네이다. 사람들은 다 온데간데 없었지만 그곳의 집과 흔적들은 그대로 남아 있었다. 나는 그 동네를 옛날의 얼굴로 걸어 돌아다니며 지난날의 추억에 빠져들었다. 친구들, 가게 아줌마, 복덕방 아저씨, 쌀집 가게 할머니들이 떠올랐다. 그렇다. 나는 지금 이 순간 그저 옛날로 돌아가고 싶을 뿐이다. 왕관의 무게는 너무 잔혹하다. 왕관의 무게는 잔인하다. 왕관의 무게는 처절하다. 이것을 나는 모르고 25번 26번의 여정을 감행한 거였다. 돌아가고 싶은 나의 갈망은 소파 속에서만 이루어질 것이다. 나는 다시 잠에서 깨어나 선풍기 아줌마로 돌아가야 한다. 그것이 나의 삶인 것이다. 선풍기 아줌마 그것이 나의 왕관의 무게를 헤쳐가는 용기있는 유일한 길인 것이다.

○

15. 타워팰리스로도 위로가 되지 않는

 사실 내가 이혼을 하게 된 경위와 이유가 그리 단순한 것은 아니었다. 더군다나 내가 지금에 와서 재혼을 준비하는 것이 상대의 재산이나 바라보며 치근덕거리는 그런 것은 더더욱이 아니다. 정말 어쩌다가 해도 해도 되지 않아 나는 이혼을 하게 된 것이다. 이혼을 바라는 사람이 어디 한 명이라도 있단 말인가? 그러나 정말 나는 어쩌다가 정말 해도해도 되지 않아서 이혼을 할 수밖에 없는 그런 상황이었던 거다.

 나의 남편은 나를 하나도 이해하지 못하는 전혀 다른 세상에서 온 사람같은 외계인 같았다. 적어도 이혼할 당시에는 그랬다. 우리는 온갖 종류의 이혼의 사유들을 서로가 갖고 있었는데 남편에게도 여자친구가 있었고 나에게도 남자친구가 있었으며 우리는 부정한 관계를 맺었을 가능성이 서로가 있어 보였다. 그렇다고 내가 내 남편을 무시하거나 싫어했던 것은 아니었으며, 내 남편도 그것은 마찬가지였다. 서로의 애인에 대해서 관여하지 않을 만큼 우리는 사랑이 식어 있었던 것도 사실이지만 그 사실 자체가 자존감을 침해하였다는 측면에서 우리는 서로를 견디지 못했다. 어떻게 니가 나한테 이럴 수 있어? 어떻게 너 따위가? 나의 심기를 건드릴 수가 있어? 하는 식이었다.

우리 둘의 집안은 그저 평범한 별 볼 일 없는 집안들이기는 했다. 그저 내세울 거라고는 남편은 주식 컨설턴트라는 비교적 벌이가 안정된 고소득이 보장되는 직업을 가지고 있었고 나도 방송인이라는 어엿한 전문 직종인이었다. 직업상의 조건이 동등하다고 생각하여 아마도 우리는 애시당초에 만났던 것 같다. 서로의 외모도 준수한 수준이어서 서로가 인기도 많았고 집안에서 지원해주는 자금도 어느 정도 일정하여 비교적 안정된 신혼살림을 꾸릴 정도였다.

그러나 우리가 서로를 사랑하였는지에 대해서는 의문이 든다. 그냥 조건도 웬만하였고 외모도 웬만하였고 직업과 성격도 웬만하여서 우리는 거의 막차를 타는 기분으로 결혼을 하지 않을 수 없어서 그저 동등한 조건임에 만족하며 결혼에 이르렀다. 그러나 우리의 취향과 성격과 관심사는 매우 판이하여서 우리는 주말을 따로 보내기 일쑤였고 심지어는 주중에도 일이 끝나고 들어오지 않는 날도 가끔 있었다. 그런 것에서부터 아마 우리들의 불신이 시작되었지 않았나 싶다. 내가 차려 놓은 밥상은 잘 먹지 않았으며 어머니가 해오신 반찬이나 사온 반찬만 즐겨 먹는 그가 나는 너무 미웠고 나를 사랑하지 않는 것이 나 역시 사랑하지 않았음에도 실망스러웠고 참담했다. 아이를 가지려고 노력하지 않는 그의 태도 역시 실망이었고 이런 거 저런 거 무관심으로 전혀 개의치 않으면서 우리의 결혼 생활에 집중하지 않는 그가 원망스러웠다. 나에 대한 애정은 없다 치더라도 장차 자손을 위한 일이라든가 미래를 향해서 건설적이고 계획적인 일이라고는 조금도 관심이 없었던 그에게 실망감만 쌓여 갔다. 그가 그렇다고 다정하지 않다고 자상하지 않은 것은 아니었는데 그런 것들은 외부 여자들에게 써먹는 그런 판국이었다.

이런 와중에 나의 같은 방송국 동료들은 변호사다 판사다 재벌가다 하면서 잘도 팔려 나갔다. 그네들은 어떻게 그런 사람들과 만나게 되어 어떻게 그런 사람들과 사랑을 하게 되어 결혼까지 이르고 그리고는 곧 순풍순풍 아들딸들 잘도 낳고 사는지 신기하고 의뭉스럽기만 했다. 도대체 내가 내 남편과 결혼해서 얻은 것이라고는 단 하나도 없는 손해만 보지 않는 그저 평균치만 유지하는 그저 그런 별 볼 일 없는 삶을 살고 있는 느낌이 들었다. 나의 삶이 허술하며 허접하다는 생각이 들기 시작했다. 그때부터 나는 가끔 외부 남자들을 만나고 돌아다녔는데 그렇다고 외도를 한 건 아니었지만 생일, 결혼기념일 등 하루도 우리는 같이 함께 있어 본 적이 없다. 지난 5년 간 말이다. 가끔 가다가 동료들의 집들이라도 가는 날이면 내 속은 뒤집어진다. 어쩜 그렇게 좋은 집을 어쩜 그렇게 싸게 잘도 사서 그리도 잘 사는지들? 아기들도 빵긋빵긋 웃으며 어머니 아버지를 판에 박아 어찌 그리 어여쁘고 사랑스럽단 말인가? 그들은 때로는 정략으로 결혼하기도 하였으며 팔려가다시피 하는 친구들도 있었는데 나는 그것들을 내심 불쌍하다고 생각하고는 있었다. 어떻게 결혼을 정해진 짝을 얼굴 한번 보지 않고 할 수 있단 말인가? 어떻게 재산을 유지하기 위하여 사돈을 맺는 사람들의 자녀가 될 수 있단 말인가? 외모나 직업만을 보고 뚜쟁이들에 의해서 선에서 한두 번 본 후에 일사천리로 결혼한 이들이 나는 내심 불쌍하다고 생각해 오던 차였다.

그러나 나의 지금의 사태를 본다면 그 모든 나의 측은지심이 얼마나 사치스러운 치기에 불과했었는지가 드러나는 순간이다. 정략이다 뚜쟁이다 해서 만난 이들은 잘 먹고 잘도 산다. 그래서 드디어 나는 결심하기에 이르른 것이다. 이 보통이기 그지없는 그래서 볼 것 하나 없는 평범하기 짝이 없는 이 남자를 버리기로 한 것이다. 그리고 나는 나의 삶을 찾아 하늘 위로 훨훨 날아가기로 했다. 즉 재혼시장에 뛰어든 것이었다. 재혼시장도 초혼만큼이나 경쟁이 치열하기는 마찬가지다. 그들 역시 어찌저찌하여 첫번째 잘못된 선택으로 인하여 이혼한 사람들이었고 오히려 그들에게는 더 전문적이고 숙련한 기운이 느껴지기까지 하였다. 때로는 권태기에 빠져서 그를 참지 못하고 이혼한 경우나 자녀가 생기지 않아서 이혼하거나 혹은 결혼생활에서의 지나친 외로움이나 아니면 남편의 외도나 부인의 외도로 인한 이혼하거나 아니면 건강이 허락지 않았거나 아니면 경제적으로 안정이 되지 않았던가 등등의 이유로 이혼한 이들이 대부분이었다. 그래서 결국은 초혼과는 반대급부로 재혼을 하는 경우가 많은 것 같았다.

그중 나의 경우는 초혼의 허접한 삶을 견디지 못하여 그 지루하고 지난한 삶을 정리한 경우에는 재혼의 경우에는 드디어 물 만난 고기가 되는 것이었다. 그냥 돈과 사회적 명망만 보고 결혼하겠다는 결심이 선 것이다. 나는 곧 선시장에 등록할 것이다. 그리고 나의 전문적인 직업을 방패삼아 유능하고 잘나가는 상대를 찾는 재혼을 결심한 새로운 더 잘나가는 이들을 드디어 만나게 될 것이다. 이때 TV에서 뉴스를 보게 되었는데 나의 대학교 동창 중 한 명이 영국에서 주는 문학상인 부카상을 수상하게 되었다는 소식이었다. 그녀는 다른 친구들이 취직을 하고 직장을 다니고 선을 보고 자녀를 출산하는 동안 내내 결혼도 하지 않은 채 그저 책에 파묻혀 산 친구였다. 그저 매일을 하루같이 카페 구석에 앉아서 글이나 끄적인 줄 알았는데 언제 저렇게 세계적인 문학상까지 타게된 것일까? 갑자기 충격이 몰려왔다. 나의 전문인으로서의 방송인으로서의 자부심과 긍지는 단번에 날아가서 허공 속에 흩어져 사라져버렸다. 그 친구가 부럽기 짝이 없었다. 이혼이라는 호적에 빨간 줄이 그어진 일 따위로 인하여 발생한 숱한 사회적인 혼란과 괄시를 그녀는 절대 받을 일이 없을 뿐만 아니라 싱글이라는 홀대받는 상황을 단번에 세계적인 문학상으로 시원하게 만회한 터였다.

거기다가 무한히 자유롭고 무한히 영광된 그녀의 삶에 무한한 부러움과 상대적 박탈감을 느꼈다. 인생은 끝날 때까지 끝난 게 아니라고 하더니. 내가 전문직의 남성과 결혼하여 타워팰리스에 살게 된 그때까지만 해도 우리의 승부는 끝난 것 같았는데 이젠 완전 상황이 역전된 거였다. 그녀는 화면에서 도금된 기다란 사람 모양의 트로피를 들러올리며 울먹이면서 말했다. 지금의 나를 있게 해 준 외로움과 고독함, 싸워왔던 수많은 나의 치열한 밤들에게 이상을 바친다고 그녀는 말했다.

나 역시 소리쳤다. 나의 허접하기 짝이 없는 허망한 삶이여. 제발 종지부를 찍자꾸나 라고 말이다. 그녀의 누추하기 짝이 없었던 지금까지의 모습을 나는 기억한다. 단촐한 허름한 청바지에 낡은 회색빛 카디건을 걸친 그녀의 외모는 어쩐지 없어 보이고 쓸쓸해 보였고 왜소하고 초라해 보였는데 이제는 역으로 그런 소박함으로 큰 거인이 돼 보였다. 나는 이러한 모멸감과 빈곤감이 점점 더 불어나서 심지어는 대학 시절로 돌아가서는 문학과나 예술학과를 갔었어야 하지 않았나 하며 온갖 후회를 하는데까지 치달았다. 그리고 남편을 만나지 말았어야 했다는 막급한 후회까지 그리고 이혼까지 이르렀던 나의 상황으로 한없는 나락으로 떨어지는 느낌까지 들었다. 그리고 한 백수가 저렇게도 검디검은 흑조가 되다니. 정말 그럴 줄은 몰랐다. 인생이란 역시 알 수 없다. 내가 재혼시장에서 그나마 성공하여 재벌에게라도 시집갈 수 있다면 하는 바람만이 이제 유일하게 나에게 남은 희망사항이 된 터였다. 너무 초라하고 볼품 없는 요망 사항이 아니던가?

○

16. 만남의 후에 오는 것들

내가 본격적으로 선시장에 나가게 된 계기는 내가 그토록 희생적이고 지고지순하게 사랑했던 나의 동창과의 연애가 그의 배신으로 끝나게 됨으로써 시작됐다. 나의 동창을 만나고 있었던 시간 동안에는 비교적 가정환경이 우월하였던 우리 집에 들어온 수많은 혼처 자리를 안중에도 없이 거절했던 것이 사실이다. 어떠한 외모에 어떠한 조건의 남자도 나의 애인을 능가하는 사랑을 하는 사람은 없다고 자부한 터였다.

그러나 내 동창생과 당시 애인과의 단 한 번의 외도로 나는 그 이후의 선시장으로의 투신을 결정해 버리고 만 거였다. 동창과는 헤어지기로 그리고 선시장에 나가 누가 봐도 남 부러운 그런 좋은 조건의 남자를 만나기로 결심하게 되었다. 선시장이란 것은 몇 명의 뚜쟁이들이 돌아가면서 나를 훌륭한 혼처 자리의 남자들에게 소개하는 거였다. 그중에서 가장 첫번째 만난 남자는 집안 형제들이 모두 판검사 출신이었기에 집안 막내로서 하나쯤은 음악을 시키는 게 어떻겠냐는 권유로 음악 천재로 발전한 모회장 막내아들이었다. 그는 과연 음악 천재임에 틀림없었는데 열 살인 나이에 세계 콩쿠르에 입상하여 전격적으로 유학을 떠나 28세라는 이른 나이에 모 대학의 교수 자리를 차지한 내가 보기엔 상류층의 천재 중의 천재임이 틀림없어 보였다. 그는 초등학교 시절을 독일에서, 중고등학교 시절을 미국에서 보냈으며, 지금은 한국과 세계를 넘나들며 연주활동과 교수활동을 병행하고 있었다. 거기다가 경제적이고 풍요한 집안에서 어떻게 저런 재능 있는 천재에 노력까지 하는 인물이 나올 수 있었단 말인가? 나는 그를 보며 혀를 내둘렀다. 그에게 풍기는 기품이란 또 얼마나 고급스러운지. 자태와 에티켓과 예의란 것은 타의 추종을 불허한다고 생각했다. 물론 그와 레스토랑에서 스테이크를 썰 때 나는 너무 긴장이 되어 숨이 막힐 지경이긴 했지만 어쨌든 그 고급스러움과 지적인 우아한 자태만큼은 반하지 않을 수 없었다. 나의 자유분방함과 누추하고 평범하기 짝이없는 꼴이라니. 그를 마주할 때 내가 얼마나 초라해 보이는지 솔직히 위화감이 들기도 했는데 나는 그를 보며 속으로 자신감을 제발 가지라며 또 또 자신감을 스스로 외쳐댔다. 그러다가 이런 결혼을 과연 내가 해야 되나? 여러 면으로 내가 꿀리기 짝이 없어 보이는데 단지 몇 번 만났다는 이유로 그를 퀘차는 것이 왠지 미안하게까지 느껴졌다.

그 다음으로 만난 사람은 비교적 서민의 냄새가 난 아이돌 스타 출신인 지금은 기획회사 사장이었다. 초등학교 시절부터 노래와 가무를 섭렵하여 그 분야에서는 출중한 연예계의 거물이라고 했다. 물론 소위 뜬다는 사람은 되지 못했지만 그 능력만큼은 인정이 되어서 자신의 기획사를 차린 케이스였다. 물론 부모님이 갑부이시다 보니 그에게 모든 자금을 대신 것이 분명해 보였다. 그의 행색은 연예인 기획회사 사장답게 화려하고 매력적이었다. 물론 좀 치렁치렁한 외투나 갖가지 액세서리들을 좀 제외한다면 훨씬 기품이 있지 않았을까 하는 아쉬움이 있었다. 머리는 또 왜 그렇게 꼬불거리는지 왜 그런 스타일을 남자가 고집하는지 나로서는 좀 적응이 되지 않고 이해하기가 쉽지 않았다. 물론 부모님끼리의 친분으로 인하여 내가 그를 만나긴 했지만 나의 세계와는 아주 동떨어진 신천지를 만난 느낌이라고나 할까? 그리고 같이 다니는 사람들은 왜 그리 다 같이 한꺼번에 몰려다니는지 연예인 지망생인지 비서들인지 알 수 없는 젊은이들이 줄줄 따라다니면서 이래라 저래라 여기 가라 저기 가라 간섭인지 시중인지 알 수 없는 행위들을 해댔다. 나는 이런 삶을 사는 사람도 있구나, 이런 세상도 우리나라에 있구나 생각하면서 신기해서 어쩔 줄 몰랐다. 허긴 그를 만나는 동안 많은 공연과 문화행사들을 데이트라고 쏘다니면서 많은 새로운 경험을 하기는 해서 재미나고 좋았다. 그러나 저 사람이 남자인지 여자인지 외계인인지 지구인인지 그것은 도대체 분간이 가지 않았다. 그의 손을 잡을 때면 그가 낀 뭉툭하고 두꺼운 서너 개의 반지들이 나의 살갗에 먼저 차갑게 닿아서 내가 누구를 상대하고 있는 건지 정체성에 혼란이 오기까지 했다. 우리는 약속된 맞선 데이트가 끝난 이후에도 친구로 지내기로 약속한 터여서 가끔 공연이나 콘서트를 함께 보러 다니느데 수많은 지망생들을 대동하기는 여전했다. 그는 나처럼 평범하고 담백한 사람을 오랜만에 만나서 편안하고 수수해서 좋다고 말하곤 했다. 그리고 일반인들의 심중을 나로부터 읽을 수 있어서 좋다고도 했다. 나도 그가 워낙 재미나고 유별난 데이트를 해주었기 때문에 가끔 만나기로 했다.

다음 만난 사람은 여러 구역에서 레스토랑을 다중으로 경영하는 프랑스 요리학교 출신의 셰프였다. 물론 집안 사정도 여유가 있다 보니 그가 프랑스 유학을 마친 후 바로 그는 몇몇 호텔에서 경력을 쌓은 뒤 바로 레스토랑을 차린 경우였다. 어머님도 요리연구가 출신이셨고 아버님은 레스토랑 매니저로 시작하여 요식업계의 대부가 되신 전설적 인물이었다. 그의 레스토랑은 프랑스나 유럽의 서양식 요리뿐만 아니라 일본이나 중국 한식당으로서도 정평이 나 있었는데 어떻게 그렇게 갖은 종류의 요리를 섭렵할 수 있었는지 그의 재능에 나는 또 한번 혀를 내둘렀다. 어떻게 서양식이면 서양식 일식이면 일식 중식이면 중식 못하는 요리가 없는 것일까? 나는 그의 눈과 코, 그리고 손끝을 유심히 관찰하고 어디서 그런 능력이 새어나오는 것일지 고심해 보았다. 그의 머릿속에는 도대체 무엇이 들었길래 한식이면 한식, 양식이면 양식을 그것도 멋스럽게 맛스럽게 만들어내는 것일까? 정말 경탄을 금할 수가 없었다. 거기다가 플레이팅은 얼마나 훌륭한지 미적 센스 또한 장난이 아니게 멋졌다. 나는 그의 요리를 식당별로 돌아가면서 시식하는 것으로 데이트를 진행하였는데 그가 직접 요리해주는 경우도 있었다. 나는 그때마다 너무도 맛있고 멋있는 요리를 먹으며 황송하여서는 내가 어떻게 보답해야 하는지를 그때 그때 묻곤 했다. 그는 물론 아무런 대가를 바라지 않고 나는 그저 당신과의 데이트를 즐기고 있다고 말할 땐 그 쿨함과 신선함이란 이루 말할 수 없을 정도로 나에게 감동을 주었다. 자기 분야에서 성공을 한다는 것은 저런 것이구나 생각했다. 요리란 것은 일반적으로 생각했을 때 엘리트적이지는 않다고 볼 수도 있지만 저 정도의 하이클래스라면 어떤 전문인 못지않은 프로페셔널이 빛나는 그런 사람이었다. 우리는 짧고 뜨겁게 데이트를 즐기긴 했지만 결혼으로 이르지는 못했다. 왜냐하면 그가 프랑스 레스토랑 오픈을 준비 중이었던 때 코로나가 터져 그는 유럽에서 발이 묶이게 되었고 그 이후로는 나와의 만남이 이뤄지지 않았기 때문에 우리는 잠시 휴식기를 가지는 것으로 정리하고 결혼설은 일단락되었다.

코로나가 진행되는 동안 나는 또다른 사람을 만날 수 있었는데 그는 올림픽에서 금메달을 3개 나 딴 한국 스포츠계 영웅이었다. 그의 몸은 정말 균형과 탄탄함 그 자체였다. 지금도 하루에 두세 시간씩 운동을 한다는 그는 스포츠계에서의 은퇴 이후에는 카페를 경영하는 전문 경영인으로 탈바꿈한 케이스였다. 커피전문점이 프랜차이즈로 열 개가 넘는다고 했는데 그곳의 자금은 물론 금메달과 각종 포상금을 합하여 모아 차린 것이라고 하였다. 그의 주변에는 언제나 많은 사람들로 들썩였는데 모든 지인들은 스포츠계의 사람들로서 한 카페에 모여서 왁자지껄 먹고 떠들고 친분을 과시하였다. 나는 그때마다 그 한쪽 구석을 차지하며 조용히 앉아서는 웃기지도 않았지만 웃었고 재미나지 않았지만 아는 척하였으며 먹고 싶지 않았지만 먹고 마셨다. 그처럼 한국 영웅이 나의 남자친구라는 것이 자랑스럽기도 하였지만 부담도 되었고, 사실 우리 사이는 공통점이 없다는 것 때문에 내심 고민이 시작되었던 것 같다. 그는 지인들이 엄청 많았고 나는 그들을 다 외우기에도 급급했으며 그의 세계는 늘 운동과 함께하는 것이어서 아웃도어 액티비티가 항상 동반되었으며 왁자지껄한 사람들과 함께 데이트는 진행되곤 했다. 나는 그의 사회성과 친화력이 그리고 활동력이 좋기는 했지만 나와 같이 할 수 없는 이질감을 분명히 느꼈다. 나는 한 시간을 내리 뛰거나 걷지도 못하는 약골이었기 때문이다. 나는 밖에 나가서 태양을 쏘이며 돌아다니는 것을 그리 좋아하지 않았다. 나는 실내에 조용히 앉아 차를 마시며 책을 보거나 음악을 듣고 차분히 앉아 영화를 보는 것이 더 좋았기 때문에 나는 그와의 만남을 마무리하는 것으로 결론지었다. 훌륭하고 좋은 사람인 거는 알겠는데 나와 맞는 짝이 따로 있다는 결론에 나는 다다랐다. 우리는 서로의 만남을 즐겁게 마무리하였으며 앞으로의 행보에도 행운이 있기를 서로에게 빌어주었다. 그는 나에게 나를 사귀었던 기념으로 메달 하나를 나에게 선물해 주었다. 물론 올림픽 메달은 아니었지만 그가 그것을 나에게 준 이유는 나는 잘 알지 못했지만 그가 나를 많이 좋아했구나 하고 생각했다.

나는 동창과의 이별 이후 1년 동안 이런저런 사람들을 만나며 시간을 보내왔던 휴식기를 끝내고 다시 회사로 복귀했다. 나의 회사는 광고회사로 PT 경쟁과 아이디어 싸움이 치열한 언제나 승진 시험이 진행되는 각박한 장소임은 틀림없었다. 그러나 우리나라 사회에서 여성의 위상이 높아진 만큼 나도 프로페셔널한 전문인으로서 살고 있다는 오히려 자부심을 가질 수 있는 지난 일 년의 시간이었다. 결혼에만 목을 메는 것이 아닌 뭔가 나는 나대로 이곳에서 피튀기는 경쟁에서 살아남아 나도 나의 능력과 재능을 겸비한 훌륭한 광고인으로 성장할 것을 나는 다짐해 본다. 애인이나 결혼만이 전부가 아닌 나의 직업을 가지고 나의 사관과 삶의 철학을 지닌 인생을 승리에 이르게 하는 떳떳한 여성으로 살아남으리라 결심해 본다.

○

17. 다시 보는 교정

  초등학교의 입구 문은 내가 다녔던 그 시절과 하나도 변한 게 없었다. 단지 변한 게 있다면 그 운동장과 건물이 그때에 비해서 너무 작고 외소해 보인다는 차이뿐이었다. 이곳에서 나는 초등학교 2학년 학부모 모임을 하게 될 것이다. 아이들이 운동장에서 공놀이와 각종 게임들을 분주하게 하고 있었고 나는 보송하게 드라이한 후카시까지 넣은 봉봉하게 솟은 머리를 매만지며 진분홍 모란 무늬가 현란히 그려진 좀 화려해 보이는 원피스를 입고 평소에는 신지 않아서 덜걱거리는 높은 검정 힐을 신고는 아들의 선생님과 친구들에게 젊고 멋져 보일 것만을 생각하며 아들의 교실로 향했다.

  오늘은 아들 학급의 육성회 모임이 있는 날이었다. 내가 이렇게 화려하고 과하게 치장을 하고 차려입은 이유는 내가 다른 엄마들보다 혹여 더 나이가 들어 보일까 해서이다. 아닌 게 아니라 나는 아들을 42살이나 되서 낳았다. 그것도 인공수정을 통하여 가까스로 아주 가까스로 달랑 하나를 겨우 얻을 수 있었다. 가히 막차를 탄 경우라 할 수 있는데 그러나 내가 들인 공과 노력과 나이에 비한 신체 컨디션을 감안한다면 아들 하나라도 감지덕지인 측면이 있었다. 거의 시술 일고여덟 번의 실패 후 얻은 결실이었기에 나는 달랑 하나라도 감사로 일관하며 아들을 낳았으며 금이야 옥이야 극진히도 지금까지 아들을 키우고 있다.

나는 모든 어머니를 어느 순간부터 하늘만큼 존경하게 되었고 생명을 잉태하여 자녀를 키운다는 자체에 신성성을 느끼게 되었다. 그러나 아이가 학교를 들어가고 친구를 사귀고 공부를 시작한 이후로부터는 이러한 신성성과 존경은 안중에도 없게 되었으며 어느 순간부터 반에서의 성적이나 어머니, 아버지의 위상 같은 속물적인 것에만 관심이 가기 시작했다. 그러나 다행히도 나의 아들은 5등 안에는 드는 아주 성실하고 영특한 아이로 성장하였으므로 나 역시 육성회에 들어갈 수 있었다.

그런 오늘, 바로 오늘은 그 육성회에 나가는 날이었으며 불행히도 학부모들 중에서 나는 1번째 아니면 2번째로 나이가 많을 것이라 예상했다. 따라서 나는 머리에 후까시를 넣고 드라이를 하여 스프레이를 잔뜩 뿌려서 머리를 가능한한 높이 봉봉하게 살렸으며 짙은 화장과 화려한 색의 옷을 골라 가장 젊게 보이는 학부모와도 맞먹을 정도로 예쁘게 꾸며댄 것이었다. 그래도 아들을 낳았을 때의 환희와 보람은 어느 것보다 찬란했다. 나는 오직 그날만을 기억하므로써 지금의 이러한 종류의 고초를 견디고 지탱할 수 있는 것인지도 모른다. 아이가 반에서 5등 안에 든다고는 하나 초등학교에서 일등은 해줘야 서울에 있는 대학 정도 간다고 들었는데 내심 걱정이 되었다. 물론 아이 아버지는 서울 스카이대 출신이기는 했으나 나는 서울에 있는 일반대학 출신이기는 해서 그렇게 머리가 뛰어난 편은 아니라고 모두는 생각할 터였다. 아이 아버지나 나나 뛰어난 장기라고는 그저 성실히 책상에 눌러붙어 앉아 꾸준히 공부해서 대학 대학원까지 마쳤다는 것 외에는 딱히 내세울 것이 없는 그저 평범한 어머니, 아버지일 뿐이어서 우리 아이가 다른 아이들보다 더 영특하여 머리가 좋고 성적이 좋으리란 보장은 솔직히 없는 편이었다.

　우리 아버지는 50년을 내리 대기업 회사에서 근무하신 그야말로 성실과 근면의 전형적인 한국인으로서 장기근속 회사원이었다는 사실과 사장까지 진급한 이후 은퇴하셨다는 것에 대한 자부심과 자랑이 대단하신 분이었다. 시아버지도 문화에 관련한 공무원이셔서 평생을 한국 문화 발전에 이바지하신 자부심이 역시나 대단하신 분이셨다. 그분들의 근면성과 성실성은 타의 추종을 불허한다고 해도 과언이 아니었다. 그러한 분의 딸과 아들이 만난 삶이란 그저 평범하였지만 일상에 성실히 배어 있는 그 자체일 뿐인 것이었다.

그런 남편과 나 사이의 아들은 어떤 모습일까를 상상해본다. 부디 건강히 무사히 성공적인 삶을 완수하길 바랄 뿐이다. 그러나 아이가 코로나에 걸려 그 후유증으로 병원에 입원까지 했을 땐 내가 대신 아파서 모든 주사를 다 내가 맞기를 오히려 희망할 정도였다. 아이가 열이 나서 뒤척이며 사경을 헤맬 때는 제발 아들만 살려달라며 내가 대신 죽겠다며 하느님께 간청도 했다. 물론 보름 만에 아들은 퇴원하여 다시 학교로 복학할 수 있었지만 그때의 기억은 나는 아마 평생 잊지 못할 것 같다. 아이들의 생명은 나의 생명이요 아들로 인하여 나의 삶은 존재하는 거나 다름없다고도 생각했다.

사실 남편과는 회사에서 사내 연애로 만난 경우로 정차 출세가 보장돼 있던 남편과 가히 외모와 능력에서 출중한 나와의 만남은 세간의 부러움을 사기에 충분한 것이었다. 그러나 그 당시 그곳에서 킹카인 내 남편을 잡기 위한 동료들간의 보이지 않는 물밑전은 말할 수 없이 대단한 것이었다. 우리 부서에서도 시집을 못 간 노처녀 선배 언니에다가 의기충천한 젊은 몇몇의 후배들까지 그때 당시 팀장이었던 나의 남편을 내가 차지한다는 것은 나로서는 불가능해 보이기도 하였는데 왜냐하면 워낙 센 언니 노처녀 선배와 외모면으로나 집안 배경으로나 뛰어난 새로 들어온 후배들의 모습은 나를 기죽게 하기도 하였다. 우리들 네다섯 명의 여친네들은 장차 과장 부장 사장까지 진급이 충분해 보였던 나의 남편을 차지하기 위하여 보이지 않는 전쟁을 치르고 있었다. 그러나 이 경쟁에서 쐐기를 박는 사건이 발생하게 되는데 아닌 게 아니라 내가 해외 근무를 자처한 것이었다. 영국에서의 일년짜리 근무 조건이었는데 평소 나를 흠모하고 있던 남편이 아연실색 깜짝 놀라서 다가와 대시를 함으로써 난 손끝 하나 까딱하지 않고 남편을 거머쥘 수 있었던 거였다. 남편은 나를 조용히 불러 제발 영국으로 떠나지만 말아달라며 내가 이곳에서의 완벽한 근속 승진을 보장하리라고 나를 꼬드기기까지 했다. 나는 너댓 명의 여성들 사이에서 일어나는 이 전쟁에서 하도 신물이 나서 아무도 보이지 않는 영국 땅으로 가서 자유로이 살고팠는데 나의 포기가 어느덧 남편을 부추기게 된 꼴이 되었다.

  우리의 만남은 쾌속으로 진행되었다. 우리는 그 사건이 일어난 이후로 7개월만에 결혼에 골인하였다. 나로서는 쾌재를 부르지 않을 수 없었다. 이런 행운이 나에게 오다니. 나도 드디어 사모가 되나 보다 하면서 은행잎이 흩뿌려진 거리에서 괴성을 질러댔다. 나만의 자축의 세리모니였던 것이다. 그렇게 행복한 나날의 결혼

생활은 시작되었고, 어찌저찌 해서 아들도 낳았고, 느즈막히 얻은 아들 덕에 이런 육성회에서 학부모들과 또 본의 아니게 외모 경쟁을 하기에 이른 것이다.

  그러나 결혼은 결혼식을 올리는 것이 끝이 아니지 않던가? 결혼 이후의 삶은 더욱 더 심각한 전쟁의 연속이었다. 아들에 비해서 나이가 많았던 며느리에 대한 시부모님의 실망감은 좀 있었던 듯싶다. 더 예쁘고 더 젊고 더 조건 좋은 처자들도 많았는데 나와 연애결혼으로 결혼을 한다니까 시부모님께서는 반대까지는 하지 않으셨지만 내심 탐탁히 여기지 않는 부분들도 있었다. 물론 안정되고 탄탄한 우리 집안의 배경을 보고는 허락하기는 하셨지만 어머니의 까탈스러운 간섭과 집안 참견들은 나를 좀 당혹스럽고 불편하게 하기는 했다. 더군다나 아들을 일류대 출신의 인류 회사원으로 키우신 어머님의 노하우라는 것은 어쩌면 그것에 대한 보상을 요구하는 게 당연하게 느껴지기도 했다. 그것은 내가 아이의 어머니가 되어 본 후 느낀 소감이다. 어머니와의 전쟁은 그러나 내가 아들을 순풍 낳은 결과로 일단락되어 보였다. 더군다나 아들을 쏙 빼어 닮은 손자를 보시고는 어머니는 어떻게 해서든지 아들의 결혼을 지켜줘야겠다는 생각을 하셨던 것 같다. 아이를 출산하기 전의 까탈스러움은 너그러움과 관대함으로 뒤바뀌어 있었다. 그러기에 나는 내 아들을 더욱 열심히 성심성의를 다해 키워야겠다고 다짐 또 다짐했다.

그러나 결혼 이후에 전쟁이란 것은 끊이지 않는 법이다. 그중에서 가장 내가 큰 자랑으로 여긴 것은 강남의 노른자 땅 위에 집을 장만하게 된 사연이다. 나는 처녀 시절부터 아파트 청약저축을 들어온 터였고, 재테크 박람회에서 들은 정보로 인하여 신혼들에게 특혜가 부여된다는 사실을 알게 되었다. 더더군다나 강남의 압구정 한 구석에 차지한 작은 아파트가 곧 재개발될 것 같다는 정보를 입수하여서는 나는 여기저기서 끌어모은 융자금과 나의 청약저축을 들고는 그곳 분양에 입주권을 따내기에 이르렀다. 물론 재개발이 이루어지기까지는 나의 아들이 크는 십 년여의 세월이 걸리기는 했지만 아들이 겨우 초등학생인데 나는 강남 시민이 된 것이었다. 이런 살림과 재테크를 잘 하는 나를 보신 시부모님께서는 비로소 나를 인정하시기에 이르렀고 대견하다 장하다 등으로 나를 대우해 주셨다.

이곳의 햇살은 과연 해맑고 찬란하기 그지없다. 내 아들이 다니는 강남의 초등학교는 일류의 학교임이 틀림없어 보인다. 이곳에서의 육성회는 나의 노력과 투쟁이 낳은 여실한 증거요 결실이다. 물론 앞으로도 내가 치러야 하는 전쟁은 산적해 있다. 중고등학교를 마치고 대학에 보내야 하고 결혼도 시켜야 하며 우리 집 재산도 늘려야 노후대책도 할 수 있다. 그리고 부모님까지 모셔야 할 수도 있지만 나는 이 모든 전쟁에서 반드시 살아남을 것이다. 그것이 내 삶의 의미요 존재 이유가 아니겠는가? 나의 가족 그것이 내 삶의 원천이 아니겠는가?

18. 유보속의 먹거리

　나의 삶은 지금까지도 있어 왔고 있을 것이다. 존재의 유무를 삶에서 논하는 것만큼 허무한 일이 있을까? 인생에서 있다라는 자체를 논하는 것은 마치 죽음이냐 삶이냐를 논하는 것처럼 느껴지게 하기 때문일 것이다. 나? 당연히 여기에 있지. 그럼 없겠어? 친구가 나에게 너 어디야? 모하니? 라고 물었을 때 속에서 열불이 나면서 피가 거꾸로 솟았던 기억이 있다. 어디긴 회사지. 모하긴 일하지. 그따위 질문을 받아 대꾸를 쳐날려야 하는 정도란 말인가 내가?

　하루는 학교 동창 친구가 누벨상의 칠관왕을 석권하고는 내가 청소부로 일하는 건물에서 축하 겸 사인회를 진행하던 중 그녀와 일층 강당 화장실에서 마주치던 날이 있었다. 내가 화들짝 놀란 그녀에게 받은 단 두 개의 질문은 "여기서 뭐해?"였다. 난 붉그락푸르락하며 마주친 그녀를 안면몰수 할 수 없어 간신히 대답했다
　"어, 여기서 일해 보다시피. 너도 잘 지내지?"

그녀는 짧게 "잘 지내. 너도 잘 지내"라는 단출한 말만을 남긴 채 쏜살같이 강당으로 돌아갔다. 난 사실 그녀의 수상 소식을 이미 들었었지만 동명이인도 있다더라는 또다른 친구의 말에 의지해 여태 가까스로 버티고 있던 차였다. 이왕 만난거니 연락처다 자식 근황까지 물어보며 글쓰는 조카의 출판사 일자리라도 물어 봐야 했나 싶어 내심 쾡하게 돌아서는 그녀가 원망스러웠다. 그래도 이십 년만에 다시 본 거였고 그동안 그녀의 출판되는 책들에 치여 몇 번인가 병원을 들락거렸다며 하소연도 하고 싶었었다. 그렇다 대대로 문학과 문화분야 종사 집안이었던 건 내 쪽이었다. 그러나 문학예술분야에서 두각을 나타낸 건 그녀 쪽이었다. 그로 인해 나는 우울증으로 병원을 내 집 드나들듯 했고 그럴수록 그녀는 상이란 상은 모조리 휩쓸 뿐이었다. 무심한 하늘 불공평한 세상. 평생 도서관만 들락거렸던 나는 오 년 전부터는 이 건물 문화강연들을 수강하는 조건으로 생활비라도 충당하려 청소부로 일해 오고 있었다.

어릴 적 그녀는 방황하는 청춘의 표상처럼 갖은 시도와 실패 다시 재기하는 현란한 삶을 사는 듯했다. 공부도 경험도 도전도 참으로 곁에서 보기 딱할 정도로 많이도 하고 심기일전하기도 했다. 끈덕지기는 어이가 없을 지경이었다. 긴머리를 휘날리며 마치 좋은건 다 자기 것인 양 자신만만함과 척박한 현실의 사이를 오가며 고뇌와 환희의 양가를 오가는 것처럼 당당히도 행동했다. 그리고는 결국 그렇게 되고야 만 것이었다. 다 끝끝내 모두 거머쥔 것이었다.

그리고 나, 나는 고상한 가족 가운데에서 책 읽는 것과 글 쓰는 일밖에 모르는 착실과 성실의 소유자였다. 그러나 나의 확고한 나 자신에 대한 신념은 재능과 행운, 현실이 허락하지 않은 채 허상을 향한 집념과 망상의 오갈 데 없는 헛삽질의 삶으로 귀결된 터였다. 적어도 지금 나는 그렇게 느낀다. 상대적인 박탈감과 절망의 헤어나올 수 없는 늪의 침잠들. 부잣집 마나님이 되어 온갖 상은 다 쓸어가는 그녀와 온갖 산처럼 쌓인 쓰레기들을 매일을 하루같이 쓰레받기에 쓸어 담아야 하는 나의 모양이 오늘로 처절하고도 철저하게 각인되는 순간이었다.

책을 읽으면 틱장애가 나타나는 그 애를 사실 애들은 모두 열외로 치면서 무시로 일관했으며 나또한 그녀를 평생 한 번도 인정한 적이 없었다. 그러나 말 그대로 그녀는 그런 핸디캡을 극복하려고 쓰기에 더더 전념했던 거였다. 타고난 재능과 피나는 노력의 결과일 뿐인 거였다. 이제는 그녀라는 현실과 나라는 허상을 인정할 때였다.

그애 아니 이젠 그녀의 배경에 대한 얘기라면 수상하는 상들만큼이나 회피하고픈 현실이었다. 거부 그것도 상위 5위 안의 대거부의 마나님이라니. 기절초풍 하나님 맙소사 했다. 칠순을 넘나드는 나이가 되었어도 표정관리 절대 안되는 정신줄 놓을 수밖에 없는 마지막 그녀에 관한 두 개의 장소, 집 안과 책방이었다.

그런데 요즘 해괴한 괴담이 그곳을 배회하고 있었다. 그녀의 남편에게 집에서 침거하는 본부인이 따로 있고 애는 그냥 얼굴부인이라는 괴담이었다. 따라서 그 본부인을 없애기만 하면 그애도 동시에 사라질 수밖에 없는 집안 구조라는 소문이었다. 왜냐하면 그 본부인이 집안 대소사와 사업 전반을 실상으로 지시하는 거고 내 친구는 쇼윈도용이라는 거였다. 그래서 그 본부인에게 파고들어 꼬시거나 없애버린다면 그 집 마나님 자리를 꿰찰 수 있다는 얘기였다.

나는 잠시잠깐 고민했다. 그 본부인을 영원히 제거할 것인가? 아니면 꼬셔서 내 휘하에 둘 것인가? 나는 딱 3초 고민했다. 당연히 그 자리도 내 것이지. 무슨 소리야. 나는 쇠뿔도 당긴 김에 빼랬다고 당장 그 집으로 잠입할 태세를 했다. 밤의 거사가 역시 성공률이 높겠지. 온통 검은 옷에 검은 장갑, 검은 모자를 눌러쓰고는 하얀 눈만을 빼꼼히 내밀고 나는 그 집의 보안 장치를 뒷마당 잔디 까는 사람인 체 잠입했다. 마당은 아직은 노을빛으로 길게 그림자를 차양막에 내리비쳐 거실까지 길게 드리우고 있었고, 뒷마당의 잔디를 밖에 세워논 트럭에서 모두 옮긴 뒤 대문이 잠긴 것을 확인하고는 나는 화장실 핑계로 집 안으로 들어갔다.

집 안에 온통깔린 카펫은 발자욱 소리를 모두 소거해 주었고 가족들이 거의 피서차 집을 비워 휑한 집의 덩그러니 남은 가구들과 살림들만이 긴장한 나를 멀뚱히 주시하고 있었다. 마나님을 둘씩이나 두고도 홀아비 신세가 될 이 집의 거부에게 동정이 가기까지 했고 본부인을 따라 자동으로 사라져야만 할 내 친구의 운명까지도 측은해졌다. 그러나 어느 때보다 냉정해져야 할 때였다. 본부인을 거사할 기회인 거다. 본부인은 집에서 칩거하는데 몸의 어딘가가 불편하기 때문이라는 소문이었다. 나는 이미 어둑한 땅거미가 내린 2층의 안방문을 열고 두텁게 이불을 두르고 잠에 빠져 있는 침대 위의 이불을 열어제꼈다. 일단 수면 손수건으로 입을 틀어막아 잠에 빠져들면 망치로 기절시켜 잔디를 옮긴 수레에 실어 외부로 옮긴 후 폐기할 장대한 계획이었다.

이불에는 회색빛의 은은한 난초가 자수되어 있었고 빳빳이 풀이 먹여진 겉감은 뽀송하고 시원한 감촉이었다. 나의 검은 장갑 속 어두워 보이지 않을 정도의 검은 손과 하야디 하얀 이불보가 대조되어 격렬한 콘트라스트가 이 집의 옛지 있는 물품들과 잘 어울리기까지 느껴졌다. 벌러덩 열어젖힌 침대 위에는 한 명의 본부인뿐만이 아닌 똑같이 생긴 늙은 여자들 대여섯 명이 늘어진 가슴과 쭈글쭈글한 팔뚝을 끼고는 마치 쇠사슬들이 엮여 있는 것처럼 서로 엮여서는 마치 종합병원의 6인실 방의 환자들처럼 누워 있었다. 나는 순간 이걸 다 어떻게 죽여서 끌고 나가지? 그런 갈등이 밀려오는 순간 똑같이 생긴 대여섯 명의 본부인들이 갑자기 벌떡 일어나서는 쭈글쭈글한 팔을 나에게로 벌려 긴 손톱을 치켜올려 내 목을 졸라매기 시작했다. 난 피할 겨를도 없이 숨을 쉬려 헉헉대었다. 앞이 더이상 보이지 않았고 불빛이 없는 까만 방을 한참을 허우적대다 눈을 떠보니 허름한 내 방에서 누렇게 바랜 이불이 나의 얼굴을 덮어 씌워 허우적거리다 깬 거였다.

그 본부인을 죽인다면 그 집안의 모든 실권 심지어는 내 친구의 얼굴마담 자리까지도 꿰차는 일석이조의 쾌거가 될 것이었는데 안타깝군. 다 꿈이었다니. 아니 오히려 다행이지, 어차피 다 죽일 순 없을 테니 말이다. 오히려 안도의 한숨이 터져 나왔다.

시간은 새벽 다섯 시. 서서히 출근 준비를 해야 했다. 생각해 보니 어젯밤 늦게까지 수강하는 작문 시간 숙제를 하다 잠든 것이 이제야 생각났다. 열 장 분량의 숏노블 습작이었는데 이 작문을 작성하여 통과가 되어야만 다음 레벨로 진급될 수 있었다. 다음 레벨은 실제 출판사와 연계된 수업으로 습작들의 완성도가 있다면 출판까지 가능한 수업이었다. 난 이 수업에 사활을 걸었지만 결과물을 내는 것은 별개의 문제였다. 솔직히 이 레벨 수업만 난 여덟 번 들었었다. 그러니까 한 텀이 6개월짜리 수업이니 총 48개월 방학까지 합하면 5년이 훌쩍 넘는 기간인 시간이었다. 담당 선생님은 매번이 마지막이라며 엄포를 놓았지만 난 차일피일 미루며 청소일을 빌미로 연장에 또 연장을 해 오고 있던 터였다. 이 수업이 연장된다는 것은 내 가능성의 연장이요 희망의 연장 곧 내 생명줄에 대한 담보의 연장에 다름 아니었다. 출판될 책은 언젠가는 쓰여질 것으로 직장을 유지하고 소망을 기약하기로 읊어먹기에는 최고의 소재였다. 글쓰기는 자고로 평생을 가는 대사이기 때문이다.

나는 세수를 하며 꿈속의 마나님들을 생각했다. 너무 많아서 너무 늙어서 이미 죽어 있어서 차마 죽일 수 없었던, 살인으로 내게 거부와 그 집, 그 성, 하여튼 모든 것을 부여하였을 그것들을 생각했다. 그러나 나의 살인은 나의 글쓰기처럼 평생 유보될 거였다. 그리하여 평생 희망이라는 이름으로 연장되어 읊어먹을 평생 먹거리에 다름 아니었다. 언젠가는 평생의 그 순간 그때 그 언제인가에는 출판도 하고 본부인도 사라져 다 내 것이 되고야 말 그날. 그날은 계속 연기될 나만의 날들인 것이다. 바야흐로 나의 time 나의 era, 나의 heir가 오는 것이다. 영원히 평생 읊어먹는 '유보' 속에서 말이다.

o

19. 막내의 계란말이

 그는 실업고등학교를 다니고 있는 기계공학과 2학년생이다. 실업고란 직함은 다분히 실용과 미래 비전 특히 취업을 위한 그의 결단력 있는 포석이었다. 순전한 자발적인 그만의 선택이었지만 후회나 미련 혹은 일반고에 대한 부러움이 없는 것은 아니었다. 어머니는 병원에서 종일을 누워 계셔야 하는 암환자셨다. 암이 계속 전이가 되어 도저히 일상생활이 되지 않아 그냥 가족들은 장기로 전환하여 중환자실에 어머니를 모시기로 한 거였다.

 중환자실은 십 미터쯤 형광등이 창백하고도 초췌히 비추는 나란한 길을 미색이 도돌도돌 칠해진 유난히 높은 벽을 따라 가면 그 길 끝 횡한 복도의 끝에 위치해 있었다. 문은 불투명 강화유리와 차가워 닿고 싶지 않은 철제 프레임으로 되어 있었고, 들어서자마자 작은 기계들의 소리와 열 명 남짓한 산소 호흡기 소리 간호사들의 컴퓨터 작동 소리 등의 자잘한 소리들이 섞여 흘렀고, 환자들 중 가장 연장자인 어머니의 침대는 창가 맨구석에 유달리 길게도 그리고 외로이도 덩그러니 놓여 있었다. 창 밖의 아름드리 나무는 그 종자를 알 수 없었지만 여름 내내 하늘을 온통 푸르게 덮을 정도로 잎이 무성하였고 지금 가을에는 역시 주홍이나 황금빛 노랑으로 찬란하리 만한 자태를 환하니 드러냈다. 그 안의 이곳 희망과 절망 그 사이 어딘가를 헤매는, 언제가도 이상하지 않을 환자들이 계절이 이토록 목소리를 달리하여 바뀌어 가는 것도 모르는 채 얌전히도 누워 있을 뿐이었다.

　담당의사는 어머님의 열이 내리고 수액만 뗄 수 있다면 일반 병동으로 옮겨주겠다고 했다. 무심한 시간들 냉정하기 짝이 없는 바뀌어버린 가을의 스산한 자락들. 그 속에서 보는 이런 어머니를 보고 그는 나몰라라 집안을 등지고 일반고로 진학할 순 도저히 없었다. 가난도 가난이고 병간호를 위한 시간도 그랬다. 실업고는 오후가 거의 비기 때문에 실습 시간을 바꿔 가며 간호도 동시에 할 수 있었기 때문에 아버지의 만류에도 그는 당연히도 공업고로 진학했다. 벌써 작년의 일이고 어머니가 중환자실로 가시자 마자의 일이다 "벌써 시간이 이렇게 지났구나, 내가 이학년이라니 그것도 벌써 가을이라니" 싶었다.

　그는 부모님뿐만 아니라 어린 동생들도 걱정이었다. 중학교 1학년과 초등 5학년 줄줄이 앞이 구만리인 동생들이었다. 최우수상도 타는 반에서 반장, 회장 후보이기도 했단다. 그의 어린 시절 학교에서 돌아오면 어머니가 동생을 업고 가게일을 보셨는데, 그가 도시락을 싸서 가게 뒷방에서 가족이 모여 가족 소풍이 열리곤 했다. 막내는 입이 짧아 꼭 소시지에 케첩을 혹은 계란말이에 치즈를 얹어야 먹었다. 어디서 그런 입맛을 얻었던지 알 수는 없지만 가족은 김치에 나물만 먹어도 막내 입맛은 매번 꼭 맞춰 주었다. 그게 그들 가족의 유일한 낙이요 기쁨이자 희망이었다. 그후 막내가 좀더 컸을 때에는 엄마가 병원에 계속 계셨고, 그도 고등학생이어서 이제는 막내가 손수 밥을 지어야 할 때도 있었다. 집안일에 학업에 병간호에 아버지 가게일까지 어려서부터 형제들은 몸이 남아날 여력이 없었다. 곰곰히 생각해 보면 동생들이 이토록 착실하고 가족에 헌신적인 것은 어려서부터 보아온 어머니 아버지의 아이들에게 헌신적인 생활력을 보아온 덕이라는 생각이 들었다. 그의 앞으로 삶의 시간도 가족과 함께 그렇게 하나된 마음으로 바다의 거친 파도와 파란 먼 곳의 수평선이 다 하나이고 그곳을 하염없이 바라보며 울부짖는 갈매기의 추억과 외로웠던 바위의 강직한 솟음이 하나이듯 그렇게 하나됨으로 살아갈 것을 다짐했다. 아니, 어쩌면 그냥 운명인 편이 좋다. 그게 더 좋다. 가족이 있어서 가족이 운명이 되므로 그는 살 수 있다고 생각했고, 그러리라고 굳게 결심했다. 그리고 아버지도 그러시기를 어머니도 그러시기를 바랐다. 간절히 바랐다.

  어머님은 옛 얼굴을 잃으신 지 오래였는데 얼굴의 피부가 뼈의 골격을 그대로 드러내고 검버선과 주름의 어딘가를 늘 헤매었다. 백발이 센 머리카락과 사경을 헤매던 따라서 근래에는 어머니의 눈동자를 그 검고 깊던 눈동자를 도통 볼 수 없었다. 아버지의 넓고 듬직한 어깨, 우리 가족이 유일하게 기대고 있는 그 어깨는 어느 때부턴가는 그 패기와 단단함을 잃고 있었다. 나의 등에 기대세요 아버지, 조금이라도 젊다는 사실만이 위안이 되는 그 자신이었다.

동생들은 비교적 성실히 집안을 유지했다. 방 별로 정리정돈, 숙제, 끼니를 규칙적으로 이행했다. 조금만 기다리렴. 오빠가 월급쟁이가 되어 더 맛난 것들 먹자꾸나. 어머님만 낫고 너희만 건강하렴. 학교 선생님께서는 그의 공업고 진학을 아쉬움반 격려반으로 도와 주셨다. 교무실의 선생님들도 그의 사정을 아는 듯 툭툭 격려를 주시고 간식을 챙겨 주시기도 하셨다. 졸업 때는 우수장학금으로 맘껏 응원을 준 학교를 이젠 공업고라는 새로운 비전을 품은, 조금은 다른 터전으로 옮긴 거였다. 학교 후원회의 성공한 선배들은 그 분야에서 기업체의 사장님도 여럿 계셨고, 장학사업회의 임원분들도 많이 계셔서 그를 알아봐주시고 아낌없는 격려와 힘을 주셨다.

그는 자신이 있었다. 힘든 시간들은 그것을 지나는 사람의 태도와 행동거지에 따라 각기 다른 결과를 만든다. 바르고 긍정의 길이라면 어둡지만 터널은 언젠가는 끝나고 밝은 빛이 그를 기다린다고 그는 확신했다. 어머니의 삶도 그로 인해 훌륭한 의미를 낳고 가족의 노고 또한 보람으로 승화된다. 우리들의 새로운 면모들과 다시 만나는 어떤 날에는 보다 풍족하며 여유롭고 기쁨이 넘치리라. 반드시 그렇게 만들어 가리라. 그는 굳게 결심했다. 그날들은 어떻게든 어떤 모습이든 오고야 말리니.

○

20. 살아낸다는 것은

　환풍기의 먼지는 매번 털어내도 일년 내내 득시글거리는 먼지로 떨궈지질 않았다. 밤에 잠자리에 눕기 전에는 방 구석 끝에서 팽팽 소리를 내며 도는 환풍기를 일부러 끄고 자는데, 어둠 속에서의 그 덩그런 몰골의 아우라가 마치 귀신이나 낯선 사람의 음침한 얼굴로 보여 언제나 돌아누워 자곤 했다.

　그는 배달일이 끝나는 오전 5시쯤 귀가하여 분식이나 해장국같은 음식들을 기사식당 등에서 아점으로 먹고 고시촌인 이곳으로 들어와 6시간 정도 잠을 잔다. 낮의 취침인 셈이다. 방의 스케치북만 한 창은 거리의 차소리다 먼지다 해서 아예 은박 시트로 막아 버렸고, 밤시간 담배를 필 때 잠깐씩 여는 정도였다. 겨울에는 그나마 사정이 나은데 온돌인 방은 견딜 만한 수준은 되었다. 문제는 여름인데 냉방은 꿈도 못 꿔서 손바닥만 한 선풍기를 충전으로 쓰고 너무 더우면 찬물로 대여섯 번 등목을 할 뿐이었다.

　그래서 그는 밤근무를 선호했다. 밤에는 차로 도는 핑계로 해가 진 관계로 간간이 에어컨 바람을 쐴 수 있어서 시원했고, 자고난 오전 11시경부터는 도서관이나 학원 안에서 쿨한 바람을 쐬는 편이 좋았다. 그때의 찬바람은 나의 북극, 나의 얼음, 나의 시원이었으므로 대만족이었다. 그 궂은 배달일에서 땀으로 샤워를 매일을 해대다시피 했어도 도서관과 학원에서의 시원한 에어컨 바람만큼은 그의 목표와 꿈처럼 너무 좋았다. 다행이야, 이곳에서의 숨돌리는 일이란 것.

그러나 7급 공무원 응시에 몇 번 실패 후 9급 공무원으로의 후퇴는 쓰고도 뼈아픈 현실이었다. 6시간 잠자는 일을 빼고 24시간을 일과 공부로 풀가동하였어도 지방대를 졸업하고 땡전 한푼 없이 서울에 정착하여 3~4년을 쉼없이 내리 내달렸어도 도달하지 못한 공무원증이 그의 로망이자 애증 그것이었다. 저녁 7시부터 새벽 3~4시경까지는 배달일을 하는데 육체적 힘도 힘이지만 휑한 거리를 차로 내달려 굳게 닫힌 집들의 밖에 서노라면 도시의 이방인 서울의 방랑자 같아 외로움과 고독이 몰려왔다. 시골의 늙으신 부모님 얼굴을 떠올리며 공무원이 된 자신을 상상하며 버티는 하루하루였다.

그렇다. 그는 하루살이였다. 단 매일의 일과가 똑같은. 그러나 무거운 압박과 스트레스가 가중되고 증폭되는 완벽한 벌레와 다름없는 삶이었다. 서울 거리를 헤집고 다니며 집집을 곳곳이 들러서는 입 한번 빼꼼하며 물건을 토해내고는 다시 왔던 길을 똑같은 동선으로 기어나가는 벌레 말이다. 성적이 모자라 해도해도 안되어 7급에서 9급으로 하향할 때에는 너무 기가 차고 억울해서 방구석의 환풍기에 손을 넣어버려 한 달을 치료 받아야 했다. 방의 구석 한뼘만 한 침대와 그것의 반에 반만 한 책상, 그리고 옴짝달싹할 공간 없이 놓인 겉이 다 해진 가방 한 개와 그 옆 시트지가 까여 덜덜한 방문. 그걸 열고 나가 그의 체구가 두 명 정도 들락거릴 수 있는 복도를 8미터 정도 따라가면 그 길의 끝에 덩그러니 마주보는 화장실과 현관문이 끝이 마모된 채로 삐그덩 소리를 내며 겨우 벽에 달려 있었다. 그 사이의 신발장에는 널브러져서는 누구의 것인지 전혀 중요해 보이지 않는 신발들이 허벌레 나뒹굴고 있었고, 그나마 겨울에는 더운물이 여름에는 찬물이 나와 이곳의 입주자들을 위로해 주고 있을 뿐이었다.

  비좁고 남루한 이곳에는 그 불편함을 말로는 표현 못할 도시의 소외와 우울들이 또한 있었다. 특히 옆방에는 나이가 지긋하신 아저씨가 기거하셨는데 그는 거의 매일을 방에 계신 듯 언제나 기척이 들렸다. 코고는 소리, 티비 소리, 전화 소리, 하다못해 담배나 냄비를 빌려 가는 때도 있어 그의 인기척은 24시 가동중이었다. 거의 같이 사는 거나 진배없는 기분이 들 정도였다. 그런데 하루는 아무 소리가 나지 않아 알아보니 보증금을 모두 까먹고 거기다 연체까지 6개월이 넘어가서 도저히 머물 수 없게 되어 강제 퇴실

조치가 내려졌다 했다. 나는 그 전의 낌새로 뭔가 큰 결단이 있으리라고만 짐작했다. 엎친 데 덮친 격으로 빚보증 건까지 겹친 아저씨는 자신의 빚과 지인의 빚까지 짊어진 상황인듯했다. 어디로 이젠 어디로 향하실지 걱정과 슬픔이 동시에 몰려왔다. 여기보다 더 낮은 곳이 아저씨께 펼쳐진다니 사정이 난감하고 딱해 보였다.

그러던 중 오늘부터는 새 입주자가 들어왔다. 짐 푸는 소리, 뚝딱뚝딱 라면까지 끓여 먹는 풋내기 대학생 같아 보였다. 반가우이 행운을 빌어. 나가신 아저씨의 코고는 소리가 아련히 그리워졌다. 비로소 조용한 밤이 되어 다행이기는 했어도 말이다.

배달일은 비교적 특이할 기술을 요하지 않고 성실하고 정확하게만 임하면 봉급은 때맞춰 잘 지급되는 편이었다. 회사에게 주선비를 많이 떼주는 느낌에 갑갑했어도 공부까지 병행할 수 있고 원하는 시간에 밤낮없이 일할 수 있어 나름 만족하는 편이었다. 그러나 그런 와중에 간간이 우울한 소식도 있었는데 한 동료가 과로와 온열질환이 겹쳐 쓰러져 입원하게 되어 일주일 동안 이인분 할당을 받게 됐다. 내리 15시간 이상을 일주간 하다 보니 그도 현기증이 몰려왔다. 땅이 울퉁불퉁하게 되거나 앞이 빙글빙글 돌거나 땀이 흘러내려 눈을 가리우고 영수증까지 젖어내려 주소를 읽을 수조차 없는 날도 부지기수였다. 건물 비상계단에 쭈그리고 앉아 숨을 크게 쉬고 몸과 마음을 정열했다. 여긴 어디고 나는 무엇을 하며 어디로 가야 하는가? 정신을 바짝 차리고 갈길을 예비해야 한다. 가을이 오면 추석쯤 고향집에 한번 가자. 누런 감들이 열려 있고 황금빛 들판을 가로칠러 시원하다 못해 스산할 가을의 그날에는 오히려 따스한 어머니의 송편을 쫄깃한 그 고향의 맛을 맘껏 느끼리라. 합격의 공무원 배지가 햇빛에 반사되어 반짝거려 온 동네 어르신들의 칭찬과 부러움의 웃음소리들이 대지에 흥건하리라.

아닌 게 아니라 9급에 합격하고도 7급에 도전하여 2연패를 거머쥔 선배도 있었다. 동네 고시원 전우이자 고향 학교 선배였다. 집에서 보내주는 돈이 있기는 했지만 공무원으로나 생활전선에서나 지난한 동고동락을 나눈 서로를 너무나 잘 아는 사이였다. 격려를 나누고 용기를 나눈 학원 선배이기도 했다. 시험에 성공한 그를 보며 희망과 힘을 얻곤 했다. 곱창집에서 소주 한잔씩을 주거니받거니 심지어는 요점노트까지도 공수받으며 숱한 날들을 서로를 부여잡고 울고 울었던 그와 또다른 그들이었다.

이십 분을 넘게 앉았더니 숨이 다시 돌아오고 정신이 차려졌다. 불끈하며 "다시 시작이다 한번 더 해보는 거다. 인생 뭐 있어? 하다 하다 아니면 말고지 뭐. 지가 이렇게 안달닥달로 매달리는데 별 수 있어? 다 외웠다구, 다 안다구" 하며 한밤의 휑하게 뚫린 소나기가 내린 후라 간판들과 가로등의 빛들로 반사되어 흥건한 도로를 쎙 내달렸다. 그의 길도 그렇게 환하고 넓직한 탄탄한 대로 다우리라 여기면서 말이다.

그럼에도 언제나 전제는 노력과 인내여야 할 것이다. 지금으로선 합격이라는 목표가 있지만 후에는 어떤 종류로든 또다시 시작되는 일들의 삶이 있을 것이다. 당락의 여부는 그를 견인하거나 실망시키기도 할 것이지만 고시촌을 벗어나서 그만의 공간과 시간들을 향할 시에는 끝이 무한대로 보이지 않기도 한다. 인생 복불복이라 했지만, 모아니면 도라고 했지만, 그는 현실을 직시하는 것이 승리하는 길이라 생각해 본다.

여기서 현실이란 것은 멈춤 없이 나아간다는 신념이며 처절할지라도 다시 일어선다는 자신과의 약조이다. 끝이 보이지 않을지라도 나의 이곳을 사랑하며, 힘에 겹고 지쳐 나가 떨어져도 다시금 일어나 정진하겠다는 세상을 향한 포효이다. 비록 시험에 무릎 꿇을지라도 삶에서는 재기할 것을 내심 상정하는 제의적 결심인 것이다. 그에게 산다는 것은 그가 지금 여기 있다는 것은 그가 하는 일에의 전념함을 집중함을 세상에 보이는 것에 다름 아니다. 언제고 당당히 걸어 나가리라. 슬픔과 실패를 건너서라도 우울과 패배의 후에에라도 그러하리라. 다짐들을 이어 본다.

。

21. 쓰레기의 강림

 오늘 아침도 역시 치대고 복작거리는 또 하루가 시작된 것이었다. 일곱 명이 열 평 남짓한 오피스텔 방 한 칸에서 먹고 자고 숙식을 지속해 온 지 벌써 3년여가 훌쩍 넘어가고 있었다. 우리 일곱 명의 칠공주 멤버들은 각기 저마다 다른 이유로 갈 곳이 하도 없어 어쩔 수 없이 이곳에 얹혀 사는 하는 수 없이 모여 사는 일명 칠 공주들이었다. 알바라도 하면서 작은 푼돈이나마 벌면서 생활비를 충당하며 모여 살고 있는 중이었다. 우리들 각자는 저마다 다른 이유로 학교나 회사 그리고 어찌 보면 사회로부터 퇴출 직전에 이곳으로 도망 오다시피한 칠공주들이었다. 그나마 모여 살면 푼돈이라도 모아 생활비를 벌면서 다름 아닌 갱생의 시간을 갖을 수 있다는 학장님의 선처로 모인 거였다. 그나마 아랍계 대사관과 아랍 문화계와 학계의 마지막 배려 차원이었던 거다. 그 중 어떤 아이는 연속 되는 에세이의 형편없는 성적으로 인하여 부정 입학이 발각되었거나 혹은 다른 사람에게 돈을 주고 대필을 시킨 원고로 저자 행세를 하다 발각되었거나 혹은 단과대를 돌아가며 전전하며 강사직을 지속해 오다가 논문 표절이 발각되어 퇴출된 아이 등등 더 이상 문화계와 학계에서는 더이상 발붙일 수 없게 된 아이들이었다. 30년을 넘게 그것도 공부 한답시고 책만 부여잡고 있으므로 생활전선에서조차 도저히 적응할 수 없는 그러한 아이들이 모여 있는 그런 소굴이었다.

아닌 게 아니라 이 아이들이 문화계와 학계에서 지지부진하면서도 30년을 넘도록 붙어 먹은 배후에는 늙은 중동 왕자가 있었다. 이 중동의 늙은 왕자와 연계돼 있었다는 것이 여기 모인 칠공중들의 공통점이었고 그 연계라는 것은 한국의 문화를 그 나라에 전파시키려는 늙은 왕자의 목적에 따라 이들을 여러모로 지원하겠다고 애시당초 한 약속에 근거했다. 그 늙은 중동 왕자는 한국의 문물을 자신의 나라에 어떻게든 공수하려 하였고 반면 아이들은 어떻게든 문화계의 거목이 되어 그 중동 왕자의 계비가 되는 것이 목적이었던 서로가 그런 암암리의 계약 관계가 이들의 배후에 있었다. 그러나 아이들이 대학이나 대학원에 들어갈 당시만 해도 아이들 나름대로는 뭔가 문화계에서 큰 뜻을 이루고 학계의 큰 목적을 달성하리라는 큰 야망과 계획이 있었다. 그러나 30년이 지난 지금은 그 어느 누구도 그 목적의 근사치도 이룬 것 없는 패망의 지경에 이르렀을 뿐이었다. 한마디로 결과물이 없었던 거다. 설상가상으로 그 아이들이 입학을 할 당시 이 늙은 중동 왕자와 당국 사이의 재정적 후원이라는 뒷거래에 의하여 이 아이들의 부정입학이 행해졌음은 너무나도 공공연한 사실이기도 했다.

어쨌든 세월은 흘러흘러 그들이 부정으로 입학한지 30년이 지난 지금 늙은 왕자라는 공통점을 지닌 칠공주 여자 아이들이 장대한 실패 후에도 그래도 살아보겠다며 작은 알바들을 전전하며 짬짬이 모은 돈으로 겨우겨우 생활비를 충당해 나가고 있던 차였다. 누적되는 학비와 경비 그리고 아무 성과 없는 돈만 나가는 텅텅 빈 성과 없는 연구들로 문화계와 학계에서조차 이들은 더 이상 지속하고 발붙일 명분이 없었던 거다. 이 열 평 남짓한 오피스텔조차도 아이들은 부정한 방법으로 강탈한 터였는데 늙은 중동 왕자의 아들인 젊은 왕자와 스캔들이 있었던 칠공주의 지인이 살던 집을 강탈한 것이었다. 경위는 이러한데 그 여자애가 살던 집의 주인에게 집을 불지르겠다고 협박하고 주인의 아들을 회사에서 퇴출하겠다고 협박하여 오피스텔의 벽걸이 TV를 빌미로 벽이 난 자국을 구실로 보증금을 강탈하겠다고 지인을 협박하게 하여 지인으로 하여금 아파트를 강매하도록 했다. 오피스텔이 지인의 명의로 이전되자마자 한국어 강사로 당장 중동에 입국하겠다는 희망고문을 늙은 중동 왕자에게 날려 그의 한국 커넥션을 이용하여 지인을 지방으로 발령하게 하여 그 오피스텔을 떠날 수밖에 없게 만들었고 늙은 중동 왕자의 젊은 아들 왕자에게 왕권을 물려주지 않겠다고 협박하여 이 오피스텔에서 칠공주들이 살게끔 유도하였다. 드디어 칠공주가 한 장소에서 근근이라도 모여 살게 된 터였다.

  이날도 창밖의 태양은 무심히도 방 안을 적나라히 비추고 있었다. 그녀는 어제 그제 그리고 오늘도 언제나처럼 옆동의 아파트 쓰레기장으로 향했다. 이 행위는 요즘 들어서는 그녀에게 출근과 같은 일과였다. 사실상 지난 3년 간 이 행위를 하고 있었으나 이제나 저제나 그 쓰레기들로부터 뭔가 쓸거리가 적힌 원고를 찾을 수 있을지 없을지 그것만을 그녀는 학수고대하고 있었다. 다름 아니라 그 옆동에는 저명한 학자 H가 살고 있었는데 그가 최근 책 발간을 위해 계약을 체결했다는 소문이 돌자 그녀는 그 작가가 쓰고 버린 원고의 파지들부터 취합하리란 결심이었다. 혹여 쓰고 버린 기막힌 아이이어를 주울 수 있을까 해서였다.

미풍이 볼을 간지리우고 머리결을 기분 좋게 스쳐 지났다. 그녀의 간절한 소망을 담은 쓰레기 뭉치가 저 앞에 보였다. 그녀는 한 발 한발 그곳으로 발을 내딛어 마침내 쓰레기더미 속에서 파지를 주워서 그 속의 크고 굵은 글자들을 점점 더 집중하여 읽어 내려 가기에 이르렀다. 그곳에는 과연 그녀가 찾고 있는 새로운 아이디어가 적힌 쓰다버린 파지들이 모여있었던 것일까? 그 파지들로부터 취합한 절체절명의 새로운 아이디어를 발견하기만 한다면 그녀는 학계와 문화계에서 혜성과 같이 새로이 떠올라 온 대중의 환호를 받으며 거장의 칭호를 얻게 될 수도 있을 것이었다. 그녀가 파지를 줍는 순간 그리고 그곳에 쓰여진 자잘한 까만 깨알 같은 글씨들을 읽는 순간 그녀는 곧 접신을 하게 되는 것일 것이며 천 개의 영감이 그녀에게 강림하는 순간이 될 것이었다. 그것은 쓰레기로부터 그녀에게 밀려드는 푸른 파도의 생명수일 것이며 작가가 쓰다 버린 쓰레기의 발견은 그녀의 재탄생이요 오물의 환생이며 삽시간에 새로운 계층의 삶으로 급상향 되는 순간일 것이다. 바로 이때 파지가 쌓여 있는 곳으로 손을 뻗쳐 쓰레기를 부여잡는 그 순간 갑자기 얼굴이 차갑고 이상한 시큰한 냄새가 진동하여 그녀는 허우적거리며 잠에서 깨었다. 칠공주 중 한 명이 머리를 감고 젖은 수건으로 그녀에게 치대면서 어서 일어나 일 나가라고 채근을 하는 순간이었다. 바로 그녀가 갱생되어야 하는 또다른 오늘 하루가 시작된 것이었다. 오피스텔 안의 다른 여자 아이들이 나갈 채비를 하느라 복작거려 부산하여 정신이 하나도 없었다. 화장실은 머리카락이 산더미처럼 수챗구멍에 막혀 있었으며 설거지통에서는 그릇들이 쉰 음식 냄새를 풍기며 산더미처럼 쌓여 있었다. 여자애들은 주섬주섬 어제 벗어놓은 옷을 다시 주서 입고는 자신들의 오늘 퇴근 시간을 한마디씩 남기고는 쏜살같이 모두 차례로 나가버렸다. 그녀는 혼자 덩그러니 이불이 접혀진 창가에 덩그러니 남아서 어젯밤 일들을 생각했다. 그토록 쓰레기의 강림만을 기다렸건만…. 그녀는 더 이상 그 저자가 살지 않는 그래서 파지가 더 이상 버려지지 않는 또다른 아파트의 어느 쓰레기장으로 빈 박스를 주우러 나가야 할 참이었다. 2학기 강의안이 동시에 사라지는 순간이었다.

ㅇ

22. 나는 맏아들

그의 지난 십 년은 부족한 거라고는 하나 없었던, 그러나 어느 것 그 하나를 찾지 못하고 헤매였던 겉은 번지르 하고도 자신을 찾지 못한 나날들이었다. 모 대학 교수이신 아버지와 일류대 출신의 요리연구가이자 모 베이커리의 주인인 어머니, 그리고 법대 장학생인 동생이 그의 가족이다. 금테 안경이 아버지의 명철하고 인자한 쌍커풀 진 두 눈을 더욱 빛나 보이게 했고, 평균치의 키와 아담한 체구는 비교적 덩치가 있던 그에 비하면 한없이 지적이고 고귀한 분위기를 자아냈다. 자애로운 눈빛과 부드러운 중저음의 음색으로 한없이 자애로와 보이는 어머니였지만 짧고 까만 두툼한 머리결과 오랜 기간 단련되어 다소 무뎌보이면서도 능란한 손의 자태 등은 노련하고 열정적인 여사장다움을 드러냈다. 그보다 키가 크고 비교적 아버지를 닮아 늘씬하고 훤칠한 동생은 학교 내내 일등급답게 언제나 똑소리 나고 야무졌지만 그에 비해 성격은 소탈하여 인기도 만점으로 발렌타인 데이가 되면 전화통에 불이 나고 초콜릿 선물이 방 안에 그득했다.

어머니는 늘상 저런 게 어디서 나왔냐시며, 허긴 인기 하면 당신이었다며 흐뭇해하시곤 했다. 그러나 성적도 외모도 경제력도 장남인 그는 그닥 내세울 게 확실히 없어 보였다. 삼수 후에는 대학진학을 스스로 포기했고 관심은 자연 외국유학으로 돌아갔다. 한국을 떠나던 날은 새벽 비행기라 이른 시각부터 서둘러 가느라 인천대교의 온통 가득한 안개를 마치 구름 위인 양 헤치고 하늘을 나는 기분으로 차도를 내달렸다. 공항의 북적거리는 인파는 아침 시간을 무색하게 했고 가끔 지나다니는 승무원이나 기장의 유니폼이 단아해 보이고 멋져 넋놓고 쳐다보기도 하였다. 한국의 가을 아침은 시원한 공기와 앞을 가려 그래서 더욱 호기심이 나게 하는 한껏 하얗고 뽀얗게 길의 위를 덮어버리는 안개들, 그리고 아직은 남아 있는 푸른 잎새들의 파릇함과 낙엽들의 알록달록 잎새들의 붉고 노란 색들로 물들이기에 바쁘고 여념이 없다. 지금 이곳을 떠나면 언제 어떻게 어떤 모습으로 돌아올지 기약을 할 수 없기는 하다. 학업상 직업상의 유학은 어느 여행의 길처럼 여유나 낭만이라기보다는 무거운 책임감과 부담 그리고 각오로 단단하고도 비장한 결의로 뭉쳐 있을 따름이었다.

　유학 생활의 시작은 물론 어학원이었고 그곳에서 오가는 외국인과 한국인을 많이도 사귀었다. 비교적 자유로운 분위기에서 그는 많은 아웃도어 경험들과 색다른 문화들도 체험해 갔다. 나름 마음의 여유와 새로운 계기들이 마련돼 가면서 그는 안정을 찾아갔고 외국의 생활도 적응이 되갔다. 그 무렵 외국인들이나 젊은 학생들에게 둘러싸여 왁자지껄한 이브닝의 시간을 지날 즈음 그는 한국 저녁의 풍경을 떠올리며 묘한 그리움과 향수에 젖기도 하였다. 요리에 능숙한 어머니의 구수한 호박과 감자가 아삭했던 된장찌개의 얼큰한 내음이나 아삭한 오이소박이의 상큼한 향내들, 아버지와 아침이면 산책했던 뒷산의 새소리와 공기를 가르며 두 볼을 스치던 싸한 바람결들, 동생의 방에서 언제나 울려 퍼지던 타이핑 소리들과 그의 방에서 보았던 저녁 무렵의 거리의 네온들의 휘황찬란한 밤거리들이 스쳐 지났다. 한국이 그립고 향수가 한밤중에도 대낮에도 마치 깊이를 알 수 없는 오지의 빨려가면 돌아올수 없는 미지의 회오리처럼 일어댔지만 그는 지긋이 꾹 참았다. 그럴 때면 그는 친숙한 많은 것들 대신 새로운 친구들의 웃음과 목소리들을 떠올리며 활기찬 미래를 생각하며 견디고 인내했다. 조금씩의 고통을 나누자. 나 스스로 나의 아픔 한 주먹씩을 저축하는 거다. 언젠가는 태산의 성공으로 보상 받으리라. 반드시 기필코 도달하리라. 나의 결실에 그는 다짐들을 이어갔다. 점점 영어가 익숙해지고 친한 동기들도 늘었으며 물망에 오르내리는 여러 학교의 학과들에는 희망차고 밝은 미래의 비전이 있어서 좋았다.

어린 시절 아버지의 박사 시절 어머님이 생계를 이어가던 때에는 동생과 단둘이 저녁을 숱하게 맞곤 했다. 아직 많이 어려 비교적 말 잘 들었던 동생에게 엄마가 남긴 저녁을 먹이고는 그는 티비 앞에 홀로 앉아 숙제를 하기도 했다. 빠듯한 살림에도 높은 교육열의 부모님과 그에 비해 기대에 못미쳤던 학교 성적에 늘 주눅이 들었었다. 초등학교인데도 비교적 조숙했던 그는 그래서 생각이 많은 어린이였다. 계절이 바뀌는 가을의 길목에서는 바람에 날려 모래바람이 창문이라도 쳐대는 을씨년스런 소리들에 휩싸이는 날이라도 되면 괜한 밤시간에 대한 무서움과 미래에 대한 불안들이 휘몰아 정신을 어지럽혔다. 불이라도 끄도 있을라치면 공포에 젖어들어가는 세디스트가 되어 혼자 씩씩거리며 훌쩍이게 되곤 했다. 맏아들이란 성적이나 가족사 같은 정신적 압박과 가족에 대한 책임감 그리고 가장이 될 일들에 걱정이 들곤 했다. 다른 애들처럼 딱히 예술이나 예능에 소질이나 흥미가 있는 것도 아니고 그렇다고 공부로 승부를 볼 자신도 딱히 사라져가고 있었다. 아이들의 조기학습 등으로 영특함의 압권에 치이는 느낌이었다.

이곳 외국의 아이들은 비교적 자유로이 그리고 자신의 소신대로 학업과 진로를 정한다는 느낌이 들었다. 학과는 대충 두 갈래가 마음에 들었다. 침술 테라피나 요리 전문 과정으로 좁혀졌는데 전자는 외국 이민까지도 고려할 수 있었고 후자는 어머니의 비지니스까지도 도울 수 있는 이점 등이 있었다. 삶의 행로는 어느 정도로 정해져 있는 걸까? 진정 그럴까? 어른이 되기가 막연히 두려웠던 그 바람 불던 어떤 날에도 고심했던 물음이었다. 어떤 운명이 그의 앞에 펼쳐져 있다 해도 그는 이제 더이상 두려워하거나 회피하며 비굴하게 운명 따위에 굽신거리며 굴복하지 않으리라 결심해 본다. 나의 뜻과 의지 그리고 좀 어렵고 고되더라도 나만의 노력으로 어떤 난관도 뚫고 나가고 용감히 이겨 내리란 각오가 들었다. 과거의 고난도 모두 언젠가는 보람으로 보상받고 지금의 상념들도 서서히 밝은 태양 속에서 따스히 녹아내리리라 예견해 본다. 어떤 선택이 됐건 훌륭하고 멋진 늠름한 나의 모습으로 만들어 가리라. 그리고 지난 시간들은 그것을 위한 연습이며 훈련이자 쓰디썼던 약이었으리라고 생각해본다.

o

23. 여자친구의 오빠

 아버지의 불호령으로 오늘 아침도 냉큼 일어났다. 그는 2년 전 대학 졸업 후 외시를 2차에서만 두 번 떨어진 지금은 고시는 거의 접은 취준생이다. 깐깐한 성격과는 달리 풍만한 체격에 반쯤 정도의 백발과 호탕한 목소리의 아버지가 종일 집을 지키고 계신다. 만년 과장에 공기업 임원이셨던 아버지는 조기 퇴임하셨다. 그 덕에 그가 독립한다면 열 평은 더 넓은 아파트나 오피스텔을 얻을 정도가 되었지만 어머니는 삼식이인 아버지를 못견뎌 하셨다. 그래서인지 오전엔 수영에 오후엔 한국화 수업에 바쁘게 바깥 활동으로 아버지와의 대면을 최소화하셨지만 간간이 그의 진로 문제로 부딪치는 부부가 그렇게 계셨다. 충돌의 원인은 청소다 빨래다 도와 주시는 아버지의 집안일 덕에 사사로운 일들은 아니었지만, 집안의 하나뿐인 자식인 그의 문제가 언제나 크게 불거지곤 했다. 고시를 시키면 안 되었다든가 대기업은 좀 늦은 감 있다라든가 아름아름이라도 부모가 나서서 취직을 시켜줘야 한다든가 중소기업도 나쁘지 않다는 설득에 이르기까지 설왕설래는 끝이 없었다. 그래도 지금 살고 있는 강남 아파트와 그가 독립할 소형 아파트 등은 그의 어깨에 힘을 주게 하는 요소들이긴 했다.

 아들 하나 믿고 평생 일하신 아버지와 현명하시고 지고지순한 어머니께 실망감을 안겨드릴 순 없어 그는 매일을 취업 준비에 열을 올렸다. 커피를 타 주시는 아버지의 훈계와 함께 일찌감치 아침을 챙겨 먹고는 뒷산을 아버지의 끌림으로 반강제조로 한 바퀴 돌고 내려오면 도서관이나 집에서 인강을 듣곤 했다. 오전에는 동향인 그의 방에 햇살이 반쯤 비추는데 어쩌다 아버지께서 들어오시면 아버지의 머리결에 빛이 반사되어 머리가 은빛 인어의 지느러미처럼 출렁였고 눈동자에 반사되기라도 하면 검은 눈동자가 갈색의 투명한 냇가 물속의 꿈틀거림처럼 훤히 비추기도했다. 그 연세에 배가 나오지도 않고 허리가 굽거나 딱히 지병이 있지도 않으니 자식으로선 다행이었지만 그 기세와 목소리는 눈치를 볼 정도는 아니었지만 그가 다운되거나 의기 소침할 때는 좀 감당이 힘들 때도 있었다. 그의 여자친구 문제에선 특히 의견이 분분하고 충돌이 잦았다. 그의 여자 친구는 지방대 학장의 고명하신 따님, 현재 모 호텔 마케팅 부서 아시아 담당관으로 일하며 모 오피스텔 자가 입주자로 있었다.

여자친구는 똑부러진 야무진 성격이었으나 사회성 있는 활발한 성격으로 비교적 털털한 느낌을 주었다. 그리 애교가 있거나 섬세한 편은 아니었지만 외모가 자그마하니 예쁘장하고 세련미와 귀여움이 흘러 다소 스윗한 인상의 소유자였다. 그래서 그를 바라보는 뭇 친구들의 시선은 다정히 챙겨주는 여친을 둔 행운의 남자로 인식하기도 했다. 그러나 실상은 야무진 여친의 성격 탓으로 그는 토익이나 토플 시험 성적을 매번 체크받거나 지원하는 회사의 시험 일정과 시험 유형들까지도 여친에게 먼저 알려야 했고 심지어는 기출 문제들을 모의 시험받기도 했다. 여친의 휘하에 들어가 상사를 모시는 기분이 들기도 했지만 상황이 상황인지라 그는 반쯤 의탁하는 기분으로 이 난관의 사태를 어떻게든 뚫고 나가고자 하는 의지가 있었다. 그래서 잡혀사는 기분이었어도 여친에게 동시에는 고마움도 느꼈다.

어머니 아버지는 이런저런 사정을 모두 아시고는 똑똑한 며느리 또 두다가는 네가 남아나지 않겠다시며 반은 좋아라 반은 걱정을 하셨다. 이런 잦은 간섭과 취업이라는 위기 아닌 위기의 사태는 여친의 집에서도 느꼈던 바 급기야는 여친의 오빠가 그를 붙잡고는 일장 연설하기가 일쑤였다. 학원 앞으로 밤늦게 찾아와서는 고급진 바로 데리고 가 술을 진탕 먹이고는 먹고 사는 게 제일의 이슈라는 둥 세계 경제의 심각성이라든가 자신의 가문의 지방에서의 세력과 영향력이라든가 하는 비교적 과시성의 발언들을 그에게 날리곤 했다. 자신의 아버지의 교육자로서의 전적이나 여동생의 어릴 적 영민함과 집안에서의 기대 등을 일장 연설하는 식이었다. 그러던 하루는 200만원짜리 위스키를 부모님께 드리라며 선물해 주었다. 나는 반쯤 만취 상태에서 절레절레 선물을 들고 집으로 들어갔다.

그러나 문제는 다음날이었다. 어머니 아버지가 또 아침부터 옥신각신하시는 거였다. 숙취를 어떻게 풀어야 하나 하며 거실로 나가보니 커피를 타서 기상을 시키시던 아버지께서 커피도 내리지 않으신 채로 어머니와 논쟁 중이셨다. 그 위스키 얘기였는데 200만원 짜리를 들이댄다는 것은 우리 집안에 대한 예우다 아니다, 이건 자신 없으면 일찌감치 떨어져 나가라는 사인이다 아니다, 힘을 내라는 선물이자 존중이다 등등 온갖 갑론을박이 오가고 있었다. 세상에나 그런 깊은 뜻이.

그는 아침부터 맥이 풀리고 밥맛을 잃어버렸다. 여친이 하얀 레이스로 나를 칭칭 감아 위스키의 바다로 풍덩 던져버리고는 낚시

질로 다른 남자를 낚아서는 허우적거리는 나를 버리고는 벤을 타고 휙 달아나 버렸다. 마치 그런 기분이 들었달까. 그는 여친의 오빠가 사업 수주차 한턱 낸 것일 뿐이었다고 부모님께 해명하고는 방에서 입사 시험 결과를 기다렸다. A, B사는 2차 탈락에 C사의 3차 면접 통보가 날아와 있었다. 난 잘 할 수 있어. 다 잘 될 거야. 운명은 나의 것. 잘해 왔고 잘 할 거야. 성공, 길고 긴 인생에서 이루고야 말 나의 운명. 나의 길을 사랑하므로 이룰 소중한 것. 그는 긍정의 수많은 자기암시들을 되뇌며 오늘도 도서관으로 향했다. 이룰 미래 속으로 다다를 미래 속으로 말이다.

사실 외시를 두 번이나 떨어졌을 때에는 많은 실망과 절망이 밀려왔었다. 생전 처음으로 맛보는 인생의 쓴맛이었다. 종일을 남산에 올라 멍하니 전경만 바라보다가 비둘기들과 계절의 공기를 종일 나누다가 저녁엔 편의점에서 혼술을 부랑자처럼 마셔대며 니네는 시험 같은 거 없어서 얼마나 좋아를 비둘기들을 바라보며 되뇌었다.

식음을 전폐하고 헤매는 그를 잡아준 건 당연히도 가족과 여친이었다. 여친은 자신이 벌어먹일 테니 아무 걱정 말라 했고, 아버지는 외시는 애시당초 섣부른 사치스런 치기 아니었냐며 정신차리고 다음을 준비하라고 엄포를 노셨다. 그는 차츰 정신이 들고 회사에 먼저 입사한 친구들에게 정보들을 얻고 여친의 정성어린 응원에 용기를 얻어 각종 시험들을 보기 시작했던 거다. 대기업 C사의 결과가 어떻든 여친의 오빠의 반응이 어떻든 그는 그의 삶을 이어가야 하리라. 설사 이번에는 실패하더라도 다음을 준비해야 할 것이고 또 그다음과 연속의 과정들은 그의 인생에 펼쳐져 있으리라. 여친과의 삶이 이루어지더라도 설사 현실에 직면하여 이별이 온다 하더라도 그럼에도 영원한 약조를 하건 간에 굳건히 강건히 그는 그의 삶을 이어가야 하리라. 그것이 삶이고 산다는 것 자체이리라. 그러다보면 행복과 대박들이 곳곳에서 부지부식간에 그를 찾아오리라. '셀라비' 그게 인생일 터이니 말이다. '용기를 내리라' 면접장을 들어서며 불끈 결심을 해본다.

○

24. 혹시나 해서

그 자신의 숍을 갖기 위해 그는 해보지 않은 일이 없었다. 대학 졸업 후 취업에 실패한 후 편의점 알바를 시작으로 택배 배달을 거쳐 바리스타까지 몇 년을 고생했지만 그 틈 짬짬이 그는 제과제빵학원을 다녔고 자격증을 따내었다. 스스로 벌어 생활비에 학원비 모두를 충당한 소중한 값진 결과물이었다.

그러나 자신의 가게를 여는 것은 또다른 난관이었다. 일단 자본이 없었고 시골 출신이다 보니 자신의 터가 되는 장소 물색이 어려웠다. 그러나 죽으란 법은 없다고 한때 탁구장 카운터 알바를 한 적이 있는데 그중 회원이었던 아줌마 한 분이 자영업으로 빵집이나 서점 카페 같은 사업을 구상 중인데 자신의 일을 봐줄 손이 필요하다고 노래를 부르며 광고를 치다시피 다니셨다. 그는 이건 기회다 싶어 제과제빵 자격증을 말씀드리고 대학교에서도 국어국문학을 전공해서 빵집이건 서점이건 유용하게 쓰시라고 거의 들이대다시피 했다. 그 아주머니는 참으로 하느님께 감사하다며 평소 성실한 그를 월급 메니저로 고용하시겠다고 하셨다. 둘은 매일을 머리를 맞대어 제과제빵집을 그리고 한 구석에는 책도 함께 비치하여 책을 보며 차와 커피를 마시며 책을 고를 수 있는 공간으로 구상하였다. 가게는 일사천리로 진행되었다.

드디어 가게가 문을 여는 날 아주머니의 남편도 오셨는데 그의 직업은 검사였다. 배가 좀 나온 편에 머리숱이 적었고 키가 커서 체격으로 압도감이 느껴졌다. 검정 세단을 타고 검은 양복의 뒤태를 흘리고는 화분을 배달로 남기고는 홀연히 가게를 떠나셨다. 그러나 그 아우라는 대단해서 그는 한참을 남편분에 대한 생각과 인상에 대해 곱씹었다. 두 분의 관계는 냉랭해 보였고 정략결혼다운 엄격한 분위기가 흘렀다. 아주머니는 오전에는 이층에 있는 탁구 클럽을 즐겨 다니셨는데 이 가게 자리도 탁구 클럽 일층 자리로 주위 깊게 보시고는 상권으로 마음에 드셔서 선택한 자리였다. 오후에는 가게로 나오서서 제빵과정을 지시 관리하셨고 그와 책 주문 오더나 재료 구입 등을 상의하셨다. 아담한 키에 웨이브진 검은머리와 비교적 동안이셨지만 갱년기 이후로는 살이 불어 탁구로 운동 중이셨다.

근데 참으로 이상한 일은 아주머니가 가게에 계시는 오후 2~3시경만 되면 딸을 하나씩 데리고 젊은 아기 엄마들이 하루 한 명씩 와서는 화분이나 그림 액자 아니면 가게 물품들을 사가지고 와서는 아기랑 빵을 공짜로 먹고 아줌마랑은 눈인사만 나누고는 돌아가곤 했다. 친척의 분위기도 친구의 분위기도 아닌 남이라고 하기에는 더 지인에 가까왔고 친하다고 하기엔 긴장감이 흐르는 게 그는 도통 감이 잡히질 않았다. 아기들은 다 고만고만했는데 약간씩 터울이 있었고 모두 여자아이였다. 참으로 해괴하고 이상하다 싶었고 그는 뭘 잘못 보거나 유령에 홀렸나 하며 가게의 오프닝 행사 기간을 지나가고 있었다. 아주머니는 딸만 일곱이셨고 딸들도 그 오후 시간에 나와 가끔 서빙이나 카운터 일을 보기도 했다.

그런데 어느 날 둘째따님이 어느 때처럼 아기와 함께 방문한 여자를 향해 삿대질을 하고 들고온 화분을 내동댕이쳤다. 아주머니는 따님을 말리다가는 쓰러지셔서는 바로 병원으로 실려가셨고 심혈관 스턴트 수술까지 받으셨다. 그는 사업 경과보고차 병문안을 하루 걸러 다녔다. 병세는 차차로 호전되어 갔고 탁구를 치신

덕으로 그나마 완쾌하실 수 있다 했다. 그러나 아주머니는 사업이 잘 되고 건강이 호전되는데도 슬퍼 보이셨고 급기야는 내게 하소연을 하셨다. 남편이 아들을 원해서 딸만 일곱을 낳고 더이상 자식을 낳을 수 없게 되자 남편은 예쁜 여자들을 골라 자식을 낳아대기 시작했다고 한다. 그저 아들을 낳기 위해 기왕이면 다홍치마라고 그것도 예쁜 여자들만 골라 자식을 낳아댔던 거다. 그러나 불행인지 다행인지 한 명도 아들다운 아들, 엄마처럼 예쁘고 잘생긴 아들은 한 명도 낳지를 못한 거였다. 그에 화가 나고 어이가 없고 기가 막힌 아주머니 딸이 개업이라고 방문중인 그중 한 여자를 공격한 거였다.

이때 암전에서 불이 켜지고 영화 자막이 위로위로 오르고 크레딧이 올라가기 시작했다. 그 영화는 끝났고 하나 둘 관객들은 퇴장하기 시작했다. 실험영화 과목 시사회의 마지막 순서였던 그의 여친의 작품으로 모든 순서가 종결된 순간이었다. 그의 여친은 혹시나 기우로 그와의 결혼생활이 영화처럼 흐를까 염려되어 이런 실험 영화과목을 진행했다고 실토했다. 여자관계로 복잡할 수 있다는 타롯카드의 점괘 때문이었다.

그래 혹시나 기우로 영어로는 just in case라고 하였었지, 아마. 기가 차고 어이가 없고 황당했다. 하지만 자신과의 결혼을 계획하고 철두철미하게 대비하는 여친을 보며 영화과 학도로서 좋은 성적으로 졸업하여 꼭 여보란듯이 훌륭한 감독이 되어야지. 그리고 건강하고 행복한 여친과의 결혼 생활도 이어가리라 결심했다.

혹시나, 기우로, 유비무환, just in case. 때로는 황당한 계기가 좋은 영화를 만든다는 새로운 사실을 여친으로부터 배운 시간이었다. 아주머니! 영화라 다행이에요. 너무 아파하지 마세요. the end. 자기야 사랑해.

○

25.편집장

그때를 그녀가 회상하는것은 꼭 이맘때의 루틴이긴 하다. 아버지 어머니의 제사와 이모부님의 음력 생신이 겹치는 가을의 끝자락에서의 잡지사 마감이 바로 지난 진짜 휴일이 찾아오는 오늘 같은 날이 그런 날이다.

40년 전 그녀 나이 초등 시절 어머니 아버지는 교통사고로 돌아가셨고, 다행히 그녀를 이모와 이모부가 키워 주셨다. 엄마 못지않게 다정하시고 정이 많으신 이모와 엄하시고 원리원칙주의자이지만 츤데레인 스타강사 이모부시다. 지금은 부모님과 진배없지만 그때 어릴 때는 새 가정 환경에 적응이 쉽지 않았다. 마른 체격에 언제나 단발로 다소곳하며 단아했던 어머니, 이모와는 외모까지도 판박이였는데 그래서 그녀는 어머니 생각이 더 많이 나서 종종 자주 슬퍼지곤 했던 것 같다. 어머니의 부침개는 오늘처럼 스산한 비바람이 가을을 재촉하는 날에 부침가루와 계란을 섞어 부추와 해물로 구수한 내음을 풍기며 구워져 맛볼 수 있는 쌀쌀함을 위로해 주는 행운의 음식이었다. 바삭한 한 입의 구수한 향내와 해물들의 부드러운 촉감은 그 시절 부모님과의 추억을 담은 행복의 느낌 그 자체이다.

그러나 행복의 순간은 언제나 길지 않다는 슬픈 진실은 그녀에게도 예외는 아니었다. 엄마 아빠 없이 그렇게 중학생과 고등학생을 지날 즈음이었다. 고2의 그녀는 우등생 중에 우등생이었으나 그녀의 가정사정을 잘 알던 동기들은 그녀에게 번번이 모의고사나 내신시험 답안을 요구해왔다. 이모부가 조카의 부탁을 결코 거절 못하리라는 짐작 때문이었다. 스타강사로 더 유명한 분이셨지만 가정사로 나쁜 소문이라도 나면 그 명성에 치명적이었기 때문에 겁박의 빌미가 되었다.

여름의 태풍이 몰려오는 그날 같은 날. 바람의 기세가 거리의 간판을 건들거리게 하거나 가로수를 뿌리째 뽑아버리는 혹은 사람을 날리고 자동차의 행로를 바꾸거나 심지어는 뒤집어 버릴 듯한 그런 음산한 구름마저도 밀려드는 그런날. 한 무리의 애들이 다가와 그녀를 골목으로 몰아 세우고는 들고 있던 우산살을 어기적 부러뜨리고는 다짜고짜 답안지를 요구했다. 만약 중간고사 문제지와 답안지를 대령하지 못할 시는 이모부님의 인강 사이트를 폐쇄시키고 폐강의 지경에 이르게 하겠다고 협박했다. 그 두목 여자애의 목소리와 행색은 지금까지도 기억이 난다. 긴 머리이기는 했어도 숱이 없어 늘어진 머리가락이 뱀의 꼬리처럼 보였고 염색이 뿌리 부분을 반쯤 덮고 있어서 마치 갈짓자를 머리 위에 문신해 놓은 것처럼 보였다. 징그러운 외모에 징그러운 우렁차기까지 한 목소리. 혼자 굴러먹다 혼자서 죽을래 올래 올래, 하며 귓가에서 울리는 동굴 소리 같은 이명에 놀라 그녀는 소파에서 굴러 떨어지며 오히려 자신에게 놀라 번쩍 잠에서 깼다. 그래 난 졸업했어, 것도 삼십 년이나 지났잖아. 난 대편집장이야. 다음달 인터뷰는 누굴 선정하지 하며 애써 자신을 위로하며 악몽에서 벗어나려 애썼다.

그건 어연한 사실이다. 그녀가 학폭에 협박에 왕따까지 당했던 것 말이다. 창밖에는 색색의 낙엽들이 산천을 알록달록 물들이며 그녀에게 웃어보라고 보채는 듯 아양을 떨며 바람결에 하늘거렸다. 그러다가 툭 떨구고서는 작은 위안을 마지막 위로를 건네는 듯했다. 마치 지금은 미국으로 이민을 간 당시의 단짝친구 학폭과 왕따로부터 나를 지켜준 그 친구처럼 말이다.

이민 간 친구는 처음에는 반의 마니또였지만 그 대상이 누군지 알게 된 후로는 허심탄회하게 대화하는 절친이 된 경우였다. 아니 사실상 그녀가 학폭이다 왕따다 위기에 몰리자 친구가 그냥 도와준 셈이었다. 밥도 같이 먹어주고 얘기도 들어주고 선생님께 사실을 알려 그 애들로부터 벗어날 수 있게 도와준 터였다. 그 애들을 따로 방과후학습에 동참시켜 진도를 따라갈 수 있도록 학교 측에서 배려해 주었고 그녀도 학습에 동참하거나 복습할 시 도움도 줄 수 있도록 하여 서로 공유하고 회복 치유할 수 있는 프로그램을 마련하게 된 케이스가 됐다. 친구가 이것을 주선하고 이끎으로 해서 그녀는 그 애들로부터 차츰 벗어날 수 있었다. 물론 2~3학년까지도 이 문제로 시간상으로나 정신적으로 시달리기는 했어도 아무런 앙금이나 폭력없이 사태를 졸업시끼지 마무리 지을 수 있었다. 그 친구는 산업디자이너가 되어 외국 발령 후 외국인을 만나 현지에서 결혼하였고 그녀는 한국에서 문화 관련 잡지사 편집장이 되었다.

학창 시절은 질풍노도의 시기이자 사회적 관계를 배우기 시작하는 인생의 환절기와 같은 시기이다. 누구든 방황할 수 있고 과욕에 실수를 저지를 수 있다. 그러나 더불어 누구든 자신의 행로를 수정할 수 있다. 아 그건 나의 과욕 혹은 판단 미스였구나 하면서 행로를 조절할 수 있는 탄력 있는 시기인 거다. 참으로 다행한 일이었다. 그녀가 친구의 도움으로 애들을 바르게 이끌 수 있고 또 그들과의 화해의 길을 갈 수 있었던 것 말이다. 세상은 양지의 생각들로 가득하여 여전히 우리들을 비추고 있다는 안도감과 만족감이 밀려온다. 나의 작은 사랑과 온정이 세상을 보다 밝고 긍정으로 이끌 수 있다는 소소한 진리와 지혜를 배우며 그녀는 새 달의 인터뷰어에게로 바쁘게 향했다.

어디를 향하더라도 그녀는 어머니 아버지 이모 이모부를 따로 생각할 수 없다. 그녀의 근본이자 그녀의 생명이었기 때문이다. 어렴풋이 스치는 이모의 향내도 엄마의 젖내의 다름 아니었으며 아버지의 큰 품도 이모부의 말 한마디로 다 해결되는 따스한 그것과 똑같은 것이었다. 그리움은 어차피 삶의 향내이다. 어머니의 부침개 냄새처럼 구수히 흐르고 풍겨 그녀를 감쌀 수밖에 없는 향내이다. 뗄래야 뗄 수 없는, 그래서 그녀를 당기고 일으키는 어머니의 손길의 자취이다. 인생을 받아들이면서도 운명을 개척하라는 어머니의 채찍의 자욱이다. 맘껏 삶을 받아들이고 동시에 용서하라는 화해의 흔적이다. 아픔도 보내고 기쁨도 받아들이라는 이 관용의 자취들을 이제 그녀는 당당히 품고자 한다. 사랑하므로 사랑하였으므로 사랑할 것이기에 말이다.

。

26. 아버지와 같은

그는 대기업 회장 아버지에 하보드생 두 형이 있는 미국 스탠파

드의 인터내셔널 비지니스과에 다니고 있는 이 집 막내아들이다. 부잣집 막내라고 하면 온갖 부모님의 사랑을 독차지하며 형들의 수많은 양보와 어머니의 넘치는 보살핌과 사랑 속에 성장할 것을 사람들은 생각하기 마련이다. 하지만 가장 까탈스런 어머님의 훈계들과 형들의 날이 선 견제들과 아버지의 기대와 실망을 오가는 질타성 발언들 속에서 그는 25년을 살아오고 아니 견뎌오고 있다는 표현이 더 정확할 삶을 지나오고 있었다. 중년을 갓 넘은 기품이 넘치고 훈훈한 외모에 머리기름으로 넘긴 숱이 검고 진한 단정한 고급진 스타일의 아버지. 일류라는 타이틀에 걸맞는 부인인 그의 어머니 역시 세련된 엣지 있는 의상들과 수려한 얼굴에 골프나 필라테스로 다져진 날렵한 몸매와 풍성한 웨이브진 머리결까지. 그의 부모님은 뭐 하나 흠잡을 데 없는 상류층의 대부와 대모격임에 틀림 없어 보였다. 두 형들의 스포츠에 대한 헌신과 세계 최고 학부를 자랑하는 학업에서마저도 이길 자가 없는 왕성한 사회성과 더불어 타인에 대한 에티켓에 이르기까지 그로선 엄두가 나지 않는 불모지의 두 형들도 있었다. 그들에 비하면 그는 경제학과나 경영학과에서 밀려난 초라한 국외관련 학과중에서도 인터내셔널 비지니스과에 학교마저도 삼순위의 선택지의 지망생이었다. 운동이나 클럽들에서도 늘 옵서버의 위치에 있었으며 또 오히려 그게 편한 그런 그였다. 그러나 그의 관념은 그렇게 아등바등하며 초일류일 필요는 없다라는 편이었지만 정작 부모님과 두 형은 전혀 그렇지가 않았다. 막내의 열등성이 마치 자신들의 꼬리표인 양 사사건건 그의 열등성을 들먹이며 자극하고 건드리며 굳이 한 층이라도 더 열등감으로 끌어 내리지 못해 안달이었고 그들의 기대에 따라오지 못하는 그를 무시하고 상처 입히기를 밥먹듯이 했다. 그는 자신이 진짜로 사회의 말단 최하층의 건달만도 못한 못난이로 스스로를 그렇게 여기기에 이르게 되었다. 정말 난 안 되는가 보다 그런 생각이 점점 짙게 들기 시작했다.

허기사 그의 자격지심의 역사가 어제 오늘의 일은 아니었다. 유치원 시절에 한글과 영자 한 자 떼기할 때부터 그는 두 형들과 비교 당하기 일수였는데 만4~5세에 영어 읽기를 끝내고 천자문을 한번 독파한 것에 비해 그는 초등학교 입학할 때에야 비로소 알파벳과 천자문을 시작했던 거다. 이에 아버지와 어머니는 심히 실망하셔서는 용돈을 깎는다거나 장난감 같은 선물들을 다음 번 테스트까지 유보하는 등의 당근법을 쓰셨다. 그 와중에 그는 그대로 패배감과 불안감이 가중되었고 형들은 자신의 부류에서 떨어져 나가는 막냇동생을 점점 멀리하거나 무시하는 마음을 지니게 되었다. 가끔 공부 요령이라든가 장난감이나 문방구류들을 부모님 몰래 공수해 주기도 했지만 해가 가고 그와의 갭이 벌어져서는 고등학교 시절 내신과 sat시험에서 미국 최상위 아이비리그 입성이 불가능한 정도가 됐을 때는 아예 남 취급하기에 이르렀다.

매일 새벽 나가는 테니스 코트에서 레슨 시간에 늦자 자동 출입기가 빨간불을 앵앵 울리자마자 코트 위의 붉은 모래알들이 공기 중으로 솟아 올라서서는 알알이 그의 피부에 들러붙어서는 탈의실 몸무게의 바늘 눈금을 세 자리 넘어까지 가리키자 노하신 어머니의 회초리가 그의 등짝을 갈기는 필름이 그의 뇌리를 순간 스쳐 지나가고 있었다. 식탐을 줄이고 재기있게 운동을 하라며 어머니는 그의 몸무게를 매주 재셨고 눈금에 따른 벌칙을 수행하셨으며 아침식사를 거르거나 늦잠으로 식사 지각을 하였을 때는 다음 번 식사를 건너뛰어야 했다. 이런 그의 빠릇빠릇하지 않은 행동거지의 버릇들은 쌓이고 쌓여 그를 이 가족으로부터 이방인 취급 당하는 지경으로 몰고 갔다. 정오 무렵까지 암막 커튼을 치고는 식사도 거르며 난잡해진 방 안이 온통 널브러진 소지품들로 가득한 진풍경은 딱히 어제 오늘의 이야기가 아니었다.

하루는 늦은 잠에서 깨어나 아랫층으로 내려가보니 길게 오솔길이 거실로부터 나 있어서 그대로 따라가 보니 작은 문이 밖으로 열려 있었는데 그 밖은 천길 낭떠러지의 해무가 밀려온 바닷가 절벽이었다. 순간 당장 나가! 나가란 말이야! 가족들이 돌아가며 한 마디씩 외쳐대고 있었다. 그 소리는 울리고 메아리쳐서는 해무로 보이지 않는 허공을 꽉 채우며 그를 낭떠러지 아래로 밀어내고 있었다.

 한 번은 가족과 캠핑을 갔는데 등산을 따라가지 못한 그만 낙오되어 길을 잃어 헤매다가 텐트가 있는 베이스 캠프에 다저녁 때야 되어서야 돌아왔다. 가족들은 일치감치 도착하여 바베큐와 소시지 구이류를 맛나게 시식하고 있었다. 어디 갔다 이제 와, 그러니까 진작에 체력을 키워 놓았어야지 하는 비수를 꽂으셨다. 걱정도 염려도 찾지도 않으신 건가? 나 이 가족 맞아? 울먹이는 것을 눈치채지 않으려 고기를 우걱우걱 삼켜댔다.

 사실 이런 가족들로부터의 이탈이나 독립을 시도하지 않은 건 아니었다. 문학상 공모에서 우수상을 탄 적이 있는데 아버지는 그의 의도를 즉각 눈치채시고는 우리 가문에서 경영 외의 외도는 용납할 수 없다시며 만약 한 번만 글 나부랭이를 끄적일 시에는 거지꼴을 못 면하게 하시겠다며 경고를 날리셨다. 평소 자격지심과 열등감으로 약해질 대로 약해진 그에게 아버지의 엄포는 그를 끝도 없는 두려움과 엄청난 공포에 휩싸이게 했다. 집채만 한 파도의 물결이 그의 온몸을 덮쳐서는 숨도 못쉬고 꼼짝달싹 못하게 동여매어 포박하는 기분이 들게 압박했다. 탈출 실패, 이탈 포기, 전권 이양, 난 이 집의 세금 납세 감면을 위한 어릿광대 혹은 일꾼에 지나지 않는 돌쇠. 없으니만도 못한 이방인. 언제 쫓겨나도 이상하지 않은 집 지키는 강아지. 그냥 그랬다. 적어도 그가 느끼기에는 말이다.

 아버지 어머니가 모든 사람에게 다 그렇게 엄하기만 하신 건 아니었다. 그 점이 그는 더욱 섭섭한 점이었는데 하다못해 봉사 나가시는 고아원과 노인정 사람들에게는 더없이 자상하고 인심 좋은 사람으로 통했다. 먹을 게 남거나 선물이 들어오면 우리 애들 가져다 줘야겠다시고 할머니 할아버지 옷가지들은 다 우리 집 공수물들이어서 인기 만점 아저씨 아줌마 회장님 부부였다. 그러나 불행히도 헌신적 사회 봉사의 다음 대상은 그였는데 부모님은 배우자 감을 물색 중이셨고 당연히 정해 놓은 집안의 배필로 그녀는 누가 봐도 명백한 사업상의 정략 결혼이었다. 어떻게 모든 대소사를 사적 공적 할 것 없이 다 짜여 놓은 철두철미한 계획하에 완벽 무구하게 추구하시는지 그는 입이 다물어지질 않았다. 자신도 포함하여 모든 대상이 비지니스이자 사업상의 포획물들처럼 대하시는 듯 보였다. 숨막히고 기가 차고 이젠 때이른 장가까지 부모님 플랜에 따라 살아야 하나, 그는 내 인생 돌리도 하고팠다. 돌리도 돌리도 내 인생 돌리도.

 작열하는 태양을 거슬러 그는 팔월 찌는 듯한 날씨를 피해 집사님과 비서 c양을 대동하여 지방에 볼일이 있다고 핑계를 대고 며칠 간의 휴가를 갔다. 소양강 강가에서 그는 두 사람의 사는 얘기를 들었다. 그냥 월급쟁이, 굽실거려야 살아 남는 개인 서비스직,

나름 고충이 심해 보였다. 대우는 좋은데 눈치도 엄청 봐야 되고 자유시간도 없다며 그들은 그를 허심탄회하게 대하며 위로 아닌 위로를 건넸다. 부모님을 이해하라. 그렇게 평생 사신 분들이다. 그도 그렇게 살 것 같다는 뜻하지 않은 조언까지.

돌아오는 차 안에서 그는 지나온 날들과 가야 할 날들의 대동소이함에 속으로 흐느꼈지만 그렇게 흘러갈 시간 또한 그의 삶의 부분임을 동시에 절감하며 부모님의 고군분투하는 삶에 오히려 연민을 느꼈다. 그리고 어쩌면 그의 삶의 다름 아님일 수도 있다는 미래에 대한 불길한 예감도 밀려왔다. 그러나 그는 조금은 다른 조금은 더 열리고 더 따스하며 더 이타적인 조금 더 여유있는 마음의 공간의 넓직한 삶을 살리라고 어렴풋이 결심하는 중이었다. 혁명이나 혁신까지는 아니어도 부모님의 것을 받아들이면서도 한 발 전진할 수 있는 여지를 그는 나즈막히 생각하고 있었다.

○

27. 사루비아의 산책

지난 그의 삶은 책과 공부 논문들과 이론들과의 처절한 사투였다. 이렇게 말한다고 하여 그 여정이 고되거나 비참하였단 뜻은 결코 아니다. 그는 그러한 연구하는 삶을 즐겼고 행복했고 후회없는 만족의 삶이었다고 자부한다. 아카데미센터의 부원장으로서 숱한 논문들과 업적들 그 많은 저작들은 과거의 시간에 대한 보답물들이었다. 다만 처절했다고 표현하는 이유는 그 과정 과정들이 결코 쉽지만은 않은 나름의 처절한 시간과 자신과의 싸움이었단 뜻이고, 지금 남은 것이라곤 두 칸짜리 월세방 그리고 그 안의 정처없이 쌓인 책더미뿐이라는 의미일 뿐이다.

경제적 문제는 어쩌면 학문과 공부하는 사람으로서는 제일 순위로 포기해야만 하는 사항들이란 것을 대학원을 졸업하고 박사로 진행할 시 애시당초부터 인식하고는 있었으나 육십의 나이에 접어든 지금에와서 현실적인 경제적 압박이 이 정도일 거라곤 미처 생각 못했다는 표현이 정확할 거 같다. 그의 일과는 오전에 강의안을 점검 수정하고 오후에는 산책과 저작을 그리고 늦은 저녁 무렵에서야 센터로 출근한다. 아카데미가 일반인들을 대상으로 하기에 저녁에서야 강의가 있기 때문이다. 많은 학문에의 열의로 기대 속에서 매진하는 학생들을 보면 자신도 들뜨고 흥이 났다. 가르치는 일에서도 학생들의 똘망똘망한 눈동자들 속에서 자신의 패기에 넘치고 열정적인 학구열의 젊은 시절이 떠올라 애잔한 마음이 들기도 하였다.

집과 아카데미는 고작 한 정거장 남짓의 거리였고 어머님이 저녁상을 물리시면 우리 집 강아지 사루비아와 함께 동네를 한 바퀴 돌고는 센터에 도달하곤 했다. 거리는 메인 육차선 도로의 양가로는 작은 카페나 소품점, 식당이나 꽃집 같은 비교적 예쁘장한 리테일 숍들이 늘어서 있었고 은행나무의 장대한 높이가 길게 그림자를 차도로 혹은 인도에 드리우고 있었다.

3~4월 새 학기의 개강 무렵은 봄의 푸른 기운이 마을을 생기있고 따스하게 감싸기 시작할 무렵이며 센터의 골목길을 다시금 북적이는 사람들로 활기를 몰고오는 시즌이기도 했다. 요즘 그는 에세이집의 출간을 앞두고 있어서 출판사와의 점심 약속이 잡혀 있었다. 철학자이자 교수급 강사이기는 했어도 베스트 셀러라기 보다는 소품 정도의 영향력으로 소소한 철학자의 일상을 담을 예정이었다. 같은 동기의 유명한 대학에서의 유명세로 베스트 셀러작가로 저작료다 명강연이다 잘나가는 선배 동기들과는 다소 차이가 나기도 한다. 그럼에도 그는 후회나 아쉬움보다는 삶에 대한 성찰과 사유로 남은 시간들을 채워가리라, 지긋이 관조의 삶을 이어가리라 생각했다.

그러나 어머니, 어머니가 떠오른다. 그를 위해 평생 뒷바라지 하시느라 허리가 굽고 뼈마디의 성한 곳이 한 곳 없는 온갖 허드렛일을 마다하지 않으신 자식이 공부다 연구다 결혼도 미루고 손자 하나 없이 달랑 방 두 칸의 월세방에서 쌓인 책들만이 매일을 반길뿐인 단촐한 그와 그리고 어머니, 노쇠하신 어머니만이 그를 지키고 있었다. 이런 그의 때끈한 등과 숱조차 다 삭은 남아나지 않은 머리결을 길다란 그림자가 졸래졸래 따라오고 있었고 태양이 정오의 땡볕을 가까스로 벗어나서 어설프게도 비스듬히 45도 각도로 가로수에 반쯤 기댄채 사루비아의 발자욱들을 하나둘씩 세가며 따라오고 있었다.

아이보리 빛의 면바지에 달린 주머니에는 이번 학기 시간표가 꽂혀서는 시간표의 숫자들이 인도의 벽돌들 사이를 허짚고 있었으며 그의 둥근 어깨를 다정히 덮고 있는 체크 문양의 셔츠는 아직은 날씨가 쌀쌀하다며 연신 헛기침 같은 스산함을 살포시 가슴과 허리 부분으로 늘어뜨리고 있었다. 책은 교정과 표지디자인을 거쳐 초여름쯤 출고된다 한다. 그래도 전기세다 집세다 카드값에 생활비로는 여전히 턱도 없을 것이다. 공부로 후회가 없는 만큼 여유가 없는 빠듯한 삶은 또한 공부로부터 얻은 행복감에 대한 보답이려니 그에겐 무럭무럭 자라는 제자들과 저작들이 있으려니 위안과 위로를 두 팔의 접은 셔츠를 길게 늘어뜨려 이제는 단추를 잠그는 동안 그는 생각하고 있었다.

지난 추석에는 대학원과 박사 과정 동기인 지인 한 명이 찾아왔는데 몇십 년간 글쓰기에 올인하는 친구이자 동기였다. 글쓰기란 학자로서 다소 애매한 영역이다. 쓰긴 쓰는데 무엇을 어떻게 그것도 잘 쓰는지 그리고 누가 어떻게 읽어 주는지가 문제인 것이다. 뭘 써야 하는지를 몰랐고 더욱이 어떻게 써야 하는지는 여전히 강구 중인 아마도 평생 그 지인은 이 화두 속에서 머물 요량으로 보였다. 그 지인은 그의 철학 강의를 도강 아니 더 정확히는 허락하의 도강으로 그의 철학 이론과 학문적 이론들을 참조로 자신의 논문을 타진코자 센터를 들락거린 지 언 십 년이 넘어가고 있었다. 박사까지 마쳤는데도 학문적 견지가 없다는 것은 그리고 무엇을 쓸지를 몰라 여지껏 찾고 헤맨다는 것은 실패한 지식인의 예를 여지없이 보이고 있음이었다. 딱한 친구. 지인은 그처럼 학문의 경지에 도달한 주위의 사람들을 배회하느라 생업은 전폐한 상태였고 그보다 더 심각한 재정난과 기아에 준하는 삶을 살고 있었다. 그래도 그의 어머님께서 수술하고 입원했을 때 간병이다 잔일들을 시중들어 주어 고맙고 안쓰러워 청강을 허락하고 밥도 사주는 측근으로 지내고는 있었다. 자택이었던 집을 그때 어머니의 병환으로 팔았던 기억이 떠올라 그는 눈시울이 붉어지고 가슴 한쪽이 파열되는 느낌 정도의 압박을 느꼈다. 남은 노후의 시간들에 자신이 없어져 갔다. 지인의 전락아닌 전락이 남의 일이 아닌 것으로 보였고 그깟 학문과 저작들이 우습고 오히려 원망까지도 밀려오는 요즘이었다.

　새 학기의 개강 즈음에는 여러 학교 여러 학과의 다양한 학생들이 수업을 듣기 시작한다. 탱탱한 물오른 볼살과 하얗고 뽀얀 피부 앳된 뽀송한 손가락 사이의 펜, 편한 캐주얼 차림의 의욕이 넘치는 젊은 시절의 그들이다.

그 중의 제일은 독일 전액 장학금 졸업의 지금은 S대 교수가 된 아직도 그의 눈엔 아직도 앳되어 보이기만 하는 그의 제일순 제자인 장 교수가 있었다. 때만 되면 바리바리 인사를 오는 그같은 제자들은 그 외에도 꽤 있었다. 그들에게 동기가 되고 이정표가 되고 선배이자 선생님 선구자가 된다는 것이 그는 늘 자랑스러웠고 보람과 긍지를 갖게 되는 그야말로 자식과 같은 그것도 성공한 자식의 부모 되는 행복의 소산이었다. 제자 장 교수의 말로써 그는 오늘도 버티고 다시 쓰고 연구했고 앞으로도 센터를 계속 지킬 것 같다.

"교수님, 참으로 진정으로 감사드립니다. 저를 지도해 주시고 가르쳐 주시고 인도해 주시니 제가 이렇게 번듯이 살고 있습니다. 앞으로도 오래오래 건강히 저희들의 스승님이 되어 주십시오. 언제나 감사드리고 사랑합니다."

○

28. 바닥

자유의 날개를 타고 날아 날아 그는 천국과도 같은 어떤 왕국에 다다랐다. 긴 비행이었고 고달픈 여정이었다. 하늘가에서 만났던 온갖 새들과 구름들 그리고 바람들이 생각났다. 그러나 이젠 그가 도착한 이곳의 실정에 적응해야만 한다. 누군가 살지도 혹은 살지 않을 수도 있는 섬과 같이 고립되거나 이탈된 신천지일 수도 지하세계 같을 수도 있다. 수평선은 가물가물 보이거나 보이지 않을 수도 있으며 모래사구들은 사막으로 끝없이 이어질 수도 있다. 나에게 말을 거는 이는 아예 없거나 그냥 나를 훔쳐볼 뿐 나를 결코 대면하지는 않을 것이다. 홀로이 외로이 처절하게 그러나 철저히 그는 이 섬의 삶을 깨알같이 채워가야 할 것이다. 회상하고 복기하며 회고하고 때로는 후회에 때로는 탄식에 젖을 수도 있다. 어쩌면 원망과 증오로 밤을 지새우거나 미움에 복수의 불바다를 허우적거릴 수도 있다. 그의 삶과 그들 그리고 또다른 그와 그녀는 그의 가슴에 뒤늦게 비수로 꽂혀 회한의 칼날로 그의 심장을 관통하기도 하겠지.

이곳 수용소의 독방은 숨 쉴 공기가 모두 증발한 듯한 적막의 사막 가운데에서 모래알을 매일 한 올씩 씹어 열 개씩을 모아 삼키면서 지나는 날짜를 세어야 살 수 있는 세상의 냄새가 전혀 나지 않는 그런 곳이었다. 그는 전전권 대학살의 공모죄로 이곳에 수감되어 있다. 대략 수천 명이 마을째 소거되어 변사체로 대량 학살된 사건이었다. 그는 그러나 아무 기억이 없었다. 자신이 왜 어떻게 언제 그런 무시무시한 학살과 연루되게 되었는지 도저히 가늠할 수가 없었다. 지난 오년간의 기억이 완전 증발해 버려 도통 기억해낼 수가 없었다. 주위에선 사건과 재판 판결들에 대한 충격으로 기억이 상실 즉 실성했다고들 했다.

  이곳에서의 그의 유일한 낙은 성당 신부님께서 연결해 주신 외부의 한 장애인과의 서신 교환과 종교단체나 전 정당 지지자 그리고 가족이 보내주는 책들을 읽는 일이었다. 매일을 내리 읽고 생각하고 쓰고 잔다. 그가 이토록 학구열형 인간이었는지는 그 자신도 미처 모를 정도였다. 그의 생각들 가운데는 주로 서신을 교환하는 편지에 쓰인 한 장애인의 삶에 관한 것들과 자신의 과거에 관한 추측 그리고 자신의 앞으로의 삶에 대하여 고심하는 것들이었다. 그 중에서도 그때의 대사건에 대한 전말과 자신의 행적 그리고 그에 따를 책임들에 관해 생각할 때면 공포에 가까운 절망을 느꼈다. 그런 일을 내가? 설마설마 하며 당연 이건 모함이라는 생각에 이르러서는 복수의 불길이 타오르기도 했다. 온갖 사유 또 사유를 경험하며 수많은 감정의 태풍을 통과 중이었다. 두려움과 증오가 파도 치듯 끊임없이 밀려왔다가는 밀려가고 또다시 밀려왔다가는 도통 진실을 알 수 없다는 전면 무책임성으로 빠지기도 했다.

  이런 와중에 그에게 유일한 위안이 되어 주는 그녀의 편지가 도착했다. 매주 목요일의 루틴이었다. 그녀는 두 다리를 어릴 적 소아마비로 잃고는 휠체어에서 생활하는 25세 과년한 아가씨였고 독실한 기독교 신자로서 종교생활과 교화활동 그리고 죄수들의 갱생을 돕는 일에 봉사활동 겸 사회복지과 학습을 병행하고 있는 모 대학 대학원생이었다.

그녀는 그저 자신의 생활들을 열거하고는 나에게 가끔 뜬금없는 형이상학적 질문들을 했다. 가령 인간 삶의 궁극적 존재 이유는 뭐라고 생각하냐는 등 사회와 개인이 공동으로 추구하는 이상이 같을 수 있다고 생각하냐는 등의 답을 알 수도 없고 심지어는 문제의 뜻도 잘 모를 질문들을 보내며 한번 생각해 보자고 다음번 특활 시간에 만나게 되면 다시 한번 토론할 수도 있다는 등 다소 간수 같은 일을 시도하기도 했다. 처음에는 하도 생소하여 거부 반응이 생겼으나 그녀를 직접 대면했을 때의 너무도 진지하고 숙연한 자세에 경청하게 되기도 했다.

그리고 내심 그녀의 장애인으로서의 삶이 측은하기도 해서 무슨 말인지는 몰라도 듣는 척이라도 하곤 하였다. 그렇다고 그녀가 강압적이거나 연설조의 교화를 하는 것은 아니어서 특활 면접 시간에는 때론 농담도 하고 일상 다반사를 얘기해 주기도 하여 나는 새로운 세상을 경험하는 듯 숨통이 트이는 기분이었다. 처음 입학 시 학교에서의 불편으로 장애인 학교로 옮기게 되었고 그 때 사회복지학과를 전공하기로 결심했다했고 사회적으로 사람들과의 적응은 그렇게는 어렵지 않았다고 했다. 그럼에도 자신 때문에 부모님이 이혼하서서 괴로와서 죽거나 먼 나라로 이민을 떠나려 했지만 어머니의 간호와 간청으로 졸업하여 지금의 활동을 한다 했다. 가지런한 늘어진 검은 머리결에 마르고 기다란 팔과 하얀 피부 등 비교적 수려한 외모에 왜 이런 험한 곳에 들락거리나 의아했지만 편지에 언제나 신을 언급하기에 그는 그를 전도하려나 보다 짐작할 뿐이었다. 매주 오는 편지에는 어디를 갔고 뭐를 했고 느낌은 어땠는지에 관한 소상한 묘사들이 있어서 그는 밥을 먹을 때나 책을 읽지 않을 때 혹은 자기 전 그녀의 일상을 상상반 추측반 하곤 했다.

그러던 그녀가 어느 날 그에게 긴 칼을 어깨에 내리치며 저울을 건네고는 이제부터 세상을 저울질해야 할 소임을 그에게 부여한다면서 그러나 대신 어떤 것도 다시는 볼 수 없고 그만큼 공평하게 세상을 판결해야 할 운명이라며 긴 칼을 그의 다른 손에 쥐어주고는 홀연히 사라졌다. 그때부터 그는 아무것도 볼 수 없게 되었고 왼손으로 저울질을 하며 바르고 그른 것을 구분하여 칼로 정죄해야 하게 되었다. 훤칠하고 번번한 인물로 다시 태어나 죄인이 아닌 정의의 신이 되고 보니 파란 하늘과 흰 구름이 다 그의 것인 양 그 자신이 뿌듯하고 자랑스럽기까지 했다. 자신이 정의의 사도라니 감사하고 송구할 따름이었다. '내가 자유의 신이라니' 그는 하늘을 날 것만 같이 자유와 정의의 홀가분함으로 기쁨과 환희를 맛보았다. '하늘을 나는 기분은 이런 것이었구나. 선의의 공기는 이렇구나.' 과연 그곳의 공기는 시원하고 상쾌하며 청쾌하였다. 흰 구름이 그를 나폴거리며 따스하고 포근하게 감싸안아 주었다. 더 더 꼭 꼭 안아줘! 하며 외치다 깨어 보니 햇살이 반쯤든 바닥의 냉기가 그를 깨운 거였다. 아 여기였구나. 홀로 내팽개쳐진 덩그런한 독방이 한없이 무심하고 냉험하게 느껴질 뿐이었다.

다시 돌아온 냉험한 이곳에서 과거의 살상을 떠올렸다. 사실 마을을 통째로 소거해 버린 행위는 상부 위 지도자의 지시였을 뿐이었다. 생체실험을 받던 한 죄수가 탈출하여 그 마을로 잠입하여 균이 온 마을에 퍼져서는 결국 마을 전체를 말살하라는 지시사항을 그가 하달받고는 행해진 학살이었고 그후 이를 안 시민들이 정권을 밀어내어 관계자 모두가 재판을 받고 그도 따라서 이곳에 온 거였다. 생체실험은 그냥 단순한 동기였는데 인간 유형별 영양제 적합도를 실험하는 것이었고 실험 대상이었던 죄수에 주입한 균에 변이가 생겨 일이 일파만파로 걷잡을 수 없게 되어 군이 개입된 케이스였다. 그는 이미 오륙년 이상을 복역해 온 차였고 사실 생사도 알 수 없고 끝도 모를 옥살이였다.

그 장애인을 생각했다. 무엇을 위해 그녀는 그토록 애를 쓰는가? 더이상 나에게 무얼 바라는가? 내가 죄책감에서 사멸하던가 끝도 모를 삶을 끝끝내 살아내거나 그녀가 무슨 상관이던가? 희망으로 갱생되어 설사 내가 회고와 후회 속에서 거듭난다 해도 이미 떠난 이들을 돌이키거나 심지어는 나 자신의 삶이 한갓 먼지보다 나으리라는 보장이 있던가?

그래도 그가 하늘 위에서 구름에 포근히 감싸였을 때는 정말 행복하고 만족스러웠다. 모든 것의 위에서 하늘을 나는 그 자신은 모든 것을 가진 최상위자임이 틀림 없어 보였다. 단 자유를 나누어 주고 정의를 행사해야 한다는 전제였지만 말이다. 다시 시간을 되돌린다면 그는 욕심, 욕망, 탐욕의 덫에 걸리지 않으리라 쓴웃음을 지우며 생각해 본다. 바르고 본분을 다하는 결코 세상적인 것에 현혹되지 않는 삶을 살리라 때늦은 반성을 하였다.

그를 방문했던 장애인은 몇 달 후 다른 이에게 그를 인계하고 외국 유학길에 올랐다. 그는 신이 계시다면 과연 아름다움과 선을 창조한 훌륭한 일을 하셨다고 신에게 전하고팠다. 또한 세상적인 잣대로 보지 않으며 공평과 정의를 심판하는 잠시나마 살아보았던 그 여신의 삶에 박수를 보내보았다.

그는 상부의 지시로 명령을 이행하였을 뿐이라는 점이 참작되어 십 년을 복역하고 모범수로 석방되었다. 그리고 깊은 참회 속에 그녀의 삶을 모델로 그녀와 같은 길을 걸었다.

○

29. 태양의 지붕

그는 15년 전에 같이 살던 부인과 헤어지고 독거남으로 십 년째 홀로이 살고 있는 백수, 무직자 A씨이다. 이혼 바로 직후에는 한 명의 자녀와 같이 살기도 했으나 그 자녀도 독립하여 떠나갔고 지금은 생사조차 알 수 없이 어디서 어떻게 살고 있는지 전혀 알지 못한다. 지금은 시내 외곽의 한 변두리 쪽방촌에서 살고 있고 이 직업 저 직업을 전전하며 하루살이로 연명하다시피 하고 있다.

과거 A씨의 부인은 한시도 그를 의심하지 않는 날이 없어서 언제 어디서 누구와 무엇을 하였는지 영상이나 사진으로 보고를 하지 않으면 밥을 차려주지 않는다거나 가진 욕설을 밤새 내내 퍼부어대기 일쑤였고 휴대폰을 빼앗아서는 있지도 않은 어떤 그녀와 지금 바로 정리를 하라며 막무가내로 들이대기 일쑤였다. 이를 지켜본 A씨의 어머니가 하다하다 이거는 아니다 싶다며 살고 있는 집을 그들 부부 몰래 처분하여 각자의 길로 가라며 헤어지기를 종용하였다. 사실상 그의 어머니는 며느리를 처음부터 탐탁히 여기시지 않았던 건 사실이다. 지나치게 외모에 신경을 쓴다는 둥, 사치를 일삼는 다는 둥, 바람을 피고 있는 건 오히려 그녀 쪽이라는 둥, 갖은 트집을 잡기는 어머님이 더하셔으면 더했지 하나도 아내보다 못하지 않으셨다. 고부간의 갈등으로 그는 한동안 집을 떠날 궁리로 외양선을 탈까 하는 생각도 했었다. 그러나 참고 살자 하고 있던 중에 어머니가 갑자기 돌아가시고 자신도 암에 걸리게 되면서 이번에는 오히려 부인이 짐을 싸들고 나가버렸다. 잘된 일인지 잘못된 일인지 가늠이 되지 않았지만 어쨌든 홀가분하고 시원섭섭하였다.

20년간의 전투와도 같았던 결혼 생활에 종지부를 찍게 되는 것에 내심 허탈하였지만 그녀를 더 이상 보지 않아도 된다는 홀가분함이 더 컸고 이참에 잘됐다 위안하였다. 그러나 그에게 남은 것은 방 한 칸조차 남은 것이 없었으며 부동산이다 주식이다 하면서 재테크에 손을 대었던 그가 다 들어먹은 지금은 제로지점에 아니 마이너스 통장 아니 정확히는 지하의 어느 지점에 있다고 표현하는 것이 더 맞아 보였다.

거기다가 요즘에는 나이가 들어 깜빡깜빡하는 것이 치매 전조 증상이지 싶었다. 이런 것이 바로 독거남의 삶이구나, 이러다가 고독사라는 것을 하게 되는구나 짐작이 갔다. 내가 치매라면? 그리고 나를 돌볼 사람 하나 없어서 아무도 곁에 없이 어느 한 방구석에서 외로이 처절하게 가난과 고독과 싸우며 우울감에 휩싸여 이 세상에서 자취도 하나 남김 없이 홀쩍 사라지게 되는 거구나 생각되었다. 이런 와중에 그의 암은 제3기였고 살 수 있을지 없을지는 반반이라고 의사는 말했다. 설상가상으로 그는 치료비가 없어 수술은 고사하고 항암치료조차 제대로 받을 수 없는 형편이었다. 이러한 병든 몸에도 불구하고 그는 생계를 유지해야 했기에 각종 일용직을 전전했다. 하루는 공사판에 나가기도 하고, 하루는 청소부를 하다가 또 하루는 공용직 근로자로 일하기도 했지만 어느 것 하나 한 달을 넘기지는 못했다. 그에게 기술이 부재했기 때문이었고 체력이 뒷받침되지 못했기 때문이었으며 그가 병력이 있다는 것을 상사가 알게 된 때는 해고당하기 일쑤였다. 무직자의 삶이란 참으로 공허하며 미래를 기약할 수 없기에 심히 참담하기 그지없었다. 그는 끼니를 컵라면으로 때우기 일쑤였고 할 일이 없어 시간만 있을 때는 공원 벤치에 앉아서 무심히 흘러가는 구름만을 하염없이 바라보았다. 길을 오가는 수많은 사람들의 모습에서 그의 한때의 화려한 과거를 회상하기도 하였으며 가까스로 일당을 받은 날에는 영화관이나 찜질방 싸우나에서 밤을 지새우기도 했다. 거의 노숙자나 다름 없었다.

  그나마 지인들을 통하여 얻은 일용직을 제외하면 그의 수입은 거의 없었고 재정 상태는 파산상태에 이르렀다. 병원에 들어가는 돈도 언제부터인가는 어디서 살고 있는지 자식이 한 달에 한 번 보내주는 몇십만 원으로 충당하였으며 얼마 전에는 지하방의 빌라도 처분하여 옥탑방으로 이사한 바 있다. 옥탑방의 천장은 합판으로 돼 있어서 거의 모든 복사열을 흡수하여서 여름에는 견딜 수 없이 무덥고 찌는 듯한 더위와 싸워야 했으며 겨울에는 한기와 냉기로 그의 병색은 더욱더 깊어만 갔다.

 그러나 옥탑방의 이점은 언제고 나가면 옥상에서 동네를 내려다볼 수 있다는 장점이 있었다. 그곳의 풍경은 다사다난했으며 허망했던 지난 그의 삶을 보여주는 것처럼 꼬불거리는 골목길들과 각양각색의 지붕의 색들이 다채로웠다. 그리고 주홍색의 지붕이 작열하는 태양 빛을 받아 이글거릴 때면 오히려 그 반사된 열기에 취해 그는 마냥 허공 속 심연을 헤매는 듯 정신을 잃고 투병의 한가운데로 치달아가기도 했다. 골목길 사이사이에선 이따금씩 아이들과 강아지들이 지나다니면서 깔깔거리거나 멍멍 짖어대기도 했는데 그때는 그가 마치 자신의 어린 시절로 돌아간 것과 같은 착각을 불러일으킬 정도로 그들의 소리에 몰입하곤 했다. 그는 약에 취하고 고통에 취하여 정신 없이 사경을 헤매면서도 그 골목길들을 마치 자신이 하늘 위의 태양인 것처럼 위에서 그들을 뚫어져라 바라보기도 하였고 너무 태양빛이 뜨거워서 그늘진 거리와 열기를 받은 거리가 선명히 구분되는 정오의 시각, 아무도 거리에 없을 때에는 속옷 하나 걸치지 않고 옥탑방 옆에 놓인 평상에 벌러덩 누워서는 뜨거운 지글거리는 태양을 정면으로 응시하면서 뚫어져라 눈을 혹사하기도 하였다. 아침에 해가 중천에 뜨고 구름이 지나가고 노을이 지며 밤에 별이 반짝이는 시간들을 그 옥탑방 위에서 홀로이 생을 마감하는 심연한 마음으로 뚫고 나아가는 듯이 지나가고 있었다.

　다행인지 불행인지 그의 딱한 사정이 과거 일용직으로 일하던 용역회사 사장의 귀에 들어갔다. 그도 역시 노동자 출신으로 이 바닥에서는 맨주먹 맨몸 하나로 노동직으로 일하여 마당발이 되고 신용을 쌓아서 각종 회사의 일꾼을 알선해주는 회사를 차려 성공한 전설적 인물이었다. 과거 그가 참으로 열심으로 일할 때 그를 유심히 보고는 끊이지 않게 일을 주선해 주었던 바로 그 사장이었다. 지금은 외국인 노동자까지 범위를 넓혀서는 온갖 일자리는 그가 꽉 잡고 있다고들 했다. 그런 사장이 그의 딱한 사정을 듣고는 바로 불러들였다. 사장의 가족들은 자녀의 교육차 외국에 나가 있어서 지금은 한 외국인 노동자 가족과 함께 살고 있었다. 그러던 와중에 그를 불러 사장의 집에서 함께 기거하게 해준 거였다. 참으로 고마운 일이었다. 의탁할 곳, 대화를 나눌 곳이 있다는 것만으로도 어찌 감사한지 말로는 다 표현 못할 지경이었다.

　그는 낮에는 같이 살고 있는 외국인 부부의 어린 아이를 돌보았고 저녁에는 식사를 차리거나 청소하는 것을 도왔다. 외국인 내외는 동남아시아 어딘가에서 와서 역시 그처럼 일용직으로 일하다 성실함과 유창한 한국어로 일꾼들을 관리할 수 있다 하여 사장을 도와 함께 알선 사업을 하고 있었고 그들의 아이는 아직 학교를 갈 나이가 아니었기에 한국어다 영어다를 그가 가르쳐 주게 되었다. 유달리 깊고 까만 눈동자에 붉은 입술이 귀여운 아이는 그를 할비할비 하며 잘도 따랐다. 곱슬거리는 머리결을 감기고 빗기고 따뜻한 밥을 먹일 때면 그는 그의 자식과 아내와의 옛 시절이 생각나기도 했다. 다들 저렇게도 작았는데 이 아이도 쑥쑥 크겠지. 그리고 이곳을 어느 날엔가는 떠나겠지 생각해 보기도 했다. 작은 손가락 사이에 든 연필이 너무 기다래 보이고 무거워 보일 때면 그는 그의 거칠고 갈라진 손을 아이의 고사리 같은 손에 대어 보고는 얼른 크그래이. 아니 절대 크지 말그래이 하며 고난한 인생길을 회상하곤 했다.

 이곳에 온 지 육 개월이 지날 무렵 의사는 향후 일 년만 이대로 간다면 완치할 수 있다고 말해 주었다. 집앞의 잔디는 가지런히도 앉아서는 물이라도 주면 햇빛을 받아 그 영롱함을 빛내었다. 새벽과 아침 뒷산에서 돌아와 아이와 함께 정원에 앉아 잔디와 나무들의 숨쉬는 산소의 공기를 들이마시며 새로이 샘솟는 생명에의 열망들을 느꼈다. 점점 해가 하늘로 솟아 오르고 지붕의 차양막 그늘이 짙게 늘어지기 시작하면 그늘에 앉아서는 영어 동요들과 한글 동화책 동영상들을 돌아가며 듣곤 했다. 아이는 방긋거리며 율동까지 따라하며 들썩이곤 했다. 내가 받은 돌봄과 재생이 다시 아이에게 이어지고 그 사랑과 헌신들을 받아 쑥쑥 자란 아이가 또 다른 어떤 작은 이에게 이 사랑들을 이어서 전하겠지 생각했다.

끊임없이 주는 정성들과 사랑이 이렇듯 우리들을 이어가며 살리는 거구나 깨달으며 그는 그래서 다행인 보람과 행복을 느끼며 저녁의 노을을 고즈넉히 바라보고 있었다.

○

30. 보람을 위한 지속

  그의 삶은 참으로 고단하였으며 힘에 겨웠다. 그러나 동시에 그가 흘린 땀만큼이나 보람과 결실에 가득 찬 의미 있는 인생이었다. 그것에 대한 보답이라도 될까, 지금은 어느 공기 좋은 교외 지역에서 전원주택을 짓고 참으로 여유와 풍성함이 넘쳐나는 곳에서 자연인으로 살고 있다. 단층으로 된 집이었지만 방이 너다섯 개나 되는 넓은 집에 정원에는 잔디가 곱게 깔리고 묘목이 나란히 심어진 정원이란 그의 피땀어린 각고의 노력으로 충만했던 삶을 대변하는 것만큼 그곳은 안정되고 풍요로웠으며 평화로워 보였다. 그는 매일 아침을 잔디를 뽑고 잡초를 제거하는 것으로 시작하여서 손자를 유치원에 데려다주고 둘째손주에게 한글을 가르치는 것으로 하루 일과를 시작하였다. 물론 손주들은 아직 어려서 시골인 그의 집에 머물면서 할아버지와 할머니의 보호와 양육을 받고 있다. 머지않아 초등학교를 들어가게 되면 도시로 나아가 어머니와 아버지와 살게 될 것이었지만 지금으로서 그의 가장 큰 행복은 그렇게 건강하게 무럭무럭 커나가는 손주들을 곁에서 지켜보고 키울 수 있다는 사실이었다.

그의 큰손주는 어찌나 영특한지 세네 살에 벌써 한자, 영어 알파벳과 한글을 모두 떼어서 유치원에서는 영재로 불리는 아주 작고 귀여운 꼬마였다. 그 아이의 영특한 재롱을 보면서 역시 머리와 DNA는 유전되는 게 틀림없다며 대대로 이어지는 양반 가문으로서의 자신의 가문에 대한 자부심을 맘껏 느끼고 누리고 있었다. 할아버지로서 두둑한 용돈을 줄 수 있고 원하는 모든 장난감과 어디든 데려갈 수 있는 시간과 경제적 여유가 있다는 것은 얼마나 행복한 일인지를 그는 매일 곱씹어보는 중이었다. 그는 테크놀로지도 섭렵한 영리한 기술자였는데 심지어는 유튜브 채널도 가지고 있어서 농사 짓는 일에다가 정원 가꾸는 일 등을 세세히 유튜버로 올려서는 구독자가 삼십만 명을 넘은 기염을 토하고 있었다. 그것으로 수입되는 광고비로는 모조리 손주들 장난감 문방구류나 옷들을 사줄 수 있다고 생각하니 그는 말년에 이런 복도 있나 싶어 내심 송구스러울 정도로 흡족하는 중이었다.

그렇다고 하여 지난 그의 삶이 쉬이 녹록하였다는 것은 결코 아니다. 그는 한시도 자신을 낭비의 벽으로 소모한 적이 없었는데 뚫어진 양말을 귀여 신는 것은 당연하고 해진 가방은 덧대어서 사용하였으며 각종 전기료, 공과금 등을 아끼느라 난방비 절약에 전기비 절약은 필수인 상황이었다. 그는 지출은 최대한 줄이고 수입은 취대한으로 늘려 왔고 돈이 모이는 족족 주식과 부동산에 투자하여 왔다. 1970~80년대의 시기는 부동산의 시기였다고 해도 과언이 아닌 만큼 그 역시 부동산에서 쏠쏠한 재미를 본 케이스였다. 모으는 족족 작은 빌라들이나 아파트들을 사들였고 그것들이 곧 재개발로 이어지는가 하면은 신도시가 개발됨에 따라서 집값이 올라가 큰 이익을 볼 수 있었다. 그러나 그만큼의 돈이 모이기까지 그가 얼마나 피나는 노력으로 검약한 생활을 했는지는 아마 그의 아내나 가족들만이 아는 일이었다. 어느 곳, 어느 분야서건 절약하는 생활을 이어갔는데 고기 반찬이 올라올 시기는 그저 명절이나 생일날이 다였고 자녀들에게도 씀씀이를 줄이라고 종용하여서는 한 번도 제대로 된 여행이나 그럴 듯한 새 옷을 사입어 본 적이 없는 정도였다.

자녀들은 그런 아버지를 보며 검소한 생활의 본을 받기는 했으나 내심 원망하는 마음도 있어서 지금 자신들의 아이들을 할아버지 할머니에게 맡기는 것을 너무나도 자연스럽게 받아들였고 어떠한 부담도 가지지 않는 것처럼 보였다. 고생고생한 삶의 보답 정도로 여긴다고 할까? 그만큼 그의 시대는 과연 정치와 경제의 시대였다고 해도 과언이 아닐 만큼 정치적 격변과 경제적 발전이 이뤄진 시기였다. 1980년대의 독재와 1990년대의 경제적 도약 그리고 2000년대의 과학기술의 발달 등으로 인하여 우리나라는 심히 과한 발전을 경험하였고 그것의 주역이 바로 그와 같은 세대의 어머니 아버지들이었던 것이다. 그가 사들인 몇몇의 부동산으로 인하여 그는 중년의 나이에 갑부 소리를 듣게 된 것이었으며 지금의 주식의 원천이 되었고, 이처럼 말년의 안정된 삶을 누릴 수 있는 견인차가 되었던 것이다. 그는 자신의 지금의 삶에 매우 만족하였으며 그러한 근검절약의 삶을 자녀들에게 계속 이어주기 하기 위하여 교육하고 또 부단히도 관리하였다.

그의 가문은 일제강점기와 6·25를 거치면서 몰락한 양반가 중의 양반 가문의 종갓집이었다. 그는 그 가족의 종손으로서 자신의 가문을 일으켜야 한다는 뼈저린 투철한 사명감과 열정을 지니고 있었다. 그래서 한시도 쉼없이 일했으며 한 푼도 허투루 쓰지 않고 아끼며 열렬히 모았다. 그의 아버지로부터는 고상한 학식과 식견을 물려받았으며 어머니로부터는 근검절약하는 성실한 삶의 태도를 배웠다. 그것을 그는 자녀들에게도 이어가기를 원했으며 1980~90년대 얼마나 자신들이 열심히 일하고 또 매진하였는지를 시시탐탐 자녀들에게 설파하곤 했다. 자녀들은 이를 구태의연한 설교조로 받아들이고는 하였지만 아버지의 끊임없는 도전정신과 성취를 향한 집념 등은 가히 잘 알고 있었다. 그래서 자신의 아기들에게도 할아버지의 그런 삶에 임하는 진지하고 열띤 태도를 배울 수 있도록 맡겨둔 것이었다.

그가 지금 하고 있는 주식투자도 그의 오랜 경제분야에서의 지식과 경험에 의한 소산임에 틀림없다. 그리고 거기다가 더하여 대박난 유튜버라니. 그는 21세기를 사는 노인으로서는 누릴 수 있는 최고의 삶을 누린다 하여도 과언이 아니었다.

그의 청년 시절 1970년대에는 어떠하였던가? 집에 퇴근하고 집에 돌아오면 아랫목에서는 두 개의 공기밥이 그들 부부를 기다리고 있었다. 그의 어머님이 정성스레 지어 아랫목에 심어 놓으신 따끈한 밥 두 공기. 그와 부인은 하루 종일 일을 하고 돌아와 그 공기밥을 먹고는 또 다음 날을 노곤히 준비하곤 하였다. 아랫목은 설설 끓어서 그들의 등을 따스하게 덥혀주면서 하루의 노고를 치하하곤 했다. 위풍이 센 방 안의 공기는 그들의 입김으로 호호 불어 가며 녹여내었으며 명주로 짠 다홍색과 초록의 덮개에 두툼한 목화솜 이불은 그 냉기 가득하였던 겨울날을 위로해주곤 하였다.

그렇게 1970년대가 지나 자녀들을 키우고 들썩들썩한 1980년대의 정치적 난관들을 헤쳐나갈 때 그는 그저 조용히 회사생활을 하면서 돈을 모으고 또 모았던 것이다. 어찌 나라 돌아가는 일이 나와 관련이 없을까마는 그는 그저 성실과 근면한 노동과 일로써 이 나라에 보답하려 애를 썼다. 그것이 곧 애국이라 생각하였다. 다름 아니라 그는 다가오는 1990년대에 이르러서는 경제적 발전에 공헌한 우리 시대 일꾼의 주역이 된 것이 틀림없어 보였다. 1990년대에는 신도시 아파트로도 이사를 하였고 사들이는 아파트의 수도 한두 개씩 늘어나서 그는 어느덧 40년 중년의 나이에 큰 부자 소리를 듣게 된 거였다. 자녀들도 잘 성장해 주어서 각기 일류 대학에 보내서 어엿한 대기업 직장인이 되었고 지금은 이렇게 손주들을 여유 있게 돌보는 자연인의 삶을 살고 있지 않던가? 참으로 보람된 삶이 아니라 할 수 없었다.

자식을 교육시키는 문제도 쉬운 일은 아니었다. 우리나라에서 서울에 상류 대학을 보내는 부모는 다른 어떤 것을 하지 않는다 하더라도 성공한 부모가 되곤 했다. 그의 자녀들은 조용히 묵묵히 그를 따라서 성실히도 공부에 임해주었다. 그의 부인은 자녀들과 같이 밤을 새며 독서와 공부를 하여서는 뒤늦게 박사학위를 따기도 하였고 그것이 견인되어 자녀들은 더욱더 공부에 매진할 수 있었던 것이다. 우리나라에서는 좋은 대학을 나와야 좋은 직업을 갖게 된다는 것이 불문률로써 좋은 대학과 좋은 회사의 입사가 인생의 철칙이었으므로 그들 가족도 역시 그 성공의 대열에 합류하기 위하여 부단히 애써 왔던 것이다.

그런 그의 지금의 고민은 우습게도 다 벗겨진 대머리와 일주일에 한 번씩 필드로 나가는 골프를 어떻게 하면 잘 칠 수 있는가에 있었다. 젊었을 때만 해도 풍성했던 그의 머릿결은 회사에서 접대를 나갈 때면 언제나 젊어 보인다는 소리를 듣는 요인이 되기도 했었고 상사로부터는 자신의 회사에 염색약 광고에 출연해 보지 않겠냐는 제의까지 받아본 경험이 있었다. 그렇듯 그의 머릿결은 풍성하고 검디 검었으며 결도 좋아 햇빛에는 반짝반짝 빛이 날 정도였는데 어느 순간부터 한두 개씩 빠지기 시작하더니 이제는 거의 한 올도 남아나지 않는 머리카락이 거의 없는 이 지경이 되고 말았다. 그는 탈모를 방지하기 위한 온갖 갖은 방법을 해보지 않은 것이 없었는데 사과 가루를 먹으면 좋다는 얘기를 듣고는 요즘은 그 가루를 열심히 먹고 있는 중이다. 젊었을 때 한때 그는 고시 시험을 준비한 적이 있었는데 그래서 그는 그의 자녀가 판사나 변호사 되는 것이 로망이기도 했다. 지식의 정도는 마치 계단을 올라가는 것과 같이 발전한다면서 교수님으로부터 들은 소리가 있어서 그는 끊임없이 책읽는 습관도 놓지 않았는데 이러한 공부하는 습관과 책 읽는 습관들이 쌓여 아마 각종 경제 지식에서도 풍부한 식견을 겸비한 노인이 되었던 것 같다. 동창회에 자신이 모은 거금을 기부할 때는 자신의 모든 삶의 목표와 영예를 이룬 것 같아 정말 뿌듯하고 벅찼다. 동창회에서 이렇듯 자신있게 큰소리 칠 수 있는 것이 하루 이틀에 이룬 것이 아닌 그저 평생 동안의 고된 노동의 다름 아니라는 것을 그는 스스로 뼈저리게 느끼고 있을 뿐이었다. 노력하는 자 반드시 성공에 이르리라고. 끊임없이 부단히 나아가는 자 꼭 무엇이든 이룰 것이라고. 그는 지금에 와서는 당당하게 주장할 수 있을 뿐이다.

정혜선 소설집_ 잃어버린 초록

초판 인쇄 | 2025년 10월 25일
초판 발행 | 2025년 10월 30일

지 은 이 | 정혜선
발 행 인 | 김호운
주　　간 | 김민정

펴낸곳 | (사)한국문인협회　月刊文學 출판부
주소 | 서울시 양천구 목동서로 225 대한민국예술인센터 1017호
전화 | 02-744-8046~7
팩스 | 02-743-5174
이메일 | klwa95@hanmail.net
등록 | 2011년 3월 11일 제2011-000081호
ISBN 978-89-6138-564-0 03810

값 15,000원

저자와의 협의에 따라 인지를 생략합니다.
잘못 만들어진 책은 바꾸어 드립니다.